室町物語と古俳諧

室町の「知」の行方

沢井耐三 著

三弥井書店

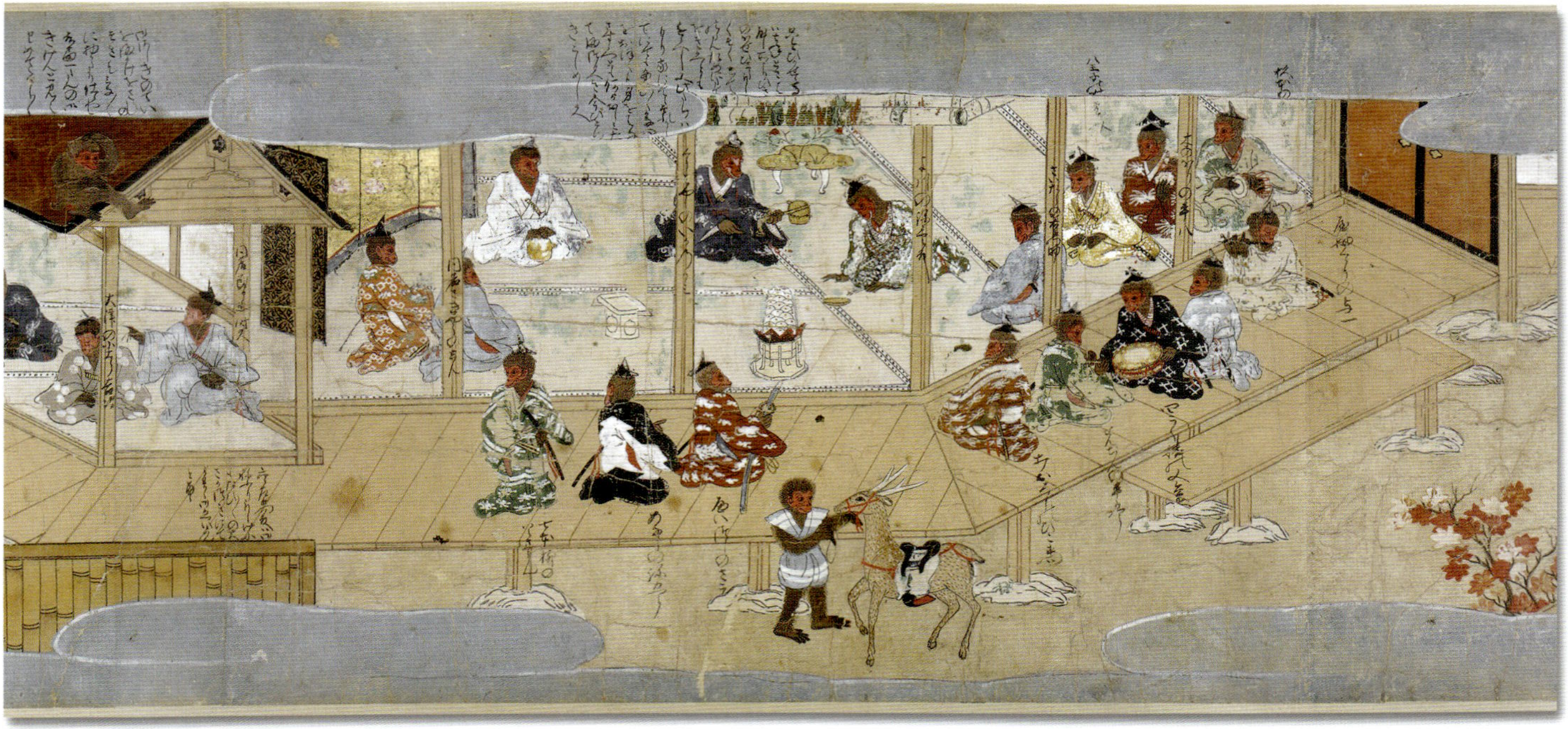

『猿草子絵巻』（大英博物館蔵）(c) The Trustees of the British Museum c/o DNPartcom

室町物語と古俳諧＊目　次

第二章　室町物語

翻刻

はじめに

室町時代の文学は、平安時代の女流文学や元禄の頃の近世文学ほどの輝きはないかもしれない。しかし、古い伝統の殻から脱却し、新興の地下勢力の力を汲み上げて創り出された連歌や能などの新しい文学は、いぶし銀のような輝きを放っている。

さらに室町後期の文学となると、応仁の乱、そして群雄割拠の戦国へと続く戦乱の時代、文化の中心であった京都でさえ戦火を免れることのできなかった不安と騒擾の時代であった。そうした時代にあっても人々の文学に対する希求は失われることはなかった。伝統的な古い権威を排除し、より直接的に自らの情念の解放と新しい価値観を文学に託そうとした。

お伽草子は擬古物語の複雑で冗長な物語世界を改変、克服し、俳諧は純正連歌の持つ煩瑣な形式や予定調和の微温的な美意識を払拭した。本書に取り上げていないけれども、狂言もまた能の古典的な重厚さに対抗して生まれた庶民の側の芸能であった。これらの新しい文芸は、多くの場合「笑い」を重要な武器としていた。

「笑い」という感情には、他者に対する優越感に起因するものもあれば、怒りを含んだ皮肉や諷刺、あるいは願望が満たされることによって生じる安堵や余裕という笑いもある。室町後期の文学は荒々しい時代と向かいあい、「笑い」を通じて新しい意味を確認しようとした文学であった。

本書は、お伽草子のうちの室町期の物語と、室町後期から近世前期にわたる、貞門・蕉風以前の俳諧を対象とし、従来あまり高く評価されることのなかった「笑い」の文学を取りあげ、それが作品の中で具体的にどのように描かれ、またそれがどのような意味、どのような力を持つのか、考えていきたい。

第一章では、『鴉鷺合戦物語』に関する論考を纏めた。この作品は、鷺と鴉を張本人とする鳥類の合戦を滑稽に、また辛辣に描いているが、その精神は戦乱の火ぶたが今にも切られそうな緊迫した時代相のもとで、我執や争いの無意味さを強く訴えかけている。この作品には衒学的と評されるまでの多くの知識が披瀝されており、それを正確に読み解くことはかなり困難であるが、本書は室町時代の言葉を吟味する作業を通じて、作者の意図に迫ろうとした。最初に『鴉鷺合戦物語』の概要を述べ、続けて、鳥類、神仏、軍陣故実といった分類の順に考証を試みた。

第二章では、『筆結の物語』、『猿の草子』、『赤松五郎物語』、『初瀬物語』のお伽草子四編を取り上げた。『筆結の物語』は奥書から文明十二年（一四八〇）に石井康長によって書かれたことが分かる珍しいお伽草子作品であるが、主人公が狸という滑稽の中に、武家故実にかかわる多くの知識が載せられており、その知の集積は『鴉鷺合戦物語』などとも共通し、この時代の知識人の有り様を示している。作者康長について『通要古紙』の編者を指摘した。『猿の草子』においては日吉社神官の権威と武家故実、そして茶や連歌といった当代的な文化について論述した。

『赤松五郎物語』においては、主人公赤松五郎の、二条后との恋という夢を分析し、霊界との交渉、妄執の顚末を考え、『初瀬物語』では、偽装された結婚、家庭内暴力、女どうしの嫉妬の争いなどの悲劇的な世界を考察するとともに、作者の（恐らく女性であろう）細やかな執筆態度について言及した。また付編として、江戸時代、西国方面で広く流布した「猿蟹合戦」の異伝について、絵とも関連させながら考察を加えた。

第三章では、連歌の作者について短い評伝を掲げた。この時代の知識人にとって連歌の句を詠むことはほとんど日常的な営為であり、必須の教養であって、公家や武士、連歌師のみにとどまらず、庶民においても愛好者が少なくなかった。本書に取り上げた人物は、政治的にも文学的にも決して注目されるような存在ではないが、訳あって調べた人物でもあり、時代の連歌熱を理解する一助として掲げた。

第四章では、室町末期、連歌の優美さを破壊し、「笑い」の文学として出発した俳諧は、下克上の価値観とも相まって大いに人々の心を捉えた。その始発期の俳諧について、文明十八年『和漢狂句』、『竹馬狂吟集』『犬筑波集』（『守武千句』については以前、著書にまとめたので省略）を具体的に検討した。さらに、貞門の初期俳諧に至るまでの「笑い」の系譜をたどり、併せてその周辺の秀吉や幽斎の俳諧について触れた。

巻末には四種の翻刻を収めた。最初にお伽草子作品で、本書第二章でも取り上げた『筆結の物語』全文を初めて翻刻する。次に古俳諧作品として『紹巴評、木食楚仙俳諧百韻』を掲げた。貞徳俳諧に先立つ纏まった作品で、作品と評言の二面から「笑い」を考える材料となるだろう。そして最後に狂歌二編。三条西実条と細川幽斎の作品である。狂歌は本書の考察と直接かかわるものではないが、「笑い」を考える際の参考にもなろうかと思う。研究の合間に見出した未紹介の資料、切り捨て難くここに収めた。

「笑い」を通じ、室町の「知」の行方を見定めたい。

第一章

鵜鷺合戦物語

『鴉鷺合戦物語』の世界――諷刺と諧謔の文学――

書名

『鴉鷺合戦物語』は室町時代に書かれたお伽草子作品である。鴉と鷺、またその両者に与した諸鳥たちの合戦の様子を、擬人化の筆法をもって滑稽、諷刺的に描いている。

古くは『鴉鷺記』または『鴉鷺物語』が本書の題名であったらしい。原奥書が天正十七年（一五八九）で文禄三年（一五九四）に書写された尊経閣文庫本は『鴉鷺記』であり、近世初期の書写で曼殊院旧蔵の龍門文庫本も『鴉鷺記』である。続群書類従本には『烏鷺記』の文字が用いられている。また同じく近世初期の書写で原奥書が弘治二年（一五五六）とある島原松平文庫本には『鴉鷺合戦物語』の題名が付されている。また寛永頃の古活字本、慶安二年（一六四九）古活字本では、『鴉鷺物語』という題名になっている。

記録類には、『言経卿記』に「烏鷺草子」「鴉鷺物語」「烏鷺物語」などの名が見えている。[1]

『鴉鷺合戦物語』の名は、島原松平文庫本が最も古く、以後、江戸期の写本類に多く見られるようになり、我自刊我書や滑稽文学全集、校註日本文学大系など明治期以後の活字本に踏襲されたことから一般化し、現在に至っている。

内容

『鴉鷺合戦物語』（以下、『鴉鷺』と略す）は、鴉と鷺、そしてそのいずれかに属した鳥たちが両軍に分かれて戦うさまを描いたこの物語には、実に多くの鳥が登場している。恐らく日本の物語の中で、最も多く鳥の名を掲出している作品であろうと思う。

『鴉鷺』は、鳥たちを擬人化し武士に見立て、鳥類の合戦という全くの虚構を、軍記の記述法や鳥の生態、さらには和漢のさまざまな知識を用いて、かなりの長編にまとめ上げた想像力豊かな作品ということができよう。それでいて単に娯楽や滑稽だけを目的にしたものではなく、武力偏重、我慢我執、無秩序という乱れた時代を憂慮し、批判し、大義なき戦いの空しさを諷刺するという明確な意図を持った作品であり、さまざまな物語を創出した数多いお伽草子の中にあって、ひと際高く聳え立つ硬質の文学といってもよいであろう。

『鴉鷺』は、プロローグにおいて、統治のために武は文とともに必要であると認めている。しかし世は澆季《ぎょうき》に下り、文武のバランスが崩れて武力だけが尊ばれ、私的な争いが頻発する世の中になった風潮に危機感を募らせている。「文いたづらに廃《すた》れ、武みだりに振るふ。少（小）人君子をあざけり、愚人智者をそねむ。無道を先として梟《けう》悪《あく》をむねとす。然る間、飛禽走獣に至るまで、合戦闘諍を専らとする也」と日常化した争闘、確執が鳥、獣にまで広がっていると揶揄《やゆ》的に述べているが、そこには闘いの悲惨さ、無益さ、空しさに対する認識があり、争いの理由を尋ねてみれば取るにたりないものではないかと批判せざるを得ない『鴉鷺』作者の遣る方ない憤懣が透けて見える。
以下に、鳥たちの行動を中心に、この物語の展開を見て行こう。

①　鴉鷺の確執、黒白毀讃

烏鵲《うじやく》元年九月上旬、祇園の森に棲む鴉《からす》の真玄は、中鴨の森に棲む鷺の正素の娘が美しく教養あることを聞き、姫付きの千鳥を頼んで恋文を送る。しかし姫は真玄に逢う気はないと返歌する。

　よしやただ淵ともつもれ涙川うきしづむとも逢ふ瀬あらめや

諦めない真玄は懲りずに艶書を送るが、使いの鴉が正素に見つかり、散々に打擲《ちようちやく》された上に、「鴉は色黒く形いやしく臭い。他人のものを盗み食い、雀の子を襲い、散米を集団で拾い、市中の果物を荒らす。分をわきまえろ」と悪口された。

真玄、大いに怒り、押っ取り刀で中鴨に飛び込もうとするが周囲に止められ、代わりに手紙をしたため、「一昨日、私に恥辱を与えた。思い上がった鷺をいつでも誅戮《ちゆうりく》できる。鷺は鴉を馬鹿にしたが、「月落烏啼霜満天」と詠まれたのを始め、黒も鴉も和歌、漢詩に詠まれて由緒がある。非を悔い改め鴉のもとに降参せよ」と書き送った。

正素はその手紙を「鳥無き島の蝙蝠《こうもり》、すりこ木の風折《かざおり》」と嘲笑し、「蒼茫霧雨晴初、寒汀鷺立」の詩や雪山《せつせん》童子、白華の志など、鷺の由緒を言い返して「いつでも攻めてこい」と挑発した。

一戦が回避できなくなったことで、両者は諸国に回文を巡らせ仲間を募った。鷺方に加わった鳥は次の通り。

水口《みなくち》五位允王朝臣登位
（五位鷺。神泉苑で五位を与えられた故事。異名、水口まぼり）

青鷺信濃守神主朝臣長高
（諏訪社の神使）

鶴紀伊守山部朝臣長命
（和歌の浦に潮満ちくれば潟をなみ葦辺をさして鶴なき渡る、山部赤人）

鵠《くぐい》 越後守白鳥朝臣高直
（クグイは白鳥の古名。食品として値が高い）

雁金《かりがね》大納言苅田朝臣持文
（胡国に囚われた蘇武が、雁に手紙をつけて故国に便りした故事）

菱喰《ひしくい》大炊助常世朝臣是臣
（ヒシクイは大型の雁。雁は常世の鳥）

鴛《おし》左中将難波朝臣美妙

鴨助芦原朝臣甲右
（甲の右に「鳥」を添えると鴨）

鴇《とう》刑部丞丹治朝臣年右
（トキ。顔が赤いので丹治。年の右に「鳥」を添えると鴇）

鴎《かもめ》 帯刀先生河尻朝臣澳《おき》住

味村《あじむら》小次郎巨勢朝臣数列
（アジムラは大群で飛ぶ）

鴫《しぎ》弥次郎田辺秋沢
（心なき身にもあはれは知られけり鴫立つ沢の秋の夕暮、西行）

水鶏《くいな》五郎仲夏

鶉《うずら》 九郎犬養両片《もろかた》
（犬を用いた狩。諸《もろ》鶉・片鶉）

雲雀《ひばり》三郎藤原高登
（春、空高く囀る）

鶯《うぐいす》 少将梅原朝臣好声《よしな》
（梅に鶯）

法勝寺の塔鳩、僧都俊観
（「法勝寺の執行俊寛僧都」平家一・鹿谷）

土くれ鳩の藤太豊業　（土くれに農業）

この外、真鴨、黒鴨、田鴨、鈴鴨、山鴨、紫鴛《しえん》、白鷗、赤頭《あかがしら》、あおすい、黒鳥、鳰《にお》、さきまろ、田鴫《しぎ》、海鴨、羽まだら、たかべ、かいつぶり、千鳥、鶺鴒、河しょうび、稲負鳥《いなおおせどり》左馬允、鷽《うそ》、あとり、み山燕、石燕、都鳥、いすか、連雀、尾長鳥、鶸《ひわ》、ぬか、ましこ、四十雀、日雀《ひがら》、虫喰、松むしり、目白、せんにゅう、菊いただき、さざい、河原雀、ねうない、藪雀などの小鳥たちが鷺方に加わった。その勢都合二千余騎。一方、鴉方には、

雉《きじ》右衛門尉桜田朝臣仲春　（春雉の鳴く高円《たかまど》に桜花散りながらふるみん人もがな「古今和歌六帖」）

その子、二郎有春、同三郎季春

鴻《こう》大和守大鳥朝臣誠以

鶏漏剋《ろうこく》博士宮朝臣知時　（鶏は朝を告げる鳥）

山鳥判官赤染朝臣長尾　（あしびきの山鳥の尾のしだり尾の長々し夜を一人かも寝む、柿本人麻呂）

鵄《とび》出羽法橋定覚　（羽黒山伏、天狗のイメージ）

鵜水主《もんど》司水栖《みず》常夏

鴡《みさご》　兵衛允鵜向朝臣如鷹《とき》

梟《ふくろう》　木工允谷朝臣法保　（梟の鳴き声、ホーホー）

木兎《みみずく》藤次郎角明目《つののあきめ》　（頭側に角のような羽毛がある。白昼は目が見えない）

筒鳥《つつどり》平五郎吹田《すいた》春末　（ぽんぽんと鳴く。「筒」から「吹く」）

箱鳥《はこどり》源五郎鏡作希代　（異名、貌鳥《かおどり》。「鏡」を連想）

特牛鳥《ことい　どり》平内五郎車持武春　（コットイカケタカと鳴くホトトギス。牛車を引く頑強な雄牛「ことい」を連想）
鵺殿守《ぬえとのも》頼政　（源頼政の鵺退治）
鶉《うずべ》小太郎田中高声　（みぞごいの古名）

この外、むささび、日鷹、夜鷹、ちぶり、樫鳥、もず、時鳥、つぐみ、しなえ、てらつつき、ひえ鳥、椋鳥《むく》、番匠鳥、しめ、赤しとど、ちょうのかしら、溝走りなどが鴉方に参陣した。その勢一万三千。ただしその軍勢には「押買し濫妨し、ここかしこの田畑に至りて苅田狼藉し、諸方の森に入りて見捜し、目弱ならば味方の物をも奪ひ取、生き馬の眼をもくじりつべし。法に外れたる溢《あぶ》れ者共」が多く混じっていた。当世の軍隊には数多くの無法者が混じっていたことに対する痛烈な批判であった。

②　両度の合戦、鴉鷺出家

無勢の正素は鴉の大軍の来襲に備え、住吉に祈願して助力を頼むとともに、中鴨の防衛線を固めた。部署ごとに諸将を配し、戦術を練り武具を調達して待ち構えた。九月六日未明、その合戦は始まった。真玄は大手、雉は搦め手と鴉軍を二手に分けて中鴨に押し寄せた。まず真玄が正素に向かって矢を放つと、正素も真玄を狙って矢を射返す。正素の矢は真玄の耳元をかすめ、後ろにいた鵄《とび》出羽法橋定覚の胸に当たり、定覚は馬から逆さまに落ちて絶命した。

鴉方の梟、木兎《みみずく》、夜鷹、鼯《むささび》が夜襲をかけたが失敗。夜が明けると、今度は正素が五百騎を率いて敵中に突入、縦横無尽に切りまくり、新手の青鷺も加わって鴉方を激しく攻め立てた。搦め手では、守備軍の鶴が持ち場を少し離れた間に、鴉方の雉、みさご、筒鳥などが攻め込み、一働きをして戻っていったが、これを知って鶴は烈火のように怒り、五位鷺、鴫、水鶏らとともに逆襲し、永祚《えいそ》の風のように暴れ回った。勇猛の鶏は、正素たちの動きを制しようと立ち向かい、全身朱になって奮戦した。また同じ鴉方の鴻は鵠《くぐい》と刺し違え、特牛鳥も正素の子七郎と切り合って落命した。真玄は負け戦と見て陣を引いた。

祇園林に戻った真玄のもとに、与力と頼む生田（神戸）の森の烏衛門尉が上洛の途次、討ち死にしたという報せが届き、また加勢を依頼した高野山の仏法僧からは、仏に仕える身、とても協力できないと断りの書状が届いて落胆する。そうした中で、今後のことを相談した鶏は強硬論で、一族である諸国の関の鶏を糾合するとともに、次回の戦いを二十七日に設定した。鷺方も対応を協議、諏訪からは鷹の一類、住吉からは鳩太郎宗高（鳩胸の意）が遣わされた。

再度の合戦には、鴉方は決死の覚悟で、曼陀羅、六字名号を身につけた死に出立ち、鶏の知時は禅宗ということで、鎧の上に掛絡《から》（黄色の略式の袈裟）を掛けていた。諸国から参集した大軍の多くは露営を余儀なくされる有様で、夜に聞く鹿の声、虫の声に故郷を思い、誰もが父母妻子に形見を送ったのはあわれであった。

明ければ二十七日早朝、両軍激突。真玄、今を最後と奮戦するが、鷺方の諏訪・住吉の勢に切り立てられて退却する。そこを持ち堪《こた》えようとした鶏は青鷺と死闘を繰り広げたが、多勢に無勢、遂に切り死を遂げる。祇園林に逃げ帰った真玄は、さらに京を逃げ出し熊野に向かうが、和歌の浦の鶴、鷺の森の鷺に道を妨げられ、高野山の麓の「烏のとぐら」に立て籠り形勢挽回を期した。しかし部下たちが次々に去ったので、真玄はここを諦めて高野山に登り、仏法僧を訪ねて出家を願い出た。真玄の道心が固くないのを見て取った仏法僧は、すぐに真玄の頭を剃り、念仏を唱えることを勧めた。名は烏阿《う》弥陀仏。

一方、戦いに勝利した正素であったが、散乱した遺骸、血塗られた戦場を思い出すと、厭世の思いに耐えられなくなり、高野山に赴き真玄を訪れた。旧敵の来訪に驚いた真玄ではあったが、話を聞けば共に修行を願う身、これも賀茂、祇園の神慮かと喜び、互いに過去の怨讐を捨てて一緒に修行する身となった。

こうして三年が過ぎたある日、山中の生活は寒く寂しく空腹で、真玄がとうとう「高野聖《こうやひじり》として廻国に出よう」と言い出した。正素はそれが真玄の食い意地と見抜いて激しく叱責したが、勢い余って当世流行の禅についても攻撃が及んだ。勉学もせず修業もせず一知半解の難解な禅の言葉を言い散らしているばかりと慨嘆した。真玄はその勢いに圧倒され「俗気の浮かび候ひしままに、ひやつと申し出だして候ふ」と謝った。このあと正素、真玄は山中を出ることなく、ひたすら念仏を唱え、年七十を過ぎてともに大往生を遂げたのであった。

以上が『鴉鷺合戦』のあらすじである。恋の遺恨から二度にわたって干戈《かんか》を交えた鴉と鷺であったが、戦い終わり、両者ともに仏道に入るという形で物語は終了する。そして最後に、短いエピローグを付す。

世情の体相を観ずるに、いづれか実なる。自他の所行を思へば、共にまた誤れり。或は驕り或はひがみ、涯分に迷へり。なんぞ真玄が烏滸《をこ》に異ならん。

と。戦いのもとを辿れば、ただに我執、驕り、憎しみ、怒りという個人的なものではないか、それは真玄の愚行と同じではないか、と指弾するのである。そして、「鳥道跡なき事を記して、人世の誤りある事を示すのみ」と書き加えて、一編を閉じている。

成　立

本書の成立の時期についてであるが、現存諸本が有する年紀については最初に触れた。『鴉鷺』の最も古い伝本は、山崎美成が『海録』に記した文明八年（一四七六）奥書の本である。『海録』巻十九「鴉鷺合戦の作者」の条には、

　慶安年中活字印行のものまゝありて珍敷書なり、然るを過し年、写本を得たり、その奥書に文明八年書とあれば、古き書には論なし、又奥書に「これ真名字に記せるによつて、文字うとからん人の為に和字になすもの也」とあれば、もとは真名にてありしものなるべし、本云、「右此本は文明八年丙午卯月六日書と有、二条殿御作にも重宝也」云々、

と記されている。さらに『柳亭記』にも「鴉鷺合戦文明八年一条禅閤御作と云ふ」とあり、柳亭種彦もこの本を見ていたと思われる。（『嬉遊笑覧』巻四にも同様の記事がある）[2]。この文明八年奥書の本は現在その所在が知れず、恐らくは歳月の経過の中で隠滅してしまったものと思われるが、この記事によって『鴉鷺』成立の下限が知られる。文明八年（一四七六）という年次は京都の街の大半を焼尽した未曾有の大乱、応仁・文明の乱（一四六七～七七）の最中であり、お伽草子の成立時期としてはかなり古い。

　さらに『鴉鷺』の本文中に、山鳥太郎の父親が「先年精進魚類の合戦の時打たれぬ」という一文があり、この「精進魚類の合戦」を同じお伽草子の『精進魚類物語』を指すとみなすことによって、『精進魚類物語』よりも後の成立と考えられてきた。後藤丹治氏はこうした事実を踏まえ、さらに『精進魚類物語』に見える「魚鳥元年壬

中八月一日」の文言に注目され、元年で壬申の干支に当たる年次は享徳元年（一四五二）であるから、この作品の著述時期はその後のことだろうとして、享徳から文明に至るまでに作られたと推測された(3)。

この応仁の乱を挟む享徳元年から文明八年という限定は、大むね首肯してよい範囲とおぼしいが、その論拠についてはなお吟味の余地があろうかと思う。

まず「精進魚類の合戦の時討たれぬ」の一文であるが、これが『精進魚類物語』を指すのかどうか、そしてそれが『精進魚類物語』の先行を物語るのかということは、必ずしも決定的な証拠とは考えられないように思われる。というのは『鴉鷺合戦物語』と『精進魚類物語』を読み比べてみたとき、『精進魚類物語』は構想も文章も粗く、時代の古さが感じられないのである。擬人化の技巧においても有り合わせの取って付けたような命名法で、『鴉鷺』の周到、緻密な技巧には及ばない。むしろ『精進魚類物語』先行とは逆に、『鴉鷺』に触発されて『精進魚類物語』が執筆されたのではなかろうか。

山鳥太郎の父親が精進魚類の合戦に討死したという記事であるが、山鳥太郎の父親は『精進魚類物語』に登場していない。ましてやその討死の場面があるはずもない。『精進魚類物語』には、鳳凰、鸚鵡、鶺鴒、うつほ鳥、呼子鳥、鷲、角鷹、金鳥、[illegible]《あとり》、鴾、郭公、鶯、鵯、鴨、鶴、鴛、鳰、鸍《たかべ》、かいつぶり、鵠《くぐい》、ながはし、飛鷹、鵜、えっさい、隼、鶏、白鷺、鷲、鵄、山鳥、山雀、水鶏、鶉、雁、梟、斑鳩、松むしり、小雀《こがら》、四十雀、雲雀、雀、鵙、筒鳥、小鳥、みそさざい、などの諸鳥の名が挙げられているが「山鳥」の名前はない。『鴉鷺』にいう「精進魚類の合戦」とはもともと『鴉鷺』が独自に構えた架空の合戦で、それが『精進魚類物語』創作の契機になったということも考えられはしないか。

なお、最近の研究では、『精進魚類物語』は、貝の名前の連続が、そのまま文明十六年（一四八四）の辞書『温故知新書』に取り込まれていることからそれ以前の成立であると下限が絞られている。(4) もし『精進魚類物語』の方が先行するものであったとしても、それは数年程度の差で、『鴉鷺合戦物語』が分量も技巧もそれを凌駕するかたちで書かれたものであろう。

再度この物語の成立時期について見てみることにしたいが、「元年壬申」による享徳元年の指摘はさて置き、『鴉鷺』は応仁の乱を批判するために書かれたのではないかという推測もなされている。そうであれば成立は乱後になる。確かに京都を戦場として描き、戦いの無意味さを述べることで終結する『鴉鷺』は、京都を主戦場とした応仁の乱が反映しているように見える。だがこれも、『鴉鷺』を読み返してみると、現実の生々しい戦闘行為とはかなり懸隔がある印象を受ける。物語の中でも我意を押し通す権力者や乱暴狼藉を働く足軽どもも描かれ、応仁の時代相を窺わせる描写も少なくないが、全体として静的、説明的で、現実の血みどろな戦争の反映は感じにくい。どちらかといえば机上の創作という感じが強いのであって、実際に戦闘を身近に体験した作者の実感が希薄である。それでいながら、戦い、抗争といったものに対する嫌悪、批判の気持ちは強く、作品全体には「鴉鷺」開戦に至るまでの緊迫感がよく描かれている。

このように『鴉鷺合戦物語』を読んでくることによって、この作品の成立を応仁の乱の直前、いつ合戦が起こるか分からない一触即発の、緊張感が世間を覆っている時が、この『鴉鷺』執筆のもっとも相応しい時期ではなかったか、と考えるものである。年号で言えば、文正、応仁（一四六六～六八）のころを考えたいと思うのである。

実は『鴉鷺』が引用している文献の中には『京城万寿禅寺記』（寛正三年（一四六二）奥書）、『鍛冶名字考』（享徳元年（一四五二）奥書）などがあって、その記事との時代的な符合も執筆の時期を暗示するように思われる。

決定的な証拠といえるものは提示できないが、『鴉鷺合戦物語』を読み込んでいった感想は右のようなものになる。

作者

次に作者について触れておきたい。『鴉鷺』の作者については、従来、二条良基とする説、一条兼良とする説がなされていて、いまだ明確には決定していない。前掲の、同じ文明八年の『鴉鷺』であっても、『海録』には二条良基作、『柳亭記』には一条兼良作のよしを記している。二条良基は南北朝期、北朝にあって内大臣にも至った朝廷の重臣であり、学術、文芸に秀で、特に連歌関係書の『菟玖波集』を編み『連理秘抄』を著述したことが知られている当代きっての知識人である。
一方、一条兼良は室町中期、応仁の乱前後に活躍した人である。文安四年（一四四七）関白、その学識は公武の人びとから高く評価されたが、応仁の乱に際しては我が子大乗院尋尊を頼って奈良に避難生活を余儀なくされたり、また厖大な書籍を収めた桃花坊文庫が略奪をうけるといった不幸をも経験した。室町時代の傑出した博学の人で、文芸、有職に詳しく、日野富子のために書いたという『樵談治要』をはじめ多くの著述を残した。
現存する諸本の中で最も古い尊経閣文庫本奥書の中に、
写本云此一冊上下者、後成恩寺殿一条殿兼良公御事也、私云、御作也云々、江州石山世尊院景恵法印所持秘蔵之

本也、（中略）天正十七年仲春日　右筆源宥

の原奥書が記されており、既に室町後期には一条兼良作者説が行われていたことが知られる。市古貞次氏は、二条良基説、一条兼良説を諸資料から検討され、「『鴉鷺合戦物語』の作者は、あるいは兼良の著述かも知れないと思はれる」と述べられ、作品の内容を検討されて、「先づ第一に兼良に指を屈すべきであろう」と指摘された(5)。私もこれが合戦勃発の危機感、下剋上の風潮に対する批判の書としての性格を押さえた上で、この時代、一条兼良を考えるのが穏当かと思う。なお原奥書に見える景恵は、永禄七年（一五六四）、五月、梅（近衛植家）、紹巴など一座の『石山千句』を張行した石山寺世尊院の僧。世尊院には京都の貴顕、文化人が多く訪れ、文雅の交わりの深い人であった。

ここに併せて『鴉鷺合戦物語』の真名本のことおよび絵について簡単に触れておこう。前掲の『海録』には、山崎美成が見た文明八年の奥書に「これ真名字に記せるによつて文字うとからん人の為に和字になすもの也」とあったよしである。真名本とはいえないが古態を伝える尊経閣文庫本などは漢字が多く用いられ、一見漢文で記されたようにも見える。それは本文中に多くの和語が使用されていることから見て、純然たる漢文のテキストとは考えにくいが、部分的に漢文体になっている表記などを書き下しなどして、もう少し読みやすくしたのが文明八年本の姿であったのだろう。わたくしは尊経閣文庫本のような文体から刊本のような文体に改められたものであったろうと推測している。

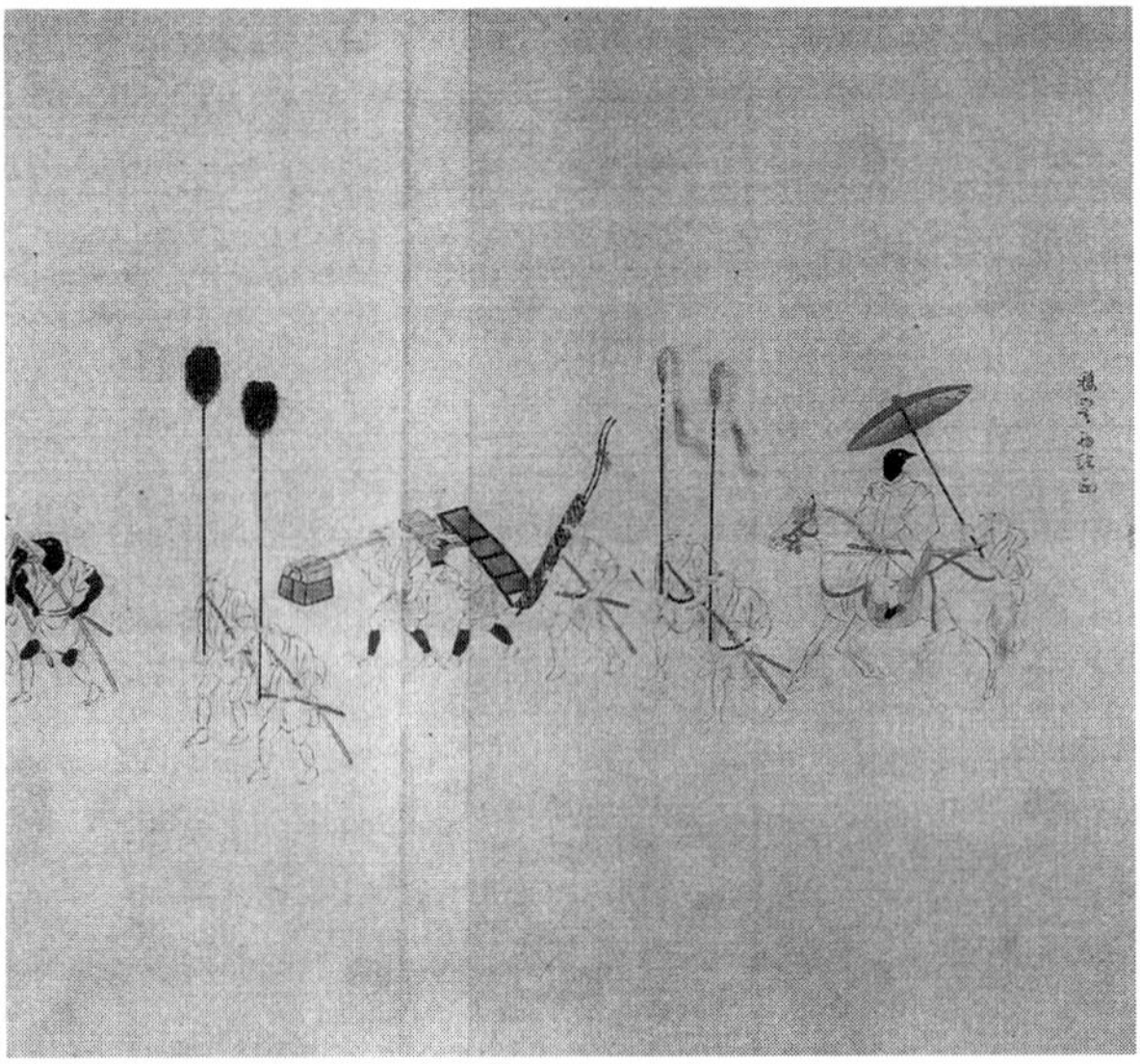

鴉鷺物語（松平定信『古画類聚』東京国立博物館蔵）Image：TNM Image Archives

絵　巻

『鴉鷺合戦物語』は、現存本のいずれにも挿絵はない。また絵があったことを示している本もない。しかし後藤丹治氏や吉沢義則氏は「古画類聚引用目録」によると、絵巻物にもなっていたと指摘された。[6] 恐らくこの指摘は『新訂増補考古画譜』[7] にある、

> 鴉鷺物語、古画類聚目録、載之（但、不録書画筆者姓名巻数等）、躬行按ずるに、一条禅閤の鴉鷺物語に、絵を加へしものなるべし。続群書類従第九百八十五、鴉鷺物語二巻あり、［補］真頼曰、物語類は、元より絵を加へしものなり。

の記事を参照されての言及ではないかと思われる。ともあれ、ここに『鴉鷺』に絵があったという指摘は傾聴すべきものであろう。

『古画類聚』は寛政七年（一七九五）、松平定信が古い絵巻物などの絵画資料から往時の風俗を写し取り、人

物、服装、器材などに分類した画巻である。採取された原資料には『源氏物語絵巻』をはじめ数多くの貴重な絵巻物が含まれ、お伽草子関係の物も『天稚彦草子』や『鼠の草子』など一〇点余に上る。この『古画類聚』は東京国立博物館所蔵。一九九〇年、その複製が詳細な研究編を付して刊行された(8)。確かにここには『鴉鷺物語』と注記された絵が二面が収録されている。その絵は、ともに鷺などの鳥たちが長持や槍などを担いで行列しているところである（写真参照）。これが『鴉鷺』の絵であるとすると非常に珍しい。貴重としか言いようがない。

しかし、この絵が『鴉鷺』の挿絵かというと、それはかなり微妙だと言わざるを得ない。これらの絵が『鴉鷺』に最初から備わっていたかどうかは、なお検討が必要である。私の見るところ、これらの絵柄を『鴉鷺』中に探してみてもその場面だといえる個所が見当たらない。烏や鷺たちが行列している絵柄であるから、物語のどの部分にも当てはまると考えられないこともないが、嫁入り行列の供人のような絵柄であってみれば、やはり無理なようである。残念ながらこの絵は『鴉鷺』の絵ではないように思う。お伽草子『猿の草子』や『鼠の草子』の嫁入り行列の絵のように、何か鳥類の結婚を擬人化して描いた、別の『鴉鷺物語』の絵のように見受けられる。ここでは報告するにとどめておきたい。

〔注〕

（1）市古貞次『中世文学年表』（東京大学出版会、一九九八）

（2）『柳亭記』『嬉遊笑覧』ともに日本随筆大成。

（3）後藤丹治『中世国文学研究』（磯部甲陽堂、一九四三）
（4）高橋忠彦ほか『御伽草子　精進魚類物語』（汲古書院、二〇〇四）
（5）市古貞次『中世小説の研究』（東京大学出版会、一九五五）
（6）注3、後藤前掲書。一二三頁。吉沢義則『室町文学史』（東京堂、一九五〇）
（7）黒川真頼全集『考古画譜』（国書刊行会、一九一〇）
（8）若杉準治編『古画類聚』（毎日新聞社、一九九〇）

『鴉鷺合戦物語』——悪鳥編——

『鴉鷺合戦物語』（『鴉鷺記』『鴉鷺物語』とも。以下『鴉鷺』と略す）は、お伽草子・擬軍記物の傑作である。長編性と首尾の照応、漢文脈の勝った硬質の文体、豊麗・知的な修辞、諧謔・諷刺に満ちた内容など、他の時代の作品と較べても見劣りしない本格的な中世小説である。

一編の梗概は、祇園林に棲む鴉の東市佑《じょう》林真玄が、恋の遺恨から、中鴨の森に棲む山城守津守正素という鷺に合戦を挑み、二度の戦いに敗れて高野山に出家する。正素もはかなさを感じて共に遁世するというものである。

軍記物語の様式を借りて鳥類の合戦を描いており、一編の筋をたどることはさして困難ではないが、その細部の記述には、世相の諷刺や「衒学的」[1]と評されるまでの故事・説話の引用が少なからず、時にはきわめて特殊・難解に思われるものも混って、物語の興味を損う面さえ生じている。

過去の研究を顧みるに、例えば、義家朝臣鎧着用次第や和歌の秘伝、遊子伯陽の説話などについて、『義貞記』[2]や『玉伝深秘巻』[3]『古今集序聞書三流抄』[4]などの出典が指摘され、創作ノートの一部が解明されたのは、実に貴重なことであった。ただ、そういった指摘はまだ断片的の域を出ていないのが現状である。

本作は、軍記物語のパロディーでもあり、当世の諷刺でもあり、また、往来物的啓蒙書でもあるといった複合的な性格を有している。これらの性格はそれぞれ、作者が該博な知識を駆使し力を込めて描いたところである。物語の本筋である鴉鷺合戦の勝敗や発心譚から一度はなれて、それらの細部の表現を検討してみることが、この作品の場合、特に重要だと思われるのである。

本稿では、鴉・梟・鳶に関する記述を選び、注解を兼ねながら、その表現の特徴を考えてみたい。『鴉鷺』本文の引用は『室町時代物語大成』(二)（横山重・松本隆信氏編）所収の尊経閣文庫文禄本を用いたが、一部、島原松平文庫弘治奥書転写本、龍門文庫寛永頃写本などによって改めたところがある。その主要な箇所には＊印を付した。

一　鴉の自慢

鷺の山城守は、自分の娘に真玄の艶書を届けようとした使者の鴉を捉えて、次のように叱責した。

己ガ主ニ、慥《タシカ》ニ語レ。色黒ク、形卑クシテ、有香《カ》ノイブセサ、鼻モ向ラレズ。外目《ヨソメ》ヲ守テハ、偸盗ヲ犯シ、人口ヲ不レ憚シテ、放埓ヲ現シ、振舞ノ拙サ、食物ノキタナサ、何ヲ見ルモ、人ガマシカラズと。腹立ちまぎれとはいうものの、色黒く、形卑しく、その臭気たるや鼻も向けられないという悪口は強烈である。鴉の臭気は「如二峨嵋一鴉臭十倍隠レ之」（旱霖集）、「冷面厭レ人比二臭鴉一」（雲壑猿吟）のように禅の詩文から来ていようが、その場合、太白真玄の『鴉臭集』の名が、真玄という名前とともに注目されるのである。(5)

鴉という鳥が人間の目を恐れず、人家の食物を盗み、農作物を荒らすことは「恣ニ啄二園圃ノ果蓏穀実一、竊二人家所レノ晒魚肉餅糕等一……最貪悪之甚者也」（和漢三才図会）の指摘のとおりであって、鷺の放った「偸盗」「放埓」

の悪罵は根拠のないことではない。鴉の「食物ノキタナサ」に至っては、『袖中抄』八に、

・東の国には烏をばおほをそ鳥と云なり。物ぐひきたなしと云心也。……物ぐひきたなければ、おほきにきたなき鳥とておほをそ鳥と云也。をそとはきたなしと云詞也。されば字書には似レ鵜食レ糞といへり。

と載せ、また「貪二腥羶朽腐之肉一」（本朝食鑑）といわれたように、死肉・腐肉をも嫌わない鴉の悪食に対する非難であった。続けて、

雀子巣ニ鳴バ、尋レ声、穿《ウガツ》レ軒。放逸無慙ノ至極、何事カ如《シカン》レ之。堂塔ヲ竪テハ、散米ヲ拾《ヒロヒ》、市町ヲ廻テハ、菓子ヲ荒ス。誠是、名詮自性ノ黒賊也。

と鷺は言う。鴉が雀の子を食うことは、「すだちそめたる雀の子一つ、たうど落つ。……からすの九郎次郎、とびきたつて、これをくはんとす」（お伽草子・勧学院物語）とあるのや「鷙二燕雀鶏鳴之雛一」（本朝食鑑）の解説によっても知られるが、そういう非道を鷺は指弾したのである。「貪烏」（本朝文粋六）、「飢烏似レ噪依二枯樹一」（村庵稿中）、「烏云様は、我は食に飢たるが第一の苦也」[6]（法華経直談抄三本）と、食い意地のはったところが鴉の本性なのであるが、鷺はそれを容赦なく断罪し、「名詮自性ノ黒賊（国賊のもじり）」と極めつけるのである。

ここまで言われて、鴉の真玄が黙っているはずがない。一時は烏太刀（取太刀）ばかりに鷺方へ切り込もうとするが、後見の鴉に止められ、かわりに我が身を吹聴する挑戦状を送りつける。「一昨日、依二打擲蹂躪之狼藉一、已ニ企二発向一、欲レ令三誅二戮鷺子《ロシ》之一党、幷ニ同意与力ノ類一」と書きはじめて相手を脅しつつ、以下、政道無為の時節に「為レ私弓矢」は斟酌すべきことなので、鷺の「傍若無人ノ自慢、自讃毀他ノ荒言」を謝罪せよと迫るのである。

夫、青、黄、赤、白、黒之中、多クハ賞二黒色一。又詩ニモ作レリ、哥ニモ被レ読タリ。鷺ノ詩哥未レ聞レ之。先、楓橋之夜泊ニ、月落烏啼テ、霜満レ天云々。不レ云二鷺啼一ト。

鷺によってさんざん侮辱されてきた鴉が、ここから自慢の種を披露し始める。まずは唐の張継の詩「楓橋夜泊」、月落烏啼霜満レ天、江楓漁火対二愁眠一の一節を引用し、自己の権威を高めようとするのである。狂言の『酢薑』や『膏薬練』にも互いの由緒を言い争う趣向があるが、狂言のが奔放な出まかせであるのに対し、ここでは単純な発想ながら一々に根拠を示して仰々しく言うところに、作者の典拠好みを見ることができる。「楓橋夜泊」の詩は『三体詩』にも収められ、日本の軍記、謡曲、五山漢詩などにもしばしば引用されたものであった。

詩人ニ長黒子。哥仙ニ黒主。辺都ノ名木ニ、黒谷の花*アリ。福天ニ大黒天神、誰カ不二帰依*一。然則、古詩ニ、烏有先生之蓄二虚詞一、貴二刀筆一而、何ノ益カアルト云々。

詩人の長黒子は未詳。あるいは明の張式之の号「守黒子」のことか。守黒子の名前は、享徳三年（一四五四）の年紀がみえる翺之慧鳳の『竹居清事』跋や、江西龍派の『江西和尚語録』跋にも載っている。黒主は六歌仙の一人、大友黒主。「黒谷の桜」は、謡曲『西行桜』の詞章に拠ったもの。

・然るに花の名高きは……毘沙門堂の花盛、四王天の栄花もこれにはいかで勝るべき。上なる黒谷、下河原。

とあるのによる。そして、福神の大黒天。

このように鴉は「黒」の字の付く勝れたものを列挙し、鴉の黒色を誇るのであるが、続いて再び詩文を引用し、「烏有先生」を登場させる。烏有先生は『文選』に載る司馬相如の「子虚賦」中の人物。公子子虚、亡是公と共に、〝烏有《イズクンゾアランヤ》〟の意を表した架空の人物である。この一文の出典は不明であるが、烏有先生の吐くような虚言を記録し貴んで何の益があろう、ほどの意。

烏鳥ノ情、得二反哺ノ便一ト云。孝行第一ニシテ、燕丹ガ遁二秦王ノ責一、二度、拝ルハ二老母ノ恩顔一*、烏垂二哀愍一故也。貞女、両夫ノ名ヲ執ツシテハ、生涯、為二孀烏《ヤモメガラス》一、存レ義。世ヲ耻ル心、独リ限二我等ガ類一者哉。

鴉の自慢はここへ来て、黒白の言葉遊びから脱して、自己の勝れた能力について語り始める。最初に引かれた「烏鳥之情、得二反哺之便一」の一節は、『都氏文集』三、奉レ答三太上天皇辞二御封一第二表のもの。陽成天皇が父君の清和太上天皇に、孝行を尽したいと願った文の一節である。文中の「反哺」は、鴉が年老いた親に餌を運んで養い返す孝行のことで、

・烏は老たる親を養ふ。これを反哺の恩と云。（雑談集二）

・深山などに老極りたる烏の飛えずして、飢つまりてあるをみては、若我親にてもやあらむとて、わかき烏ども養ふと也。それを反哺の孝と云り。（慈元抄下）

などと用いられ、それ故に鴉を「慈烏」「烏中の曾参」と呼ぶこともなされるのである。次に鴉は、燕の太子丹の孝行話を引き、鴉のお蔭で囚われの燕丹が帰国を許されて母に再会できたことを述べる。黒いはずの鴉の頭が白くなったのも、その孝行に感じたからだと、鴉の役割を強調するのである。『燕丹子』に載るこの故事はあまりにも有名なので詳述を省きたい。

続いて鴉は、孝行から貞節へと方向を転じ、「やもめ烏」という言葉によって、「忠臣不レ事二二君一、貞女不レ更二二夫一」（史記・田単伝）の実践であると自賛するのである。「やもめ烏」は『遊仙窟』の「病鵲《ヘイジャク》」に付された訓で、「可憎病鵲《アナニクノヤモメカラスヤ》　半夜驚レ人」（新撰朗詠集下）と引かれているとおり、夜中に鳴く病気の鵲のことであるが、

一方、連れ合いのない孀《やもめ》の鴉の意も、

なれもやもめのからすなく声

風さはぐ夕山もとの一松　（連歌秘伝抄）

のようにあって、本作の「やもめ烏」が後者の意を効かせたのは明白である。

次、穿㆓雀巣㆒事、是又非㆓指セル悪名㆒、尼鷺スラ魚ヲ食。本鳥《モトドリ》ヲ付テ、烏帽子ヲ戴ク身ニテ、便宜ノ殺生、都《スベテ》不㆑苦。然レ共、雀鳥便㆑巣、生㆑子之時ハ、哀憐シテ、無㆑奪㆑命。

鴉は以前に鷺から雀の雛を食う悪業を非難されたが、それは「便宜ノ殺生」だから仕方がないとし、尼鷺（黄《あ》毛鷺《まさぎ》）すら「尼」にもかかわらず魚を食べて戒を破っているではないかと切返す。「本鳥ヲ付テ、烏帽子ヲ戴ク身」とは、「鳥」「烏」の字を利用して、鴉が威儀を整えたさまを言っているが、果して鴉が産卵中の雀を攻撃しないのかどうか、確証がない。鴉の言い逃れなのであろう。

住メバ㆓冥界㆒、被㆑呼㆓抜目鳥ト㆒、振㆓邪見ノ威㆒、雖㆑誡㆓衆生ノ悪業㆒、本地、地蔵薩埵トシテ、大悲闡提ノ業ヲ専トス。慈悲忿怒ハ如㆓車輪㆒、二ニシテシカモ一也。

「抜目鳥」は、偽経の『地蔵十王経』に載る鳥の名で鴉のこと。閻魔王宮の門の樹には無常鳥（郭公）とこの抜目鳥（烏）が棲むと説かれる。この鳥の名は古今集注釈書の『六巻抄』や『古今私秘聞』にも見えているが、十王経によれば、亡者の生前の罪業を呵責して、その目を啄み、刳り抜くという。鴉は自ら抜目鳥と名乗って、冥界での恐ろしい正体を告げたのである。一方、また鴉は本地が地蔵菩薩であるという。

鴉の鳴声は「カカ」であり、それは地蔵菩薩の種子の「𑖎《カ》」、その真言「オンカカカビサンマエイソハカ」の音にも通じる。

　　かゝ〳〵なれや道のべのすゐ
　誰となく地蔵をとなへ旅だちて　　　　　　　（守武千句一）

の付合によってもそれが知られるが、さらに、

　烏の方より申けるは、我はかたじけなくもぢざうぼさつのへんげとして……御かかびさまゐいそはかの句の
　はじめをとって、かかとゝなふなり　　　　　（勧学院物語）

の記述は、この関係を明瞭に説明している。(7) 永正七年（一五一〇）の『法華経鷲林拾葉鈔』十に、地蔵が「現二烏ノ形一驚二衆生妄想ノ夢一云也」あるいは「烏ハ毎レ朝唱二𑖀字一。色ノ黒色覚二衆生ノ眠一也」とあるのも、鴉・地蔵一体説を裏付ける。こうして見てくると、鴉と地蔵の連想関係は、機知的な連想というよりも、中世の宗教的な概念であったのかも知れない。鴉が兼ね備える地蔵の慈悲と抜目鳥の忿怒、まさに「如二車輪一、二ニシテ一」であり「内含二慈悲一、外現二怒相一」（十王経）の表現のままであった。

　このあと、すっかり地蔵菩薩になりきった鴉が述べるのは、忉利天上で釈迦如来から衆生救済の付属を受けたことであり、我が身の「成仏ノ期」をも無くして人々を済度する誓願(8)の殊勝さであった。が、鴉の自賛はこれでもあきたらない。今度は神祇における我が身の異能を力説するのである。

　居テハ二社頭一、踏二禰宜神主ノ上一、被レ仰レ警《ミサキト》、告二夭恠災厄之慎一。立二偸盗ノ悪名一、雖レ卑二黒賊一ト、非レ鵜伺レ魚、
　鷺子ハ白波トモイヒツベシ。

鴉が神域に群棲して時にはその神社の神使とされた例は少なくない。太平記に「熊野の霊烏」と記され、神札

の牛王《ごおう》に群鴉宝珠の印を捺した熊野権現をはじめ、厳島明神や新羅明神もまた、鴉を使いとした神である。鴉が神の「警（御先）」を勤めることは、神武天皇を導いた八咫烏《やたがらす》の例を踏襲するものであるが、中世においても、

・当社効験、殊以厳重也。四月廿一日、社頭数千之群鳥、只残㆓一双㆒兮悉去。是則、三大神前進也。（正応六年太政官牒）

・玉津島の御座有とて幣帛を捧げければ、御先と成て出現有體也。是をよくせしとて、日吉の烏太夫といはれし也。（中楽談儀）

・神氏の正嫡自ら戦場に臨事、是最初なるべし。時に宮烏数百、前陣に飛行けるを見て（諏訪大明神絵詞上）

などのように、鴉の先導が描かれる例は少なくない。同時に、その烏たちがなす奇異な行為の中に、人々が「天怪災厄の慎」の徴を見出すことも古くから行われ、

・俄に千万の烏、榊の枝を食《くわ》えて禁裏に鳴集る。鞍職奏して申、是は大明神の現瑞也と。（源平盛衰記十三）

・興福寺西堂の柏槙を烏食い折る。怪異以外慎之由（経覚私要抄、文安四・二・十二）

という具合で、まさに「烏は年中の吉凶をしれり。過去に陰陽師なりしゆへ」（開目抄）、「狐・烏・鵄・蛇・鏑蛞蜓、是則五官王刃神也云々。故示㆓吉凶㆒者也」（永正記）、「烏は霊なぞ。吉凶未来を知ぞ」（玉塵抄十七）であったのである。

鴉は最後に鷺に逆襲して「非シテ㆑鴉伺㆑魚鷺子ハ、白波トモイヒツベシ」と言う。黒賊と言われたお返しに鷺を「白波（盗賊）」と切返したのであるが、

・白鷺伺㆑魚水巷辺（本朝無題詩七）

・遙見白鷺窺㆑魚立　（済北集三）

・清暁白鷺鶩、窺㆑魚立神泉　（早霖集）

といった表現を踏まえたところが手柄であった。

二　梟の自慢

鷺と鴉の対立がいよいよ決定的になったとき、両者は互いに援軍を求めて諸鳥へ廻文を送っている。鷺は、一族は勿論、鶴、鵠《くぐい》、雁などを糾合し、鴉は、鴉の一族、鴻《こう》、鵄、鳶といった色黒の諸鳥を糾合する。もっとも鷺は、喚子鳥やしながら鳥にまで誘いをかけて、名前は鳥でも実体は猿・猪なのでと加勢を断わられているし、一方、鴉も助力を頼んだ梟から、相当手厳しい皮肉を浴びせかけられている。次にこの梟を検討してみよう。

爰ニ、梟云、我等ガ事ハ、仮染《カリソメ》ニモ、白昼ニ立渡レバ、烏、希代ノ不思議ヲ、見付タル様ニ、集テワメキ、手叩テ咲フ事、難㆓心得㆒。

梟は、鴉の依頼に対してこの時とばかり、日頃の欝憤を晴らすのである。昼間には目の見えぬ梟を、鴉たちが寄ってたかって笑いものにする。梟にとってそれは我慢がならない。

・鵂鶹、傍有㆑鴉哂㆑之。夜雖㆑攫㆑鼠、昼不㆓奈鴉㆒。　（流水集三）

・声する方に烏飛び行く／梟の夜は明けながら木づたひて。からすの昼見付ては、わらふ物也。（毛利千句注八）

というように、鴉の狼藉は限度を越えている。梟は自分を「無㆓容儀㆒」と醜いのを認めながらも、鴉がそれを嘲笑するのには「非㆑可㆑賤㆑他」と苦言を呈するのである。

形異ナル物ハ、其徳、世ニ勝ル、事アリ。老子ハ長《タケ》ヒキク、孔子ハ、首《カシラ》クボカ也。誰カ成二矮子《ワイス》ノ嘲一、何ゾ
加ン二異相ノ謗一。

梟は、老子や孔子を挙げて、異相異形の者の勝れている例証とする。老子の背の低いということは『楊鳴暁筆』十に「身の長四尺六寸なり」とはあるものの明らかではなく、禅林で描かれた三教図（孔子・老子・釈迦を描く）の俤に拠ったものか。孔子の頭については、

・其首ノ像、尼丘山に似て、頂汚《くぼ》くして、水一升二合を可レ受程也。仍号二孔子一。（三国伝記 一）

・孔子を、母の尼丘山の神にいのりてうまれたぞ。さて、つぶりなりが、かみが平う大にして、頂上のまん中がくぼうて、水のたまるやうなぞ。異名にくぼ殿と云たとあり。此は何の書にあるやらぞ。論語の談儀に一勘のいわれたぞ。（詩学大成抄・城闕門）

という例がある。これは「孔子」の字面からした説話のようであるが（後述、一一七頁）、それはともかくとして、孔子・老子が例である以上、誰も矮子《ちび》、異相の嘲りを加えることは出来まいと思われる。

梟は、このあと「卑下モナキ、中事ナレドモ」と一応、謙遜してから自賛を始める。

愚身ガ、目元ノ冷《スサマジ》サ、誠ニ、眼光、射レ人者歟。木拳《キニギリ》ノ付様、是、衆鳥ノ所レ似、希《マレ》也。

梟の声がけうとく冷まじいのは、源氏物語にもしばしば述べられたところであるが、梟の丸く縁どられた「頬有二黄白圏一如二相対一、其中有レ眼、如二猫目一」（本朝食鑑）という目も不気味なものであった。

のどかなる風ふくろうに山見えて
目もとすさまじ月のこる影　（守武千句 一）

と、それは俳諧にも詠まれている。また、梟の木握りについては、「他の鳥どもは足趾前三後一なるに梟族は前二後二」（南方熊楠(9)）で、『鴉鷺』作者の観察の細かさが窺える。梟は続けて、外見より能芸が肝要だと述べて、自己の「涯分ノ能」を数え上げる。

　明日ノ雨ヲ、知リテハ、糊スリ置ケト鳴キ、老者ニ告レ死、其声、呼レ犬。鼠ヲ取事、猫ハヅカシク、鳥ヲ取事、鷹ニモ似タリ。

梟の鳴き声が「糊すり置け」であることは、虎明本狂言『梟』や『松山』に載せられているが、さらに寛永頃の俳諧に、

　　せんたくをするみぞろ池
・ふくろうはのりすりをけと北山に　（徳元千句・名所之俳諧）
　　天気もよしや日もさやか也
・ふくろうののりすれと鳴月の夜に　（落髪千句 一）

と詠まれたように、それは晴の日の前日に洗濯の糊付けを勧める民間の天気予報であった。また、ホウホウと鳴くその声に、死の予言を見たのは「曹植が悪鳥論に……梟即ち人家に鳴則んば死亡の徴あり」（新語園）や「是城隍摂魂使者、城市屋上、有レ梟夜鳴、必主二死喪一」（五雑組(10)）といった中国伝来の考えに基づいたものだろうが、その鳴声がまた犬を呼ぶコイコイという声に聞こえたのも、室町時代の人々には事実であったのである。『経覚私要抄』宝徳二（一四五〇）・八・二十六条には

・子刻、梟、当坊丑寅角、かしの木・東ノ榎木等に□、犬をよび了。可レ謂二希有一。

と記されている。経覚もさすがに不吉を感じたらしく、翌朝早速に仁王講五座を催して穢れを祓っている。

梟が肉食で、鼠や小鳥を捕食することは古くから知られ、『本草和名』は「夜飛二行人家一捕レ鼠。和名、布久呂布」と載せ、『本朝食鑑』は「梟……夜則飛行食二鳥虫一、或入二民家一食レ鼠」、下っての『和漢三才図会』になると、梟を捕えてこれで鼠を獲《と》らせると記し「以為レ勝レ猫也」と『鴉鷺』と同じような批評を加えていたりする。

梟の自賛はこれだけに止まらない。ますますエスカレートして、とうとう〝怪力乱神〟を語り出すに至る。

年闌《タケ》ヌレバ、通力イデキテ、蕩《タブラカス》レ人事、如二天魔一。サレバ神通自在ニシテ、夜陰ニ物ヲ見事、不レ異二阿那律ノ天眼《テンゲン》一。即座ニ現二ニハ物ノ恠一、可レ褊《サミス》二賓頭盧ノ奇特一ヲモ。

と述べ、さらに韓昌黎（退之）が流されて潮州に赴いた時、甥の韓湘がその事を予言していて「雲横二秦嶺一家在レ何、雪擁二藍関一馬不レ進」の句を贈っていた話を記し、「某《ソレガシ》モ、此家風ヲ、天然学ビタリ」と揚言する。韓昌黎が藍関で韓湘の仙術に驚く話は、『太平記』一、無礼講付玄慧文談事や、『三国伝記』八、韓昌黎事、その他に詳しいのでここでは省略する。

梟が修得していたこの仙術なるもの、

或ハ忽然トシテ失レ形、或ハ炎天ニ降レス雪。発二身ヨリ光一、吐二猛火一。居二深谷ノ閑一、聊モ不レ交二人倫一、養レ性、送二年月一。何ゾ異二シャ虚無自然之躰一ニ。

という具合であるが、

・魔は皆、飛行自在を得て身より光を放ち、（夢中問答集上）

・時ならぬ六月の炎天に、大雪の活と降たは、さて天下の大物怪では走（候）ぬか。（大淵代抄下）

というような世の不思議を現ずるのは、「悪このむ梟」[11]（十二類歌合）といわれた、梟を悪鳥とする観念から来ているのであろう。狂言『梟』では、梟の精が人間に取憑《つ》いているし、また俳諧の『類船集』化物の項には、

・惣じて生類の功をへたるはばくるとぞ。蝙《かふぶり》も梟も猫もばくるとは云なれたり。

と記されていて、年闌けた梟の怪異が全くの作りごとというわけではなかったのである。そういう梟のたわいもない超能力を、大げさに言い立てて、揚句には阿那律や賓頭盧の仏弟子に比し、あるいは天魔になずらえたのは、いかにも大言壮語の梟にふさわしい。さらに梟の山住みを道家の虚無自然の姿にたとえたのは、前の韓湘の仙術が「道士の術」（太平記一）であったからである。

＊

梟は我が身の醜さを、老子・孔子にひきくらべ、さらに老子の虚無自然の道に長じて、仙道を得たことを言い誇ってきたが、彼の自称はこれで終らない。「梟は、我姿は劣なれども、種性は我程高性なる者は不レ可レ有と慢ずる也」（法華経直談抄四本）と評された性格のとおり、いよいよ己の尊さを言い募るのである。

仏法修業ハ、酌テ二初祖大師ノ流一、出二教外別伝之道ニ一。身ハ雖レ受二鳥類之拙キ報一、惣無レ歎。前百丈ノ野狐ノ無問ハ不レ嫌レ之。

と、今度は禅修行の成果を述べ始める。まず、自分が畜生たる鳥類の身を歎かないのは、禅の公案である前百丈の野狐身に因《ちな》むからだと強弁するのである。

百丈野狐の禅話は、『無門関』にある有名な公案である。その概略を記すと、昔、ある人が百丈山の住持に

「仏法に因果ありや」と問うたところ、「無し」と答えた。そのためその住持は五百生の間野狐の身を受けた。その住持はのちに同じ百丈山の大智弘宗禅師に願って同じ問を発して「有り」の答を得て大悟し、その野狐身を免れることができたというものである。この話の前半、五百生の野狐身を受ける部分を「前百丈」といい、後半を「後百丈」という。『玉塵抄』十六に、

・百丈野狐の話、諸録にあり。……未徹にして答たぞ。不道の撥無因果と同心ぞ。そのとがによつて五百生野狐にうまれたぞ。此を前百丈と云たぞ。

とあるとおりである。梟は、この前百丈の野狐と同じ畜類であることを誇り、後百丈の悟りを拒否するのである。続けて、

木工允ガ梟悪、如㆓玄沙逆罪㆒、作㆓五無間業㆒、得㆓解脱㆒

と、我が身を玄沙禅師になぞらえるのである。木工允は梟の自称。名前が梟木工允谷朝臣法保であるのによる。ここでいう〝梟悪〟とは何か。文字どおり梟の悪なのであるが単なる凶悪ではない。『説文』に不孝鳥と記されたように、梟は母を食う不孝な鳥であった。梟悪、梟首、梟敵などの語は、この親を殺す悪の意味を持っている。この場合の「梟悪」も下にある「逆罪」「五無間業」の言葉から、親殺しの原義を復活させている。

・梟は悪鳥ぢやぞ。母をくらうぞ。食母《ジキモ》鳥と云ぞ　（詩学大成抄・節序門）

・惣じて、梟は産み養育したる母を食殺す者也。去ば五逆罪の鳥也。（法華経直談抄四本）

という具合である。この親を食殺す梟が、事もあろうに高僧の玄沙禅師になぞらえたのである。玄沙は唐の禅僧、玄沙師備。宗一禅師のことである。この玄沙禅師にはどうして付会されたのか明らかでないが、次のような

親殺しの話が伝えられている。永正元年（一五〇四）の抄物『湯山聯句抄』に〃烟滅玄沙獄、涼微緑野堂〃の句を注して、

玄沙禾尚のわらんべ時に、父とつれて舟にのりて釣する時に、父を見て、あさましき悪行を作ると見て、父を海へふみ入て死なせて、我れは其まま雪峯の会下に入て、悟て玄沙禾尚となるぞ。

と述べられている。この話は、このあと冥界で、玄沙が落ちるべき地獄を見た人が、獄卒に玄沙は悟りを開いて大善知識になったと告げたところ、西風が吹いてきて玄沙の地獄は忽ちに消滅したと述べられている。

この玄沙の親殺しはのちの沢庵宗彭の『東海夜話』にも記されているが、『湯山聯句抄』の他に、彦龍周興の『半陶文集』に「清風吹破玄沙獄」の句があるのを見れば、恐らく五山禅僧の間ではよく知られた話柄であったのだろう。『鴉鷺』作者の教養の一斑が窺えるかと思う。

さて、梟は同じ親殺しの玄沙和尚が無間地獄へ堕ちる大罪を犯しながら悟りを開き、すぐれた禅僧となったことにあやかり、ちゃっかり自分も「得㆒解脱㆓」てしまうのである。こうしてすっかり禅の高僧気分になった梟は、このあと難解な禅の学識をひけらかす。

踏㆓毗盧頂上㆒、尚黷《ケガス》㆑足。実際理地ニハ、不㆑受㆓一塵《ヲモ》㆒。向上之一路《ハ》、難㆑伺㆓仏眼《モ》㆒。

と。これらはすべて禅語であるが、まず「毘盧の頂上を踏む」は毘盧遮那仏の頭上を踏みつけることで、悟りを得た人の融通無礙の境地をいう。五山僧の詩文にしばしば用いられるが、毘盧遮那仏の頂上を踏んではその足の方が汚れるというのは

踏㆓断毘盧頂㆒、猶㆔是汚㆓我脚㆒、何況乾屎橛乎。（天祥和尚録乾）

とあるような表現を、そのまま用いたものである。

　次の「実際の理地には一塵をも受けず」は、悟りの境地には塵の一つさえも置かない清浄のさまをいい、護法録に載る語という（首書増補句双紙）。この文句は『沙石集』五本六、十末一の話や『友山録』にも引かれている。「向上の一路」は盤山宝積禅師の「向上一路、千聖不伝、学者労形、如猿捉影」から来た言葉で（禅林類聚）、悟りの境地をいう。五山僧の詩文に頻出する語ではあるが、他にも「向上の一路滑かにして」（三国伝記四・十）、「さて向上の一路はいかに」（謡曲・放下僧）などといった例を見出すこともできる。「仏眼も窺ひ難し」も禅語。悟りの境地は仏の眼光を以てしても窺い得ない意で、悟りの深遠であるさまをいう。

・各各の脱殻をうるに……吾も不知なり、誰も不識なり、汝も不期なり、仏眼も覰《ちよ》（＝窺）不見なり。人慮あに測度《しきたく》せんや。（正法眼蔵九）

・拈云、趙州尋常用処、仏眼難レ窺。（鏡堂和尚語録二）

などと用いられている。このように梟は、禅の用語を濫用して悟りの世界を喋々するのであるが、さらに言辞を弄して、

　仏見法見、共ニ是妄見、誰カ知二正見一ヲ。問来*レ報ハン。三教一如ニシテ、雖レ如二鼎脚一、殊ニ貴テ、可レ修ハ、仏教也。真俗二諦、内外両典、如レ形存知ス。

という。「仏見法見」は、『無門関』禅箴にも見える語で、仏法の知見知解をいい、「是妄見」あるいは「大衆莫レ起二仏見法見一」（補庵京華新集）とあるように、悟りの境地から見れば否定されねばならないものである。梟

は居丈高に、誰もが正見を知らないのだから、自分の許へ「問ヒ来レ」と叫ぶのである。

続いて梟は、儒仏道の三教一致を呈示するが、この思想も室町の禅林にあっては、

・三教故ニ相通。宛如二万斛鼎一。（随得集）

・三教如レ鼎、闕レ一不可。（補庵京華新集）

の如く普及していた。古く、道元が三教一致思想を批判して「また三教は一致なるべしといふ。あるひは三教は鼎の三脚のごとし、ひとつもなければ、くつがへるべしといふ。愚痴のはなはだしき、たとへをとるに物あらず」（正法眼蔵五十）と喝破したのとは異り、『鴉鷺』の作者もまた、五山の中核となった臨済禅の学風を受けて、三教鼎脚説を受容し常識的な禅の高揚に一役買っているのである。

梟は、このようにして、自分の世俗と仏教（特に禅）における卓絶した能力を誇示してきたのであるが、最後には「弓矢ノ義理」だと言って、鴉への加勢を領状するのである。

三　鳶の超能力

悪鳥の第三に鳶をとりあげてみよう。鴉方に属した鵄《とび》出羽法橋定覚は、鴉鷺合戦の緒戦で、鷺の正素が射た矢に胸板を射貫かれて戦死する。生年五十三。彼に関する記述は次のように始まる。

サシモ富貴ニシテ、比叡、愛宕ニ、坊アタマ持テ、児《チゴ》・同宿ニ被レ傅《カシツカ》シ法師ナレドモ、無慙サヨトゾ云合ケル。

鳶は、比叡、愛宕にあまたの僧坊を所有して富裕を誇り、僧位も法橋に達して、しかも時には戦争に参加す

る、したたかで現世的な悪僧として造形されている。特にその経済力が重視されているのは、室町時代の悪僧を髣髴させて興味深い。

この鵄出羽法橋定覚が愛宕山に僧坊を持っていたこと、それは古い擬軍記物『十二類歌合』に「愛宕山の古鳶」が登場していることによっても無理な連想ではないけれども、鵄定覚が「魔事ヲ勧メ」「世ノ禍ヲ以テ活計ト為ス」と後に記され、出羽法橋という名前が羽黒山伏を暗示していることを考慮すれば[12]、この鳶—愛宕の関係の中に、天狗を媒介項として置くことが必要であろう。

今、簡単に鳶—天狗、天狗—愛宕の関係を確かめておく。まず鳶と天狗は謡曲『鳶』に「幾星霜を経たる鳶の、なりあがりたる天狗の姿」と描かれたように、天狗は鳶の姿をとっているものと考えられていた。説話の中でも、僧に化けた天狗が龍に打擲されて屎鳶《くそとび》になった（今昔二十・十一）とか、子供に捕えられた鳶が実は天狗で、助けてくれた僧のために釈迦の大会の場面を現じた（十訓抄一・七）とかの話があるし、『是害坊絵詞』『高野大師行状図画』などの絵巻にも、鳶の姿をした天狗が描かれている。また、天狗の棲処が愛宕山であったことは、「天狗は愛宕山に住めば」（源平盛衰記四）の記事をはじめ、『太平記』の宮方怨霊会（二六本杉）、雲景未来記、将軍上洛などの場面、あるいは是害坊の説話（絵巻や謡曲）にも述べられるところである。併せて比叡山と天狗の関係について述べれば、謡曲『鞍馬天狗』や『耀天記』（二五）には横川の天狗が見えているし、天正頃の成立といわれる『月庵酔醒記』[13]には、天狗の棲む山として僧正ケ獄や愛宕山と並んで、比叡山根本中堂が挙げられている。このような具合で、鵄定覚に天狗の姿を見るのは誤りでない。

さて、戦死した鵄定覚の生涯は、その四十九日の追善法要の折の、定覚の稚児であった鵄若殿*の諷誦文や、導師の説法の中で回顧される。

倩《ツラツ》ラ顧二レバ往事一、白花ノ春ノ朝ニハ、美景ヲ比叡ノ嵩《タケ》ニ詠ジテ、紅葉ノ秋ノ暮ニハ、逸興ヲ愛宕ノ山ニ催ス。
郁芳門院ニハ、為二御持僧一、万寿禅寺ニハ、為二守護神一。

と、巧みな対句で語り出される。前半部の比叡・愛宕については前述のとおりであるが、後半部の郁芳門院・万寿禅寺と鳶との関係については、興味深い話があるので少し説明を加えよう。

郁《ゆう》芳門院は白河上皇の皇女、媞子《ていし》のこと。堀川天皇の姉にあたり、堀川天皇の嘉保三年（一〇九六）八月七日、二十一歳にして薨じた。白河上皇の悲しみ深く、その遺宮を仏寺に改め六条御堂と称した。正嘉二年（一二五八）この六条御堂は、宝覚禅師などによって禅宗となり、万寿禅寺と改称。室町時代は京都五山の第五に列せられていた。

右の沿革で明らかなように、万寿寺は元来、郁芳門院追福のための寺であって、『鴉鷺』にいう郁芳門院の御持僧、万寿寺の守護神は同じものを指していることが判る。万寿寺の中には琴台という、郁芳門院が琴を弾いた跡に建てた建物があったと伝えられているが、鳶との関連はこの琴台をめぐってのものである。次に『玉塵抄』二十二の話を引く。

六条万寿寺は、六条御息所の旧跡なり。みやす所は天下一の美人なり。琴の上手なり。これを不断ひ《（弾）》けた所を琴台と云たげなぞ。こと《（琴）》ひけたあとに、そつと殿を作て牌を立てとむ《（弔）》らえたぞ。

と、まずは郁芳門院と琴台についての説明がなされる。続いて

まんき《（慢気）》さいて魔がつかうだぞ。平生、法花を持経によめたぞ。水晶の軸の経を、天狗がもちきてをいたぞ。

とある。六条御息所すなわち郁芳門院に天狗が魅入っていたというのである。さらに

乱後にも、昔の琴台のまわりに、大木の松、ぐるりとはえたぞ。松に番《ツガイ》のとびがちやうどすんだぞ。位牌をみたが、郁芳門院とあり。郁《ユク》とはよまぬぞ。ゆうとよむぞ

とある。「乱後」は応仁の乱であろうか。琴台の周囲の大きな松に、鳶の夫婦が棲んでいたのは現実だろうか。ともかく、郁芳門院の天狗、万寿寺琴台の鳶、ここに『鴉鷺』のいう「御持僧、守護神」との関わりを認めないわけにはいかない。『玉塵抄』の講述者は惟高妙安、講述の時期は永禄六年（一五六三）に始まるとされている。(14)残念ながら、永禄六年は『鴉鷺』の成立より相当のちの時期である。『鴉鷺』がこれに拠ったとは考えられない。実はこの話は、寛正五年（一四六二）に成った、万寿寺住持、天佑梵嘏の『京城万寿禅寺記』が原話らしい。

世俗伝説。郁芳者天下絶色。而二無閨房之染一。生信二大乗一。常持二蓮経一。故白河法皇自染二宸翰一。写二八軸一授レ之。精進読誦。手不レ釈レ巻。或時起二一念清浄之慢一。魔伺二其便一。奪二所レ持蓮経第八之軸一去。爾来不予而化矣。乳媼哀慕之余。仮二観音力一入二魔宮一。得二此経一而帰。魔類怕二経王威力一。回レ邪帰レ正。托二形於飛鳶一護二伽藍一云。

『玉塵抄』の記事と小異はあるが同じものに違いない。『玉塵抄』では万寿寺と鳶との関係が今一つ曖昧であったけれども、ここでは『鴉鷺』の説どおり、改心した天魔が鳶に姿を変えて寺を守護すると明記されている。この記録は応仁の乱を遡ること三年前、直接ではないまでも『鴉鷺』の原拠であることは確かであろう。

このあと『鴉鷺』本文では、例によって鳶の霊力が語られる。

洛中辺都ノ、炎上ヲ出*シテハ、三界火宅ノ、理ニ任《マカス》*ト、利口シ、南都北嶺ノ、魔事ヲ勧テ、闘諍堅固ノ、時

ヲ得タリト、入興ス。見テ二他ノ苦一、為二歓楽ト一、以二世ノ禍ヲ一、為二活計一。惣而、楽メレ心悦シムルレ目事、不レ可二称計一。

というのであるが、鳶が火災をもたらすと考えられていたことは、『本朝食鑑』六の「鵄《とび》……又曰妄ニ毀二鵄ノ巣一、必遭二火災一、此事稍《やや》有レ験」の記事や、

霞める月に舞るあさとび

春風に火は焼亡と心得よ　（俳諧塵塚）

という付合に徴しても認められよう。これは天狗が焼亡を好むこと、[15]鳶を神使とした愛宕権現が鎮火の神であることとの関連も考えておく必要があるかも知れない。[16]

また鳶が、南都北嶺の高僧たちに我執・瞋恚をそそのかし、争いを勧めるのは、鳶が天狗の一類だからである。天狗が合戦・闘諍を仕組んで悦ぶことは『太平記』にしばしば描かれ、直義・高師直の不和も天狗の仕業とされているし（宮方怨霊、妙吉侍者）、また『秋夜長物語』には、天狗の面白がるものとして火事、辻風と並び、「小喧嘩、論の相撲に事出《いだ》し、白川ほこの空印地、山門南都の御輿振、五山の僧の門徒立《だて》」があげられていて、天狗の喧嘩・争乱好きが確かめられる。これらは、誠に他人の苦しみを歓び、世間の不幸を楽しむ邪悪の振舞なのであるが、それらの行為を「三界火宅」や「闘諍堅固」の仏教語に付会し、しかつめらしく巧言利口するところに『鴉鷺』作者の苦心が存したのである。

雖レ然、一化急ニ来テ、三途ノ費スレ歩。*寔ニ知ヌ、娑婆ノ境ハ、*幻ノ栖、*有為ノ楽ミハ、夢ノ鵄也ト云事ヲ。

「一化」は釈迦一代の教法をいうが、唱導文や表白の願文では、死ぬことをいう。「今驚二一化忽満ルヿ一」（言泉集三五）などとある類である。「有為」は無常のこと、このはかない娑婆世界を指すが、それも「夢の鵄《とび》」だとい

う。「夢の鵄」は諺「夢の富《とび》」のもじりで、

・さらば帰らせ給へといひければ、夢にとびしたる覧心ちして　（宇治拾遺一〇九）

・夢の富は、覚《さめ》てのかなしみ也　（古活字本平治中）

といった「富」を、同音の「鳶」へとすり替えているのであるが、それは、

山ぶしにもやことしならまし

正月の一日の夢にとびをみて　（守武千句六）

の俳諧の技巧と共通するものであった。

四　終わりに

以上、本稿で扱ってきたのは、『鴉鷺』のうちの極く一部にすぎないが、それでも『鴉鷺』における特徴的な表現のいくつかは見ることができる。その一つは、禅語の頻用であり、作者の学識の深さと五山禅林への親近が認められる。難解・特殊な禅の文句をふんだんに取り込み、しかも自在に活用した文芸作品は珍しく、貴重とされねばならない。第二は、随所に閃めく機知である。もじりや謎仕立で読者に知恵較べを迫る、その知的な諧謔は守武の俳諧にも見られるところであるが、[17]意識的に作り出された笑いの躁揚には、現実に対して殆ど無力であった中世知識人の苛立ちが見え隠れする。笑いや滑稽によって心の平衡を保つ術は、中世人の精神の健康さを示すものともいえよう。

第三には、雑知識に対する旺盛な関心が挙げられる。鳥の生態・伝承に関した情報の豊かさには驚嘆すべきも

のがある。おびただしい情報・知識の集積は、それ自体貴重な記録であるが、文献以外にも世話、俗説をも収集していく意欲は、訓蒙という枠を越えて、日常・現実に対する関心を物語っている。ささやかながらも古い皮袋に新酒を盛る『鴉鷺』作者の試みは、狂言や俳諧、このあと陸続と製作されるお伽草子などの庶民文芸を考えるとき、忘れてはならないところであろう。

〔注〕

（1）市古貞次『中世小説の研究』（東京大学出版会、一九五五）三七二頁。

（2）古く、伊勢貞丈「義家朝臣鎧着用次第」（故実叢書）、柳亭種彦「用捨箱」下・十一、山崎美成「海録」十三・十八に指摘がある。

（3）片桐洋一「玉伝深秘巻——解題と本文」（「女子大文学」29、一九七八・三）、同氏『中世古今集注釈書解題』(2)（赤尾照文堂、一九七三）、一五四頁。

（4）注（3）、片桐前掲書(1)、九頁。

（5）市古前掲書、三九二頁。

（6）引用にあたっては、『鴉鷺』本文以外は平仮名で表記した。また、適宜読み下したものもある。

（7）沢井耐三「守武千句考証」(3)（愛知大学文学論叢55、一九七六・三）87句解。

（8）地蔵菩薩本願経（大正新脩大蔵経13）第四「一王発願永度二罪苦衆生一、未レ願二成仏一者即地蔵菩薩是」、地蔵十王経（卍新纂大日本続蔵経1）「我若証レ真後、於二地獄一代レ苦、可レ代不レ代者、誓不レ取二正覚一」などの思想に拠ったもの。

（9）『南方熊楠全集』⑷、六六頁。「小鳥狩に梟が出る」

（10）物集高見編『広文庫』17、三九二頁所引。

（11）群書類従本による。但し、古い絵巻（室町時代物語大成7、新修日本絵巻物全集18）には「梟悪このむ」とある。

（12）天狗を山伏姿に描く例は、古今著聞集六〇四、秋夜長物語など数多い。和歌森太郎『山伏』（中央公論新社、一九六四）。また、山伏と鳶を同一視するものに守武千句六や虎明本狂言・柿山伏などがある。佐竹昭広『下剋上の文学』（筑摩書房、一九六七）。

（13）古典文庫。鈴木棠三解説。

（14）抄物大系別刊『玉塵抄』10（勉誠社、一九七二）、中田祝夫、今枝愛真解説。

（15）秋夜長物語十六、日吉社幷叡山行幸記律、看聞御記応永三十二・四・二十三条、月庵酔醒記「天狗住山之名所」などに、天狗と火事（焼亡）の記事を見ることができる。

（16）紅梅千句六「愛宕まふでのしげき此頃／なべて世に火ごとおそれぬ人もなし」や、類船集「愛宕——火打の権現」などによる。

（17）沢井耐三「守武千句について」（「連歌俳諧研究」61、一九八一・七）

〔付記〕六条御息所と万寿寺の鳶の伝承は、能にも脚色されている。沢井耐三「謡曲『榼天狗』——もう一人の六条御息所——」（『室町物語研究』三弥井書店、二〇一二）参照。

『鴉鷺合戦物語』――神仏編――

前に『鴉鷺合戦物語』の表現の特徴を、擬人化された鳥類の描写を通じて瞥見した。今回は神仏に関する記述を対象に、同じ課題を異った角度から検討してみたい。

『鴉鷺』という作品は、合戦譚を物語の主軸とした擬軍記物であるが、中世文学の例にもれず神仏に関わる記述が少なくない。ただその表現は作者の信仰体験の深まりを述べようとしたものでもないし、また、文飾として敬虔かつ哀切な情調を訴えようとしたものでもない。むしろ、その記述態度は知識的、解説的、断片的の傾向が強く、衒学的《ペダンチック》の印象が避けられない。

本稿では、住吉願書、鴉鷺発心事の念仏と禅を取りあげ、注解を施しながら、表現の方法や作者の宗教意識などについて考えてみたい。『鴉鷺』本文の引用は『室町時代物語大成』(二)（横山重・松本隆信氏編）所収の尊経閣文庫文禄本を用いたが、一部、他の本によって改めたところもある。資料の扱いは前稿に準じた。

一　住吉明神と鷺

まず住吉願書について。鷺の津守正素は、鴉の真玄との決戦に備えて味方の援軍を糾合したが、鴉方の大軍にくらべると余りにも無勢であった。正素は、今や仏神の力を頼むより外がないということで、氏神たる住吉明神へ願書を捧げたのである。

帰命頂礼。当社大明神者、都率天上内院第三大士、高貴徳王大菩薩。天神七代初ニハ、顕二国常立尊一ト、現二表筒男神一ト。為二鎮護国家一、垂二跡於墨江辺一矣。影向雖二年旧一、利物日ニ新ナリ。

とそれは書き始められている。住吉明神は摂津国の一の宮で、表筒男《うわづつお》、中筒男、底筒男、神功皇后を祭神とする。願書はまず、住吉明神の本地が高貴徳王菩薩であると述べるのであるが、この本地垂跡説は鎌倉時代にはじまったものらしく、『源平盛衰記』三十六、『古今著聞集』、などに既に見え、室町時代には広く流布して、『峯相記』や『長弁私案抄』、謡曲『雨月』などにも載せられている。

そういうもののうち、『古今著聞集』と謡曲の例は、この住吉願書の構成と非常に似通っており、見逃せない。

・住吉は四所おはします。一ノ御前は高貴徳王大菩薩也。乗レ龍。御託宣ニ云、我ハ是兜率天内高貴徳王菩薩也。為レ鎮二護国家一、垂二跡於当朝墨江ノ辺一、松林下ニ久送二風霜一。（謡曲は略）

ここに見える高貴徳王菩薩のこと、鎮護国家のこと、墨江垂跡のこと、影向年久しいことなど、内容・順序が住吉願書に一致し、『鴉鷺』が、ここにいう〝住吉の御託宣〟を利用したものであることは疑いないであろう。高貴徳王菩薩は涅槃経、高貴徳王菩薩品に見えている。

『鴉鷺』の住吉願書は、右に見た〝託宣〟の構成の中に国常立尊、表筒男神の件を付加したものである。国常立尊は日本創世説話における天神第一代の神。住吉の祭神というわけではなく、単に「国常立尊は一切諸神の根本也」（羅山「神道伝授」）の意味で挙げられたもの。表筒男神は、中筒男、底筒男と共に、イサナギノ尊が黄泉国から帰って禊《みそぎ》をした時に生まれ、住吉大神と称されて航海の安全を司る神である。

さらに文末の「利物《リモツ》日新」の語であるが、これは高貴徳王菩薩の垂跡として顕れた住吉の神の、和光同塵の利益は日々にあらたかだと宣揚したもの。続いて願書は、住吉の霊験四種をあげる。

然バ*和光ハ、出レ従二薬弥大観之内証一、令三成二就所願一。分テ有二四種一。誓テ輔二武略家一、願テ守二和歌道一。或ハ、不レ堪二恋慕ノ思一ニ、徒ニ漂二涙淵一ニ、憑ムニ有二逢瀬一。或ハ、令レ苦二病席ニ心ヲ一、已ニ望二死門一ニ、祈ニ得二平癒*一。

住吉明神が仮の姿を現わして衆生を済度するのも、薬弥大観すなわち薬師如来、阿弥陀如来、大日如来、観世音菩薩の本願によるものであって、特に次の四種の祈願には効験いちじるしいという。

第一に武略家を輔けること。住吉が軍神であることは古来、喧伝されたところであるが、その性格は神功皇后の三韓征伐の折、住吉・諏訪の二神がその荒御前《アラミサキ》と現れて、皇后の勝利を招いた故事（書紀、神功皇后摂政前紀）に拠っている。この話は『平家』の志度合戦や『古事談』五、その他に載り、神功皇后が住吉に祀られているのもその所以である。さらにまた、承平天慶の乱に際しては、純友退治に住吉が大将軍となり、将門退治には日吉山王権現が大将軍、住吉が副将軍となったというような伝承(1)もあり、住吉の軍神・武神としての性格は世に知られたものであった。

第二に和歌道を守ること。中世、住吉が玉津島と並んで和歌の守護神として崇仰されたことは有名であるが、三輪正胤氏はその始源を、『千載集』序の「この集かく、このたびしるしおかれぬれば、住吉の松の風久しく伝はり」や、文治六年（一一九〇）の『五社百首』住吉奉納歌の「和歌の浦の道をば捨てぬ神なればあはれをかけよ住吉の浪」の例をあげ、平安時代末期、俊成の頃にもとめておられる(2)。

第三に恋する者の〝逢瀬〟を計らうこと。この点に関しては『源氏物語』明石の巻の、明石の姫君が年に二度の住吉詣を行って、光源氏と結ばれたような場面があげ得るであろう。

第四に病気に〝平癒〟を得ること。その最も著名な例に、赤染衛門が我が子挙周の病気が重いとき、住吉に和歌を捧げて快癒を得たという説話（今昔二十四・五十一、袋草紙四、十訓抄十など）がある。

以上のように、願書に載る四種の霊験は、それぞれの例証がないわけではないが、第一の点を除けば、果して住吉の本誓であるかどうか判らない。鷺の正素は住吉の神力を讃えて、さらに次のように言う。

守二宝祚一ヲ之神徳ハ、自レ山高ク、防二異敵一ヲ之誓願ハ、自レ海深シ。国ノ為レ国、人ノ為レ人、豈非ヤ二吾神力ニ一

と。住吉が宝祚を守ることは、託宣にみた鎮護国家の誓いに沿うものであるが、それは住吉が永保元年（一〇八一）制定の、国家の重大事に朝廷から奉納される二十二社のうちの一社であったことに見るように、朝廷から尊崇されていたことと深く関わっていよう。

次に、異敵を防ぎ、「国ノ為《タル》レ国」すなわち国を国として存続させている住吉の霊威が讃えられるのであるが、それは蒙古襲来以来昂揚した国家意識のあらわれであり、神国思想の反映でもある。三韓征伐の折に勝利をもたらした住吉であるが故に、この霊力が強調されるのであるが、「国為レ国」という表現が、元寇撃退を「国之為レ国者、神明之擁護也」（正応六年太政官牒）と記した例と共通しているところにも、この段の記述の特異な背景が窺える。室町時代にも応永の外寇といわれる外国の侵入事件はあったものの、勿論『鴉鷺』がそういう当代的な事件を念頭にしているとはいえず、ただ前代の口吻を伝えたにすぎないのだろうけれども、『鴉鷺』の作者の、神国思想と無縁ではなかった社会的立場のようなものが推測されるのは、止むを得ないであろう。

以上、鷺の願書は住吉の極めてすぐれた効験を述べてきた。願書はさらに然バ則チ、内証常住ノ月ハ、遙ニ、照二淡路島ノ秋浪ヲ一矣。*外用随縁ノ花ハ、更ニ、薫ズ二津守浦ノ春風一矣。本地之功徳、垂跡ノ利生、余聖無レ可レ越、諸神ノ無二可レ及者一也。

と讃辞を捧げる。仏の誓願を意味する「内証」と、神々の働きをいう「外用《ゲユウ》」とを対句にしたこの美文は、例えば、

・内証円明之秋月ハ、耀カシ二光於中道山ノ頂一ニ
　外用済度之春水ハ、流二名於下土郷ノ間一
　　　　　　　　　　　　　　　　（普通唱導集(3)・中、末一）

・内証月ハ円ニシテ、照二四海於寂光之妙利一
　外用影ハ朗、護二百王於無為之仙官一
　　　　　　　　　　　　　　　　（東大寺八幡験記）

といった願文の詩的構成を学んだものなのだろう。

鷺の住吉願書はこのあと論旨をかえ、本題である神助の要請に入るが、まず鴉との確執の一件に触れ、鴉の真玄を不屑《フセツ》、緩怠、醜陋、花奢、驕慢と酷評し、それが横さまの兵を起して攻め来ることを述べている。「不屑」は不肖とした本もあるが、モノノカズナラズと訓む『転法輪抄(4)』や『妙本寺いろは』の訓みを採用したい。また「花奢《クワシャ》」が悪徳の一つに数えられているのも、バサラや風流《ふりゅう》の奢侈がしのばれて興味深い。願書は最後に、

*而ルニ、正素、生二弓馬ノ家一ニ、慭《ナマジイニ》、継二箕裘ノ芸一。雖三纔カニ成二蚊咬鉄牛勢一、恐ハ当ンコトヲ蟷螂車輪一ニ。若シ其レ、不レ*預二神明之冥加一ニ、争カ、得レ退二彼*暴悪《ボアク》一、仰ギ願バ、四所明神ハ、憐ミ二*祈請一、末社権現ハ、令二合力一矣。

と結んでいる。この一節は特に平家の木曾願書から影響を受けているようで、平家七・「願書」の、

・義仲いやしくも弓馬の家に生て、纔に箕裘の塵をつぐ。
・蟷蜋の斧をいからかして隆車に向が如し。
・彼暴悪《のぼあく》を案ずるに

といった行文が、『鴉鷺』に類似する。「箕裘の芸」は下学集に「不レ墜《ヲトサ》二父祖之旧業一、謂二箕裘之業一也……」とあり、また「蚊咬鉄牛」は禅語で、「蚊咬二鉄牛一、難《ナン》二為《ヰナリ》下レ口」（碧巌録　普照序）「蚊咬二鉄牛一、難二為下レ嘴」（翠竹真如集一）のように、歯の立たないたとえに用いられるものである。

鷺の正素が住吉の神威を讃え、神助の発動を乞うたのに対し、住吉明神は速かにそれを納受された。それは、

彼ノ願書ヲ、ヨミ上レバ、誠ニ神明納受アテ、御殿忽ニ、振動ス。神力天ニカケリ、恵風、御胸ニ、スヾシカルラント覚テ、三ノ神殿ヨリ、カブラ矢ノ音シテ、*艮掛ヲサシテ、鳴テ行時ニ、正素、歓喜ノ涙、袂ニアマリ、*渇仰ノ思ヒ、肝ニ銘ズ。

という具合であった。神殿が鳴動し鏑矢《かぶらや》の音がするのは、神がその願いを聞き入れた証拠である。社壇鳴動や神鏑の声の、

・秘曲を引給へば、神明感応に堪へずして、宝殿大に震動す。（平家三・大臣流罪）
・八王子の御殿より鏑箭《や》の声いでて、王城をさして、なつて行とぞ、人の夢にはみたりける。（平家一・願立）

といった描写は、軍記や記録での常套的表現であるが、『鴉鷺』の場合、それを踏襲すると共に、さらにそれだけには止まらない表現（傍点部）を書き加えている。その点については次の住吉に関する二つの記事が注目に値

しよう。

一つは、平家十一・志度合戦に載る、住吉の神主津守長盛の奏上記事である。

・去十六日丑刻に、当社第三の神殿より鏑矢の声いでて、西をさして罷候ぬと申ければ、法皇大に御感あって、御剣以下、種々の神宝等を長盛して大明神へまいらせらる。

この記事は当時の記録にも載っているが、[5] ここで「第三の神殿」すなわち表筒男神の社殿から鏑矢の声が飛び去ったという記述は、『鴉鷺』の表現に似るに止まらず、「三」が「第三」の意であって『鴉鷺』の文脈を補うものでさえある。

もう一つは「神力天ニカケリ、恵風、御胸ニスゞシカルラン」についてであるが、この独得な表現には先蹤がある。それは『古今和歌集序聞書三流抄』である。

・文徳天皇、天安元年正月二十八日に、住吉行幸あり。此時、業平御伴に参る時、玉壇に跪て社頭を礼し奉りしに、魂、天にかけり、恵風、心にすゞし。此時、一首をよみて大明神に奉る。吾みても久しくなりぬ住吉の岸の姫松いく世経ぬらむ

右の傍点部の類似は明白であろう。この業平参詣・住吉感応の話は、『玉伝集和歌最頂』『古今秘註』『玉伝深秘巻』『伊勢物語髄脳』など、いわゆる冷泉家流の歌書・注釈書に見えるものであるが、特に三流抄のものが『鴉鷺』本文に近い。右説話の一部はまた『鴉鷺』冒頭部にも見えており、『鴉鷺』と冷泉家流注釈との関係は密接である。[6]

さて『鴉鷺』の表現で、やはり変っているものに、神鏑の声が「艮卦ヲサシテ鳴テ行」がある。鏑矢が西や

東、王城や敵方へ飛ぶというのが普通であるのに「艮卦」は珍しい。「艮卦」は易経に説かれる八卦のうちの一。「艮」は丑寅《うしとら》で、東北の方角を指すのだから「艮」だけでよいものを、わざわざ「艮卦」としたところに、室町時代、公家や禅僧の間で熱心に考究されていた周易の広まり(7)が窺われ、同時に『鴉鷺』作者の衒学趣味が顔を出しているように思われる。住吉の奇瑞に感激した正素は、その帰路、

所謂、当社ハ、八幡大菩薩、同体異名ノ神明ニテ、人ノ人ヨリ我ガ人ト、誓給ヒケレバ、争カ使者ヲバ、可二捨給一ト、難レ有テ下向ス

と考えている。まず、住吉が八幡大菩薩と同体異名とされたことであるが、八幡の祭神が応神天皇、神功皇后、外一柱で、主座の応神天皇が神功皇后の三韓征伐の折に懐胎されたものの、その出生が母宮の命によって帰国後になったという伝承（書紀、神功皇后摂政前紀）によって知られるとおり、三韓征伐と深い係わりがあって、住吉との繋がりもここに認められる。実際、『諏訪大明神絵詞』上には

・されば皇后御帰朝の後、摂州広田の社に鎮座の時、五社を建立せらる。所謂、本社皇后、八幡大菩薩応神、諏訪住吉二神、及八祖宮是也。……八幡大菩薩、諏訪、住吉同体の由来ありと申、此謂也。

と述べられている。古く『後拾遺集』に「石清水に参りて侍りける女の、杉の木に住吉の社をいはひて侍りければ」（一一七八詞書）と記されたように、八幡と住吉が同所に斎われたのも、右の事情によったものであった。

このような具合で、鷺の正素は八幡の託宣を住吉の言葉として頂戴するのだが、それが「人の人より我が人」の文言であった。これは天平勝宝七年（七五五）の八幡の託宣と伝えられ、八幡信仰と共に広く流布したもので、『義経記』四に、

八幡大菩薩の御誓にも、人の国より我国、他の人よりも我人をこそ守らん、とこそ承り候へ。

と載せるのをはじめ、各種の八幡宮縁起類、(8) ひいては謡曲にも取られている。鷺の正素は住吉に願を掛けているのだから、八幡の御託宣は筋違いなのであるが、後に鷺方に加わる鳩太郎宗高を登場させるために住吉、八幡同体を強調しているのである。神や仏、あるいは神々の融通無碍な顕れ方が、平然と受け入れられているところ、いかにも中世的という感が深い。

二　天台浄土教の念仏

次に仏教の場合について考えてみよう。鴉の真玄は二度の鴉鷺合戦に敗北して高野山に逃れ、仏法僧を善知識として出家する。真玄は仏法僧の〝念仏が最要〟という言葉に従い、名を烏阿弥陀仏と改め、念仏聖の遁世者となったのである。仏法僧は鴉に、次のように念仏を説く。

夫、阿弥陀ノ三字ハ、法報応ノ三身、空仮中ノ三諦、衆生本来ノ仏性、百界千如、森羅万像、此三字ニ含メリ。阿者、過去千仏、空諦法身ノ如来也。弥者、現在ノ千仏、仮諦報身ノ如来也。陀者、未来千仏、*中諦応身如来也。

と。まずは阿弥陀の三字の功徳が述べられるが、阿弥陀の三字に空仮中の三諦《さんだい》が含まれるとし、また法報応の三身がそれに同定されるという説は、三諦・三身が天台宗の根本理念であることからすれば、天台宗の側からなされた観心（観相）念仏の思想によったものであることが明白である。古く、比叡山にあって天台浄土教の基礎を築いた源信が、その著『観心略要集』に、

・所以《ユエニ》空仮中ノ三諦、法報応ノ三身、仏法僧ノ三宝、三徳、三般若、如レ此等一切法門、悉摂二阿弥陀三字一。故唱レバ二其名号一、即誦シ二八万法蔵一、持《タモツ》二三世仏身一也。[9]

と説いているのによっても、それは知られよう。この天台流の念仏は、鎌倉新仏教の専修念仏の広まりの中にあっても途絶えることなく、長く継承されていた。

・あみだの三字は、是三身如来なり、三因仏性也。三部の諸尊なり。三世の諸仏成り。空仮中の三諦也。（九冊本宝物集　九）

・法報応の三身、仏法僧の三宝、如レ此恒沙の徳、三字の中に見具せり。（沙石集　四・一）

・五劫思惟、兆載永劫の万善万行、諸波羅蜜の功徳を三字におさめ給へり。……天台には、法報王《ママ》の三身、空仮中の三諦なりと釈しまし〳〵候。森羅万象、山河大地、弥陀にもれたる事なし。（曾我　十二・少将法門）

阿弥陀の三字の教説は、これらの外にも『和歌古今灌頂』十二、『法華経鷲林拾葉鈔』や『高野山記』や『幻夢物語』にも見えている。

『鴉鷺』がこうした天台浄土教による念仏の思想を承け継いでいることは、『鴉鷺』作者の教養を考える上で注目されるところである。井上光貞氏は室町時代の浄土信仰について、足利義満や義政、あるいは一条兼良を例としながら、貴族社会においては「一向専修」の当代的な念仏よりも、源信の『往生要集』に象徴される「藤原時代的浄土教」が根強く支持されていたことを指摘しておられるが、[10]『鴉鷺』にもその傾向が顕著に見えるのは興味深いことである。続いて仏法僧は、

阿字ヲ唱レバ、八十八使ノ見惑《ケンワク》、[八]九十一品ノ思惑《シワク》を断ジ*、弥字ヲ唱レバ、無始広劫ノ塵沙《ヂンジャ》、惑障ヲ断ジ、陀

字ヲ唱レバ、四十一品ノ無明ノ根本を断ズ。

と、阿弥陀の三字を敷衍する。天台では一切の妄悪を三種に分ち、一に見思、二に塵沙、三に無明とするが、これらの惑障、煩悩を断つものが阿弥陀の三字だというのである。天台四教儀によれば、これら三惑はそれぞれ空観、仮観、中観によって破せられるものという。事実、源信が『正修観記』中のなかで、

・念二阿字一時、即滅二四十二品無明、同体ノ見思煩悩一、成二報身仏一。
念二弥字一時、即滅二四十二種塵労（沙）煩悩、三土ノ悪行一、成二応身仏一。
念二陀字一時、即滅二四十二位根本無明煩悩、二死苦果一、成二法身仏一。(11)

と述べている例を見出すことができる。これもまた、前の阿弥陀・三諦同位説を補強した説であって、ここにも天台的念仏の性格が示されているといえよう。

仏法僧はこのあと、法報応の三身の境位について説明するが、結局「法門端多シ」真玄には難解だろうということで、「ヒタ念仏」を慫慂する。ここに至ってはじめて法然が登場してくる。

サレバ、法然上人モ、縦ヒ、雖レ学二一代聖教一、無智鈍根ノ、尼入道ノ身ニ成《ナシ》テ、一向ニ念仏スベシトコソ、
被レ仰候。

というもので、これは法然の『黒谷上人起請（一枚起請文）』の引用であった。法然の名が出たところで、浄土宗の西山・鎮西の名も出てくるが、それらの流派の違いめは鴉のような晩学では元より窺い知れないということで、格別それを勧める風もない。最後に仏法僧は真玄に対し、無学の鴉に縁がありそうな下品浄土について説明する。

下品下生ハ、雖レ生二浄土一、或ハ八劫、或ハ十二劫、被レテ裹二蓮花一、預二聞法ノ益一ノミニ、見仏ノ微笑ヲ開クコト遅*

シ。サレバ古キ尺ニモ、安養界中、下品生人、在蓮華中、常聞二弥陀観音説法一とて、所託ノ蓮花ノ中ニ、宮殿ノ如シテ、化仏・化菩薩来テ、為スト二説法一見タリ。

『往生要集』が九品の極楽浄土を詳しく描いたことは周知のことであるが、ここでは庶民、否、ある種の僧を除く全ての人間の唯一の縋り所である下品の浄土――源信でさえ「下品三生豈非ズヤ二我等分一耶」（下末）と記し、平安の貴族も「九品蓮台の間には、下品といふとも足んぬべし」（和漢朗詠集・慶滋保胤）と詠じた――について述べられている。下品の三種の浄土はそれぞれ、衆《おお》くの悪行を造れる者、五戒・八戒・具足戒を犯せる者、五逆十悪を作せる者が、命終のとき仏名を唱えて迎えられる世界であって、そこは上品、中品の浄土とは異り、それぞれ十小劫、六劫、十二劫の間蓮華の中に胎生して、見仏聞法の益を受けることができず、蓮華開けて後、観音・勢至の大悲の音声《おんじょう》を聞くことができるという（観無量寿経による）。『鴉鷺』の記述は右の解説と小異があるが、その祖述であることは間違いない。

本文の「安養界中、下品生人、在蓮華中、常聞二弥陀観音説法一」の出典は不明。ただ、その末尾の一節が、天台教学を集成した『渓嵐拾葉集』十五、阿弥陀部、源信の念仏の説明に引かれているのも、これまた天台宗の念仏に関わる文言であったことを示しているのであろう。

念仏――とくに天台の――を見てきたところで、『鴉鷺』における天台的教説の端的な例をもう一つ見ておこう。それは、黒白毀讃状で鷺が己れの白さを自慢した部分である。

又、花厳、法華ノ色ヲ尺*シテ、花厳ハ赤色、法花ハ白色*ト見タリ。芬陀利花ハ、白色ノ蓮華ナルガ故也。

依レ之、天台ニハ、白色ヲ為二スト衆色本一ト、尺シ給ヘリ。仏転二法輪一、昔般若ノ説所、非二白鷺池一ニ哉。経ヲ負来シモ白馬也。仏ニ白衣観音、神ニ白山権現、神道仏道、内典外典賞レ白。例ニ不レ可二勝計一。

天台宗の根本教典の一つたる妙法蓮華経は、その注釈において蓮華の色がしばしば問題にされてきた。唐の窮基が編んだ『法華玄賛』に既に「奔荼利迦者白蓮華也……白是衆色所依根本[12]」と見えているが、天台の蓮華白色説は日本の『法華経鷲林拾葉鈔』にも、

・首題蓮華は五色中には何耶……山門通途義ハ白色云也。白色は諸色根本。法華又諸経根源也。本理無染の真如故白色なるか[13]。

と受けつがれている。

また、華厳宗が蓮華を赤色とする説については明確でないが、承安（一一七一～七五）頃の天台僧、覚阿の著[14]かとされる『談義日記』に、

・問。何故、以二白蓮華一喩二此経一（注、法華経）。答。如二白色諸色為レ本、而以二白蓮華一喩二此経一。……問。法華華厳、同カ異カ。答。法華華ハ此白蓮華也。華厳ハ此雑華。故為レ異。……雑華ハ喩二菩薩万行一。白蓮華ハ喩二如来浄妙ノ法身一[15]。

と見えているが参考になるだろう。『鴉鷺』の所説は正しく天台教説の大筋に沿ったものであった。この他の「白」の語彙について注を加えると、「白鷺池《びゃくろち》」は『鴉鷺』の説明どおり、仏が大般若経の第十六会を説いたところ。「白馬」は、後漢明帝の時、摩騰・竺法蘭が天竺から仏像・経巻を白馬に載せて、はじめて中国に仏教を伝えた故事。「白衣観音」は宝冠の上から左右の肩に白布を覆い、不祥の星を吉祥に直すという観音菩薩。天慶の

乱の折に賀茂忠行が白衣観音法（九曜息災大白衣観自在法）を兵革降滅のために修することを奏したといわれる（行林三十二）。(16) 禅宗において、水墨画の画題とされたことも言い添えておこう。

三　在俗禅批判

次に禅について見ることにする。『鴉鷺』において禅語が頻用されていることは、以前の稿でも指摘したところであるが、今回は物語最終部の鴉鷺による禅語の応酬と、鷺の口を借りてなされる「在俗の禅」批判とについて検討を加える。

烏阿弥陀仏が高野山で修行するところへ、鷺もまたやって来て、過去の怨讐を越えて共に修行する身となる。

カクテ三年*ノ行モ過シカバ、頃ハ神無月、嵐ニ交ル時雨ノ音、何（イヅレ）、木葉ト分カネテ、聞モ袂ヲ潤シツヽ、物哀ナル終夜《ヨモスガラ》、

盧山ノ雨夜草庵ノ中　白髪ノ青燈万慮空
貝葉*巻残坐作レ夢　万年ノ心事樹頭ノ風

ト云シ白居易ノ頌、被二思出一ツヽ、寒気痛レ膚*、徒然消レ魂、無茶、無酒、又無飯モ共堕二ス寂寥一境中一、

まずは寂しい隠遁者の様子が語られるが、文中の詩は白居易の頌とはあるものの、冒頭の一句が『白氏文集』十七、盧山草堂夜雨独宿の詩「蘭省花時錦帳下、盧山雨夜草庵中」から取っているだけで、白居易の作ではない。この詩は、南北朝期の禅僧、嵩山居中の作で、『嵩山集（嵩山和尚語録）』に「郊（効カ）二楽天作一」の題で載るもの。(17)

盧山雨夜草庵中　白髪寒燈万慮空

貝葉巻残坐成レ夢　百年心事樹頭風

意は、雨の夜の草庵の中、わびしい灯火に対座すれば、思いは尽きてただ白頭のみが残る。読みさした経巻を前にまどろむとき、一生涯の心労も、梢を過ぎる風のように今や何も残らない、ほどの意か。

鴉と鷺の閑居では、寒気は膚《はだえ》を痛ましめ、徒然さは気力を殺《そ》ぐ。加えて空腹は堪えがたい。「無茶、無酒、無飯」の有様は、「無酒無詩無月明」（松蔭吟稿）の風流を過ぎて悲痛である。特に食い意地の張った鴉には我慢がならぬところ、「何哉〳〵ト思ヘドモ、口近ナル物トテハ、鼻ナラデハ有バコソ、腹中ケシカラズ透徹」る逼迫で、まさか鼻を齧《かじ》るわけにもいかず、とうとう高野聖として廻国の修行に出たいと申し出る。「春ハ本分ノ田地ニ出テ、田烏ヲモ拾テ、飢ヲ支ヘ、秋ハ山家村里ノ栖ヲモシテ、稲ヲモ刈リ、穂ヲモ拾テ、弥《イヨイヨ》、仏法ヲ紹隆セン」と言ったのは、修行より食物に重点があるのは明白であった。

鴉がここで用いた「本分ノ田地」は禅語。田地のよく物を生ずることに喩えて、凡聖・迷悟の未だ区別なき本来のすがたをいう。

・凡聖迷悟いまだわかれざる処……或は本分の田地となづけ、或は一大事と名づく。本来の面目、主人公なむど申すも皆同じことなり。……本分田地は真如の妙理、及一切の仏菩薩の所依なり。（夢中問答　下）

と説かれているところである。鴉は「本分ノ田地」に出て、我名にちなむ「田烏」をも拾おうという。「田烏」は水田に栽培される芋、慈姑《くわい》（烏芋）のこと。『庭訓往来』に「田烏子」、毛吹草三、淤泥《どろ》の条に「田烏《くはい》」と見えている。鴉の言は、小野小町の「田のくはいをひろひて世をわた」（知顕抄）った姿を髣髴させるものであった。

一方、その相談を持ちかけられた鷺は、鴉のさもしい意図を見抜いて気を悪くする。

貴方ハ生《ナマ》禅僧ニテ、恒ニ落モ付《ツカ》ヌ事ヲノミ被レ仰候哉。禅話ニ、鷺鷀立レ雪不二同色一ナラ、明月蘆華*不レ似レ他ナンド云テ、我等モ如レ形、禅ヲバ伺テ候ヘドモ、念仏ニ有二機縁一、此山ニ住ス。

と。鴉が「本分ノ田地」などと禅語を用いたものだから、鷺も負けじと我名にちなむ「鷺鷥立雪」の句を引き、禅の学識を披瀝したのである。「鷺鷥立レ雪非二同色一、明月蘆華不レ似レ他」は、唐の安察禅師の『十玄談話』の偈。鷺、雪、明月、蘆花のそれぞれ互いに白い物であっても、持ち前の白さは同じではないの意を示す。禅書にしばしば引かれる有名な偈である。そこへすかさず鴉は、

我等モ宏智八句ニ、紫極宮中ノ烏、抱レ卵《カイコヲ》、銀河波底ニ兎**推レ輪ト候。

と、口をはさむ。鷺が「鷺鷥立雪」なら、自分は「紫極宮中ノ烏」であって引けはとらぬという。このあたり、相もかわらぬ鴉鷺の子供っぽい対抗心を描いて面白いが、持ち出してくるものは禅語ばかりで、その諧謔は知的である。さて「紫極宮中烏抱レ卵、銀河波底兎推レ輪」の句であるが、これは宋の宏智《わんし》正覚禅師の偈。曹洞宗では宏智前八句、宏智後八句という偈頌を伝えているが、これはその前八句中の一節である。

句中の烏と兎は、太陽と月のこと。「紫極宮」は星座の名で、北極星を中心にして星の集まるところをいう。

・紫極宮は仙人・道士のいる所ぞ。紫極は星のやどを云ぞ。……紫微宮と云も星のいらるゝ宮の名也。

（詩学大成抄　城闕門）

というとおりである。「烏抱レ卵」は宇宙の彼方、太陽が巡って北極星を懐に包みこむような様子をいうのであろう。下句の「銀河波底兎推レ輪」は、玉兎の月が銀河を渡っていくことで、「月のうつるを、輪ヲスと云ぞ」（玉塵　二十一）の詩的表現である。

ちなみに室町時代の禅僧、月舟寿桂は『首書正宗賛』(18)宏智禅師の項でこの偈を注し、「宏智ノ本録ニ作二浪裡一ニ、今洞上ノ知識、誦シテレ之、作ス二波底一ト」と下句に異同のあることを記している。「洞上」は曹洞宗のこと。

さて、お説教の出鼻を挫かれた鷺は、「本分ノ田地在二何処一ニカ、衆生、此田地ニ迷テコソ、生死ニモ沈淪シ候へ」と叱責する。薪は樵夫、釣は漁師、田地は農夫で、どこに鴉の占める場所があろうかといい、そして「潙山和尚ノ仏祖転却*の姿、無極トモ、十成トモ」いうべき尊い姿であるが、鴉のような生悟りがその行跡を真似するならば(19)、却って道心を損って鈍漢になろう、と忠告する。

「潙山和尚ノ仏祖転却ノ姿」とは、唐の徳山見性禅師のことを指しているのではないかと思われる。彼は潙山《ゐさん》霊祐禅師に参じたとき、〝草庵を盤結して仏を呵し、祖を罵《の》る〟（碧厳録四則「徳山到二潙山一」ほか）といわれ、徳山托鉢の禅話でも知られる人物であって、鴉の廻国がそれに喩えられているのであろう。

このあと、鷺の詰問は鴉の上を通り越え、当世の禅に向けられる。禅は至極大乗、すなわち最上の方門であり、世に名匠も多いが、「在俗ノ禅」たるやひとえに地獄の業を作るものだという。

眼*ナケレバ、竜蛇混雑シタルヲモ不レ知。或ハ相ニフケリ、或、得手《エテ》ニ請テ、知識、道人ヲモ、ホメソシル。此故ニヤ、聖徳太子未来記ニ、乱行ノ僧尼有テ、先徳ノ法則ヲ破リ、無智ノ男女有テ、法ノ邪正ヲ判ンズ*、トアリ。今此時代ニ相当レリ。

という。名聞利養に目のくらんだ荒禅僧(20)が、もとより禅の妙旨を得ているとは思われないが、竜蛇混雑《コンザウ》（禅語）の区別もつかない勝手きままな振舞いは目に余る。鷺はこの状況を『聖徳太子未来記』に照らして裁断する。

「聖徳太子未来記」と称される予言の書は、古く平家八、山門御幸、古事談五、太平記六、下っては鹿島問答や文正記などに見え、慶安元年（一六四八）の刊本も存するが、その内容は各時代によって異っていたようだ。(21)『鵄鷺』の未来記本文が何に拠ったかは不明であるが、乱行の僧尼に言及されているところ、『鹿島問答』の「故上宮王言。……或ハ有二異形裸形之僧尼一、穢二神社仏寺一。滅二如来正法一。及二此時一正法威軽、七難世ニ起ラン」というのに近い。

何《イヅレ》モ盲馬ナレバ、口ニ任スル法門ヲ、似合釜ノ蓋アリテ、ホムレバ、ヨキゾト心得テ、鼻頭《ビトウ》ソラシ、慢ズレドモ、自レ元、無道心ナレバ、一夜ニ半時ノ座（禅）ヲモセズ、焼塩計ノ一飯ヲモ、施ス事ハマレニシテ、結句ハ、僧ノ是非ヲ云テ、修多羅ノ教ハ、月ヲサス指トテ、嫌レ之、祖師ノ言句ハ、徒ニ、門ヲタヽク瓦礫トテ、此レヲモ、サナガラ厭却ス。

禅では愚か者に対して盲目の驢馬の意の「瞎驢《かつろ》」の語を用いるが、鷺は邪見放逸の荒禅僧をまともに〝盲馬〟と言い切っている。そしてそれら盲馬たちの出まかせ、高慢、無道心、無慈悲を非難する。「似合うた釜の蓋」連中の追従に乗り、座禅もせず、塩焼だけが菜という粗末な一飯さえ施さない吝嗇。揚句の果は「修多羅教、如二標レ月指一」（円覚経）の文を引き、あるいは「遂将《モッテ》二古人公案一、作二敲レ門瓦子一」（無門関　自序）と唱えて、学問・修行を放擲する。

『円覚経』の文は、月を真理に、指をそれに至る手段にたとえたもので、「指ハ方便、月ハ真実也。見レ月後其指非レ用」（鶯林拾葉抄　五）、または「指をさすことは、人をして直に月を見せしめむためなり。若シ其指に目をつけたる人の、月を見ることあたはず」（夢中問答　下）などと解されており、文字や教義に拘泥して真理を忘れるなの意である。一方、『無門関』の文も同じで、真理の門を叩いた石は、門が開かれれば既に無用のもの、真理に至る祖師たちの言句・公案もその石のようなものだという比喩である。それは、空海が「唯在二以レ心伝レ心、文ハ是糟粕、文ハ是瓦礫」（性霊集　十）と記したのにも一脈通じている。なお、「標レ月指」と「敲レ門瓦子」とを重ねた使用法は、『普灯録』二十五・仏鑑に載せ、(22) 春屋妙葩編『夢窓国師年譜』(23)にも「先仏云、修多羅教如二標レ月指一、祖師言句是敲レ門瓦子」とあって、禅林で慣用句に用いられていたものである。

しかし盲馬たちはその文の真意を悟ることなく、不立文字や以心伝心の語をいいことにして、学問を疎かにし、座禅の蒲団にふんぞり返っているばかりである。鷺は、禅僧の学問にこだわって「文字ナリトモ、*教ナリトモ、聊ヵ伺ゥ道アラバ、般若ノ結縁有ベキ」と言い、さらに達磨の安心法門「依二文字中一得レ解者、気力弱」を引いて勉学を勧めているのは、結局「教ヲモ、文字ヲモ、偏ニ嫌ッニハ非ズ。一度悟リ得ル人ノ、道学兼タル力倆ハ、鬼に金材棒ナルベシ」というあり方を庶幾しているわけで、屁理屈をこねて本を読まず、ましてや参究・精進することのない不真面目な態度に対する怒りであったことが知られよう。

また、流行に乗って参禅している「在家ノ禅」に対しても、彼らは結局「違ヒレ道ニ、背レ義ニ」く有様で、鷺はそれらを「巧妙ガマシキ、禅法ズキ、略シテ念仏ヲ申ベシ」と断ずる。参禅の結果かえって身を滅ぼすことは、「なま〳〵の参禅、都鄙随分の侍、多く進退を損ず」（宗長手記　大永五）の現実と合致するものであり、鷺の言葉は鋭い指摘を含んでいる。

鷺の禅批判は以下、落首の体をとり、軽妙な言回しの中に、その堕落を発《あば》きだす。

当世、コトニ、ハヤル*物。神明、熊野ノ虚《ソラ》誓状。腎虚、*偏執、痔、ハウタイ。緩怠、名聞、墨唐笠。コチヒキ精兵、生《ナマ》禅僧。

「この頃都にはやるもの……」は、『梁塵秘抄』二の今様や『二条河原落首』に先蹤をみる物尽くしの発語であるが、ここに列挙された事柄は、最初の神明（天照大神のこと、または神祇一般）以外、あまり名誉なものはない。熊野権現の牛王《ごおう》の誓紙も今や権威失墜し、女色に耽って精を枯らす腎虚《じんきょ》の病。ハウタイは、「放題」で『下学集』態芸門に「日本ノ俗或ハ云二放埒《ハウラツ》之人一也」と注されるものであろう。墨唐笠は地紙を黒く染めた日傘のこと。高僧だけでなく武士にも用いられた。コチヒキ精兵は、太平記に「白引《スビキ》の精兵」の語もあるが、「抉引《こぢびき》精兵[24]」で矢をねじって引く射手のことか。そして生悟りの禅坊主。

この最後に位置する「生禅僧」の語から、主題は再び禅となる。

聞取法門ナニ〳〵ゾ。話頭、言句ハ多ケレド、常に囀ル句ニ取テハ、鈍漢、蹉過了《シヤクワリヨウ》、莫《マク》*妄想、恁麼《インモ》*ニサレ*、卅棒。

「聞取法門」は、他人の説を耳で聞いたまま、人に受け売りすること。一休に「我与二養叟殿一同船、船中聞取法門禅」（自戒集）、蓮如に「たゞ自然ときゝとり法門の分斉《ぶんざい》をもて」（御文章）などの例がある。そういう受け売りの禅語が次に列挙されているが、鈍漢は愚か者。蹉過了は、時機を逸した、過ぎ去ったの意。「若論二此事一、眨《まつげ》上眉毛、早是蹉過了也」（無象和尚語録　下）などと用いられる。莫妄想は、くだらぬことは考えるなの意で、唐の無業《むごう》禅師の言葉。恁麼に去れは、このようにしてしまうの意[25]。「飯袋子江西湖南、便チ恁麼去ルカ」（無門関十五則）の例がある。三十棒は、学人を警醒するために打つ棒のこと。いずれも禅書に用いられる言葉である。

話頭ニ取テハ、ナニ〳〵ゾ。最初ノ一句ノ、剣刃上《ケンニンジヤウ》、香厳撃竹《キヤウゲンキヤクチク》、樹下樹上、倩女《セイジヨ》離魂、祖師西来《セイライ》、雲門屎《シ》

　橛《ケツ》、牛窓櫺*。五位君臣ニ取懸リ、向上向下、理智（致）機関、第八識を走過シテ*、九識ノ禅ニ到着ス。徹《トヲリ》エタル*(26)、話頭モナク、唱ヘ残セル、禅モナシ。

実に軽やかなリズムであるが、内容は難しい。「話頭」は禅の公案のこと。剣刃上の公案は臨済録。香厳撃竹は三百則。樹下樹上は無門関五則の香厳上樹。倩女離魂は無門関。祖師西来は無門関三十七則の庭前柏樹。雲門屎橛、牛過窓櫺《ぎゅうかそうれい》はともに無門関に載る公案であるが、それぞれの内容については省略する。

公案に続いて、さらに禅語が列挙される。まず「五位君臣」。これは曹洞宗の祖、曹山本寂禅師の所説。君と臣の組みあわせ五種で以て、学僧の証修を検するもの。「人天眼目」に詳しい。次の「向上向下」は、公案などを用いず悟りに直達するものを向上といい、公案や教法に触発されて悟るものを向下という。『渓嵐拾葉抄』十・禅与教事には「以㆓一念不生㆒云㆓向上㆒。以㆓一念已生ノ後㆒名㆓向下㆒ト也」とある。また、「理致機関」。理致は経論の義理を説いて学僧を導くこと。一方、機関は古則、公案や棒喝を以て悟らせること。「凡理致者有㆓言説㆒故ニ、昧者寄㆓思想㆒。機関者絶㆓言説㆒故、不㆑寄㆓思想㆒」（済北集）と説かれているものである。

次に「八識」と「九識」。八識は阿頼耶《アラヤ》識のこと。眼耳鼻舌身意の六識と末那《マナ》識の上にある意識。九識はその上の奄摩羅《アマラ》識。「第八識は、無明と法性と和合せる処なるが故に、唯妄にもあらず、唯真にもあらず。此八識を心王と談ずる教もあり。或は此の上に第九識を立たり。梵語には奄摩羅と名けたり。漢語には清浄無垢識といへり。此は是衆生の本心なり。迷倒の時も迷倒に染せられず。故に清浄無垢と名けたり」（夢中問答下）とあるのが参考になろう。

実に難解な禅語の羅列であるが、当然これらの奥旨は生禅僧のよく理解するところではない。ただ虚仮《こけ》威しの文字面で人を惑わせているのだが、鷺はそういう輩こそ「大乗誹謗ノ罪」を得るという。

先程、鷺は在俗の禅で、禅法ズキよりも念仏を嗜めと言ったが、最後に再び念仏を称揚して、長い説教の唇を閉じる。

念仏者ヲバ、小乗トテ、嫌ヘドモ、又恐ラクハ、如レ説修行セバ、一期悪趣ニ、行ザラマシ。一度、地獄ノ釜底ニ、タンブト沈デ、其後ハ、手ヲ摺、足ヲ摺トテモ、誰有リテカ、助ケンレ之。雖レ然、弥陀仏ハ、如レ此極悪モ、臨終ノ一念翻シ、御名ノ一声唱レバ、声ヲ知ベニ、引接ス。哀レ、疾ク々ク、往生シ、妓楽、歌詠ノ音立テテ、来迎ノ雲ニ、策《ムチ》打、放逸邪見ノ禅宗ノ、地獄ニ顛倒セン時ニ、遠ク玉霞《ギヨツカ》ノヒマヨリモ、ヲガマセテ、情ヲ折セバヤ。

前に「禅ハ大乗ノ法」とあったが、それに対して、小乗とは救済の小さい手段をさす。念仏門を小乗として軽んずる風潮は

・諸宗の人々は、念仏申者をば、小乗浅近の教、歴劫迂廻の行也と、世にいやしげに思下し　（峯相記）

・今時、禅宗を信ずる人の中に、念仏の法門は小乗なり、念仏者とて愚痴なる人なりと思て、一向に是を隔つる人あり。　（夢中問答　下）

などといった記事にも窺うことが出来る。それにしても、念仏によって極楽往生した暁には、大乗誹謗の罪で地獄へ堕ちた生禅僧たちを、雲の上から見下して、彼らの我慢・強情の鼻をへし折らんというのは、宗教家の言としたら問題であろうが、物語作者の感想としたら何とも正直で面白い。鷺の説く念仏は、前に見たとおり源信流の観心念仏であって、ここにいう極楽のさまもまた、『往生要集』の〝聖衆来迎の楽〟の描写に共通するもので

ある。

鷺は鴉に対し「貴方ハ口ニハ*、禅ヲ唱へ給へドモ、御心ハ、ナニヘントモナシ。ハヤ道心ハ、ハゲ候ヒケリ」と言う。鴉は、田圃《たんぼ》といえばよいものを「本分ノ田地」といったばかりに、かくも延々と説教をくらうはめになったのだが、今回は鷺の脱線を咎めることもせず、素直に「一旦、俗気ノ浮ミ候マヽ、ヒヤット、申出シテ候」と、これまた鷺の趣意とはずれて、己れの食い意地を詫びたのである。「一度、不ンバレ誤、争《イカデカ》得ンレ知レ非ヲ」とは鴉の言訳であるが、その後は鷺・鴉とも「打成一片《たじょういっぺん》」（専らの意の禅語）に念仏を唱え、大往生の素懐を遂げたのである。

四　終わりに

以上、『鴉鷺』における住吉願書、念仏、禅の記述を検討してきた。次にそれらの特徴がどのような意味を持つのか、簡単に述べて本稿のまとめとしたい。

まず、住吉願書であるが、そこに顕われていた本地垂跡思想、鎮護国家、現世利益の神徳、「国為レ国」の神国思想などの諸特徴は、きわめて古めかしい、かつ権威主義的な宗教の性格を露わにしている。これらの特徴を、専修念仏の神祇を礼拝せず、彼岸を志向し、人々の内面の救済を専らとした信仰と対比するならば、住吉願書の古めかしさが一層明瞭になる。本地垂跡説にしても、鎮護国家や現世利益にしても、平安時代の旧仏教側が熱心に唱導したものであることは言を俟たない。黒田俊雄氏は中世の本地垂跡説について、神祇不拝の一向専修に対抗した旧仏教・顕密諸宗派が、神社と積極的に連携して教義を深めていった過程を分析され、さらに神国思想についても顕密諸宗派が神道の歴史観を取り入れて、天皇に象徴される古代的権威を宗教的に護持する役割を有したことを指摘しておられる。[27]

このような視点からすれば、住吉願書は紛れもなく旧仏教の大寺大社、およびその教説によって擁護され、同時にその信奉者でもあった天皇・貴族階級の思想を具現したものということができる。

もとより、願書を大寺大社に奉持すること自体、旧仏教的な行事であり、ましてこの部分が軍記物語の〝願書〟のパロディーであるとするならば、今さら旧仏教的であるという指摘はあまり意味のないことであるが、それにもかかわらず、この住吉願書は中世旧仏教のイデオロギーの特質を見事に備えており、『鴉鷺』作者の思想傾向もあながちこれと無縁とは考えられないのである。

一向専修の民衆的宗教よりも、古代的な旧仏教に親近を示す『鴉鷺』の傾向は、さらに念仏の記述において鮮明である。『鴉鷺』で説かれた念仏は、阿弥陀の三字に三諦をはじめ世界のすべてが包摂されるとする天台所立の観心念仏であった。室町の貴族社会に伝統的に信仰されていた天台の源信的浄土教が、ここに縷述されていることは、『鴉鷺』作者の宗教的基盤が那辺にあったかを示すものといえよう。

次に禅であるが、『鴉鷺』の中で禅語が頻用され、また最も具体的な記述を有するものも禅である。そこに『鴉鷺』作者の禅に対する関心と素養の深さが窺える。本稿で扱った部分は特に作者の主張が明瞭なところであって、その力説するところ、俗化した禅への痛憤であった。中世、禅が武家政権の庇護を得て栄えたことは言うまでもないが、教線の拡大と共にその通俗化も避け得ないことであった。[28]『宗長手記』大永五年（一五二五）の、

・教外別伝、不立文字の宗師、今誰人ならん。参者凡魔魇とも天狗ともいふべからんといふ人侍し。是みな世俗にいふ溝越天狗等にや。今程、長老、坊主、会下ともに、或は宮家にまじはり、あるは土檀那をほりもと

め、山林斗藪を結縁し、奔走し、参者を接し、我身接する知識たれともきこえず。中々念仏三昧こそあらまほしき修行ならめといふ人侍り。

といった記事は、『鴉鷺』の公憤と軌を一にするものである。

ただ、ここで注意を要するのは、本稿の冒頭でも述べたように、『鴉鷺』の禅批判が的確に要所を衝き、かつ難解な禅語を縦横に駆使している割には、宗教的情念の深みに乏しく、作者の内的経験が語られていないことである。このことは、『鴉鷺』の禅描写が言葉だけの皮相なものであったことを印象づけ、同時に作者の禅に対する関心が実践よりも学識に偏っていたことを物語るのだろうが、しかし、物語世界にあって、その知的一辺倒の記述が、特定宗派の偏狭な喧伝や不合理な宗教経験の告白を排除する役割を果したことも認めねばならないであろう。『鴉鷺』の禅批判が宗教内部の問題を越えて、一面社会諷刺たり得ているのも、自己満足的な宗教体験にのめり込まない、知的抑制が効いた成果に外ならないと考えられるのである。

ところで『鴉鷺』の禅批判の結論は、宗長手記と同様、禅よりも念仏修行をと言うものであったが、勿論これは修得困難でしかも堕落しやすい禅よりは易行の念仏をと相対的に言ったまでで、念仏の優位を説いたものではない。禅宗の中には宋の智覚禅師以来、禅と念仏の兼修を説く浄禅一致の立場もあるが、『鴉鷺』においては禅と念仏が並立されており、必ずしも両者の一致が庶幾されているわけではない。ただ、『鴉鷺』における念仏と禅に関する詳細な記述から察するに、『鴉鷺』作者が念仏・禅の両方に相当深い関心を寄せていたことが推測されるのであって、このような浄禅二門に対する特別な関心は、一条兼良が、

・禅も浄土も一心のうへのしばらくの法儀也。禅の中にも浄土あり、浄土の中にも禅あり。さらに心をはなれ

たる法なしと心得べし。（勧修念仏記　下二）

と述べた考えに通い合うものであろう。兼良が『鴉鷺』の作者であるかどうかはひとまず措くとしても、室町時代の公家文化を代表する兼良に、このような『鴉鷺』の表現に共通する傾向がみられることは、注目しておかねばならないことと思われる。[29]

最後に、お伽草子としての『鴉鷺』について一言すれば、住吉願書などは往来物的文例の一種として読むことができ、また念仏の功徳の説明も難解な教義の解説という観点から啓蒙的な要素を見出すことができよう。物語の筋をたどる楽しさの中で教訓を授けようとしたものであろうが、婦女童蒙を対象にしたにしては高度すぎる。お伽草子という読み物に托した作者の韜晦を見るべきであろうか。少なくとも、禅語の応酬、禅批判に見られた軽妙な言回し、豊富な知識、直截な諷刺等々の特質は、中世知識人の諧謔を武器にして、社会に相渉るしたたかな精神の所在を示すものといえるだろう。

〔注〕

（1）袖中抄　九・古事談　五、野守鏡、類聚既験抄、日吉山王利生記　八、本朝神社考などに載る。
（2）三輪正胤「竹園抄歌論の生成と発展——歌神としての住吉明神をめぐって」（「名古屋大学国語国文学」14、一九六四・四）
（3）「公刊『普通唱導集』」（村山修一『古代仏教の中世的展開』法蔵館、一九七六、所収）
（4）貴重古典籍叢刊『安居院唱導集』上、二六四頁。

(5)玉海、百練抄、吾妻鏡のそれぞれ元暦二年二月十九～二十日の条に載る。
(6)両者の関係は他に和歌の秘伝や遊子伯陽説話にも見られる。前節の注4参照。
(7)足利衍述『鎌倉室町時代之儒教』（日本古典全集刊行会、一九三二）八五五～九頁。芳賀幸四郎『中世禅林の学問および文学に関する研究』（日本学術振興会、一九五六）七〇～八九頁。鈴木博『周易抄の国語学的研究』（清文堂出版、一九七二）研究編一頁。
(8)古典大系『義経記』、四二二頁補注参照。他に東大寺八幡験記、誉田八幡縁起、八幡宮巡拝記などにも載る。
(9)大日本仏教全書31、一八〇頁。訓みは国訳大蔵経による。この箇所は思想大系『源信』（石田瑞麿氏校注）解説、大野達之助『新稿日本仏教思想史』（吉川弘文館、一九七三）、二二一～三頁にも引かれ、大野氏は天台法華思想と浄土思想の融合を図ったものと述べられた。
(10)井上光貞『新訂日本浄土教成立史の研究』（山川出版社、一九七五）一二八～九頁。
(11)大日本仏教全書31、二六三頁。なお同じ源信の『阿弥陀観心集』にもほぼ同文が記されている。八十八使、八十一品などの法数は「天台四教儀」に説明がある。
(12)大正新脩大蔵経34、六五七頁。『法華要解』（元禄十五年版本）一による。
(13)日本大蔵経・法華部章疏3、二四頁。
(14)仏書解説大辞典「談義日記」（田島徳音執筆）の項による。
(15)大日本仏教全書24、三五七頁。
(16)大正新脩大蔵経76、二二六頁。なお注3、村山前掲書三六頁参照。

(17) 内閣文庫文明十四年写本。この詩は北村沢吉『五山文学史稿』（冨山房、一九四一）二八〇頁に引用されている。

(18) 万治三年版本。

(19) 本文に一部脱文あるか。私意に文意を補った。

(20) 『雑談集』一・七「荒禅僧は不レ守二戒律一」また『鴉鷺』の「因果撥無ノ荒禅僧」などの語によった。

(21) 和田英松「聖徳太子未来記の研究」（『史学雑誌』32・3、一九二一・三）。古典大系『平家物語』下、四五〇頁補注。梶原正昭「中世における終末観の一考察」（『古典遺産』16、一九六七・二）

(22) 『従容事略』（寛文五跋版本）十七則による。

(23) 続群書類従九輯下、五〇〇頁。

(24) 島原松平本には「チ」に濁点符が付されている。

(25) 柴山全慶『訓註禅林句集』（其中堂、一九七二）十七頁。

(26) 「徹《トヲル》」は島原松平本に「透徹《スキトヲテ》」の例がある。

(27) 黒田俊雄『日本中世の国家と宗教』（岩波書店、一九七五）二一五～七頁、二五三～三三〇頁。

(28) 辻善之助『日本仏教史』6（岩波書店、一九五一）、三一〇～五〇頁に多様な例が載る。

(29) 市古貞次『中世小説の研究』（東京大学出版会、一九五五）三九一～二頁。

『鴉鷺合戦物語』――軍陣編――

『鴉鷺合戦物語』(『鴉鷺記』とも。以下『鴉鷺』と略す)は、鴉の真玄と鷺の正素との確執と発心を、擬人化して描いた作品である。成立の時期については、後藤丹治氏が享徳から文明の頃という見解を示され(1)、市古貞次氏は応仁の乱の直後のころを想定された(2)が、おおよそその頃と考えて大過ないであろう。問題は応仁の乱(一四六七~七七)の前か後かということである。私は、この作品には応仁の乱の――京都市街で展開された戦闘の――生々しさがあまり反映しておらず、恐らくは応仁の乱よりも以前になったものではないか、と思っている。その頃といえば足利将軍家をはじめ畠山・斯波両家の内訌が激化し、人々は一触即発の不穏な雲行きに深い危惧を感じていた時期である。

二度にわたる鳥類の合戦を描いた『鴉鷺』は、物語の最後を、

凡、鴉鷺闘諍、雖レ為下無二蹤跡一*随一上、世上ノ躰相ヲ*観ルニ、何レカ是実ナル。自他ノ所行ヲ思ヘバ、共ニ又誤レリ。或ハヲゴリ、或ハ僻《ヒガン》デ涯分ニ迷ヘリ。何ゾ*真玄ガ嗚呼《ヲコ》ニ異ナラン。仍、鳥道ノ跡ナキ事ヲ注シテ、人世ノ誤アル事ヲ示ス而已。

という一文で締め括っている。作り話の鴉鷺闘諍も、現実の人間の抗争と同じではないか、ともに我意による合

戦であって実に無意味ではないか、と作者は言う。対立・闘争を「人世ノ誤」とする明確な戦争否定の思いは、危機的な状況に置かれた当時の人々の共通の思いであっただろう。同じ時期、文正元年（一四六六）に書かれた『文正記』が、応仁の乱の前哨戦を描いて「山川草木共皆愁」「唯願掛レ弓軍務休」と嘆息したのに比較すれば、『鴉鷺』の諷喩がきわめて強い意志に支えられたものであったことが知られるであろう。

ただし、『鴉鷺』の戦争否定の主題は、専ら鴉の真玄の倨傲を描くことで展開し、興味が持たれる鳥類の合戦も、合戦描写に限って言えば、『平家』や『太平記』等の文体を模したものというべく、それらの合戦譚と殆どかわるところがない。中鴨の森の鷺に対し、鴉方は賀茂川・高野川を越えてしばしば突入を試みるが、かえって打って出た鷺方のために苦戦する。鷺の正素は五百騎を率いて敵陣に突入し、横ざま、筋かいに駆け廻る。続いて青鷺も駆け入り、「蹄ノ音ハ怒雷ノ天ニ動ガ如ク、剣ノ影ハ*電光ノ雲ニ激スルニ似タリ」と戦い、鶴が渡河を敢行して「其勢ハ、永祚ノ風ガ芝ヲマクリ、古木ヲサキシニ異ナラズ」の称賛を受ける。以下、雉子や鵠、鶏などの花々しい働きが描かれるが、中に、足利又太郎忠綱、円満院大輔源覚などのかすりや、鳥たちの「鳥ノサカグヰシタル如ニ」や「毛花ヲ散シテ戦タリ」のようなもじりの面白さが見受けられるものの、旧来の表現を脱しえていない。

むしろ主題に関わって興味が引かれるのは、合戦描写の前後に付け加えられた感想や教訓である。金力を背景にした作り侍の流行、足軽・溢れ者の跳梁、出陣儀礼や日取りの軍陣故実、武士の心得等々であるが、それらはまた当時の世相を垣間見させてくれるものでもある。

以下、本稿では『鴉鷺』の軍事に関わる記述を選んで解読を試み、その時代的意味と作者の戦争否定の論理について考えてみることにしたい。

一　作り侍、溢れ者

鷺の正素が、自陣に馳せつけた武士たちの着到をつけた時、

当世ノ習ヒ、身有徳ナレバ、何ナル百性町人モ作リ侍ヲシテ、某《ソレガシ》ナンド名乗ル。今度ノ合戦ハ希代ノ珍事タル間、定テ可レ留レ記。凡下ノ者ドモヲ馮テハ、後難可二口惜一カル。

と述べて、侍の氏素姓、名字、官途を糺明するように命じている。ここには凡下の者ども、つまり「百性・町人」風情が錦繍を身に纏って帯刀し、「それがし」などと侍言葉を使って尊大に振舞っている姿が嫌悪されている。富裕な庶民が金力にものをいわせて偽侍に変身し、合戦の陣触れに際してもいそいそと駆けつけるのは、もとより武勇に心得のない連中、戦場で名を上げる覚悟よりも、凡下とは身分的に区別され特権化された支配階級としての武士に所属することを切望する男たちであった。(3) これは『文正記』に、

凡下之者、抑二留税賦一、蔑二如公道一、棄二於農業一、習二於武芸一、買二系図一、自称レ侍、而蹴レ鞠閑レ弓。

と述べる自称の侍と同じものである。彼らは重んずる義理も伝統もなく、武士としての心構えも意地もなく、ただただ金銭の力によって氏素姓さらには武士の嗜みを購い、身分秩序の枠を突き破ってくる。作り侍は成り上り者が辿る一つの道筋であった。よく糺明して、こういう輩は着到に記すな、と鷺の正素は言う。その言は『鴉鷺』の作者の、作り侍に対する非難の表明であった。上層階級や知識人といった古い権威に属する人々からすれば、成り上りの登場は不愉快な現象であっただろう。

こうした成り上りが登場してくる一方で、また古い権威が零落していくのも事実である。鷺の正素は、

又、源平両家ノ流ヲ継テ、無レ隠侍ナレドモ、一代主ヲ馮ミ、其身又計会スレバ、人毎ニ思卑ム者也。不レ可レ云二不肖一。*イカニモ足下ヲ糺明シテ、着到ノ面ミダリナルベカラズ。

と言う。名家の家柄ではあるものの零落してはじめて主人を持つ身となり、計会（貧乏）の果てには人から軽んじられ卑しまれることになる。『文正記』はこの辺の事情を、

本侍者、得二替所帯一、追二従土民一、為レ資二身命一、売二於系図一。依レ無二為方一、薙レ髪易レ服、偽作二沙門一、心非二沙門一。敬二富裕者一、跪二恩顧之輩一。

と述べている。得替は所領が取り上げられること。名ある侍が土民に追従し系図を売り、あげくは昔恩顧を与えた家来にさえ跪拝する姿は何とも哀れである。『鴉鷺』作者が成り上りに対して示した反感は、零落した名ある武士への同情と表裏をなすものであった。

鴉の真玄が味方を募ったとき早速に推参したのが、零落のあまり口太烏から冷笑されることになった山烏太郎である。「下手ゲノナリヤ、凡卑ノ懸《カカリ》ヤ」と笑われた山烏は、我が身を不肖という。「魏（元忠）が不肖な時、たゞ下女一人つかうたぞ」（玉塵抄・二九）のように、それは貧窮の状態をいう。山烏は不肖の原因を前世の因縁と捉え、十来偈の「下賤者憍慢中ヨリ来、貧窮者慳貧中ヨリ来」の文を引いて、我が身の宿執を恥じるのである。ただ、彼は勇士の名をとった父の衣鉢を継いだことを申し述べて、眼前の恥辱を雪ぐことができた。この山烏太郎が「極信第一、所存奥深き者」「武勇ヲバ重代スル」武士でありながら、不肖の身の恥辱を受けたのも、「彼太郎ハ希ニモ人ニモ交ラズ、立居頑《カタクナニ》シテ、親の時ヨリハ疲労以外也」という社交性の欠如が指摘されている。武士

における処世術が言及されているのは興味深い。

山烏の貧乏とは反対に、鷺方へ参じた塊鳩《つちくれ》の藤太豊業は、

近年ハ田舎ノ栖ニテ、農業ヲ事トシテ、世間様モ抜群ニ心安成候。生得ノ風情、土近ニテ塊鳩ト被レ云候。六月ノ土用ニ、今年ノ米穀ノ和市《ワシ》ヲ兼テ覚悟シテ、其斗升ノ数ヲ鳴テ、来秋ノ売買イク〳〵ラ程ト、土民百性等ニ示ス程ニ、世諦辺ハ得タル物ニテ候。八木ナンド何千俵モツミ重テ候。自然、兵粮闕如候ハヾ、可レ被二仰付一候。

と記されている。夏の間に稲の成育状態から収穫量を予想し、需要の多寡を見越して、その秋の米相場を張るのである。その結果、八木（米）を何千俵と積み上げる有様だという。塊鳩は給恩によらず、自らの労働と才覚によって巨富を築いたのである。室町庶民の蓄財のあり方を窺わせるものとして注目に値しよう。

『鴉鷺』にはまた、鳶出羽法橋定覚という有徳者が登場する。鴉方に属した彼は戦いの緒戦に戦死するが、彼は、

生年五十三、只洲ノ川原ニテ、マダ夜ヲ籠テ失ニケリ。サシモ富貴シテ、比叡、愛宕ニ坊アマタ持テ、児、同宿ニ被レ傅《カシヅカ》シ法師ナレドモ、

と説明されている。法体にして富貴といえば、比叡山に籍を置きながら土蔵、高利貸を営んで莫大な利益を得、さらには室町幕府の政所、納銭方一衆の一員に選ばれて、幕府の財政を請負った正実坊、定泉坊などといった富豪(4)のことが想起される。「白花ノ春ノ朝ニハ、美景ヲ比叡嵩ニ詠ジテ、紅葉ノ秋ノ暮ニハ、逸興ヲ愛宕ノ山ニ催ス」と言われた鳶であったが、その追悼の文に「見二他苦一為二歓楽一、以二世禍一為二活計一」と記されたのも、

それが単に魔鳥としての行為であるにとどまらず、高利で人々を苦しませ、世間の騒動によって米価を釣り上げる、富裕人のあくどい仕業を暗示したものと言えなくはない。

『鴉鷺』の作者は、有徳である者に対してあまり好感を示していない。にもかかわらず現実生活において金銭の重みは無視しえない所であり、作り侍の過差や富裕人の華美を苦々しく思いながら筆を費さざるを得なかった。成り上りの側から彼らの致富の意味が捉えなおされたならば、あるいはもっと違った人物造型がなされたかも知れないが、「世下二澆季一、文徒ニ廃リ、武妄リニ振フ」「先二無道一、宗二梟悪一」と当代を捉える歴史観の持主である作者には、もとより望み得べくもないことであった。

*

それでも作り侍の場合はまだよい方であった。駆り集められたり戦場へ流れ込んできたりした者たちになると、非法、放埒の限りを尽くす無頼漢同然の輩であった。鴉方に参じた者のうち、官途、受領もない化鳥・小鳥などの人がましからぬ連中は、

押買ヲシ、濫妨ヲ致シ、此彼ノ田畠ニテ苅田狼藉ヲシ、諸方ノ杜林ニ入テハ見捜《ミトリ》ヲス。目ヨワナラバ御方ノ物ヲモ奪取リ、イキ馬ノ眼ヲモクジリツベシ。迯《ハツレ》レ法タルアブレ物共也。

という有様であった。押買、濫妨（押取）、苅田狼藉などの非法は今に始ったことではなく、幕府や諸大名からしばしば禁制[5]が発せられたものであるとはいえ、白昼、暴力的に掠奪行為を働く彼らの所行は、一条兼良をして「此たびはじめて出来れる足がるは超過したる悪党也。其故は洛中洛外の諸社、諸寺、十刹、公家、門跡の滅亡はかれらが所行也。かたきのたて籠たらん所にをきては力なし。さもなき所々を打やぶり、或は火をかけて財宝

を見さぐる事は、ひとへにひる強盗といふべし」（樵談治要）と嘆かせた、足軽そのものの悪業であった。隙あらば味方の物を奪い取り、味方の寝首までも掻きかねない油断のならなさは、『雑兵物語』にも述べられているところであるが、もともと烏合の衆である彼らにとって破廉恥を気にかける殊勝さはない。一条兼良が足軽の取締りを要求して、「又、土民商人たらば在地におほせ付られて罪科あるべき」と述べたように、足軽には少なからぬ土民、商人の如きが含まれていた。彼らは金力を背景に武士らしく振舞える作り侍とは異って、徴発の憂き目にあい、補給も不充分な部隊に組み込まれ、危険の多い部署に差し向けられるのを余儀なくされていた。彼らが掠奪、喧嘩、酒、博奕に走ったのにも無理からぬ一面はあったのである。

平常時においては侮辱と嫌悪の対象でしかなかった足軽、雑兵の部類も、一旦戦場ともなればその役割は小さくなかった。騎馬戦から集団戦への戦法の変化が、特に彼らの役割を大きくした。正規軍に編入されない足軽、野伏は、或いは目付として斥候を務め、或いは奇襲・攪乱のための忍《しのび》を行った。塊鳩の藤太は米相場で財をなした者であるが、百姓上がりの下級武士であることに変りなく、その能とするところは、

　又、忍ナンド仕テ、城ノ中へ入歟ト思へバ、関ノ木早ク押ハヅシ、テ、ビウチ、ハ、ホクソニ打ツケテ、焼タテ候ハンズルニハ、目スル（擦）ヒマモ候ハジ。

というものであった。「テテヒウチ、ハハホクソ」は鳩の鳴き声「テテッポー」の擬音。[6] それに「手火」「ほくそ」を効かせている。敵城へ紛れ込むや素早く放火をなして、敵陣を混乱させるのである。

・或夜の雨風の紛に、逸物の忍をば八幡山へ入れて、神殿に火をぞ懸たりける。（太平記二〇・八幡炎上）

・今朝伊賀衆、笠置城忍び入て、少々坊舎放火。（多聞院日記、天文十・十一・二六）

・忍の者城内へ心の儘に忍び入る。（略）御殿家家に付たりければ、火燃出て煙満㆓城内㆒。（藤葉栄衰記）

などと忍の放火が諸書に記されているが、『太平記』三十四、平石城軍事には、巧みに敵陣に紛れ入ったものの発見されて殺される話が載せられており、失敗すれば極刑が待ちうける危険な任務であった。

野伏の職務については、『鴉鷺』は、

野伏ハ走散テ、馬武者ニカラカヒ合へ。懸バヒキ、引バヲクリ、敵ニ強《コハ》リアワズ、城アラバ歩留リテ、矢ブスマヲツクレ。イカニモ六借《ムツカシ》*キヲ以テ、野伏ノ能トス。

と述べている。野伏は弓矢で敵を射しらまかし、敵の行動を妨害し、伏勢として敵に奇襲をかける。戦況を決定づける威力はないが戦いの駆け引きには有効で、『鴉鷺』の中でも野伏軍がしばしば描かれて、重視されていたことが窺える。

二　兵法の呪術

次に、軍陣故実について見ていくことにしよう。『鴉鷺』作者は、和歌・音楽・神仏の場合と同様、軍事に関わる記述においても機種かの秘伝の類を援用している。軍書、兵法書と称される類である。そのもっとも顕著なものは、従来から引用が指摘されている『義貞記』である。(7)

正素の嫡子七郎が初陣の出立をするとき、青鷺が鎧着用の手順を指導する。それは、一番に手綱（褌）、二に小袖、三に精好（大口袴）、四に縁塗り（烏帽子）、五に鉢巻、六に韘《ゆがけ》、七に鎧直垂、八に脛巾《はばき》、九に括を結ぶ、十に臑当、十一に頬貫（沓）、十二に脇立、十三に小手、十四に鎧、十五に刀、十六に太刀、十七に征矢、十八に弓、というものであったが、これは『義貞記』に載せる次第とほぼ同じである。この鎧着用次第は八幡太郎義家の奥州合戦に下向した時のものと伝えられ、後世、『義家朝臣鎧着用次第』として絵入りの一書にも編まれることになるものであるが、鈴木敬三氏によれば、これは中世の形骸化した随兵のもので、実戦用ではないとのことである。(8) 室町時代、鎧着用の順序を記したものに『随兵之次第之事』、『沢巽阿弥覚書』、やや簡略なものに『鎌倉年中行事』、幸若舞曲の『堀川』などがあるが、それらの記事との比較によっても、『鴉鷺』と『義貞記』の類似は否定し得ない。

この他、『鴉鷺』は、旗の作り方の事、上矢の鏑の事、出陣の酒の事、陣の取り様の事など数ヶ条を『義貞記』から引いている。『義貞記』は新田義貞の教訓に仮託して作られた故実書であるが、成立の年次は不明である。なお『鴉鷺』と『義貞記』の本文の間には小異が見うけられるが、蓬左文庫本（天文十九年写）、版本、群書類従本を見た限りでは、『鴉鷺』と同一の本文を見出すことはできなかった。ただ、その系統に立つ本に依拠したのであろうということはやはり疑い得ない。

『鴉鷺』は、出陣に関して、

戦ニ出ル時、酒ヲノム事アリ。盃ハ折敷ニハスエズ。左ニ取テ、右ニ銚子ヲ持テ、立ナガラモルベシ。居テ取ル事、禁忌ノ次第也。肴ニ義アリ、銚子ニ子細アリ。

と述べている。これも『義貞記』から引いたものである。ところで、『鴉鷺』にはもう一種類の出陣の折の故実が載せられている。

山城守、門出ニ酒ヲ呑。肴ニハ打アワビ、干栗《カチグリ》也。茅ノ葉ニテ酒ヲソ、イデ、九万八千ノ軍神ニ手向ク。軍神勧請、如レ常也。此軍ニカチグリ、此敵ヲ打アワビト呪テ、馬ニ打乗、白旗一流サ、セテ、がそれで、鷺の正素の出陣を描いた箇所に見えるものである。この部分もまた、作者の創作ではなくて、中世に流布した軍書を利用したものである。たとえば、川瀬一馬氏が報告された応永二十六年（一四一九）写の吉野山吉水神社蔵、『兵法霊瑞書』なる軍書[9]には、

打レ敵行時必酒飲。其肴打鮑、勝栗用。去先酒ヲ樽ニ入レナガラ、竹葉ニテ艮方ニ向ムクベシ。咒云、此敵ヲ打鮑、我此タ、カヒニカチグリ、コノ勝理ヲ酒得テ食メセ。急々如律令。云事三返ミテヨ

という記事が見えている。非常によく似た内容である。出陣の際に打鮑、勝栗を用いることは後世の軍書・故実書にも受け継がれ、やがて出陣に限らず祝い事一般にも用いられるようになってゆく。ここに見える「此の敵を打鮑、我れ此の戦ひに勝栗、この勝利を酒えて召せ」という呪文は、『兵法秘術一巻書』と通称される四十二ヶ条の兵法秘伝書に共通して載せられるものである。この書は密教的性格が濃厚で各条に真言が付されており、古いものには文和三年（一三五四）奥書本（尊経閣文庫本）もある。出陣儀礼について蛇足を加えると、『兵将陣訓要略抄』では、酒を茅の葉を用いて九万八千の軍神に手向けると記すようになり、さらに『兵法虎巻』（東北大学狩野文庫本）では、打鮑、勝栗とともに昆布が用いられていて、呪文も「強敵を打鮑、此敵に搗栗、此得勝利吾は喜昆布」のように変化している。

戦いの勝利を願う強い思いは、人々を古くから七書を中心とする兵法の考究に向かわせたが、日本では次第に陰陽道、宿曜道、あるいは神道、密教との付会が行われて各種の秘伝を生むに至った。醍醐天皇の時代、大江維時が唐に渡り、張良一巻之書なる兵書を授けられて帰朝、『訓閲集』という軍書を著わしたという伝説も生まれ[10]、

それが義家や義経に伝わったとされたのも、中世の人々の兵法に対する関心の深さを物語るものであろう。『鴉鷺』には八陣や母袋《ほろ》についても詳しく記述されているが、これらも恐らく中世に作られた軍書の記述を藉りたものであったろうことが推測される。

兵法のうち、陰陽五行説などを取り入れ、占筮をもって戦いの成敗を決定しようとしたものを軍敗（軍配とも。軍勝も同じ）と称したが、そこでももっとも重要視されたのは、日時、方角の吉凶を占う日取りの術であった。戦いに勝機を見れば、時日の吉凶に拘泥することなく行動を起こして勝利を収めるのは古今の通例で、源頼義は往亡日を嫌わずして勝利し（陸奥話記）、源頼朝もそれを見習って敵を破った（源平盛衰記二十八）話が伝わっている。戦国の世の朝倉孝景は、

可レ勝合戦、可レ執城責等之時、撰二吉日一、調二方角一、遁二時日一事口惜候。如何様の吉日なりとも、大風に船を出し、猛勢に無人にて向ば、其曲有まじく候。（朝倉孝景条々）

と、明瞭に断じている。

しかし、それはあくまで勝機が眼の前に見えている場合のことであって、そうでなければ、出陣、発向に吉日をあてるのは何の問題もなかったはずである。むしろ室町時代の武将がしばしば日取りを用いたことは、「博士、占形《うらかた》を開き心静に合戦の吉凶を勘て云、奥州は水姓、当気は則冬也。去れば水は王にして年内御合戦あらば治定の御勝とぞ勘申ける」（明徳記）、「公方様御発向事。（略）陰陽頭撰二吉日一進レ時」、（鎌倉年中行事）などの例からも窺われよう。当時の武将にとって日取りはきわめて重要な軍事行為であった。複雑な占筮を専門に行う軍師、陣僧が武将の身辺に置かれるようになったのも、その重要性が認められていたからに他ならない。そういう時代の

要請があって兵法研究も殷賑を極め、清原・中原の明経博士家の考究はもちろん、下野の足利学校も易筮と兵書を講述したために全国各地から学僧が参集したという。(11)『鴉鷺』もまた、この傾向と無縁ではない。

鴉の真玄は九月三日に戦評定をして、合戦の日を九月六日と定めた。後見の烏はこの日は壬午、天一神が乾になる日と述べて、日を改めることを進言するのである。その意見は、

殿ハ*三十一歳、木姓ノ酉ノ御年也。壬午ハ御為ニハ一生不用日也。又、道虚日也。而モ中鴨ハ乾ニ当テ、天一神方也。余ノ悪日ハ暫クヲキヌ。天一神ノ方ニ向テ、是非弓引ヌ事也。山城守モ四十三トヤラン申セバ、土姓ノ酉ニテ、御同姓ニ被レ参候間、為レ彼ニモ、明日ハ悪クハ候ヘドモ、敵ニ被レ懸テハ、悪日還テ得レ理者也。

其上、六日ヨリ土用ニ入レバ、土ハ王、木ハ囚ニテ、王相御身ニ当テハ、以外ワルシ。冬ノ節ニ入テハ、木相、土囚ニシテ、相*剋相生、可二思様一。イカニ思召トモ、土用ノ間《アキ》ヲ御待候ベシ。

というものであった。ここには五行の運行によって吉凶を知る方法が述べられている。出陣を忌むべき日には、天一神や指神のいる方向（方塞り）や、赤口日、道虚日、大禍、滅門、狼藉、没日、往亡日、帰亡日、伐日、五墓などの陰陽道でいう悪日が含まれる上に、軍事特有の禁忌日があり、例えば永禄八年（一五六五）以前の成立とされる『源家訓閲集』(12)が挙げる、出戦場吉日、勝合戦吉日、出師征討吉日、出レ晨懸吉日などはともかく、万死一生日、出合戦悪日、合戦に可レ忌大悪日、矢合不レ始悪日、天討日、出戦場必死日、建敗日などといった日は軍事行動を大いに制約した。

さて、『鴉鷺』が載せた説について簡単に解説を加えておこう。一年を四季と土用の五期に分け、春は木火土

金水、夏は火土金水木、秋は金水木火土、冬は水木火土金、土用（一年に四度ある）は土金水木火とし、それぞれの五行に、上から王相死囚[13]老の五つの内容を与えるのである。合戦の日は九月六日で、その日から土用に入ると記されているから、五行は土金水木火であり、土は王、金は相、水は死、木は囚、火は老となる。鴉の真玄は木性、鷺の正素は土性であるから、正素は王、真玄は囚となる。「王相の二は吉、死囚老の三は悪。死は最悪也。老は次悪。囚は又次悪也」（義貞記）と言われる内容である以上、その日の戦いは真玄の方に分がないことになる。この故に後見の烏は真玄に六日の合戦を避けよと諫めたのである。そして、冬になれば五行は水木火土金に変化する。そうすれば木性の真玄は相、土性の正素は囚となって、立場は逆転する。五行の相剋相生を考えて日を決めよ、と言ったのである。

　これに対し真玄は、「目ノ前ナル敵ヲ指置テ、吉日悪日トテ帥《イクサ》セザランハ、近頃ノ曲事」といって、諫言を聞き入れずに決戦をいどみ、敗北することになる。ここに見られるような日取りの方法はかなり広範囲に行われたもののようで、前掲の『明徳記』の例で、水性の山名陸奥守氏清が冬に王の占形が出ているので勝利する、と述べているのもこれと同じであり、毛利氏の重臣であった福原氏が伝えている『永禄伝記』という一書にも、この日取りの方法が五行之法として記されている[14]。

　『鴉鷺』作者が、兵法や軍事に関してどこまで深い理解を有していたか判らないが、『義貞記』や『兵法秘術一巻書』など幾種かの軍書を身辺に備えていたことは確かであり、武家や僧侶の場合だけでなく、三条西実隆や山科言継といった公家が兵書や軍敗の秘伝を所持しているような例[15]も考えあわせれば、知識人たる作者もかなりの知識を有していたものかと推測される。ただし、それはあくまで机上の知識であったようで、軍略に関する特別な見解が『鴉鷺』の中に示されているわけではない。

三　武士の覚悟

軍陣故実というものは、全軍の意志を統一し作戦を遂行して勝利を獲得する、大将のための儀礼であった。『鴉鷺』は、軍陣故実を紹介する一方でまた、一人の武士が一個人として心がけるべき様々な心構えについても述べている。戦場でいかに美事に戦うか、という武士にとっての根本命題を、『鴉鷺』はどのように捉えているのであろうか。

鷺の正素が我が子の七郎を折檻したとき、「ゲニハ数寄事ヲバ取ハヅシテモ云ニ、武勇ニハ*、エテモナキ心中、誠顕タリ」と叱責して、

熊谷ノ嫡子ノ小次郎、父ニ向テ、合戦ノ時、心ヲバイカヾ可レ持ヤト問ニ、直真（実）云、敵ハ千騎万騎モアレ、只一人シテ打取ラント思ベシト云々。

と、熊谷小次郎直家のけなげさを引合いに出している。熊谷父子の活躍は一の谷の合戦でよく知られてはいるが、右の挿話は『義貞記』の「敵は千騎もあれ万騎もあれ、我一人して討取らん、又懸散さんとおほけなき心を持べし」の文言によっているのであろう。『義貞記』には熊谷父子の話としては載せておらず、『鴉鷺』作者が有名人に話を仮託したものであろう。正素はまた、

勇士ト云ハ、イカニモ信心アツテ五常ニ不レ闇、慈悲ヲ為レ先、柔和ヲ専ニシテ、可二無欲一ナル。正直、憲法ノ首ニハ、日月星宿ノ覆護、不ルニレ祈加ハリ、信力堅固ノ家ニハ、神明三宝ノ冥助、自然ニ来ル。

と述べる。武士たる者、仁義礼智信の五常を具え、加えて正直憲法であり、神仏への信仰も篤かれというのである。これは八幡大菩薩の神託とされる、

・正直なれば神明も頭にやどり　（沙石集九）

・大菩薩は正直の頭にやどり玉はむと御誓あり　（夢中問答・上）

・八幡大菩薩の御託宣にも、神は正直のかうべに宿り給ふとのたまへり　（文明一統記）

の精神に則り、さらに八幡大菩薩の詠歌という「心だに誠の道にかなひなば祈らずとても神や守らん」や、伊勢大神宮の託宣「正直雖レ非二一旦依怙一、終蒙二日月之憐一」を採用したものである。もとより正直が武士にのみ要請される事でないのは言うまでもないが、後の戦国武将が、

拝みをする事、身のおこなひ也。只心を直にやはらかに持、正直、憲法にして、上たるをば敬ひ、下たるをば憐み、あるをば有るとし、なきをばなきとし、ありのまゝなる心持、仏意冥慮にもかなふと見えたり。たとひ祈らずとも此心持あらば、神明の加護有レ之べし。祈るとも心まがらば、天道にはなされ申さんとつゝしむべし。　（早雲寺殿廿一箇条）

などと家臣に対して述べているのを見ると、普遍的な正直の概念が、家臣間の乱れを防ごうとするような為政者の側の論理に組みこまれていることに気づく。正素の教訓は我が子の修養のためになされたもので、未だそこまでの政治性はないけれども、徳目が現実から遊離しかかっており、観念に陥ろうとしている危険な状態にあることは見逃せない所であろう。

正素はまた、義理を重んずることを説く。義のあるところ命は塵芥よりも軽いといい、「無道ニシテ甲（剛）ナ

ルハ、ケナゲナル犬*、理ヲ知テ未練ナルハ、憶病ナル人」とさえ言っている。これを、「武者は犬ともいへ、畜生ともいへ、勝事が本にて候事」（朝倉宗滴話記）という文言と比較するならば、いかがであろうか。戦国武将の徹底した割切り方にくらべれば、『鴉鷺』はいかにも観念論の世界に安住しているように見受けられる。

続けて正素は、侍の剛臆について述べる。大剛から臆病まで様々な心のあり方を説明する中で、次のような例を引く。

源ノ頼光、敵ヲ見事、月ノ夜ノ如シト宣ヘリ。サバカリノ名将ノ、敵ニ向ヘバトテ、眼精ノ替給ベキニ非ズ。中根ノ者、聊カ憶スル処ニ、此言ヲ思出テ、名将ダニモカクアルゾカシ、其ニハヨラジ、嗜*コソ肝要ヨト、機ヲイサマセンガ為ト覚タリ。

と。これは頼光の挿話であるが、このままでは「敵ヲ見事、月ノ夜ノ如シ」の意味が判らない。これは、

・軍は、初度は闇夜のごとく勝負の有所を不レ弁。二度目は月の夜のごとし。三度にをよばば夜の明たるが如し。（楠正成一巻書）

・初陣には闇夜の如くにて一歩の先も見えぬ也。二度目には少しは明るく、おぼろ夜の様也し。恥敷事也。大勇の者は左は有べからず、我等如きは皆斯如くと申されけり。（明良洪範・続編九）

などといったような、戦場での恐怖と場馴れの機微を示した話を踏まえているものであろう。『鴉鷺』が参照したと覚しき文献は知り得ないが、一部のみを引用している所を見ると、ある程度流布していた話柄だったのではなかろうか。

正素は最後に「九十九度ワザヲシテモ、若百度目に越度アラバ、勇士トハ不レ可レ云」という。『徒然草』八十

段の「百たび戦ひて百たび勝つとも、いまだ武勇の名を定めがたし。その故は、運に乗じてあたをくだく時、勇者にあらずといふ人なし」の一節も想起されるが、これはむしろ「弓矢取は千度の高名をしたり共、最後の死様悪しければ、失ㇾ名事あり」（応永記）の方が近い。事実、『鴉鷺』は「今井四郎が詞ニ、侍ノ甲憶ハ、死テナラデハ、不ㇾ見ェ云ヘル、ゲニモト覚タリ」と述べて、最後の死に様の大切さを教訓している。ここには、名を後代に残すことを最終目標として、生前の実績をあえて過小に評価しようとする精神主義が露れており、同じ作者が「心ヲ修羅道ニ落シテ、進デハ敵ニ合テ、刃ヲ砕キ」と述べ、さらに「我アリと思心ヲ捨ヨタヾ、身ヲバ命ノ有ニ任テ」という道歌[16]を引いて、死を恐れぬ武士の覚悟を説いたのとも軌を一にしている。それは、あえていえば自己否定を本旨とする武士道精神の芽ばえともいうべきものであった。

四　終わりに

『鴉鷺』は、巻末に「人世ノ誤アル事ヲ示ス而已《のみ》」とあるように、戦争否定を主題にして書かれた物語である。描かれているのが鳥類の、しかも架空の合戦であるとはいえ、戦争の無意味さ、愚かさを明確に示している。

『鴉鷺』作者が否定するものは、我執、横暴、無秩序であり、そこから生じる大義名分のない、故戦防戦の私闘である。鴉の真玄の倨傲が原因ではじまった鴉鷺の合戦は、まさしく私闘であった。作者は登場人物の我意や思い上りの乱りがわしさを描きながら、それを批判し、戦争否定の根拠とするのである。作者はそれゆえに、その乱りがわしさの対極に理想的な武士像を置く。義理を重んじ、仏神を敬い、正直であり、勇敢であり、死をも恐れぬ心の修養を強調するのである。軍陣故実に通達することもその一つである。真玄が故実を知らずに敗北するのも、武将としての素養を欠いたからに他ならない。

『鴉鷺』の作者は、当代を「世下二澆季一」った時代と規定し、世の乱れの根本を武士の我意に求める人である。思想的に保守的な人物であったと見て大過ないだろう。彼が現実に進行する下剋上の風潮に対して、無理解というより反感を抱いたとしても致し方のないことであろう。ただ、文学の問題としては、歴史の潮流をいかに正確に把握しているかだけが評価の基準になるというものでもない。『鴉鷺』作者が歴史的現実に対して古い価値観で対応したとしても、その戦争否定の思いだけは当時の人々に共通するところであったはずである。作者は乱世に対して、慨嘆に低迷することなく悲憤に激するのでもなく、諧謔の精神、すなわち滑稽と諷刺——で以て、自らの世界を描いてみせたのである。「蹤跡」なき架空事を巧みに構え、なおかつ世の不条理を諷喩する作者のしたたかな精神は、室町文学史においても異色とするに足るであろう。

〔注〕

(1) 後藤丹治『中世国文学研究』(磯部甲陽堂、一九四三)

(2) 市古貞次『中世小説の研究』(東京大学出版会、一九五五)

(3) 家永三郎『日本道徳思想史』九五頁。

(4) 豊田武著作集3『中世の商人と交通』(吉川弘文館、一九八三)、一〇四頁。

(5) 寺社などの保護のため、自軍の兵士が悪事を行わないよう命令した法度。その数多く、内容も類似するものが多いが、かりに

「禁制／一当手之軍勢乱妨狼藉事／一猥山林竹木伐採事／一押買押売并追立夫事／右条々於二違背一者、速可レ被レ処二厳科一者也、仍如レ件／永禄十一年十月十二日」（総見記所収）を例として掲げておく。古事類苑、兵事部九一頁。

（6）この鳴き声は『雀さうし』『山谷抄』一などにも見える。

（7）本章「悪鳥編」注2、参照。

（8）一九八二年度春、中世文学会（於国学院大学）講演。

（9）川瀬一馬「吉野山吉水神社の応永鈔本兵法霊瑞書」（『日本書誌学之研究』大日本雄弁会講談社、一九四三所収）

（10）「御成敗式目抄　岩崎本」（『中世法制史料集』別巻）三四四頁に詳しい。

（11）川瀬一馬『増補新訂足利学校の研究』（講談社、一九七四）一八九～二〇四頁。

（12）真鍋竹治郎編『源家訓閲集』（一九三八）

（13）「因」「困」と表記される場合もある。

（14）渡辺翁記念文化協会編『福原家文書』上（一九八三）、五二四頁。

（15）実隆公記、永正八・八・二二条。言継卿記、永禄十三・五・二三条。

（16）『一休骸骨』（康正三年奥書）に、「われありと思ふ心をすてよただ身のうき雲の風にまかせて」が載る。恋田知子『仏と女の室町』（笠間書院、二〇〇八）二八〇頁。

遊子伯陽説話の系譜と流布

『鴉鷺《あろ》合戦物語』（以下、『鴉鷺』と略す）の巻二に〝七夕因位〟という一段がある。因位とは、仏教語で未だ仏とならない菩薩の位をいう。

・因位に万行を修せずんば、果位に争か万徳を備えん（聖財集上）

・釈迦如来の因位の時（夢中問答集上）

などと用いられるものであるが、〝七夕因位〟の場合はそれよりやや意味が拡大して、七夕の神となる以前の、人間であったときの物語をさしている。言い換えれば、七夕の由来、七夕の縁起ともすることができる。天の川を隔てた牽牛星と織女星とが、七月七日に一年に一度の再会を得るという七夕《たなばた》の伝説が、実は神の物語であり、その神になるまでの人間時代を〝因位〟と称したものである。

話を『鴉鷺』に戻そう。祇園林に棲む鴉の真玄は、中鴨の森の鷺の正素の息女の評判を聞き、見ぬ恋に陥って煩悶のあげく、堪えかねて後見の鴉に心中を打ちあける。後見の鴉は真玄の気弱さを励まし、鴉と鷺は由緒ある事、鴉が鷺に懸想することは全く問題がないという。そこで真玄が「か様に黒白異なるに、由緒とは何事ぞ」と尋ねると、後見の鴉が次のように遊子伯陽の話を語るのである。

史記ノ文ヲ引云、瓊《ケイ》有二夫婦一、夫云二遊子一ト、婦ヲ云二伯陽一。契《コト》二偕老一、子ハ二八之候、陽ハ三四之旬也ト。此文意ハ、遊子十六才、伯陽十二ヨリ、夫婦ト成テ、互ニ志切也。共ニ、月ヲ愛ル事無レ限、夕ニハ月ノ出ル事ヲ待テ里ニ行キ、暁キハ月ノ入事ヲ惜テ、高峯ニ上ル。

伯陽、九十九ニシテ死リ。遊子、深ク歎テ、月ヲ形見ト見程ニ、或夜、伯陽、鵲ニ乗テ空ヲ飛行ケレバ、遊子、殊ニ歎テ、百三ニテゾ死セリ。

天星ト成テ、烏ニ乗テ、天ヲ飛行テ、銀漢ニ望テ、川ヲ隔テテ居タリキ。サレドモ、帝尺、毎日此川ニテ、水ヲアビ給故ニ、水ノケガレアリテ、渡ル事ヲ不レ被レ許。雖レ然、七月七日ニハ、帝尺、善法堂へ御参ノ日（マヽ）テ、水ヲアビ給ハズシテ、此ヲ渡事ヲ被レ許。年ニ一度逢トイヘドモ、人間ノ為ニハ、一日一夜也。

此時、烏ト鵲ト、羽ヲナラベテ橋トシテ、彦星、七夕ヲ通也。是ヲ鵲ノ橋ト云也。漢主伝云、烏鵲ノ橋ノ口《ホトリ》ニ、敷二紅羽《エウヲ》一、二星ノ屋形ノ前ニ風冷々タリ、云々。

是ハ紅葉《モミヂ》ニハ非ネドモ、紅葉ト云ニ付テ、羽《ウ》ノ字ヲ、エウトヨム也。七夕アカヌ別ノ涙、鵲ノ羽《ツバサ》ニ染テ、紅ニナルヲ云リトゾ、語リケル。

遊子と伯陽の夫婦が月を愛し、死後に七夕の二星となり、天帝釈の湯浴みの都合で一年に一度の逢瀬を得る。その時、烏と鵲が翼を並べて天の川に橋を作り二星を渡すのだという。説話の後半は「烏鵲の橋」の漢詩に関する解釈で、紅羽を紅葉と解するいわれを説いている。

後見の鴉が真玄に、鴉と鷺とは由緒あるものと述べたのは、この「烏鵲の橋」の烏と鵲《かささぎ》（実はカラスの一種。ここでは「さぎ」の発音から鷺《さぎ》と見なしたもの）のことを指したもので、このようにささいなことの説明に、大げさな故事・本説をこじつけて披瀝するのは『鴉鷺』の常套手段である。鴉の真玄はこの例話に元気づけられ早速に艶書を鷺方に送るが、結局は鷺の正素の辱めを受けることになり、ここに鴉と鷺との稀代の合戦が始まることになる。

さて、ここに見える遊子伯陽の七夕伝説であるが、『曾我物語』二、兼隆聟にとる事によく似た話が載せてあり、古典大系本補注は『鴉鷺』の外に謡曲『鵜飼』にも同話のあることを指摘している。この説話の出典は熊沢れい子氏や片桐洋一氏、伊藤正義氏が指摘された(1)ように、鎌倉時代の成立になるという『古今和歌集序聞書三流抄』であろう。少しく長いが次に『三流抄』を引く。

史記云、瓊有二夫婦一、夫云二遊子一、婦曰二伯陽一。契二偕老一一八之候三四之旬。愛二玉菟一終夜座二道路口一。晩俳二遠郷一侍二月出一、暁登二山峯一惜二月入一。然後、陽没剋成二深歎一、進二月前一得二相見一。依二此執一成二天生身一、為二牽牛織女二星一、降二再陰陽之国一、守二男女交会媒一、為二道祖呼立之二神一。

心ハ、唐ニ瓊ト云国アリ。遊子伯陽トテ夫婦アリ。倶ニ月ヲ見ルヨリ外ノ事ナシ。伯陽九十九ニテ死ス。遊子深ク歎テ、彼形見トテ月ヲノミ見ル程ニ、伯陽烏ニ乗テ月ノ前ニ飛来テ見ユ。此鳥ハ伯陽ガ存日ニ飼シ鳥ナリ。遊子深ク歎テ思死ニ死ス。遊子、又、存日飼シ鵲ニ乗テ天ニ飛行テ天星ト成リヌ。男ハ彦星ト成テ牛ヲ牽テ居タリ。是モ存日、民ニテアリシ時ノ振舞也。婦ハ織女ト成テハタヲオリテ居タリ。是モ存日ノフルマイ也。アマノ川ヲ隔テ向ヒ合セニ居タレドモ、帝釈、毎日河水ヲ酌テ宝瓶ニ入テ宝ヲフラス。故ニ此水ヲケガス事無シ。是日々番ヲ居テ守ル間、可レ渡無レ隙。七月七日ニハ、帝釈、善宝《(ママ)》堂参詣ノ日ニテ、宝瓶ニ水ヲ不レ酌。此隙故ニ免サレテ、七月七日ニ逢也。鵲ノ橋トハ乗タル鵲烏ノ羽ヲ並ベテ彦星ヲ乗セテ渡シテアハス。河ヲ渡ス義ヲ以テ鵲ノ橋ト云。真ニ渡ル橋ニハ非ズ。

又問、何ゾ烏鵲渡セル橋ヲ、一方ニ付テ鵲ノ橋ト云歟。

答云、遊仙崛ヲ見ルニ、烏鵲ノヤモメ烏トヨメリ。サレバ、二ツヲ書テ一ツニ読メリ。爰ヲ以テ思フニ、二ツノ鳥ナレドモ、引合セテ鵲ノ橋ト云。其謂ナキニ非ズ。

又問、七月七日ニハ不レ可レ有二未紅葉一。何ゾ、此時紅葉ノ橋ト云ヤ。

答云、真ノ紅葉ノ橋ニハ非ズ。二星ノ別ノ泪、紅ニ流レテ鵲ノ羽ニソム。紅ノ羽ノ義ヲ以テ紅葉ノ橋ト云。

漢書云、烏鵲橋頭敷二紅葉一、二星屋形前風冷。此文モ、葉・羽ノ字異レドモ、紅羽ト云ニ付テ紅葉トヨメリ。

再降二陰陽国一トハ、逢ガタキ吾思ヒニ、世ノ中ノ事ヲモ思知リテ、人ノ契ヲ守ラント誓テ、下界ニ降リテ、道祖・咩立《ハンリウ》ノ二神トナル。咩立トハ、山中手向神也。是ハ、手ヲ以テ石ヲナゲ、木ヲ折テ手向ル故ニ手向神ト云。ダウケ(ママ)トモ云。サラバ、知ベナキ闇ニ迷《タドル》トハ、遊子伯陽ガ月ヲ待テ暮ノ闇ニ迷ヒシ事ヲ云也。


というものである。『鴉鷺』の分量に倍する『三流抄』の叙述は詳細であり、『鴉鷺』本文によっては分らなかった諸点、鵲と烏が遊子伯陽が飼っていたものであること、「鵲の橋」というのは「烏鵲の橋」の省略であること、「鵲の橋」を「紅葉の橋」ともいうこと、遊子伯陽が七夕となった後再び下界に降って道祖神や峠の神に現われたこと、などがこの記事から知られるのである。『鴉鷺』が『三流抄』ないしはそれを元とした説話から関係部分を抜粋・引用したのであろうことは確かだといい得よう。

本稿ではこの説話の中世的な広まりについて検討してみたいと思うが、以下、①遊子伯陽と七夕の話、②遊子が道祖神となる話、③烏鵲の橋と紅《くれない》の涙の話の三種に分けて論を進めていこう。

一　遊子伯陽と七夕

最初に遊子伯陽と七夕の話であるが、既に伊藤正義氏などが指摘された[2]『曾我物語』、謡曲『鵜飼』『朝顔』、『鴉鷺』などの例がこの分類に属する。

『曾我』二の場合は真名本にはなく、牽牛織女の事という題目で流布本に載せられているという[3]。内容は男を伯陽、女を遊子とするような違いはあるものの、夫婦が月を愛すること、妻が先立つこと、天上果を得て牽牛織女の二星となること、これが「さいの神」であることなどが語られていて、『三流抄』の説話を伝えるものであることが明らかである。続いて謡曲であるが、

・伝へ聞く遊子伯陽は、月に誓って契をなし、夫婦二つの星となる　（鵜飼）

・遊子伯陽と云ひし人、偕老を契る事二八三四の旬なり。共に玉兎を愛して夜もすがら、東楼の辺にまします。ゆふべには出づべき月を待ちて遠境にさそらひ、暁は入り方の月を惜しみて前峯の、高きに攀《よ》ぢ上る。伯陽此の世を去りしかば、遊子は深く歎きて月の前に彳《たたず》むに、互に姿を見見え（ママ）し、其の執心にひかれて牽牛織女の二星となり、烏鵲紅葉の橋を頼む事も、かかる浅ましき執心の基なりけり　（朝顔[4]）

とあり、後述の『天鼓』などをも含めて謡曲が、かつて「遊子伯陽が月を愛せしこと……俗家に古今和歌集の註とて、やくたひもなき仮名がきのものあり」（梅村載筆[5]）と評されもした『三流抄』『古今集註』などの説話を好んで採用していることが知られる。次の『鴉鷺』は前述のとおり『三流抄』の抜書きといってよく、天帝釈の善法堂参詣や烏鵲橋口敷二紅葉一の詩も載せていて、直接的な引用のもっとも著しいものである。

この他、管見に入ったものでは『旅宿問答』、『清原宣賢式目抄』、多武峯延年小風流「遊客儒者到二銀河一事」などがある。永正四年（一五〇七）の奥書を有する『旅宿問答』は関東地方にいた僧などの手になる雑談集であるが、そこに引かれた遊子伯陽伝説は、今までの例と大分趣きが異っている。

七月七日。是は取分衆人愛敬の祝言也。さて七夕と申星は、元は瓊州民、遊子伯陽と云夫婦也しか。経レ年宿曜、夫をば牽牛《ヒコボシ》と云、妻号二織女《タナバタ》一。日本に天降る事は、人皇十一代崇神天皇の御宇、治《(世脱カ)》十一年七月七日夜半に、河州交野の郡岩舟山に天降り、被レ祝二明神一と候。其後又第廿代允恭天皇御宇、治世二年七月七日、筑前国大崎山に奉レ遷、号二星宮一と。日本貴賤周奉レ祭候。

というものである。月を愛したこと、道祖神になった記事を欠き、代りに岩舟山や大崎山に天降ったことが記されており、遊子伯陽の愛情物語よりも神仏の本地譚の傾向を強めているのが注目される。本地譚は中世においてはなはだ流行したものであったけれども、『三流抄』をはじめ今まで見てきた遊子伯陽説話には岩舟山明神や大崎山星宮の記事を載せていなかった。これが何に拠るのか不審に思われたけれども、これも又古今集の注釈から出たものであるらしい。

『古今集註』(6)——先述の梅村載筆にいう「古今和歌集の註」とは本書をさすか——には、一七四番「久方の天の河原のわたし守君渡りなばかぢかくしてよ」の歌の注に『三流抄』とほぼ同文の遊子伯陽説話が記されているのに加えて、その前の一七三番「秋風の吹きにし日より久方の天の河原にたたぬ日はなし」の注には、

……実ノ天河ニハアラズ。筑前国ノアマノ河也。此天河ト云者、日本記ニハ河内国ニ岩船大明神トテアリ。彼明神ハ牽牛織女也。此ヲ崇レ神也。仍此明神ノ辺ヲ天河ト云也。此ハ織女彦星ノ河ノ水上ニアマクダリ給

ヒシヲ、貞ノ宿禰賀麿《ヨシ》ト云ケル翁ノ崇ルト云リ。彼河上二三日ガ程雲ノタチケルヲ行テミタレバ、男女二人化タリシヲ、何人ゾト問ケレバ、タナバタト答フ。崇テ為レ神ト也。其ヲ推古天皇ノ御宇ニ筑前国住人橋下田主トイフ人、依二夢相一筑前国大崎ト云所ニ遷崇也。彼ニ社ハ中ニ河ヲ隔テアリ。二神ヲ七夕ノ宮、彦星ノ宮ト名付、中ナル河ヲ天河ト云也。岩船ノ河ト同名也。織女ノ宮ニハ以レ女為二神主一、彦星ノ宮ニハ以レ男為二神主一也。

とあり、『旅宿問答』の説はこの二つの注の継ぎ合わせであると見ることが許されるだろう。

続く『清原宣賢式目抄』(7)は、実隆の次の世代の公家学者、清原宣賢が貞永式目に付した注釈の書で、式目の三四条「密二懐他人妻一罪科事」の例話にこれが引かれている。この場合の引用は『三流抄』の本文を引くこと『鴉鷺』よりも甚だしく、「史記云」に始まってほぼその全文を記し「烏鵲ノ橋ノ頭ニ敷二紅羽一ヲ……」の漢詩もあげているが、「紅葉」「紅羽」の説明についてはこれを省略している。宣賢はこの説話を記したあとで、「夫婦ノ事ハ、カクコソ有ベキニ、密懐ノ事、互ニ無念ノ至也」と記している。ここでは法律・道徳の手本とされているのが注目される。『清原宣賢式目抄』の成立は天文三年(一五三四)。

次の多武峯延年詞章も同じ天文期のもの。こちらは芸能であるが、遊客が「牽牛織女之由来委ク承度候」と尋ねたのに対し、儒者が、

牽牛織女ト申ハ、唐ニ遊子伯陽ト云ル夫妻ノ候シガ、相ヒ共に明月ヲ愛シ、遂ニ仙ト成テ天上シ銀河ヲ隔テテ候ガ、一年一度合歓ノ約アリト申候。

と述べている。大分簡略化されていて道祖神の記事も欠いているものの、漢詩の方は次の遊客の言葉「哀レ、彼

ノ銀河ニ到リ、烏鵲紅葉ノ橋トヤランヲモ一見仕リ候バヤ」と採られており、前に見た『三流抄』説話の全体を下敷きにしていたことが窺える。このあと遊客と儒者は天の川に至り、牽牛織女に出会って、織女星に織舞楽を所望するという筋になっている。

以上見てきたように、和歌の注として出発した遊子伯陽説話が、物語に、謡曲に、芸能に、注釈に引かれ、中世、広く流布したものであったことは認めてよいことであろう。七夕をめぐる他の物語には、お伽草子『天稚《あめわか》みこ』（たなばた）があり、広く流布して現在もその諸本が数多く伝えられているが、こちらの物語は、長者の末娘が大蛇に請われて結婚したところ、大蛇は実は天稚みこであって二人は深い契りを交すことになる。ところが姉たちの過失から禁忌を破り、天稚みこは天上から地上に戻ることが出来なくなった。姫は夫を尋ねて天上へ行き様々の難題を解いた末に、一月に一度逢うことを許される。しかしそれを一年に一度と聞き違えたため二人は七夕にのみ逢うことになったというものである。室町時代にこうして二つの異った七夕説話が流布していたことは興味深い現象といえるが、遊子伯陽説話が独立して草子化されることもなく挿話の段階に止まったことについては、なお考えてみなければならない問題が含まれているように思われる。

二　遊子・道祖神説話

次に、遊子伯陽説話に関連するものとして遊子が道祖神となる話について見てみたい。次に掲げるような例を、『三流抄』の「為㆓牽牛織女二星㆒、降㆓再陰陽国㆒、守㆓男女交会媒㆒、為㆓道祖咩立之二神㆒」の記事と読みくらべれば、類似の趣を見ることは容易であろう。一括してそれらの例を掲げてみる。

『千鳥抄』[8]　祓麻ヌサ　道祖神ニ手向ヲスル也。餞道ノ席ヲバ祖席ト云也。道祖神ノ起、黄帝ノ子遊子ト云人諸国ヲ遊行シテ、死後ニ彼道祖神ニナル也。以旅行人ヲ守ル也。

『宗祇終焉記』　かく草のまくらの露のなごりも、ただ旅をこのめる故ならし。もろこしの遊子とやらんも、旅にして一生をくらしはてつとかや。是を道祖神と云とかや。

『塵添壒囊抄』四　道祖神事。サイノ神トテ、小社マロキ石ヲヲクハ石神歟。道祖神也。是ハ昔、黄帝ノ子遠ク遊事ヲ好デ、路ノホトリニ死ニ玉ヒケルガ、今ノ道祖神ト成リ玉フ故ニ、路ノ旁ニ祝ヒ奉ル。此ノ神ニ祈テ事ノ実否ヲ問フ時、石ニツケテ軽重ヲ定ムルガ、路ユキ人ヲ護ル神也。

これらの例は共通して、伯陽のこと、月を愛すること、七夕のことを欠落しており、代って黄帝の子である遊子が旅を好み、路傍に死して道祖神に祭られたということだけを鮮明に語っている。

ここに掲げた『千鳥抄』は源氏物語の注釈書で、連歌の好士、平井相助が四辻善成の説を聞書したもの。至徳三年（一三八六）～嘉慶二年（一三八八）の頃の成立とされる。『宗祇終焉記』は文亀二年（一五〇二）、連歌師の宗祇が箱根湯本で客死したとき、越後より付き随ってきた弟子の宗長が記したもの。旅の詩人、宗祇の死を語るたとえに最もふさわしい。『塵添壒囊抄』は天文元年（一五三二）に成った百科辞書。神仏や和漢の故事などについて解説したもの。

この遊子・道祖神説話ともいうべき話は、このような例からしても、遊子伯陽説話と同時代に生きていたことが知られるのであるが、この両者の関係はということになると、遊子伯陽説話の一部であるとも、全く別箇の話であるとも考えられ、発想を逆転させれば、むしろ遊子・道祖神説話の方が古くて、これが遊子伯陽説話を生み出した、と考えることもできるのである。

ここで古典大系『曾我物語』補注や伊藤正義氏[9]が引かれた『江談抄』六を挙げてみよう。

遊子為二黄帝子一事。遊子有二二説一。一者黄帝子也。黄帝子有二四十人一。其最末子好二旅行之遊一。敢以不レ留二宮中一。於二旅遊之路一死去云々。其欲レ死之時、誓云、我常好二旅行之遊一。若如レ我有下好二旅行一之者上、必成二守護神一、擁二護其身一ト誓。成二道祖神一令レ護二旅行之人一。此事見二集注文選祖席之所一也。餞送之起、此之縁也。予又問云、此事尤有興。祖餞両字、訓読如何。被レ命云、両字共ムク也。旅行之人爾令レ酌レ酒テ令レ饗爾、以二其上分一道祖神爾ムケテ令レ祈二付旅行一也。仍号二祖席一云々。予又問云、其今一説如何。被レ命云、件一人遊子ハ只遊子トテ、サルモノアル歟。ソレモ見事侍也。不レ詳。

平安時代、大江匡房の談話を筆録した『江談抄』のこの記事は、少なくとも『千鳥抄』や『宗祇終焉記』に載せている遊子・道祖神説話の源流に位置するものであることは認めてよいであろう。

しかし、伊藤正義氏がこの『江談抄』の記事を前に見てきた遊子伯陽説話の源流と考えられたことに対しては、なお詳細な証明の過程が必要なのではなかろうか、と思われる。『江談抄』説話と遊子伯陽説話との間には、遊子という名前とそれが道祖神に祭られるということが共通するだけで、伯陽のこと、月を愛すること、牽牛織女二星のことなどが全く欠けており、話の形式から見れば別話とする方が相応しい。この『江談抄』説話は「此事見二集注文選祖席之所一」とあるように、さらに中国にその起源をさかのぼることができる。『広文庫』道祖神の項には、『和名類聚鈔』『太平記大全』『白河燕談』などが中国の文献を引いて、

『和名類聚鈔』一　道祖、風俗通云、共工氏之子、好二遠遊一、故其死後祀以為二祖神一。

『太平記大全』三九　道祖神、五経要義曰、祖道行祭、為二道路一祈也。師古曰、黄帝子、名纍祖、好二遠遊一而死二於道一、故後人以為二行神一、出行者祭レ之、因饗飲焉。

『白河燕談』二　客問二道祖神説一。答曰、李善文選注曰、崔寔四民月令曰、祖道神也。黄帝之子好二遠遊一死二道路一、故祀以為二道神一。以求二道路之福一。或人曰、日本俗、造二草履一献二祖神一、以為二首途之祀一、可レ尋。

と記している。今、当面の問題である黄帝の子、遊子が道祖神に祭られた点に注目すれば、少なくとも『白河燕談』が引く『文選』第二十の引用は、祖餞の語に唐の李善が付した注の原文そのままであり、そこにいう「黄帝之子、好二遠遊一死二道路一　故祀以為二道神一」の文言は、疑いなく『江談抄』説話の淵源であることを示している。贅言を費せばここには「遊子」という名前は出てこない。黄帝の子「遊子」の名は、旅好きだということから日本で付された名前であろうか。その際そこでは伊藤氏が指摘されたように『和漢朗詠集』下・暁の、

遊子猶行二於残月一、函谷鶏鳴　（賈嵩「暁賦」）

のイメージが強く作用しているのであろうことが考えられる。この「暁賦」の詩の解釈には、中世、右に見てきたような黄帝子→道祖神説話を援用する説がある。伊藤氏は室町期書写の竜谷大学本『和漢朗詠註聞書』をそういうものの一つとして挙げておられるが、さらに古く『九冊本宝物集』八の「遊子が函谷関の神となれる、月に心をとどめしにより、」という記述も、そういう解釈の存在を証する例となりうるものであろう。

黄帝子・道祖神説話に、「暁賦」の遊子残月行をミックスさせれば、遊子、月への執心、道祖神、と遊子伯陽説話の素材に大分近づいてくるが、それでもなお、両者が同話となるには径庭は大きいと言わざるを得ない。

このように遊子・道祖神説話は、黄帝子・道祖（中国）→黄帝子・遊子・道祖神（江談抄）→遊子・道祖神（宗

祇終焉記）のように変容しながら、その骨格はかわることなく連綿と続いたものであり、それは遊子伯陽の七夕伝説とは別に流布したものであった。永正・大永頃の連歌師宗碩の手になる歌語辞書『藻塩草』は、巻二、天の河戸、かささぎのはしの説明には『三流抄』とほぼ同文の遊子伯陽説話を掲げ、一方、巻十四の道祖神の項では黄帝の子遊子が道祖神になった説を掲げて、両者を混同させていないところにも、これらが別話である証しを見るのである。遊子道祖神説話は遊子伯陽説話と幾つかの点において共通する部分を有するために、同一の系譜の中に捉えたい誘惑を感ずるが、発生も内容も流布もそれぞれ別個であったことを、確認しておきたい。

三　鳥鵲の橋

第三に、鳥鵲と紅羽の話に移ろう。『三流抄』の説話の後半部に「漢書云、鳥鵲ノ橋頭敷二紅羽一、二ノ星屋形前風冷ナリ」の詩が挙げてあり、紅羽を紅葉と同じ発音に読むいわれが説明してある。中世の文献の中には、前半部の遊子伯陽説話を切り捨ててこの漢詩の部分だけを採ったものがある。古くは鎌倉時代中末期頃の成立という『冷泉家流伊勢物語抄』[10]で、

漢主伝云、鳥鵲橋之江敷紅葉、二星屋形之前風冷と云也。此は七月七日にあふに紅葉の橋をわたすと云は、是は実の紅葉には非ず。七夕のあかぬ別を歎て泪の紅になるが鷺の羽にそみたるが、紅になるを紅葉の橋と云也。是はさぎからすの羽にそみて紅なるをいふ也。

という例がある。内容は『三流抄』と差がないが、「漢主伝」といった書名や「七夕のあかぬ別を歎て泪の紅になるが」の表現などは、『鵜鷺』の記述との近さが感じられる。『三流抄』『冷泉家流伊勢物語抄』あるいは『毘

沙門堂本古今序注』などの、いわゆる冷泉家流注釈については片桐洋一氏の論考に委細が尽されているが[11]、『鴉鷺』の引用もこの一群の中のものに拠っていることは間違いのないところであろう。この冷泉家流注釈の中から謡曲の素材が採られたことは熊沢れい子氏、伊藤正義氏の指摘の通りであり、『善知鳥』『天鼓』には、前出の『鵜飼』や『朝顔』と採る場所を違えて、烏鵲（もみぢ）の橋が引用されている。

・なほ降りかかる血の涙に、目も紅に染み渡るは、紅葉の橋の、鵲か。（善知鳥）

・月も涼しく星も相逢ふ空なれや。烏鵲の橋の下に紅葉を敷き、二星の館の前に風、冷かに夜も更けて、夜半楽にも早なりぬ。（天鼓）

烏鵲の橋の説話が遊子伯陽説話と離れ、一人歩きしている例といえよう。

歌学においても「かささぎの橋」「もみぢの橋」は重要な歌語であったので歌人の注目を浴びたはずであり、中世の歌書でも、

『清厳茶話』　紅葉の橋といふもかささぎの橋也。紅葉の木にてはなき也。七夕の別をかなしびてなく泪かかりて、鵲のはねが赤くなるが紅葉に似たれば、紅葉の橋といふ也。

『釣舟』　天の川かよふ浮木にこととはん紅葉の橋はちるやちらずや。七夕のあふ夜は初秋なるに、もみぢのはしと云事不審也。此歌は匡房卿の歌也。是は鵲の翅をならべて星を渡すに、別れの時おとす涕くれなゐなるに、鵲の羽のそめられたるを、もみぢのはしとよめるといふなるべし。

などという記述を拾うことができる。『清厳茶話』は連歌七賢の一人、蜷川智蘊による正徹の聞書。『釣舟』は新撰菟玖波集入集作者でもある誓願寺の僧、宣光（玄誉とも）の歌論書[12]。この他『古今集延五記』や『玄旨抄』（謡

曲拾葉抄・朝顔の項）などに記述があり、捜せば歌論書にはまだまだ相当の例を見つけることができるであろう。
ここで見てきた烏鵲の橋、紅葉の橋の所説は、遊子伯陽説話の一部分、断片でしかないが、前の遊子伯陽説話の流布と併せて考えれば、中世、これらの伝説が物語、謡曲、歌論書、注釈書、辞書等々、如何に広く流布したものであったか、如実に物語る例として見過せないものがあるだろう。

近世に至り歌書『雑話集』(13)、版本『七夕由来百首』(14)などに遊子伯陽説話が載り、寛永頃刊のお伽草子『火桶の草子』(15)には姥の言として「つゐに一度もなびかず。べちの男にはだえはあはせぬなり。おそらくは、もろこしの、ゆふし、はくようの、かたらひも、われにはまさらじと、おもひしに」と見え、俳諧の『山之井』に、

　たなばたの事どもかける書を読て

伯陽をこふる涙かゆふしぐれ

の句が記されているが、近世においてはむしろこの説話の珍稀性に注目した『謡曲拾葉抄』、『滑稽雑談』十三、『海録』などの考証の中に細々生き残ったというところに、流布よりも衰退の姿が見出せる。

〔注〕

(1) 熊沢れい子「古今集と謡曲――中世古今注との関連において――」（『国語国文』一九七〇・一〇）。片桐洋一『中世古今集注釈書解題』㈠、（赤尾照文堂、一九七一）、九頁。以下『三流抄』本文の引用は同書㈡による。伊藤正義「謡曲の和歌的基礎」（『観世』一九七三・八）、同「鵜飼雑記――伝へ聞く遊子伯陽は――」（『かんのう』一九八〇・一一）。伊藤論文を前者をA論文、

後者をB論文として以下に注記する。

(2) 伊藤A・B論文。

(3) 日本古典文学大系『曾我物語』解説。

(4) 謡曲叢書(1)所収。

(5) 日本随筆大成一期、所収。『海録』十七にも引かれる。

(6) 日本文学古注釈大成、所収。

(7) 『中世法制史料集』別巻（岩波書店、一九七八）、所収。

(8) 天理図書館蔵善本叢書『和歌・物語古註続集』（八木書店、一九八二）所収。

(9) 伊藤B論文。

(10) 片桐洋一『伊勢物語の研究』資料編（明治書院、一九六八）、所収。

(11) 片桐洋一『中世古今集注釈書解題』(二)解題編。同『伊勢物語の研究』研究編。国文学研究資料館編『初雁文庫主要書目解題』五〇頁。

(12) 井上宗雄『中世歌壇史の研究、室町後期』（明治書院、一九七二）、五五頁。

(13) 古典文庫三六七頁。

(14) 大阪市立大学・森文庫蔵。国文学研究資料館蔵紙焼写真版による。

(15) 『室町時代物語大成』十一、所収。

『鴉鷺合戦物語』のことば

筆者は、一九八九年、新日本古典文学大系『室町物語集』上（岩波書店）において、『鴉鷺物語』（鴉鷺合戦物語、以下、『鴉鷺』と略す）の本文校訂、注解を施した。底本には東京大学総合図書館蔵の寛永ころの古活字版を用いた。そのときスペースの関係などで十分に説明を尽くせなかった語彙について、ここに補足の考証を試みたい。校注や本書掲載の論稿と少々重複するところもあるが御寛恕をお願いしたい。衒学的な『鴉鷺』の背後にひそむこの時代の知的な関心の一端に光を当ててみたい。項目の下の頁数は、『室町物語集』上の当該頁を示す。

一　ころ旗を立てる（一六八頁）

『鴉鷺』の後半で、攻めて来る鴉方に対して鷺の山城守正素が、それに対する戦略を下知するところがある。その、

　寄手《よせて》、以前も烏《からす》の一類こそ真玄が趣《おもむき》にも従へ、面〱、横旗を立てて一味せず、懸くるも引も思ひ〱なり。今度もさやうに侍るべし。

という一節に見える「横旗を立てる」の言葉であるが、この語はどのような意味があるのだろうか。全体の文意

は、鴉の大軍の中で鳥の一族は真玄の命令に従うが、その他の鳥たちはその命令に従わず、攻めるも退くも自分勝手でバラバラ、統率が行き届いていないというのである。しかし、右のような意味で「横旗をたてる」という言い方をする理由が見当たらない。この部分は、『鴉鷺』の最も古態を残す尊経閣文庫蔵の文禄三年写本では「面々ニ、コロ旗ヲ立テ、不一味セ、懸ルモ引モ思々也」となっている。古くは「コロ旗」とあったものが、時代が下って「横旗」と置き換えられたかと思われる。近世初期には珍しい言葉になっていたのであろう。それでは「コロ旗ヲ立テル」という言葉はどうだろうか。「コロ旗」の使用例を辞書類で調べてみると、唯一『蒙古襲来絵詞』の例が知られる。それは竹崎季長が自らの身の上を語った部分で、

本所《ほんそ》に達し候はで、無足の身に候ほどに、在所いづくに候べしとも覚えず候。手につき候はゞ、かへり見候はんと申候親しき者どもは候へども、なまじいにころはたをさゝむとつかまつり候によて、扶持する者も候はぬほどに、いづくに候て後日の御大事をあひまつべしとも覚えず候」と申すに、[1]

というものである。この部分は絵詞の主人公である竹崎季長が自らの孤立した状況を述べたところであって、この絵巻成立の事情を読み解くのに重要な箇所であり、歴史研究者の間においても注目されてきたところである。荻野三七彦氏は、工藤敬一氏の「この土地が竹崎氏惣領の地として、ほんそを達せずころはたをあげた季長にとって、一時もとどまりうる場所でなかったことを示している」という考察を取り上げられ、「「ころはた」は「小旗」の意とする説と「なまじいに自分で独立して小旗をさして行動しようとしたものだから、というような意味」とする石井説とがあるが、疑問はなお残る言葉である。この「ころはた」とは方言であり、それがしかも鎌倉時代の鎮西訛であったものであろうか。そのようなことは未解決な問題であるに相違ない[2]」と、この言葉に

注目されている。

ここに挙げた『蒙古襲来絵詞』の引用部分は難解なので、右の引用の中にも触れられている石井進氏の解説を掲げれば、蒙古軍に対して勇敢に戦った竹崎季長が自らの逆境を説明した部分で、「季長は「ほんそ」に達しないために無足の身であり、わが手勢につくならば後見として世話してやろうという親しい者はあったけれども、なまじいに独立して小旗を立てようとしたために扶持してくれる者もない、という状況にあったわけである(3)」と解されている。なお、石井氏は日本思想大系の頭注では、「ころはた「小簱」の意か」とされ、その後に独立云々の説明を加えておられる。

『蒙古襲来絵詞』は「立てる」ではなく、「ころ旗を差す」という言い方になっているが、こちらの例も自分で独立して行動し、他人の下知に従わない態度を指しているものと考えられよう。『鴉鷺』の「面〳〵、ころ旗を立てて一味せず」の例をも考慮すれば、両者が意味するところは矛盾しない。

なお、江戸時代の故実家伊勢貞丈の『武家名目抄』旗幟部に、『鴉鷺』の部分について「按、ころ旗詳ならず。本文の外又看る所なし。或人の説、ころはころ銭のころにて即ち小旗をいふといへり。もしは然るにや」と述べている。ここでは独立して勝手に行動するの意味には触れられていない。『鴉鷺』の用例だけでは意味が取れなかったものと思われる。ころ旗が小旗であろうかと荻野、石井両氏も一応触れておられるが、「ころ旗を差す」という言い方には鎧の背に差す指物のような旗に感じられ、「ころ旗を立てる」という言い方には少人数の中に立てる旗幟のように感じられる。菅原正子氏によれば、小旗といっても実際の小旗は縦約四・四八×横約〇・六メートルという大きなものであるという(4)。

『鴉鷺』の他の諸本では、「ころ旗を立て」（島原松平文庫本）、「ころ幡をたて丶」（龍門文庫本）、「よこはたを立て」（慶安二年古活字本）、「よこはたをたて丶」（安永五年写本）、「こころ幡をたて丶」（続群書類従本）と表記されている。軍隊の統一行動を破る「ころ旗」の行為が、後世厳しく禁止されるようになって、この語の存在価値が薄れ、意味も不明になったものであろう。

なお、家永三郎『日本道徳思想史』には、

族的団結のかなり打算的なものであったことが窺はれる。従ていざといふときに、一族とか党とかの連帯精神は容易に失はれてしまふのであつて、「合戦の事、惣領の手に付くべし、別旗有るべからず」（志賀文書）といふのが族人の守るべき道とされたにもかかはらず、竹崎季長の如く「てにつき候はばかへりみ候はんと申候したしきものどもは候へども、なまじいにころばたをさゝ、むとつかまつり候」（蒙古襲来絵詞）とて、その掟を破り一身の功名に専念する武士が少くなく、「親子をも顧みず、一門他人」を無視して「一人抜出で前を駈け」ることが「軍の習」として認められてゐたのである。(5)

という記述がある。「別旗」（志賀文書）という言い方もあったことが知られる。

二　鵜丸の太刀（一二三頁）

鴉と鷺の戦いが、もはや避けられなくなった時点で、鷺の正素は、出陣に当たって武士の作法や心構えについて訓示するが、長男の七郎如雪にも参加がゆるされた。初陣となる如雪は太刀をもって勇みたつところへ、青鷺信濃守長高がその太刀を一振り振ってみて、首をかしげ、「この大太刀は役に立たない、かえって怪我をすることになろう」と言って、代わりに七尺余りの大太刀を与えた。その太刀は吉家が鍛えたという「鵜丸」の太刀。天下の重宝である。「うまる」または「うのまる」。

信濃守、「この太刀は吉家無双の名作なり。鳥羽院の御時つくられ候太刀を盗人取て、いかゞしたりけん神泉苑の池に投げ入ぬ。ある時、鵜飛び来て、かの池に入とて右の太刀に切られけり。人々、恠をなして見る程に、彼太刀を取出ぬ。それより鵜丸と号す。越後の国の住人平賀太郎伝へしを、諏訪大明神に奉る。その鵜丸が一作なり。これこそ、金もかゝりも、太刀にはさりとては頭にて候。

と記され、神泉苑の池に飛び来たった鵜が、盗人の投げ込んだこの刀に切られたというのが、その名のいわれと説明されている。吉家という刀工は京の三条小鍛冶宗近の子、あるいはその弟子と伝えられ、鵜丸の外にも鵰《みさご》丸の作者でもある。

鵜丸という刀の伝承については、古活字本『保元物語』上にも記されている。

此御帯太刀を鵜丸と名付らるゝ事は、白河院、神泉苑に御幸成て、御遊の次に、鵜をつかはせて御らんじけるに、ことに逸物と聞えし鵜が、二三尺計なるものを、かづきあげては落しおとし、度々しければ、人々あやしみをなしけるに、四五度に終にくふてあがりたるを見れば、長覆輪の太刀也。諸人奇異の思ひを成、上皇もふしぎにおぼしめし、「定て霊剣なるべし。これ天下の珍宝たるべし」とて、鵜丸と付られて御秘蔵ありけり。鳥羽院伝させ給けるを、故院又新院へ参せられたりしを、今、為義にぞ給ける。誠に面目の至也。

とあり、場所が神泉苑であることは同じであるが、盗人も登場せず、鵜が切られたのではなく、鵜が咥えあげたのが命名の理由とされている。この伝承は室町時代の『榻鴫暁筆』にもほとんどそのまま引かれているが、日本で最古の銘尽（刀剣書）とされる鎌倉時代末期成立の『観智院本銘尽』(6)（現存国会図書館本は応永三十年（一四二三）奥書）には、

吉家　鵜丸ハ彼作、盗人取神入《ママ》神泉苑、爰鵜丸飛来、居彼池時、鵜三切故、号鵜丸云々、件名太刀、後白河院ヨリ佐々木三郎給、日吉御幸時、やふさ□《（めカ）》の銀ト云々、広直鉾、今縄切、是カ。

と記されている。これも鵜丸の名前の由来は同じであるが、伝来になると諸書の記録はまちまちである。『観智院本銘尽』は所持者が後白河院から佐々木三郎に伝わったと記し、古活字本『保元物語』は白河院から鳥羽院、崇徳院、源為義に伝わったとしている。また、平家都落のとき、平清盛によって法住寺殿から持ち出された鵜丸が、九州で探し出され、文治元年（一一八五）十月二十日、頼朝に献じられたという『吾妻鏡』の記事もある。(7)ところが、『鴉鷺』は平賀太郎に伝わり、のち諏訪大明神に奉納されたと異なった伝来を記している。

それでは『鴉鷺』の鵜丸伝説は一体どこから来ているのであろうか。実は、『観智院本銘尽』に次ぐ古写本で、享徳元年（一四五二）の奥書を持つ『鍛冶名字考』(8)にこの伝来が記されている。京都住鍛冶等の部類に、

吉家　東三条住。鵙《みさご》丸作者也。此銘ヲ備前国宗吉カ子打了。盗人コノ太刀ヲトリテアリケルカ、イカ、思ケン、神泉ノ池ニナケ入テケレハ、鵜トヒキタリテ二ニキレタリケリ。仍鵜《ウ》丸ト名ツク、後ニ白河院日吉ノ御幸時、近江佐々木ノ源三郎盛縄ヲ以テ、ヤフサメヲイ《（射）》サセラレテ、ソノ御キタウニ盛縄ニ下タマフ。其後、越前国平賀ノ太郎義正ヲムコニ取テ引出物ニシケリ。其後平賀カ子孫、重代ス。カノ鵜丸不浄ヲトカメテ主ニタ、リ申ス間、別家ヲ立テ、コレヲ置トイヘトモ、ナヲ煩ヲナス間、信濃国スワノ大明神ニ籠ケリ。シカルヲ上宮祝申下テ、陸《（ムツ）》ノ禅門ニコレヲ引タリシヲ、弘安ノ合戦ノ時ヲ、ク人ヲ打ホロホシ、先代ホロヒシト

キ、ウセニケリ。此太刀ノ外、太刀十三フリ、刀十三コシ、我朝□□□日本ノ宝物也。

と記され、『鴉鷺』の記載とほぼ一致する。物語はこの『鍛冶名字考』を用いたことはほぼ間違いないだろう。

三　中将棋（一七一頁）

ゲームとして広く愛好されている将棋は、現代のみならず古く鎌倉時代から公武、僧侶、庶民の間に流行したものであった。その起源は中国の遊戯に由来するものとされるが、日本に将来されるや戦術の訓練用としても珍重された。

日本に将来された将棋には、大将棋、中将棋、小将棋の三種類があったことが知られている。ただ、最も大規模な大将棋はほとんど行われなかったようである。現今、世間一般に行われている将棋はこのうちの小将棋であって、中将棋もまた行われているとは言い難い状況である。ただ、中将棋は室町から江戸時代にかけてはかなり盛んに行われた。当時の記録類には、

・依連輝軒厳命、中将戯馬《駒》、則刻染筆献之。（実隆公記、明応八・四・二十八）

・四条中将来臨。中象戯三はんさし候了。（言継卿記、大永七・九・二十七）

・摂取院へ罷向、一盞有之、伯少将、毘沙門堂兄弟中将棋有之。（言継卿記、永禄十三・十一・二十五）

・殿下へ参了……大勢有之。中将棋・少将棋、碁等有之。（言経卿記、文禄元・六・十）

などいう記事が散見する。寛文三年（一六六三）の『中象戯図式』の序文で、林春斎は、

象戯者、習武之一技也。昔、周末、戦国之際、有作象棋陣図者。其制、小者曰一面布陣、其大者曰内外四層

中将棋盤面（『中将棋図式』）

> 図。或円之、或方之。将士車馬象砲卒等名備矣。
> 本朝象戯、有大中小之式。就中、小象戯久行于世。天文年中、後奈良帝甚嗜中象戯、当其時、在廷臣則日野亜相、藤晴光、高倉亜相、藤永家、及び卜部兼右、在士林則伊勢守平貞孝、蜷川親俊等、皆弄此技。以消長日、忘永夜、而為遊戯之一具也。近世、大橋宗桂、其子宗古、其養子伊藤宗看、三世相続、以小象戯、為国手無双。毎歳来江府、決勝於営中、以備御覧。

と記している。室町後期、後奈良天皇（在位一四九六〜一五五七）が愛好し、中将棋流行の契機となったことが記され、名人も輩出したことも指摘されている。

中将棋は、普通の将棋の九列九行の盤面よりも大きく、十二列十二行である。駒には玉将、飛車、角行、金将、銀将などのほか、酔象、鳳凰、麒麟、獅子、奔王、龍馬など独自の駒がある。『鴉鷺』の中将棋は、鴉鷺の最後の決戦の激しさを例えて、次のように描いている。

その有様は、勝ち負け責めたる中将棋の盤の上、所すさまじく駒の足なみ入乱れて、鳳凰は（奔王と＝尊経閣

本）成りて八方を破り、飛鷺、角鷹は威を振ひて辺《あた》りをゐぐひするその働きにも似たり。破つつ破られつつ、
捲くつつ捲くられつ、一人も残らじと戦ひたり。

「鳳凰」という駒は、前後左右の四方へ進むことが出来、斜めの四方へは敵駒を飛び越えて直進することができる。敵地に入れば成って「奔王」になる。「奔王」は八方へ走ることができ、その行動範囲は格段に広くなる。「飛鷲《ひじゅ》」は前後左右と斜め後ろを走り、斜め前二カ所は「ゐぐい」することができる。「角鷹《かくおう》」は左右後方の三列と斜め四方の七カ所を直進でき、前方一目は「ゐぐい」である。

「ゐぐい」という駒の動きは、その位置を動かずに近づいてきた敵駒を取ることができる能力で、『中将棋初心鈔』（元禄十年刊）には「獅子のゐぐひといふは、獅子のまわりにあるてき馬を、つぎの手にて取。其座をなをらずゐるなり。飛鷲、角鷹のゐぐひも同前なり」と説明されている。こうした動きは普通に行われる小将棋においては見られない働きである。

最近、奈良興福寺の旧境内の井戸から、平安時代の「酔象」の駒が発見された新聞報道があった。(9)

四　孔子の頭の凹み（一一七頁）

儒教の教えを説いた孔子の頭のかたちが、中央で凹んでいたという伝承がある。『鴉鷺』の中でも、梟が烏に対して苦言を呈したとき、そのことに触れている。梟は自分の容貌は醜いけれども、「孔子は頭が窪んでいたし、老子は背が低かった。しかしこの孔子、老子に対して誰が醜いなどと悪口しようか」と言って、昼には目の見えない梟をからかう烏の悪意をたしなめている。

こゝに梟の云、「我らが躰《てい》、かりそめにも白昼に立ち渡れば、烏、希代の不思議を見つけたる様に、集まり喚き、叫び笑ひ、心得がたし。無容儀なればとて他を卑しむべきにあらず。かたち異なる者、その徳世にすぐれたる事、老子たけ低く孔子頭くぼかなり。然ども、誰か矮子《わいす》のあざけりをなさん。何ぞ異相のそしりを加へん。これらは聖人の生本ぞかし。

と言っている。

孔子の頭が窪んでいたことは、『史記』孔子世家第十七に、

紇与二顔氏女一野合、而生二孔子一。禱二于尼丘一、得二孔子一、魯襄公二十二年、而孔子生。生而首上圩頂。故因名曰レ丘云。字、仲尼、姓、孔氏。

と記されたのが元と思われるが、『古文孝経』孔安国注にも、「仲尼首上汚《クボカ》、似尼丘山、故名曰丘」とも記されている。日本においても、

・孔子となづけたてまつる故は、いただきのくぼなるあなのましける故也。孔はあな也　（『名語記』五）

・顔氏女詣二尼山之神一、求レ有二身遂孕一生二男子一。彼山頂汚《クホカナリ》也、故似レ此、所レ生孔子、其頂亦汚《クボカニシテ》、似二彼尼丘山一　（『普通唱導集』中末一）

・孔は尼丘山に禱てうまれたそ。去程につふりか尼丘山のなりにありたそ。　（『蠡測集』）

・頂凹何事似尼丘。　（『再昌草』永正六・五・二十一）

といった例を見出すことができる（「汚」は「圩《くぼむ》」に宛てた文字）が、これらはおおよそ『史記』の記事をなぞったものといえよう。孔子の頭の上にくぼみがあったということは、中世知識人には普通に知られた事柄であったよ

うである。ところが、

・其首ノ像、尼丘山に似て、頂汚《くぼ》くして、水一升二合を可レ受程也。仍号二孔子一。（『三国伝記』一）

・孔子ヲ、母ノ尼丘山ノ神ニ祈リテ生レタゾ。サテ頭ナリガ、カミガ平ウ大ニシテ、頂上ノマン中ガクボウテ水ノタマルヤウナゾ。（『詩学大成抄』城闕門）

のように、その窪みに水が溜まるようだと描かれているのを見ると、ずいぶん内容が誇大化されていると驚かされる。『鴉鷺』の場合も、これを「異相」と言っているのは、かなり極端な凹みを想像していたのであろう。この一升二合の水が凹みに入るという極端な比喩については、牧野和夫氏が『論語発題』や『和漢朗詠集和談抄』などの注釈書類にも見えていることを報告されている[10]。

なお、前掲の『鴉鷺』の引用の最後に「生本」という言葉が見える。新大系本では「生本《しやうほん》」とルビを振ったが、これは底本とした寛永ごろ古活字本の読みに従ったもので、正しくは「いきほん」と訓むべき言葉である。生きた見本、実際の例といった意味合いの語である。抄物に次のような使用例がある。

・謀反ヲモ不起シテ無為デハテ《(果)》タイキ本ゾ（『漢書抄』一）

外形の醜い梟が、醜いことこそ異才の証拠、孔子、老子はその「いきほん」と威張ってみせたところが滑稽である。

五　大集経の十来（一〇四頁）

緊急事態発生と聞いて、カラスの真玄のもとに馳せ参じた山烏太郎は、その貧相な外見から口太烏たちの嘲笑を浴びる。謡曲『鉢の木』の佐野源左衛門の風情である。さらに「山鳥殿の御意見ゆかしく候」などと挑発されたのに堪えきれず、自分は貧しくて賤しく見えるけれども武勇の家柄、口先だけの面々には決して劣りはしないと弁じ立てている。そこで山鳥太郎が自らの貧乏について、

貴賤貧富はいづれも過去の所作の業なれば、大集経の十二来を見るにも、「高姓《かうしやう》は礼拝より来り、下賤は憍慢より来り、貧窮《びんぐう》は慳貪より来たる」と候間、只、先世の宿執こそ恥づかしく候へ。

と述べている。ここに引用した底本（寛永ごろ古活字本）は「十二来」と記しているが、文禄二年写本（尊経閣文庫本）をはじめ他の諸本では「十来」とあり、これが一般的であったと思われる。さて十来であるが、これは、

端正者忍辱中来　貧窮者慳貪中来
高位《性》者礼拝中来　下賤者憍慢中来
瘖唖《病痾》者誹謗中来　盲聾者不信中来
長寿者慈悲《愍悲》中来　短命者殺生中来
諸根不具者破戒中来　六根具足者持戒中来

（織田得能『仏教大辞典』。右の傍書は『説経才学抄』の文）。

という偈文を指している。現在未来のあり様が過去世の因の報いによることを説いたもので、中世には広く信じられていたようである。

＊大集経云、端正者忍辱中来、貧窮者慳貪中来、高性者礼拝中来、下賤者憍慢中来、病痾者謗訪《(法)》中来、盲聾者不信中来、長寿者愍悲中来、短命者殺生中来、諸根不具者破戒中来、六根具足者持戒中来

（『説経才学抄』三十三・持斎）

＊適、五戒をたもつて人界に生を受たれども、其中に慳貪の者は貧道の身と成り、憍慢の者は下賤の生を受け、誹謗の族は瘖啞の生を感じ、不信の類は盲聾の身となり、破戒の者は諸根不具の身と生ず。
（無住『妻鏡』）

＊三世了達の智恵を以て、衆生の種々の業報の因縁を知見して、貧苦は慳貪の業因によれり、短命は殺生の業報なり、形容の醜陋なるは忍辱ならざる故なり。種姓の下賤なるは他人を軽劣したりしむくひなり。
（『夢中問答集』）

＊是等皆前世の業因にたへたる定業也。慈悲は福徳の家にむまれ、慳貪は貧苦の身にいたる。柔和忍辱の心は姿をよくむまれ、礼拝はかうけにむまるゝ。殺生をしたる者は短命にむまるゝ、かくの如くいづれもみな前生の悪因により、
（『一休和尚法語』）

＊大集経十来ニモ、端正自忍辱中来云ヘリ。（『法華経鷲林拾葉鈔』四）。大集経云、貧窮ハ従慳貪中生、又生卑賤事、先世不敬人故也（『同』十六）

＊生貧窮身事ハ先世ニ慳貪ニシテ不行布施故也。去ハ大集経云、貧窮ハ来慳貪中ヨリ。サテ生卑賤事、前世ニ不敬三宝故也。礼三宝、敬人民ハ、必生高位貴人ニ也。サテ生醜陋ノ身ト事ハ、業報差別経ニ見タリ。父母不孝者、不敬賢聖類、奪人ノ宝、軽㆓慢人ヲ㆒類、受醜陋身也。
（『法華経直談抄』七末）

＊大集経の十来に、高性の者は礼拝の中より来り、下賤の者は驕慢の中より来るといへるなれば、前世の罪を後悔すべし。
（『慶長見聞集』一・医賊法印）

などという例を見ることが出来る。これらはおおよそこの十来偈に拠っているようであるが、

＊悪を行じては地獄に落、瞋恚をおこして修羅となり、慳貪にしては貧に生る。これみな過去の因果也。
（『精進魚類物語』）

＊されば止観云、過去慳貪業故、今生貧窮をうと云へり。
（『五常内義抄』）

のように、「十来」に触れず、少し砕けた言い方をしているものも散見する。

この「十来」偈の出典を『大集経』としているものがあり、『鷺鴉』も同様であるが、『大方等大集経』（大正新脩大蔵経所収）には、この文は見当たらないようである。右に見た引用書の中には『文殊師利問経』に載るといい、『業報差別経』あるいは『止観』に載るともいっている。

こうした因果の照応によって禍福を説く経典として『善悪因果経』が挙げられる。この経典には「十来」の十ヶ条を越えた数多くの因果律が列挙されている。ここでは偈は略して果と因を示してみる。

端正（忍辱）、醜陋（瞋恚）、貧窮（慳貪）、高貴（礼拝）、下賤（憍慢）、長大（恭敬）、座短（慢法）、狼戾（羊中）、黒瘦（障佛光明）、緊脣（嘗斎食）、赤眼（惜火光明）、雀目（縫合鷹眼）、……長命（慈心）、短命（殺生）、大富（布施）、有車馬（施三宝車馬）、聰明（学問誦経）、……

傍線を施したところは十来偈と同一のもの、この経典にはそれ以外にも数多くの因果律が記されている。

山鳥太郎が我が身の貧乏を、自分の努力では如何ともしがたい前世からの因縁と嘆いたのも、こうした宿命論が中世の人々の強迫観念になっていたからであろう。

六　家を焼く、戦国の詫び方（一〇八頁）

『鴉鷺』の発端部に近いところで、カラスの真玄の恋文を届けに行った使者が、鷺正素から愚弄され打擲されて帰り、その悔しさを涙ながらに報告すると、真玄の怒り心頭に発し、正素を武力で成敗しようと合戦の準備に動き出す。この危険な状況を見て、真玄にゆかりのある「鵲《かささぎ》」が、穏便に事を済ませようと思い、まず正素に、

　当世を見るに兵革久しく絶えて干戈動かず。異敵跡を消して、弓矢袋に有る時分、ことに私の弓矢とゞまり、故戦防戦ともにその咎のがれがたし。あはれ、下司をも出し、せゝり鷺の古巣の一間にも煙を立てゝ、自他安穏なるやうに御はからひ候へかし

と書き送ったのであった。当世、戦争のない平和な世の中、個人的な戦いは、仕掛ける方もそれを受けて戦う方も、固く禁じられている。この際、争いを避けるのが賢明でしょうと申し出たのであった。これに対し、正素は腹を立て、無礼な真玄にはこちらから戦いを挑みたかった、これこそ願ってもない好機と言って、にべもなく拒絶したのである。

　とにかく戦端を切らせては取り返しがつかないと思う鵲は、今度は真玄に向かって戦いを思い止まるよう伝えるが、これを正素の弱腰、降参の瀬踏みだろうと勘違いした真玄は鵲に返事もせず、調子に乗って正素に降伏を迫る書状を送りつけた。こうして鵲の和平工作は水泡に帰し、かえって火に油を注ぐ結果となったのであった。

　ところで、鵲が正素に述べた「せゝり鷺の古巣の一間《（軒）》にも煙を立てゝ自他安穏なるやうに」という言葉であるが、小屋に火を付け、煙を立てることは、両者が合戦も厭わないと見せかけ、互いの面目が立ったところで和睦

の話し合いに至るという、単なる演出《パフォーマンス》に過ぎないだろうと思っていたが、藤木久志氏の『戦国の作法』(11)を読んでいて、火を付け煙を立てる行為にはもっと確かな意味があるということに気が付いた。藤木氏は近江国の『菅浦文書』三二三号文書を資料に、村と村の争いにおいて、非を認めて相手に詫びを入れるときには、第三者を仲人に立て、村の有力者が使者となり、村で煙をあげ、相手の前で頸をのべ、多額のまいないを捧げる、という手順が踏まれることを紹介された。この寛正二年（一四六一）十一月の菅浦大浦両庄騒動記と題された三二三号文書には、大浦庄へ「降参」に出かけたときの様子を、

　くまかゑの上野守の手より籌策をめくらし、色々依口入、煙をあけ、けし人には道清入道、正順入道命を捨、しほつとの、同道にて、松平遠江守まゑ出、かうさんをいたし候て、

と記している。藤木氏はまた、永正十二年（一五一五）播磨国鵤庄の文書、天文十五年（一五四六）同国、那波・坂越の争論の文書に「在処ニ煙ヲ立」「我とわが家を三間やき、わび事」とある例を示され、自分たちの側の家を焼くことはこの時代の謝罪や降伏の作法であったと指摘されている。

　こうした視点からもう一度『鴉鷺』を読み返してみると、「せゝり鷺の古家の一間にも煙を立てさせ」の一文は、元々は小競り合いの演出であったと思われるが、謝罪、降参の意を表するときの不可欠の手続きであったと捉える視点も必要になってくる。鷺の正素が鵲の提言を拒否したのも、このようなあからさまな降参の形を潔しとしない気持ちが働いたからでもあろうと解すれば『鴉鷺』の読みもいっそう深まるといえる。

　なお「せせり鷺」であるが、これは鷺の名前ではなく、鷺が「せせる」、すなわち餌などを求めて嘴を小刻みにあちこちつっ突く様子をいったもの。敵と正面きって戦わず、ちょこちょこと挑発を繰り返す小競り合いをす

る「せせる」の意味をも兼ねている。

七　軍《いくさ》バサラ（一二三四頁注）

「バサラ」という言葉は、室町時代、服装を華美に飾ったことをいう。特に南北朝時代、近江の守護佐々木道誉や美濃の守護土岐頼員など、足利幕府の有力者がその財力にまかせて華美、豪奢に着飾った風俗を少々驚きや非難の意味をも込めて「バサラ」と呼んでいる。その語源についてははっきりしない。「嚩曰羅《バザラ》」（金剛杵）の語によるものという説など諸説がある。「バサラ」は単に衣類のみに限らず、生活一般において贅を尽くすさまにも用いられ、茶、立花、聞香などの趣味、能や田楽などの芸能、さらには連歌など文化現象にも及んで幅広く用いられた。『建武式目条々』には、

近日号婆佐羅、専好過差、綾羅錦繍、精好銀剣、風流服飾、無不驚目、頗可謂物狂、

と華美な服装について記され、『太平記』巻二十一、佐渡判官入道流刑事、巻二十四、天龍寺建立事には、

・此比、殊ニ時ヲ得テ、栄耀人ノ目ヲ驚シケル佐々木佐渡判官入道々誉ガ一族若党共、例ノバサラニ風流ヲ尽クシテ、

・ソゞロナルバサラニ耽テ、身ニハ五色ヲ粧リ、食ニハ珍ヲ尽シ、茶ノ会酒宴ニ若干ノ費ヲ入、傾城田楽ニ無量ノ財ヲ与ヘシカバ、

などと記されている。

「バサラ」の奢侈ぶりは過差の奢りとともに人目に遠慮しない不遜、おごりの性格も併せ持ち、時代のトレン

ドであると同時に彼らの権力の象徴でもあった。この言葉は「ばさら扇」「ばさら絵」「ばさら髪」「ばさら者」など、近世に至るまで広く使われた。

実は『鴉鷺』にもバサラの語が使われている。鷺の正素が、いざ出陣といって現れたときの姿は、

こゝに山城守云、「我、当年四十三也。少年よりはちとそゞろひたるもおもしろき」とて、群勢の中に紛《まが》はぬ振舞を見えんと思ふにや、けしからぬ（軍ばさらにて）、練貫の大母衣《ほろ》をかけて、

という奇抜な出で立ちであった。日常生活の中で豪奢を尽くすのにとどまらず、戦場においても他人より目立ちたいと、異相の風体を好む男の稚気が描かれている。山城守の「いくさバサラ」は、真白で、異様に大きい母衣《ほろ》を背にかついだ姿、それは太陽に輝いてまぶしいほどであった。

この「軍ばさらにて」という一文は、底本の古活字本にはそっくり抜けている。古態を伝える写本には記されているのだが、脱落の理由は分からない。「軍ハサテ（ママ）ニテ」（尊経閣本）、「軍バサラニテ」（島原松平本）、「いくさは□（空欄）」（龍門文庫本）、「ナシ」（寛永ころ古活字本）、「ナシ、傍に「イ軍ばさらにて」の書き入れ」（安永五年写本）、「いくさはさらにて」（続群書類従本）というような具合である。

大母衣を着けていたのはひとり正素だけでなく、青鷺信濃守長高も真白の大母衣を懸けており、それは「白糸の大鎧に十幅一丈の練貫の大母衣、雪山を負へるがごとくに駆けふくらめて」と描写されている。白づくめの軍装に真白な大母衣、風をいっぱいに孕ませて疾駆する姿はなかなか勇壮である。かっこ好い。バサラの本領発揮というものである。

母衣は中世の武者が背に付けた布で、馬を駆って靡かせ、あるいは布の下を腰に結び、風を孕ませて袋を背

負ったように見せたもの。中には竹などを編んで袋状に作り、それを布で包んだものもあった。

大母衣を付けた正素は、母衣について一言、蘊蓄を披露している。「それ母衣といふ、本式は紅なり。または赤白の色もあり。これは陰陽二色なり。白をば老武者のかくるなり。是治世の母衣なり」といい、さらに「陳（陣）によりてかくる母衣、合戦の躰によりてかくる母衣、勝軍にかくる母衣、歩立の母衣、討死の母衣」などの種類のあることを述べている。

母衣が何のための軍装か、よく分かっていない。矢を防ぐためとも、単なる飾りとも、あるいは嬰児の胞衣《えな》に包まれた姿で身の安全を守るものともいう。正素は母衣にまつわる秘事や口伝に触れているが、なにか中世の故実書によったものであろう。

ところで、戦場であまり華美に装うことは、必ずしも意義あることではなかった。なによりもそれは戦闘に実用的ではなく、むしろ邪魔でさえある。華美な具足、贅沢な武具は味方からも羨望され、常に盗難の危機にさらされていた。時代は下って江戸時代の寛文ころの成立と目される『雑兵物語』にも、「金銀拵《こしらへ》の刀脇指は味方に寝首をかゝるゝと云」と述べられている。『雑兵物語』は戦国時代の実戦経験を反映させているとされるが、この時代の戦場がいかに油断も隙もないところであったかがしのばれる。

『雑兵物語』はまた「敵地だ又は味方だとて油断せないもんだ。此様な時は飯米に詰て、味方でも奪《ばい》取るもんだ。鼻毛をのばいてひんぬすまれるな」とも言っている。これも味方だからといって信用ならないことを吐露しているのであるが、くしくも『鴉鷺』にも、同じように記されている。雑兵たちの悪行について触れたところで、「目弱《めよは》ならば味方の物をも奪ひ取、生き馬の眼をもくじりつべし」と記しており、「戦場は地獄」（雑兵物語）

であったことを共通して描いている。

〔注〕

(1) 石井進校注「竹崎季長絵詞」(日本思想大系『中世政治社会思想』上、岩波書店、一九七二)
(2) 荻野三七彦「「竹崎季長絵詞」の研究史」(日本絵巻大成『蒙古襲来絵詞』、中央公論社、一九七八)
(3) 石井進「『竹崎季長絵詞』の成立」(「日本歴史」二七三、一九七一・二)
(4) 菅原正子「旗・小旗・指物」(「戦国史研究」四二、二〇〇一・八)
(5) 家永三郎『日本道徳思想史』(岩波書店、一九五四)。
(6) 『銘尽　観智院本』(帝国図書館、一九四〇)
(7) 白崎祥一「軍記物語における刀剣伝承の展開」(『中世説話とその周辺』明治書院、一九八七)所収。
(8) 『鍛冶名字考』(天理図書館善本叢書『古道集』㈠、八木書店、一九八六)
(9) 「国内最古の中将棋駒」(朝日新聞、二〇一三・一〇・二十五)
(10) 牧野和夫『中世の説話と学問』(和泉書院、一九九一)
(11) 藤木久志『戦国の作法　村の紛争解決』(平凡社、一九八七)

第二章　室町物語

『筆結の物語』——室町武人の知識とユーモア——

『筆結の物語』（以下、『筆結』と略する）は現在、尊経閣文庫に所蔵されるのみで、他に伝本の知られない稀書である。奥書によれば文明十二年（一四八〇）正月十一日、石井前内蔵允平康長、出家して彝鳳《いほう》と称した老人の手によって著されたもので、その三十七年後の永正十四年（一五一七）正月、十河六郎源儀重が書写したものである。本作は数多い御伽草子作品の中にあって、作者、成立時期、書写の年時が知られる稀有の例で、室町時代の物語を考える上でたいへん貴重である。

この作品については、つとに市古貞次氏による詳しい解題、考察がなされており[1]、その概要はかなり以前からよく知られていた。が、その後も長く翻刻されることがなかったため、ごく一部の研究者によって利用されるに過ぎなかった。（本書に初めて全文の翻刻を収載する。巻末［翻刻］参照）

物語の内容は、丹波国に住む狸たちが、蕗《ふき》の薹《とう》を求めて京上りしたところ、折しも若狭国から上京していた評判の白比丘尼（八百比丘尼）と出会い、いろいろ質疑応答を交わし、さまざまな知識を授けられて故郷へ帰る、というものである。

次に、市古貞次氏がまとめられた梗概を掲げさせて頂く。

丹波国桑田郡弓削庄の狸大膳亮后転《きんひろ》は南枝に花一輪綻びたのをみて、初春の訪れを知り、寒さが薄らぐにつれ、狩人が襲ふから用心厳しくせよと、家の子郎党に命じた。彼の庶流に当る和泉国毛穴庄の地頭、狢式部大夫転遠《ひろとう》も鶯の声を聞いて春を知り、嫡子真猯太郎転用《ひろもち》を同道して、惣領の后転の許に年賀に赴いた。四方山の話の末、蕗を食ひたくなり、京都正親町に三人で出掛けた。西洞院辺で、最近上京した若狭国の八百歳の白比丘尼を見物の人々が群集してゐる。立ち寄って、自分達の先祖の事、両宮の由来、鳥居の事、歌道・入木道の心得、仏教を信ずべき事、武士の教養、四書五経、流鏑馬・犬追物の故事、礼儀作法などの話を聞いた。やがて后転は転遠父子と別れて丹波へ帰る途中、小野道風を祀る明神に馬上ながら参拝した。するとだしぬけに彼を突き落す男があるので、みると都で高名の筆結、筆ヲ結永である。馬から下りて礼をすると、結永は走りよって上毛をひたむしりにむしりとるので、「筆の毛は年内に差し上げたはずですが、さう度々御入用では、我らは何の身になりませう」といふと、結永は「それなら御汁の身になれ」と答へた。

(『中世小説の研究』。漢字は通行の文字に改めた)

この作品は、擬人化された狸が主人公で、その狸の上洛の一件を記しているが、市古氏の「滑稽味を帯びた戯作的なもの」(『未刊中世小説解題』)という御指摘のとおり、そこには娯楽的な虚構が構えられていて、お伽草子の性格を見ることができる。とともに、後半部において、狸たちと八百比丘尼との間に交わされる六十項目ほどの問答によって、神仏、武道、芸道などのさまざまな学問や故実の知識が得られるように配慮されているのも、「この時代の小説の一套色」(同)であって、物語の流れから見れば、それらは衒学的な夾雑物に見えるが、これもまたお伽草子がしばしば用いるところの試みであって、やはりお伽草子の重要な一性格であることを認めないわけには行かない。童幼向けの空想的な物語が数多いお伽草子の中にあって、『筆結』はその滑稽さえも知的である。

本稿では、最初にその作者について小考を加え、次いで物語の内容について、知識や教養、または諧謔などを検討し、本書読解の一助としたい。

一　作者、石井康長

前述のとおり、この物語の作者は石井前内蔵允、平康長、法名を彝鳳と称した人である。人名辞典にも見当たらない無名の人であるが、市古貞次氏の御論に、『見聞諸家紋』にその紋所と康長の署名が録されていることが報告されている。その署名は「石井内蔵允平康長」とあり、同一人であろうことはほぼ間違いない。

ただ『見聞諸家紋』は天文八年（一五三九）、評定所において、足利将軍家の人々の紋を、次第不同に書き載せたという書であって、康長が「彝鳳老人」と奥書した文明十二年からおよそ六十年後であり、さらに康長が若く活動した年代は、応仁の乱（一四六七〜七七）以前にさかのぼるはずで、『見聞諸家紋』はかなり古い文書からその署名を採録したものと考えられる。市古氏は康長について「恐らく幕府に仕へた者であらう。かなりな地位にあった被官かと想像せられるが、臆測を逞しうすれば、評定所などの書記役であったのではなからうか」と推定されたが、それを否定する材料はなく、むしろ以下のように確認すれば、その線はかなり濃くなってくる。

ここに紹介するのは室町時代の古辞書『通要古紙』である。国語学の方面ではつとに注目されてきた辞書ではあるが、西尾市岩瀬文庫の展示の折、その原本を閲覧して、『筆結』本文の字との類似が感じられた。岩瀬文庫に蔵される『通要古紙』は原本であるのに対し、『筆結』は永正十四年、十河六郎源儀重の手になる転写本。康長の字との比較はできそうもないことは明白であるが、両者が似ているという印象は拭いきれない。

この『通要古紙』の撰者は、誰あろう「康長」。岩瀬文庫蔵『通要古紙』は、柳原家旧蔵、下巻のみ一帖。第六巻から巻十に及ぶが、巻第六末尾から第七はじめにかけて二丁の落丁がある。この巻第六冒頭（一オ）の右下、同じく巻第九冒頭（三十丁ウ）の右下に「康長撰」と撰者名が記されている。この康長が『筆結』の作者石井康長ではあるまいか。

『通要古紙』については、川瀬一馬、[2]高橋久子[3]両氏の詳しい考察があり、また高橋氏は「日本語と辞書」第九輯にその全文を翻刻[4]されている。今、『通要古紙』と『筆結』本文を読み比べてみると、次のような面白いことが分かった。『筆結』の中で、若狭の白比丘尼が自らの生い立ちを語る箇所に、

　ひなのすまひのつれ〳〵さに、遊女やあると問給ふ。其比のほしのまへとて、ならひナキ嬢《テウ》あり、本は禁中に候て、化子命福と申、申(衍)せし人なり。

という部分がある。ここに見える「嬢」は通常、見かけることのない文字であり、彼女が遊女であるという意味で用いられている。ところが『通要古紙』巻九、乞盗類分には、

　遊女《ウカレメ》　夜発《ヤホツ》　嬢《テウ》　傾城《ケイセイ》　白拍子《シラヒヤウシ》……

と載せられている。文字も意味も合致していると考えられる。この文字は、問答の「富裕になる方法」の項（本書一四四頁に引用）の中で、「又、嬢、白拍子の遊」とも見えている。また命婦を「命福」と記す特異な表記も巻六、女官分に「内侍司　尚侍　典侍　掌侍　女史　命福」と見えており、これらの珍しい用字の共通使用は、同

じ「康長」が書いたものである『通要古紙』『筆結』両者の親縁性を雄弁に物語る。この他、「師走」を「師馳」と表記する点なども共通している。

『通要古紙』の康長について、本書を所持した柳原紀光はその著『閑窓自語』[5]五一に「此事、康長が撰し通用《ママ》古紙といへる書に見ゆ。〔割註〕康長は明徳応永ころの人と見ゆ。氏系かんかうへし」と記している。紀光も康長について、どのような人物であったか知らなかったようであるが、「明徳応永ころの人」という見立ては、『筆結』の康長の行動時期とも重なるところがあり、同一人かとする推測を補強するものになるだろう。康長を右のように考えたとき、用字の一致のみならず、『筆結』の後半、問答という形で神仏、歌学、入木道、鷹狩、弓術、馬術などの故実を説明している広範な知識、教養の持ち主であることと、辞書を編むほどの該博な知識を有していたこととが重なり合う。

さらに『筆結』で書道のことを数多く記し、『通要古紙』で文書類二項目、筆法分を記す「康長」には、市古氏の指摘された「書記役」の面影もほの見える。

二　滑稽の諸相

『筆結』には、問答の部分では排除されているが、あちこちに笑いが散りばめられている。その特徴的なものが、動物の擬人化と地名のもじりによる滑稽である。主人公の狸の登場は、

比はいつの事にてありけん、丹波国桑田郡弓削庄に、たぬきの大膳亮后転といふ者侍り。（句読点、濁点を私に補った。以下、同じ）

と書かれている。ここに見える桑田郡弓削庄は、現在の京都府北桑田郡京北町の西部の地で旧弓削村。京都市街西北の仁和寺から北上して高雄山の麓を過ぎ、周山村において周山街道から分岐した小浜街道沿いにあり、四方を山に囲まれた至って僻陬の土地である。ここに狸が棲んでいたとしても特別珍しくもないが、『筆結』作者にとっては、狸の住まいを弓削庄にする一つの理由があったようである。実はこの弓削村の一角に「田貫《たぬき》」という村落が存在する。大堰川の支流田原川の上流に位置し、その「田貫村」の名はすでに文明十七年（一四八五）「弓削荘注進状残闕」（『北桑田郡誌』所載、海老瀬文書）にも見えており、この地名から狸の居所として選ばれたことは想像に難くない。

また、后転狸の所に、その庶流である和泉国毛穴《けな》庄に住む狢《むじな》式部大夫転遠が新年の挨拶にやって来るが、彼の「毛穴庄」住まいも、そこに狢がいたかどうかではなく、「毛穴」という文字が穴居する狢（狸の一種）を連想させるものであったから選ばれたものであろう。「毛穴」は現在の堺市にある地名。本文中にも「大鳥の社」「家はらといふ山寺」などと触れられているように、堺市の大鳥神社や家原《えばら》寺は、毛穴の近辺である。この地には、明応（一四九一～一五〇二）ころには、戦国武士の毛穴氏(6)がいた。

同じように、狸たちの新年の酒宴の席にやってきた后転の伯父、子《こ》阿弥陀仏は、「大膳亮が伯父の時宗《じしゅう》、ときのつづみを宇津と云ふ所におはしますこあみだぶ」と紹介されているが、時を知らせる鼓を「打つ」に掛けて「宇津」という地名を出している。宇津庄は弓削庄に隣接する地名である。

このように、『筆結』作者は、狸の擬人化にあたって、その居所を狸の特徴に因んだ実際の地名を選び取っていることが知られるのであるが、地名に関わる言葉遊びはこのあとも続く。狢が弓削庄へ赴いた道筋を、難波の御津の春のかぜは、あしもつのぐむばかりなり。朧夜の月もやどかるこや《（小屋・昆陽）》の池、いな野、小篠、駒にかい、小野原すぎて忍頂寺、ゑみをふくみてわらい《（笑・笑路）》ぢや、小河の渡ほどもなく、弓削の庄にぞ付にける。

と描き、数多くの地名を読み込んでいる。謡曲「忠度」の文句を取った昆陽の池、猪名野まではともかく、忍頂寺（茨木市）、笑路《わろうじ》、小川（ともに亀岡市）となると少し特殊で、作者はこの辺の地理にもかなり詳しかったようである。同様に、弓削から京上りする道筋を述べた部分の、

行末の道の見分ぬは、春のならいか、老のとが《（咎・梅尾）》のをふしおがみ、其名たか《（高・高雄）》をの寺かとよ、平岡、鳴滝打すぎて、雲路にかへるかりの数の、ならび《（並・双が岡）》の岡や、さほ姫の霞の袖か衣笠山、平野、森を余所にみて、いとはやも木の芽は春をしる哉らん、岸の柳のかみ《（髪・紙屋）》や河、渡れば驄□

丹波国周辺関係地図

　□、此大将軍に付にけり。

という道行も、秀句（地口）をふんだんに取り込んだ遊びの文章である。『筆結』作者はこうした諧謔が得意であったらしい。市古氏も指摘されているとおり、

　あぢはからきをあまの《（甘・天野）》とは、たれかゆひ《（云・結）》棰卅荷。かつしきの、試筆ノ文はまな《（真名・真魚）》がつほ、御児のあそばす飯《（破魔・はまち）》、朝拝のさけ《（酒・鮭）》にゑいて、かほは赤貝、ゑびす《（恵比須・海老）》の社は辛螺《（西）》の宮、住吉の神はいくさに鰹《（勝つ）》やうの美物をたづね出したるは、よき鮒とくもたせて鯉《（来い）》とて、

といった魚尽くしの滑稽も描かれている。

次に、蕗《ふき》の薹《とう》と狸のことについて見てみたい。

弓削庄の后転は、転遠らを迎えて酒宴を催すが、その席に加わった子《こ》阿弥陀仏が新年恒例の蕗の薹を食していないと嘆く。確かに今年は山中の雪深くて入手できなかったので、「深山には松の雪だに消えなくに都は野べの若菜つみけり」（古今・春上）と詠まれた京へ、使者を遣わすが叶わず、とうとう狸たちが揃って京上りをすることになる。

春の初めの蕗の薹自体は何の変哲もないものであるが、狸にとっては少々特別の意味があったようである。鈴木棠三氏『日本俗信辞典』の狸の項には、狸がカンドウ（フキノトウ）を食うと馬鹿になる（福岡県八女郡）、狸はフキノトウを食って酔って死ぬ（愛媛県上浮穴郡）などの事例が挙げてあり、鈴木氏は両者の関係について「これもフキノトウを食うから神経が鈍くなるのではない。浮かれる季節をいうのである」と解説されている。(7)

早春、雪が消えて間もなく地表に現れる蕗の薹は、雑食の狸にとって恰好の食物であったが、実はその時期は

狸の交尾期で行動が浮かれ、無警戒になるのを、蕗の薹を食するからだと言ったものらしい。『筆結』の中でも、八百比丘尼が狸たちに向かって「さて、ふきのたうは、御身たちのために以外の毒なり。あへて是をくふべからず」と忠告するのに対し、后転が「良薬口ににがしと見えたり。よも、ふきのたう毒にては候はじ。あまがいふところ、忠言なれば耳にさかふか」と抗弁しているのも、『筆結』作者が、こうした狸の習性をよく知っていたからであろうと思われ、彼は問答の中で狩猟、鷹狩に深い関心を寄せており、これもまたその知識の中の一斑であったのだろう。

関連して次に、「狸の京上り」について見てみたい。后転は八百比丘尼の問いに、「深山は寒風なをはげ敷して、ふきのたういまだもえ出候はず。都を床敷存候て、京上仕候」と答えている。都で蕗の薹を食べようというのがその上京の理由であったのだが、「狸の京上り」という言葉には、単なる上洛とは違った意味もあったのである。

狸と十二支の動物との争いを描いた『十二類絵詞』下には、鶏が狸に向かって「□□□そ、京上もせぬたぬき太郎にかたらはれたる田舎武者ならめ」と罵倒し、また狸自身が「むかしは、たぬきの京上とて、事ゆかぬためしにいはれしかど、いまは真如のみやこも我身のよそならねば」と述べているように、田舎者が都で右往左往して物事が進捗しないさまであることが知られる。ここでは『筆結』が后転たちの京上りを、当時の諺通り緩慢な狸たち京上りの意味に用いて、滑稽を描こうとしている。〝事ゆかぬ〟狸たちが身のほど知らずに京上りを実行するわけで、『筆結』の作者が人を化かすような悪者の狸を構想せず、正体が知られれば引敷《ひっしき》にされかねない危険を冒してまで蕗の薹を食べにきた目的を果たすことなく帰って行く、少し間の抜けた狸を描いていることは、

「笑い」を強く意識していたからであろう。

笑いについて、物語の末尾に置かれたオチも見落せない。筆ヲ結永の、狸に対する「御汁の実になれ」の突っ込みも、身と実の掛け言葉が効いて絶妙である。作者のユーモア精神が遺憾なく発揮されていると言い得よう。

三　世俗への関心

『筆結』作者は、かなり世俗的な出来事やエピソードに関心の深かったことも注目される。次に、若狭の白比丘尼について見てみよう。

白比丘尼は室町時代中期、若狭国から来た八百歳を経たという異形の老尼で、江戸時代に至っても八百比丘尼を名乗る同種の者たちが数多く現れている。(8)『筆結』において、八百歳を経た白比丘尼は京上りした狸たちにさまざまな知識を授けていて、この物語のもう一方の主人公でもある。彼女の登場は次のように描かれる。

北野、御前にて下馬をし、内野をすぎて竹がはな、大宮、猪熊、もどりばしにて前を見やりて侍れば、西洞院辺にあたり、貴賤群集して人は大井の市をなす。何事哉らんと尋ぬれば、衛門七申、いまだしろしめし候はず哉、わかさより白比丘尼と申て、年八百にあまると申人、上洛仕候て、大みねの地蔵堂に此ほどわたり候を、京わらんべがこぞりて見候也、とぞ申ける。三人の物申やう、いまだ日もたかし、いざ立よりてみてゆかんとて、彼堂へぞ入にける。見れば、よのつねの八十、九十になる人のごとし、さしたる事なしとて立帰らんとする処に、

文安六年（一四四九）、京都に白比丘尼が現れたことは、『康富記』『唐橋綱光卿記』『臥雲日件録抜尤』などに

記されていることはよく知られている。次は『康富記』の記事である。

○或云、此廿日比、自二若狭国一白《シロ》比丘尼トテ、二百歳ノ比丘尼令二上洛一、諸人成二奇異之思一、仍守護召上歟、於二一条東洞院北頬大地蔵堂一、結二鼠戸一、人別取二料足一被二一見一云々。（五月二十六日）

○或説云、自二東国一比丘尼上洛、此間於二一条西洞院北頬地蔵堂一、致二法華経之談義一云々、五十バカリノ比丘尼也。同宿二十人許在レ之云々。（五月二十七日）

一日違いで記されたこの両条は、内容に少し差異があるものの、恐らくは同一の比丘尼を指しているのであろう。このうち二十七日の「一条西洞院北頬地蔵堂」という場所が、『筆結』と一致しているのが興味深い。『筆結』で「大みねの地蔵堂」といっているのは、一条通りと西洞院通りが交わる地にあった大峰寺のことで、古く『今昔物語集』巻二十・九話に「一条ト西ノ洞院トニ有ル大峯ト云寺」に外術を使う下衆法師のいたことが記されている。この寺は『康富記』にも見えるように文安ころまではあったらしいが、応仁の乱の兵火にでも罹ったのであろうか、その後消滅して、そこに「大峰の辻子《づし》」と呼ばれる小路が形成された。また。この尼が法華経の談義を行ったといっているのも、『筆結』で白比丘尼が問答の中で法華経の内容に触れているのと共通し、何か関係があるのかも知れない。白比丘に関する記述は、作者康長の実際の見聞であったことが推測される。

江戸時代に至っても八百比丘尼の名で呼ばれる女たちが数多く現れた。『筆結』の白比丘尼はその最初の存在であったといえるが、彼女自身の二百歳あるいは八百歳という自称はともあれ、外見は五十歳（康富記）あるいは八十歳ばかり（筆結）の老婆でしかなかった。彼女たちは、その長い年月を生きた証として過去の出来事を語るのを職能とした。二百歳ほどの老人が足利尊氏以来の話をしたこと（『大乗院寺社雑事記』長享二・三・九）や、義経の臣、常陸房海尊が長命を得て源平の頃のことを語った（『本朝神社考』）という伝承と同じく、白比丘尼も、法華経のみならず、さまざまな知見を幅広く語る能力をもっていたことがこの『筆結』の問答からも窺える。その話の中に少々うさんくさい話が混じっていたとしても。

白比丘尼は、徳田和夫氏も着目されたように、熊野信仰を背にして諸国を勧進、遍歴した熊野比丘尼の一種であった。(9)『筆結』の白比丘尼自身が「其後、熊野まふでの時、ゆらの寺にまいり開山の御弟子に成ければ、又諸人、若狭の白比丘尼といふなり」と語っている。八百比丘尼といえば若狭の空印寺から出たという伝承が有名であるが、彼女たちも恐らく若狭国において熊野信仰を奉ずる比丘尼集団に属し、熊野の功徳などをも語っていたのであろう。

ところで、『筆結』の白比丘尼は、狸たちにその先祖を語って聞かせようといって奇妙な因縁話を物語る。少し長いが引用する。

昔、五位蔵人長転《ナガヒロ》と云ふ人侍り。継体《ケイテイ》天皇の朝につかへ、紅葉の御ゑん□楽候□、つゞみの役にてめいよの拍子を仕、はじめて山村の庄をぞ給ける。其後時々、昇殿を望申ければ三(五カ)位、やがて御前□□りし時、大膳大夫に成にけり。光録(禄)大夫とて其比、賞翫せぬ人なかりけり。去ほどに長転の嫡子をば常転と号す。丹波の弓削をしらせて狸の大膳亮と名乗せけり。是は后転□□先祖にて候べし。次男をば安転と号す。和泉毛穴を領するゆへに、むじなの大炊助と名乗せけり。是は転遠の御先祖にて候べし。

さてみづからをば、いかなる物□かおもひ給ふ。曩祖長転、挽子《エゾ》ふね着岸の奉行を承、若狭国吉昌庄、小浜の浦に下向あり。ひなのすまひのつれ〴〵さに遊女やある問給ふ。其比のほしのまへとてならびナキ嬢《テウ》あり。本は禁中に候て化子命福《カリゴミヤウブ》と申、申《(行カ)》せし人なり。

二月の初午なれや、みあれするいなりの杉のもとつばをたおらんと、三の御山にいられしに、いかなる人のしわざぞや、かどはかしたてまつり商人にうりまいらせしが、今、この津にてながれをたておはします是こそ、と申せば、さらば其をとて、むかへとり見給へば、梅が香を桜の花ににほわせて柳がえだにさかせても、是にはいかでまさるべき。或又□にべいし□ま□城にきて、びしやモンのいもと、吉祥天女□あいたてまつる哉らんと、心にうたがい給ひける。かくて鴛鴦のふすまの下に比目の契をなし給ふ。其しうしんのすゐ、いまのみづから、是なり。

然に長転、事とげて都にのぼり給ひ、いく程なくて世をはやふし給ふほどに、みなし子となりて候なり。母ゝ、みづからをはらみ給ひし時、枸杞《クコ》といふ草ヲ毎日ぶくし給ふ、是則、不死の薬と成て、既に九百年におよぶよわいをたもち侍り。


后転や転遠の先祖である長転が小浜へ赴任した折、星の前（化子命福）と契って生まれたのが自分であり、先祖を共にすると語ったのである。それにしても宮中の女房である命婦（本書では命福）が稲荷詣の折に誘拐され、売り飛ばされた果は流れを立てる身であったという話は哀れであるが、ここで、化子《かりご》、命婦、稲荷、遊女と繋がる線には、稲荷の阿小町《あこまち》の姿が重なって見える。稲荷の阿小町は、牡狐の小薄《おすすき》とともに稲荷に祭られる雌狐であって、藤原明衡『新猿楽記』に「稲荷山ノ阿小町ガ愛法ニハ、鰹ノ破善《はぜ》ヲ鼿《うせ》ツテ喜ブ」(10)と記されているように、男根に見立てた鰹を振り動かす狂態を演じ、男の心を呼び寄せる呪法を行う神であった。

化子命福には遊女が信仰した道祖神や御前狐《おさき》など、愛法の神と共通する面が感じられるが(11)、その子がこの白比丘尼であるとする設定は、「定めて篇解《変化》の物か」（唐橋綱光卿記(12)）と評された白比丘尼の遊行性、いかがわしさを巧みに捉えているようである。

次は致富と親孝行について見ておこう。

> 転遠問、たのしく成候にも調法あるべし哉。答、過去の因のしらんとおもはゞ、現在の果を見よ、未来の果をしらんとおもはゞ、現在の因を見よとゝき給へり。されば、今生の貧福は過去のむくいなれば、たしなみによるべからず。雖然、ねがひもとめば、福をあたえんとちかい給ふ仏天諸神むなしくすて給ん哉。又禍福は門なし、まねく所に来べしとも見えたり。先、たのしくならんとおもはゞ、おしき物をうりて、ほしき物をかふべからず。（中略）当世の人、吉香をば、おのれがいしやうにたき、又、嬢、白拍子の遊、児、喝食の会合、らんぶ、酒宴のためにのこしおき、ふすぼりくさくたけり。くさくてはなもむけられぬやうなる香をば、仏神霊にたきてまいらするなり。あにこれをうけ給候はん哉。又、七月にたまゝつる《魂祭》をみれは、吉うり《瓜》をば妻子にあたへ、にがくわろきを仏うりとかふ《号》して、しやうりやう《精霊》にまいらせ侍り。おのれが飯をば地蔵がしらにもらせてくらい、りようぐ《霊供》をば二ど入と云ふこかわらけに、かたの如もりて、汁はひいり、さい《菜》いかはきて、みそしほのあぢもなきやうにしてまいらせたり。それほどに心ざしなくば、さてなんおき侍れかしとぞおもふ。
>
> 其謂は、霊はりやうぐを七に分て、其一を請侍り。二ど入に入れたる飯を七に分て、其一はあかゞり一にいるゝ、そくい《続飯》にもたり侍らじ。いきておはしまさば、いかばかりかとおもひ、涙をながし経念仏申て、とぶらい奉べし。（中略）仏神のみやうり《冥利》に候はゞ、福貴は心にまかせ給ふべし。

最初に、豊かになるのは過去、現在、未来の因果によるもので、どう努めようが前世の報いと説きはするものの、結局は「惜しきものは売れ、欲しきものは買うな」という、当時の消極的な教訓に落ち着く。このことは以前に述べたところであるので指摘するにとどめたい。(13) ただここでは、致富の道筋に親孝行も併せ説かれているのであって、お香や魂祭の瓜を例にして、先祖に対する冷淡な対応が皮肉られているのが面白い。

四　武人説話

狸たちと白比丘尼の問答は、神道、歌学、入木道、鷹狩、弓術、馬術など多岐にわたっている。問の条々を列記すると、

①神社参詣、②伊勢神宮鎮座、③内宮の神、④外宮の神、⑤鳥居のこと、⑥伊勢の鳥居、井垣の白色、⑦惣授と責伏、⑧法華経の「無智人中莫説此経」、⑨「莫」の訓み、⑩「智不到」の公案、⑪和歌の詠みよう、⑫腰折れ歌、連歌の禁句、⑬武士の学問、⑭学問の書物、⑮四書五経、⑯七書、⑰三代集、⑱入木道、⑲行成流、⑳習字の手本、㉑三賢、㉒大字の書きよう、㉓白抜きの字の書きよう、㉔富裕になる方法、㉕晩学には念仏、㉖法花宗、㉗「法花」の意味、㉘「妙法」の意味、㉙座禅のこと、㉚禅の一句、㉛鷹狩のこと、㉜餌袋の鳥頭のこと、㉝弓の筈、㉞武道の陰陽のこと、㉟烏兎のこと、㊱文と弓の九曜、㊲武具を北に向けて置かないこと、㊳武具を置く方角、㊴宰府の将軍、㊵弓の鳥打、㊶半装束、㊷六具、㊸七物、㊹射芸の三物、㊺歩射、㊻弓の数塚、㊼流鏑馬、㊽笠懸、㊾小笠懸、㊿犬追物、51犬追物の人数、52九騎・十五騎の記しよう、53弓技の心構え、54馬術の作法、55鞭と鷹なぶり、56包丁の作法、57鴛合の作法、58食事の作法、といった具合である。

白比丘尼がこれらの項目に一々応答して説明しているのであって、この問答の部分は武家故実の色合が濃く、物語の流れを辿る娯楽性とは異質な内容となっている。むしろ、この部分こそ本書の狙いだったのではないかと考えられるが、それでも、武術に関するようなところでは「女なのでくわしく知らず」とか、「くわしくは藤長入道に尋ねてほしい」などと遁辞を弄し、堅苦しい故実の説明にはしばしばたとえ話のような挿話を好んで使っている。そのうちの二、三を紹介しよう。

中比の事なり。頼義朝臣、勅命をうけ給て貞任、宗任退治のために、既にみのゝ国ばんばといふところまで下給ふ。宿所の庭に築山、やり水のかたちをなしけるを、将軍詠入ておはしけるに、いづくよりきたる共なくて、七八歳ばかりなるおさあひ物、あまた庭上に侍り。あやしみ見給へば、いくさのまねをぞしたりける。二にわかりて一は築山にあがりて城主となり、一はやり水を前にして、よせてと成て、せめたゝかふ事、時うつるばかりなり。され共城のいくさこわふして、おとし侍るべき様なし。よせかたの大将とおぼしき物、つわ物にむかゐていわく、此城ははかり事にて侍らずはおつる事あるべからず。いざうちもどりてがくもんせんとて、みなかきけつやうにうせにけり。

大将、是は八幡大菩薩の、頼義が文にたり侍らざるをしめし給ふ所なりとおぼしめし、美濃より打帰、学文をし給ふに、敵軍伏野雁乱行、半月遷水魚疑釣《(鉤)》と云事を得給ひ、又打立て下られけるに、貞任射兵を野原にふせおきて、ゆる〳〵ととをり給はん大将を一矢に射て落すべしとぞ下知しける。それをばしらず、彼原にうちのぞみ給ふおりふし、雲路の雁つらをみだりて飛ければ、将軍の給ふ。（中略）

此原に野ぶしをおきて、まうけん《(龐涓)》がごとく頼義を射ころさんとするやらん、飛雁つらをみだしたりとて、其野をからせ給へば、案のごとくおほくの射兵をかくし置侍り、是をおひちらして其難をのがれ給へり。

この「敵軍伏野雁乱行」の故事は『奥州後三年記』や『古今著聞集』巻九、『神明鏡』上などに記された有名な説話であるが、頼義ではなく源義家が江帥、大江匡房について学問したことになっている。源頼義が安倍貞任、宗任を伐ったのは前九年の役、源義家が清原氏を伐ったのが後三年の役であって、ここでは両者の話が混同されている。子供たちの戦ごっこが八幡大菩薩のお示しであったというのは、室町時代ころに出来た伝承ででもあったのであろうか。

本文中、頼義が策を練る例話は引用を略したが、中国戦国時代の孫臏が宿敵龐涓を倒すため、龐涓が夜に通る山道の木を削って「龐涓、此の木の下に死す」と書き置き、そこを通った龐涓が火を挙げてこれを見たとき、孫臏の隠し置いた射兵が一斉に矢を放ち、龐涓を射倒したという策略が語られている。これは『史記』孫子呉起列伝に載る話で、日本の『湯山聯句抄』にも引かれている。なお『筆結』にはマウケンとなっているが、正しくはホウケン。武家の教養としてこうした武略の挿話が好まれたものと思われる。

次に掲げるのは武芸の由来譚である。犬追物の起源とされる玉藻の前退治や、流鏑馬の起源とされる神功皇后三韓征伐の説話は、中世の諸書に散見され、比較的よく知られた話であるが、次の笠懸や小笠懸の挿話は、どこまで一般的な話柄であったか分からない。ただ、こうした少し艶色めいた挿話も武士の心得として珍重されたのであろう。

問、笠懸と云ふ事は、いつはじまり候やらん。答、鎌倉海道の宿の庁の向に、つぼね笠と云ふものを懸てき、庁の傾城立出て、鎌倉上の若殿原にたはぶれて、あれあそばせと申時、弓にとりそへて持たる小蟇目にて射てとをり候しを、笠懸のはじめとも侍る也。
問、小笠懸と申は、いかなる物にて候哉。答、同比にて哉侍りけん、小笠原二郎とてあふ坂のせきの東には、ならびなき美男あり。在かまくらの其為に打とをり候しに、件の前にていつかの様に遊女いで、あれあそばせと申けり。次郎、笠を射すかして、打□おとしけるを、今一目此おとこを見□□□詞を懸て申やう、如何に旅の殿、笠の事はめづらしからず、是をあそばし候へとて、おりふしそこに候し、うす折敷をゐんのきわにぞ立たりける。次郎、是を見て、さらば射ばやと思て、今度はしもべに持たる半蟇目をおつとり、さかつらにおりさがり、はつたと、いわりて候けり。これぞはじめにて侍らん。

この笠懸、小笠懸の挿話については、いまだその出典を明らかにすることができない。

五　終わりに

以上、『筆結』の主要な性格について概観してきた。最後に、用字と誤字について触れておく。

① 挽子（ヱソ）　→猑子
② 嚔（テウ）
③ 龐涓（モウケン）　→（ホウケン）、前九年の役の頼義・後三年の役の義家の混同
④ 魚疑釣　→魚疑鉤
⑤ 更部（リホウ）　→吏部、光録（コウロク）　→光禄
⑥ 狢（マミ）　→むしな

①は「蝦夷《えぞ》」の意味で、正しくは「猰」の表記である。あまり使用例のない文字を、形の似た「挽」に写したものであろう。「猰」については高橋忠彦ほか『御伽草子精進魚類物語』（汲古書院、二〇〇四）の研究編一〇七頁に解説がある。本書の翻刻では「挽」のままにしておいた。

②も同様、通常ほとんど見かけることのない文字であるが、康長編『通要古紙』には見えていることについては前述した。この文字は現存本を書写した十河儀重も読みにくかったのであろうか、後（「富裕になる」の項）の方に記した文字は、女偏が女の形のようには見えにくい。

③は、著者たる康長の記憶違い。④⑤は形による錯誤。⑥は儀重の読み違いであろう。

〔注〕

（1）市古貞次『未刊中世小説解題』（楽浪書院、一九四二）、同『中世小説の研究』（東京大学出版会、一九五五）

（2）川瀬一馬『増訂古辞書の研究』（雄松堂出版、一九五五初版、同六一再版）

（3）高橋久子「通要古紙の編纂に就いて」（「国語国文」七一巻六号、二〇〇二・六）

（4）高橋久子・馬場郁恵「通要古紙翻字本文」（「日本語と辞書」九輯、二〇〇四・五）

（5）日本随筆大成二期四所収。塩村耕「こんな本があった～岩瀬文庫平成悉皆調査中間報告展Ⅳ～」（西尾市岩瀬文庫、二〇〇七・一）による。

（6）『晴富宿祢記』明応二・閏四・十八条、『明応六年記』同・七・二十三条など。

（7）鈴木棠三『日本俗信辞典』（角川書店、一九八二）

（8）『定本柳田国男集』第四、第七（筑摩書房、一九六八）。堀一郎『我が国民間信仰の研究』二（創元新社、一九五三）、高橋晴美「八百比丘尼伝説研究」（「東洋大学短期大学論集（日本文学編）」15、一九八二・三）など。

（9）徳田和夫「異形の勧進比丘尼〈熊野比丘尼〉前史の一端」（『大系日本歴史と芸能』六、平凡社、一九九〇）

（10）川口久雄校注『新猿楽記』（平凡社、一九八三）

（11）稲荷社の狐信仰に関わる遊女性については拙稿「宝蔵絵詞―熊野・切目王子伝承」（『室町物語研究』三弥井書店、二〇一二）においても触れた。

（12）『定本柳田国男集』第二十七、二三九頁による。「唐橋」は「広橋」の誤記か。徳田氏所引『接綱卿記』も同一書か。原本未見。

（13）沢井耐三『室町物語研究』（三弥井書店、二〇一二）十六頁〜。

『猿の草子』――日吉信仰と武家故実――

大英博物館に所蔵される『猿の草子』という絵巻物は、登場人物は全て猿。物語のあらすじは、近江国坂本、日吉社神官である猿の栗林伊賀守しぶざねが、我が娘を横川の弥三郎に嫁がせるが、二、三年の時日が過ぎて若君も生まれたこともあり、婿を自邸に招いて盛大な饗応の宴を催すというものである。通常の物語類に見られる対立や葛藤といった劇的な内容は含まれず、物語的感興は希薄であるが、嫁入り行列、婿を迎えての饗応の様子などが詳しく描かれていて、非常に興味深い。

お伽草子の分類においては、本作は、異類物かつ祝儀物という分野に含めるのが穏当と思われるが、必ずしも婚儀のめでたさを物語ろうとしているわけではなく（めでたさは当然として）、むしろ饗応の儀式に焦点があって、特に婿入り（婿が結婚した後、妻の実家に赴き、舅に挨拶をすること）を正面に取り上げているのが珍しい。この婿饗応の様子は、詞書にも絵画にも詳細に描かれているが、そこには室町後期の武家故実や風俗にかかわる多くの情報が含まれており貴重である。武家故実自体は文学的な研究から外れるが、室町時代の物語類が文学以外の雑多な知識、情報を多分に取り入れていることは衆知の事柄であり、室町物語の性格や多様性を考える上で、考察の対象に含めることは決して無駄ではない。むしろ避けて通れない研究課題であると思われる。

この『猿の草子』は現在、大英博物館の所蔵。摸本を含め、他に類本のあることを聞かない、いわゆる天下の孤本である。江戸時代の『住吉家鑑定控』（「美術研究」三八（一九三五・二）所収）や明治時代の『新訂増補考古画譜』（黒川真頼全集所載）には、この絵巻を披見した記録が残っており、明治七、八年のころまでは日本にあったようであるが、その後大英博物館の古代美術部長を勤めたA・W・フランク卿（一八九六年没）の所有となり、一九〇二年大英博物館に遺贈された。(1)

その後長く世に知られなかったが、一九七八年、ロンドンでの奈良絵本国際会議に出品され、さらに同会議編『在外奈良絵本』（角川書店、一九八一）に全文の影印と翻刻が収められて、日本に広く知られるようになった。同時期、ローレンス・スミス氏も『在外日本の至宝　絵巻物』（毎日新聞社、一九八〇）に写真と解説を付され、金子金治郎氏も絵巻実見の報告（「勉誠社だより」5、一九八〇・一）をなされた。これ以降、『猿の草子』の本格的な研究が始まり、多くの研究者が『猿の草子』に関心を寄せ、論考も多く発表されるようになった。その後、新日本古典文学大系『室町物語集』上（岩波書店、一九八九）に、全文の校注テキストが収められ、また『秘蔵日本美術大観2　大英博物館Ⅱ』（講談社、一九九二）に画図部全面がカラー版で収録された。ちなみに『室町物語集』猿の草子の校注は筆者の執筆になるものである。

『猿の草子』は、中でも連歌の座と茶の湯の場面が多くの注目を浴びてきた。絵画による連歌、茶の湯の場面は、室町後期の実態を知る絶好の資料である。これらの画面を含め、『猿の草子』については今後も、絵画、歴史、文学、宗教、芸能などいろいろな方面から検討が加えられることが予想される。

本稿は、最初に全体の流れを整理し、続いて客人饗応の儀式について「御成《おなり》」の視点から、また能や連歌や茶の湯について考察を加え、最後にまとめとして、この作品の制作意図に言及したい。なお引用は『室町物語集』上の本文を用いた。

一　物語の流れと擬猿化

最初に物語の流れを辿ってみよう。絵の場面も物語の流れの一部とみなし配列に加えた。

①（絵一。栗林伊賀守しぶざね、娘の縁組につき、家臣と相談）

②しぶざね、娘の結婚相手について家臣に相談。日吉社の縁起を語り、毛利や長尾ではなく横川の弥三郎との結婚を決める。嫁入りの日取りも決まり、しぶざねは費用を惜しまず嫁入りの道具や衣裳の購入を命ずる。

③（絵二。嫁入り行列。輿二丁。騎馬二名ほか多数）

④弥三郎は美しい新婦に喜び、やがて若君誕生。しぶざねは婿を招くこととし、九月十六日に決めた。

⑤（絵三。しぶざね、家臣と婿迎えについて相談）

⑥しぶざね、饗応準備を始める。演能のこと、十七献のこと、翌日の連歌のことなどを計画する。早速、主殿の座敷飾りや、珍しい料理、馳走の準備が整えられた。

⑦（絵四。弥三郎たちの婿入り行列。騎馬二騎ほか多数）

⑧しぶざねの家臣たち、整列して客人を待つ。

⑨（絵五。主殿での饗応。しぶざね、弥三郎に酒を勧める。広縁では家臣たちが小鼓、大鼓、笛などの楽器を手にし演能の準備。太刀献上。庭上には鞍置き鹿（馬）が引かれている。座敷の隣りでは酒肴の準備中。さらに奥の部屋では母と娘が再会、母は孫

を抱く）

⑩十七献終了。しぶざね、明日の連歌会について宗匠や連衆、また室内の飾りや奥の四畳半における茶道具の準備を指示する。九十九茄子《つくもなす》や貨狄《かてき》（花器）のいわれを語る。

⑪（絵六。連歌の座。発句「たてながら栗や日吉に手向草」以下、一巡の句が詠まれる。奥の四畳半では茶が点てられている。）

⑫近江国の歌枕を読み入れた長歌。

というように展開している。[2] 物語的な要素がほとんど見られないのは先に述べたとおりであり、婚儀といっても娘を送り出す行列が描かれるだけで、弥三郎方で執り行われたはずの嫁どりの儀式の場面は省略されている。つまりこの絵巻は、日吉社神官しぶざねの側のことを取り上げているのであり、一言のせりふもない娘や弥三郎が主人公ではありえず、全編、専らワンマンなしぶざねの考えと行動のみが描かれている。この物語の展開は、しぶざねを主にして読むべきものであることを示している。

登場人物はすべて猿の姿で描かれている。顔は猿、姿は人間で、猿が人間の衣装を着て行動しているのである。しかし猿が人間の真似をしているのではない。また人間を猿の姿におとしめ、人間を諷刺や滑稽の対象にしているのでもない。反対に人間を猿の姿に描くことによって、人間の尊厳が高まるというように描いている。擬人化ならぬ擬猿化の方法をとっている。いうまでもなく猿は比叡山や日吉山王社の神使である。ここにも日吉社に対する強烈な尊崇の思いが披瀝されている。

さらに右の物語の流れから気が付くことは、後半部の婿入りの饗応が非常に詳細であることである。宴とそれに続く連歌の場面は、この絵巻の眼目であるといってよいだろう。この、しぶざねの実行力と盛大な饗応、そこに見えてくるものは、日吉社神官の絶大な勢威と経済力であって、嫁入りも連歌も茶もただにそれを証する小道具に過ぎない。

次に、しぶざねが実行した儀礼について、もう少し詳しく見てみよう。

二　式三献と儀礼

まず、婿の弥三郎が到着した十六日の饗応場面を検討してみたい。

右の⑨の絵では、しぶざねが銚子を手にして弥三郎に酒を勧めているさまが描かれているが、隣室の厨房、能の囃子方、庭上に引かれた鹿（馬）、さらには婿に太刀や馬を進上するしぶざねのせりふにも注目する必要がある。これらは室町時代の故実に則った儀礼であったからである。

客人を迎えて最初に行われる式三献の儀礼は、酒肴一式を三度取り替えて酒盃の献酬を行うもので、一献、二献は亭主から客へ、三献目は客から亭主に注がれる。その三献目の折に亭主から客に太刀が献上される。絵の中でしぶざねが「此太刀は守家にて候。……身を離さず候へども何か惜しみたてまつるべき」と言っているのは、この太刀進上の儀礼が実行されたことを表している。同様に庭上に引かれた馬（絵では鹿が描かれる）もまた客人への引出物であった。三献めが過ぎるあたりで、鞍を置いた馬が庭内に引かれて来る。すると、客人は広縁まで出て立ったままこれを賞美する。そうすることが儀礼の手続きなのであった。

絵にはまた、広縁のところに居並んだ薮くぐりの与一、四国猿の又兵衛、先陣の平九郎、打おろしのひこ衛門尉たちが、横笛、小鼓、大鼓、太鼓などを持っているさまが描かれている。これは式三献に併せて能が演じられる故実を示唆するものである。演能の場面は絵巻の中で描かれることはなかった。しかし、この饗応でも能が演じられたことはほぼ間違いがない。文中でもしぶざねが能の準備を指示しているからである。

　観世大夫呼びくだし一番見物させ申さばやと思へども、此比は南北の忩劇に当国静かならず。其上六角方と数年智音仕候に、聟取りなどとて観世呼び候はん儀外聞いかゞ也。

と配慮をめぐらしていた。婿のために評価の高い観世座を呼ぼうとしていたのである。ちなみに「南北の忩劇」とは北近江に台頭してきた浅井長政と、南近江の六角氏との抗争を指しており、永禄四年（一五六一）八月の野良田の戦いでは浅井長政が六角氏を破っている。しぶざねが語るように、日吉社は六角氏と親しい関係にあったのであろうが、そのために観世大夫を呼び寄せるのが不都合だというのは、六角氏と観世の間に何か険悪な事情が介在したのかとも読み取れるが、これは意気消沈の六角氏の手前、派手に当代随一の観世大夫を呼んで能を演じることは遠慮されるという文脈のようである。観世大夫を頼まなくても日吉社には古来、近江猿楽、特に日吉社の神事に参勤する山階座、下坂座、比叡（日吉）座の上三座が継承されていたのであって、観世でなくては演能に支障が生ずるというわけではなかったはずである。こうして能の準備を語り、笛や鼓の楽器を描くことによって、言外に能が演じられたことが示される。能は饗応に欠かせないメインイベントであった。

　こうした式三献や演能といった饗応の次第は、足利将軍が有力大名の許を訪れる「御成《おなり》」の形式に倣ったものといえよう。『猿の草子』成立を仮に永禄四年とするなら、それとほぼ同じ時期の、永禄四年三月三十日、足利義輝が三好義長亭を訪れた記録『三好亭御成記』（二種）[3]が残されている。この記録としぶざねの婿饗応の様子とを比較してみよう。「御成記」の読解には二木謙一氏の著述[4]を参考にさせていただいた。

三十日未刻、輿に乗った将軍が来訪。義長出迎え。四間の御座敷（主殿）において式三献の儀が行われ、一献・二献は義長が将軍に盃を献じ、三献めに義長が盃を賜り、太刀を献上した。ここまでの儀式が終わると、庭上に鞍を置いた馬が引かれてくる。将軍は縁まで出て立ったまま御覧になり、そのまま九間の座敷（会所）に移動、側近の御相伴衆の大名も加わりさらに献酬が続けられる。四献めの時に庭に設けられた能舞台で能が催される。この日は老松、八島、熊野、春栄など十四番が演じられた。九間の座敷では初献の湯漬から始まって延々十七献に及び、献酬の度ごとに義長の家臣から太刀や緞子や絵画などが献上された。この三好亭御成の場合は宿泊も伴い、翌日も能が演じられ、将軍は巳刻（午前一〇時）ころに還御された。

このように『三好亭御成記』の次第は『猿の草子』の婿饗応の様子と非常によく似ている。しぶざねの婿饗応は、単なる思いつきの趣向を並べた接待だったのではなく、当時、最高の権力者をもてなす厳粛な儀礼に準じた、豪華かつ正統的な儀式であったのである。『猿の草子』が、こうした将軍御成と同じような儀式を描くことは、大名化した日吉神官家のそれに劣らぬ勢威を顕示しようとしたものに他ならない。

三　座敷飾り

婿の弥三郎を迎えた主殿（客殿）の座敷は、中国から将来された珍しい道具類で飾られていた。座敷飾りもまた将軍の居室に唐物を美しく配置した事例から始まった豪奢な趣味である。足利義政は銀閣の東求堂に書院の飾りを施して、座敷飾りの原型を作ったとされるが、しぶざねが主殿を飾った道具類も将軍の座敷飾りを髣髴とさせるものであった。

牧渓筆の観音・龍・虎の三幅対の掛軸、その前の押板には香炉、華瓶、燭台の三具足。違い棚には堆紅《ついこう》の盆と香箱、屈輪《ぐりぐり》の台に載せた建盞を置き、付《つけ》書院の台には筆荷、硯屏、筆濯ぎ、水入、花立、軸の物、硯、卦算を並べ、柱にも飾りが懸けられていた。将軍を迎えた『三好亭御成記』の座敷飾りは、

四間（主殿）ノ御飾物。一間中（半カ）押板、絵二幅山水也。筆ハリン、三具足、キヤウシ、コシ、香炉、香合、花折杋、何《いづれも》茶椀物也。花、周慶也。花ノシンハ松也。違棚。御盃、同台、湯瓶置。下食籠有之。

というもので、両者の類似は歴然である。ともに禅宗で行われた祖師に対する献茶の方式に倣った、仏式の茶儀の道具類が配当されているが、どちらかといえばしぶざねの座敷の方が豪華である。座敷飾りは室町時代、将軍を始めとする有力武家が禅宗の室礼の様式を取り入れて書院造りなどの部屋に諸道具を飾り付けたもので、そこに用いられる道具類は能阿弥など専門の目利きの鑑定がなされた。『君台観左右帳記』や『御飾書』などは義政に代表される将軍家の道具、美術品を鑑定し、座敷での配置を記録したものであったが、そうした武家の座敷飾りを『猿の草子』が踏襲しているのは注目すべきことで、しぶざねが将軍と並び、高価で上質の道具、美術品を所持する経済力、さらにはそれを配置する故実の知識、あるいは美術品を鑑賞するセンスを持ち合わせていた実力を見せつけている。

しぶざねは初日十六日の座敷飾りに続いて、翌十七日にも室礼の設営を行っている。それは連歌興行のための座敷飾りであったが、前日の主殿の座敷とは異質の、それでいてそれ以上の贅を凝らした和風の飾りであった。

磨《みがき》付《つけ》の座敷を飾り、天神の名号に三具足とりそへ、硯、文台は去年、浅井所より来り候梨子地の文台、又、奥の四畳半に茶の湯を仕り、黒塗の台子に奈良風炉添へ、甑釜《こしきがま》し合はせ、蓋置は火舎《ほや》香炉、水指は抱桶、水

こぼしには合子、絵は舜挙の花鳥、上下は金地の小紋の金襴、中は赤地の鳥襷、風帯、一文字まで結構を尽くせり。さがら天目を袋に入、黒台に据ゑ、茶は別儀を九十九《つくも》に入、花は貨狄《くわてき》の船に生くべし。

という有様である。連歌の座敷に「南無大自在天神」などの掛軸を懸けることは正式の連歌会では必ず行われたことである。さらに連歌の道具として必需品である文台も、浅井氏から贈られたとする蒔絵をほどこした由緒あるもの。恐らく日吉社には浅井長政から奉納された文台があったのであろう。

「御成記」の中に連歌興行を記した例は見当たらないが、『三好亭御成記』では訪問の翌日には能が催されている。能に比べて連歌はやや私的な接待のように見受けられるけれども、当時流行の連歌もまた武人の間にあって格式高く興行される文芸であり、接待の違和感はない。しかし、しぶざねの執心は連歌よりも茶の湯にあったようである。

しぶざねは「奥の四畳半」に茶器を並べ、宗匠を置いて茶を点てさせている。ここは点茶所であって座敷ではない。茶を喫する客座敷とは別の部屋であって、点てられた茶は天目台に載せられ、座敷の客人のもとに運ばれる。画面の中でも猿みつという若い猿が茶を運んでいる。こうした茶の湯の形式はこの後、一般的になるわび茶とは異なるものであり、わび茶に移行する以前の武家茶礼の様式を伝えている。『猿の草子』は、奥の四畳半茶室に黒塗りの台子を置き、そこに風炉、釜、蓋置、水指、合子が備えられたと記している。これらは茶を点てる際、実際に用いられる茶器であり、画面にも見えている。『三好亭御成記』にも、座敷の隣に「奥の四畳半、有御茶湯」とあり、茶椀、茶杓、茶壺、茶筅などが台子に揃えられていた。将軍の場合もそこで台子仕立ての茶が点てられていたのである。

ただ『猿の草子』の記述で注意しなければならないのは、茶器と並んで挙げられた舜挙の絵、袋に包まれたさがら天目、別儀の茶を詰めた九十九茄子、貨狄の釣り舟などは名だたる名品の茶器であって、画面にも見る通り四畳半の点茶所に飾られたものではない。本文は「絵は舜挙……」のところから、道具の置かれる場所が替っていることに注意しなければならない。客人の鑑賞に供するために座敷に置かれたもので、これらは奥の四畳半に置かれた茶道具とは区別して読まないと、名品が人目に付かない点茶所に置かれたことになる。

このように見てくると『猿の草子』の茶の湯は、東山時代の武家の茶礼すなわち大名茶の湯の流れを汲むものであったことが明らかになってくる。小さな座敷に囲炉裏を切り、点茶と喫茶が同一の場という茶室も行われてはいたが、ここはそれではない。主客が向かい合う草庵風の茶室は永禄のころよりはもう少し時期がくだり、わび茶の勃興とともに一般化してくるもののようである。点茶所の茶室とは別に、客人を迎える座敷に名物の茶器を飾っているのは、座敷飾りの名残をとどめるものであるが、いかめしい唐風の飾りから和風の飾りに移行して行く様相が看取され、興味深い。

四　つくも茄子

本文の中で、茶器の中でも九十九茄子《つくもなす》と貨狄の花器には詳しいいわれが書き込まれている。ともに茶道史において著聞する名器である。「九十九茄子」について、『猿の草子』は、

この壺（＝九十九茄子）、越前国武生の国府、山本宗左衛門尉と云者秘蔵せしが、法華一乱の時、とや角して紛失せしを、松永案をめぐらして尋ね出せしを、それがし所望候也。九十九と名付しいわれは、彼壺に石間

あり、百歳に一歳たらぬつくも髪われを恋らしといへる心なり。少しの響《ひびき》おもしろき故に名付といへり。又彼壺、古へ万疋に一足らずして人の望みしかば、百年に一歳たらぬといふ儀もあり。

と記している。

九十九茄子については、今さら説明を要しないほど有名な茶入であって、多くの茶道関係の著述にしばしば紹介されているが、この小さな茶器が注目されるのは、これを所持した人々の凄さが目を引くからである。足利義満、足利義政、松永久秀、織田信長、豊臣秀吉、徳川家康など、日本の歴史の中の著名人が愛玩した道具であり、伝来の数奇さは数多い茶器の中でもひときわ目立っている。

『猿の草子』は、この大名物の茶入を「越前国武生の国府、山本宗左衛門尉」が所持していたと記している。天正十七年（一五八九）奥書の『山上宗二記』には、

この壺、珠光見出され、御物になり候。その後、方々へ伝わり、越前朝倉太良左衛門五百貫に所持候。また同国府中、小袖屋、千貫に申し請け候。国の一乱に京袋屋に預け候処に、京の法華衆乱に失い候とて出でず候。松永、分別をもって取り出し、二十ケ年所持。後、信長公へ進上候。（岩波文庫『山上宗二記』）

と述べている。この越前国府中の小袖屋が、『猿の草子』に登場してくる「山本宗左衛門尉」であろうことは以前の校注で推測したのであるが、そのことはさらに次の史料によっても確認できよう。青柳勝氏が紹介された(5)『宗達自会記』弘治三年（一五五七）の、

同三月十六日朝　越前小袖屋　山本宗左衛門

一タイス　平釜・桶、二置

一床　　船子、後ニ、
一　　茶椀　サツウ　伊勢水こほし　コトク

という茶会記録である。時は『猿の草子』の成立を仮に永禄四年とした場合、その五年前である。青柳氏は、この堺の豪商天王寺屋宗達の茶会に招かれていた小袖屋と山本宗左衛門とは別人と考えられたが、『猿の草子』の記事と突き合わせれば、小袖屋が山本宗左衛門尉であることは明らかになる。(6) 小袖屋を屋号とする山本宗左衛門尉は、朝倉教景が五百貫で入手した九十九茄子を、その倍の千貫という高値で購入する財力を持ち、また天王寺屋宗達の茶会に招かれるような茶の湯の数奇者であったことがしのばれる。

小袖屋の商業活動については、日本史学の須磨千穎、青柳勝、湯川敏治各氏(7)などによって明らかにされつつあるが、北陸道を中心に、越前の朝倉、加賀、能登の畠山などの大名と、京の北野社や賀茂別雷社などとの間に立って公用銭の取次、運送、金融など重要な役割を果たしていた。彼の商活動の重要な拠点は京都の三条にあって、時には北陸方面、あるいは堺にも出かけることも少なくなかったと思われるが、ここに挙げた茶の史料ではいずれも「越前」「越前府中」「越前武生」と注記が加えられており、小袖屋の本拠は越前府中と認識されていたことが窺われる。京都が本拠で武生はその支店と考える湯川氏の見解は、なお見直しの余地があろう。

小袖屋が九十九を朝倉教景から入手した時期はよく分からないが、『山上宗二記』に越前国一乱によって、九十九を京の袋屋に預けたとあり、この一乱が永正三年（一五〇六）の加賀・越前の一向一揆と朝倉貞景の争いと見なされることから、これ以前の入手であったと考えられる。そしてこの一乱のとき、九十九茄子は小袖屋の手を離れ、京の袋屋に預けられたが、その後、袋屋は天文法華の乱、すなわち天文五年（一五三六）の京都の騒乱の中で紛失したと称して返還しなかった。恐らく、そのまま袋屋の手にあったものと思われるが、永禄元年（一五五八）、松永久秀がその存在を探り当て、自らの所有物とした。「松永、分別をもつて取り出し」（山上宗二記）、「松永案をめぐらして尋ね出せしを」（猿の草子）と記されるだけで詳しい事情は不明ながら、茶器収集に執着した久秀が恐らく強権的に譲り受けたのではないかと想像される。

それはともかく松永久秀の九十九茄子入手の報は数奇の人々の間にまたたく間に広がった。久秀は惟高妙安に依頼して『作物記《つくものき》』を書かせているし、九十九を入手した年の永禄元年九月九日の今井宗久らを迎えた茶会、三年二月二十五日津田宗達を迎えた茶会、同六年正月十一日の興福寺盛福院任学らを迎えた多聞山城での茶会、同八年正月二十九日、松江隆専らを迎えた多聞院城での茶会などで、金襴の袋に入れた九十九茄子を飾っている(8)（『松屋会記』）。久秀自慢の道具であったことは推測に難くない。それが早速『猿の草子』に取り上げられたのである。

『猿の草子』では、しぶざねが「それがし所望候也」と、久秀から入手したように書いているが、もとよりこれは虚構であって、九十九茄子は依然、久秀の手元にあり、右の茶会記録に見るように久秀所持は衆人周知の事柄であった。周知の事柄で、虚構を構えても世人を惑わす恐れのないことを十分承知していたからこそ、『猿の草子』作者は、しぶざね所持と虚構することができたのであり、そしてその虚構を構えることによって、しぶざねはこの壺の数奇な由来やいわれを語ることが出来たのである。竹本千鶴氏は、亭主が客に対し道具の由緒を語るのも茶席の眼目の一つで、ここでしぶざねが九十九茄子や貨狄のいわれを説明しているのは、茶会で客人に語っているのだと指摘された(9)ように、茶会で道具を説明するのはその所有者である亭主の特権であろう。しぶざね所持と虚構するのはそうした背景を考えて理解できるが、なお入手の縁《タイミング》さえあったならば自分こそ、というしぶざねの羨望が潜んでいるようにも受け取れる。この九十九茄子はその後、永禄十一年（一五六八）、織田信長が足利義昭を奉じて入京したとき、久秀から信長に献じられた。

五　連　歌

次に連歌について検討を加えよう。次は、しぶざねが翌十七日の連歌の準備を指示しているところである。

明日は連歌を興行し、弥三郎殿を慰め申さんなり。（中略）連衆、さて誰か有べきぞ。当時の先達なれば宗養召下さばやと思へども、河内の飯盛へ下向のよし聞及間、打置きぬ。とに角に中堂の柿木坊宗鎮たるべし。此人の歌道は、おほけなくうき世の民におほひ給ひし慈鎮和尚の流れを汲、連歌の道は宗碩に懇望せられし也。口は古くわたらせ給へども、才学すぐれ、昔の事のみ覚え、弥三郎殿も常に参会のよし聞及ぬ。宗匠は宗鎮たるべし。発句の事客人なれば、弥三郎殿へ色〳〵所望せしかども、「亭主役に」と有しかば、世の嘲りを知らず、百花繚乱の笑をかへりみず、瓦礫をかくばかり、

たてながら栗や日吉に手向草

脇を弥三郎殿、第三を柿木坊。さて人数には唐崎の松本坊一祇、西塔の右衛門助吉氏、栗林の民部丞時久、大津の小太郎吉次、杉坂の源九郎延久、中堂柿木坊宗鎮、執筆は猿千代たるべし。

と記されている。「明日は……」と始まりながら、途中から連歌の席の場面へと移っている紛らわしい文章ではあることを認めた上で、内容を吟味して行きたい。

まず「宗養」であるが、これは連歌師宗牧の子で、天文・弘治・永禄のころの連歌界の第一人者であった。当時、足利将軍家を凌駕する勢力を誇った三好長慶の愛顧を得、文中にも見える河内国飯盛城に度々招かれ、連歌会に加わっている。この時期の二人の関係を纏めると、次のようになる。[10]

永禄三年　十一月　長慶、飯盛城入城。
　十二月、何路百韻（長慶、宗養、為清）
永禄四年　三月、何垣百韻（長慶、宗養）
　五月、飯盛千句（長慶、宗養、為清、元理、紹巴ほか）
永禄五年　十二月、飯盛城道明寺法楽百韻（長慶、宗養）
永禄六年　二月、何人百韻（長慶、治清、宗養）
　十一月、於河内国飯盛山百韻（宗養、長慶、冬康）
　十一月　宗養没。

『猿の草子』で、宗養が飯盛城に出かけていて呼べなかったと書かれているのはこうした事情が踏まえられているからであり、この作品の成立時期が永禄四～六年であることの根拠になろう。

次に「宗鎮」。比叡山中堂の僧侶で、歌道、連歌に巧みであったと紹介されている。宗鎮については実在の連歌師と見る説、また架空の人物と見る説の両方が存するが、判断は難しい。島津忠夫氏は、永禄元年六月二日の百韻連歌に宗鎮の名が見え、宗養と同座しているところから、この人物ではないかとされたが、[11]廣木一人氏は連歌師に多く用いられる「宗」と慈鎮の一字を足した名前で架空の人物とされた。[12]実は、宗鎮という名前は『言継卿記』にも見える。永禄十二年六月十七日、「連歌有之。真珠院、梅寿、実泉坊、桂宮院、宮内卿、宗鎮、亭主父子、松蔵坊、大貳、卯木坊以下十余人也、予十三句」とある。

いずれにしても、これらの「宗鎮」が同一人物であるかどうかの決め手はなく、『猿の草子』の宗鎮は虚構であるにしても、かなり現実味を帯びた名前であった。明応四年の『新撰菟玖波集』を見ても比叡山の僧侶に連歌を詠んだ人物がかなり見られるし、時代は下るが『きのふはけふの物語』には坂本にいた連歌師のことが見えており、比叡山や坂本には人々から宗匠と仰がれる連歌達者のいたことが十分考えられる。

次に「宗碩《そうせき》」について。この人物も実在の連歌師で、天文十四年（一五四五）宗牧が没したあと斯界で重きをなした。『猿の草子』では宗鎮に連歌を指導した人物として描かれているが、宗鎮の実態が確定できない以上二人の関係を調べるすべがない。ただ注目されるのは、亭主のしぶざねが、弥三郎に代わって詠んだ「たてながら栗や日吉に手向草」の発句である。この句は、庭に植っている栗の木を、そのまま日吉の神への手向草といたしますの意味で、栗を手向けとしているところに、日吉山王の神獣である猿に対する敬意が認められる。実は宗碩は、この発句とよく似た句を以前に詠んでいた。

たてながらもみぢ手向くる宮木かな

の発句であるが、これは天文二年（一五三三）宗碩が、近江国多賀社法楽のために詠んだものである。神域に立つ宮木が紅葉して美しいのを、そのまま神に奉納いたしますという内容で、敬神と紅葉の美をあわせ詠んだものであった。しぶざねの発句は同じように「たてながら」と詠み出し、紅葉を栗の木に置き換えて詠んだものであった。日吉社と多賀社は同じ近江の国、しかも神への手向けの発句である。『猿の草子』作者が宗碩の発句を念頭に、日吉社の神への手向けに詠み替えたものであろう。そう考えれば宗碩の名がわざわざ挙げられているのも理解できよう。

六　茶と連歌

『猿の草子』における連歌と茶の関係について、ささやかながら、次のような考察が可能であろうと思う。『猿の草子』⑪の連歌会の座敷では、弥三郎、松本坊一祇、宗匠の宗鎮などが居並び句を案じているところが描かれている。そこに前述の通り「奥の四畳半」で点てられた茶が運ばれて来る。宗鎮の前には既に茶椀が置かれている。亭主のしぶざねは末席で居眠りをし、茶を運ぶ猿みつは「□御ねぶりにて候。□□や早〳〵まゐらせ□□候べく候」と言っている。この眠気ざましの茶は、精神的な高みを求めるわび茶とは性格を異にする茶で、覚醒の効能を強調したものである。実際、かなりの時間を要する連歌の席には、茶が呈されたことであろう。会が終われば酒ということもあったが、句作の鬱屈を晴らすのには茶が最適である。連歌の座に茶が運ばれてきたことは、『言継卿記』大永七年（一五二七）九月二十九日条、

昼以前に参候、御和漢あり、御人数御製、帥大納言、按察使、鷲尾前中納言、新中納言、五条、万里小路中納言、範久朝臣、月舟、常庵建仁寺僧長老也、等被参候、執筆源宰相中将庭田、発句、御製、

きてかへる秋もや山のからにしき

予者皆々へ御茶などまいらせ候、

の記事からも窺える。和漢聯句の例ではあるが、この日山科言継は連衆に加わらず茶を点てているのである。残

されたこの和漢百韻には言継の句はない（『連歌総目録』）。専ら接待の役を勤めていたことが知られる。

このように連歌と喫茶は親しい関係にあったといってもよい。宗長から発句を得て連歌に遊ぶこともあった、下京茶の湯の宗珠（『宗長日記』）という人もいた。また、わび茶を提唱した珠光が、その理想を語るときに連歌師心敬の著書を引用して、「冷えかじかんだ躰」（『心の文』）を庶幾し、紹鷗も「枯れ、かじけ寒かれ」（『山上宗二記』）の風情を理想としたという例は、あまたの茶道研究書が指摘するところである。室町時代、茶と連歌が同じ寄合の形式をとり、一座の調和、人々の心の通い合いを求めていく両者が、ともに華美を排し、禅的な深みを帯びた精神性を理想とするようになることは十分あり得たであろう。しかしながら、それは茶においてわび茶という一流派、連歌においては心敬という特殊な才能において可能だったということのようで、直ぐに一般化してよいものではあるまい。

室町時代の茶の湯の流行は、大名茶、わび茶、闘茶や茶寄合というように様々な喫茶の方法があり得たのであり、茶を通じて人々が関心を払ったものは、座敷を荘厳すること、高価な茶道具を所持すること、あるいは味によって茶の産地を飲み分けることなどであって、常に精神性や美意識だけを求めていたのでないことはいうまでもない。

翻って『猿の草子』の茶の場面を見てみると、座敷には名物の茶器が並べ飾られ、点茶も大名の邸宅と同じように別室の四畳半で点てられていて、ここにはわび茶の雰囲気は全く見当たらない。座敷飾りを重視する大名茶の様式に準拠した、当時とすれば権威ある正統的な茶の湯であった。そして同時に渇きを癒し、眠気を去る実用的な茶でもあった。

七　終わりに

以上の考察を踏まえ、論の簡単なまとめをしておこう。

『猿の草子』は、冒頭部に日吉社縁起、最終部には近江の国ぼめの長歌を置いて作品全体を包み込み、近江国支配にかかわる大名化した日吉神官の権威を強く打ち出している。登場人物もすべて猿の姿に描かれることも、一見、童幼向けの動物譚のように見えるけれどもそうではなく、神使の猿を描くことによって日吉社の権威をたかめる意識が働いている。

絵巻の大切なみどころである婿饗応の場面は、初日の主殿は式三献の次第、太刀や鞍馬の献上、演能など、将軍の「御成」の作法を踏襲し、武家故実に従った威儀正しいものであった。それを実行するしぶざねの権力志向と大きな経済力を見せつける。嫁いだ娘への配慮などよりも、支配者としての側面が強調されていよう。

翌日にも催された饗応は連歌会であったが、初日のそれに比べて私的な接待で、不覚にも亭主のしぶざねは居眠りしてしまう。そうした場であったけれども、しぶざねは牧谿の絵や九十九茄子、貨狄などで座敷を飾り、連歌宗匠を吟味し、茶の湯にも心を配っている。権威だけでなく、文化や教養にも関心の深いところを見せている が、そこで詠まれた句は発句以外、やや俳諧じみており、一巻の終わりに置かれた長歌も、実をいえば連歌百韻がふさわしいのであるけれども、唐突に長歌が掲げられて、連歌の方面はあまり得意でなかった面を露出させているようである。

本書は、以上のように、しぶざねという猿に仮託して、日吉社とその神官の権威を宣揚するものであった。花やかな婚儀よりも婿接待の方を取り上げ、客人をもてなす儀礼を細密に描いた本書のねらいは、日吉神官家の体面、名誉に繋がる武家故実書の日吉社版をつくることにあったのではないかと、結論づけたい。

〔注〕

（1）秋山光和ほか編『在外日本の至宝　絵巻物』解説（毎日新聞社、一九八〇）

（2）物語の展開の順序について、従来の絵巻には錯簡があった。金子金治郎氏の指摘もある（『連歌総論』桜楓社、一九八七）。『在外奈良絵本』も『秘蔵日本美術大観』2も錯簡のまま掲載されている。

（3）『三好亭御成記』（群書類従）、『三好筑前守義長朝臣亭江御成之記』（続群書類従）

（4）二木謙一『中世武家儀礼の研究』（吉川弘文館、一九八五）、同『中世武家の作法』（吉川弘文館、一九九九）、同『武家儀礼格式の研究』（吉川弘文館、二〇〇三）

（5）青柳勝「中世末期における一商人の活動―小袖屋の場合―」（『國學院雑誌』九七二、一九八八・三）

（6）竹本千鶴『織豊期の茶会と政治』（思文閣出版、二〇〇六）にも指摘されている。

（7）須磨千穎「土倉による荘園年貢収納の請負について」（『史学雑誌』八〇―6、一九七一・六）、注（5）青柳論文、湯川敏治「戦国期における商人の一側面―小袖屋・袋屋を例に―」（『日本歴史』七二四、二〇〇八・九）

（8）田村千鶴「室町時代物語『猿の草子』をめぐって」（『国語国文』69―4、二〇〇〇・四）

（9）注（6）、竹本前掲書。

（10）鶴崎裕雄「三好長慶の連歌」（『三好長慶』宮帯出版社、二〇一三）の年表より抜粋。
（11）島津忠夫「連歌会と茶寄合」（『茶道聚錦』二、小学館、一九八四。『同著作集』一一、和泉書院、二〇〇七）
（12）廣木一人「『猿の草子』私見―「連歌会席図」のことなど―」（「青山語文」33、二〇〇三・三）。同『連歌史試論』（新典社、二〇〇四）

『赤松五郎物語』――業平・二条后幻想と尼寺――

お伽草子作品として『室町時代物語大成』一に収載された『赤松五郎物語（仮題）』は、慶応大学図書館蔵の写本一冊が伝わるのみ。奥書に「大永六年二月日　親永書畢」と記されている。大永六年（一五二六）は室町時代後期、後柏原天皇が崩御された年であり、年紀を記すお伽草子作品としてかなり古いもので珍しい。『室町時代物語大成』によって初めて世に知られるようになった作品であるといえるが、伝本は底本のみで必ずしも広く読まれたという作品ではないようである。ただ本作には中世的なテーマである夢や異境、妄執や出家などが取り上げられ、室町時代の物語として興味深く、検討してみる価値のある作品と思われる。

物語は、赤松五郎という主人公が、夢の中で業平が二条后を訪れて来るところを隠れ見し、業平が帰っていったあと、二条后の美しさに惹かれた五郎は和歌に託して恋心を伝える。后も和歌を詠み返し二人は一夜を語り明かす。二条后と別れて五郎は夢覚めるが、発病して急死する。遺された五郎の妻女は嵯峨の恵林寺に出家し、五郎を手厚く追福すると、夢に五郎が現れ、お陰で兜率天に生まれ変わったことを感謝し、あわせて業平、二条后の供養をも頼むのであった、といった筋である。

業平・二条后が登場し、夢と現実が入りまじるこの物語には幻想的な雰囲気が濃く漂っている。また後半には尼僧による死者の救済が描かれている。一見、『伊勢物語』業平譚を焼き直したような作品に見え、また通常の往生譚のようにも見えるが、主人公の五郎の二条后との交渉や急死の出来事は謎めいており、遺された妻女の行動にも葛藤が秘められているようである。

本稿では（一）業平・二条后の出会い場面をめぐって、能『雲林院』や同じお伽草子『業平夢物語』との間をはかり、（二）において妄執とタブーに彩られた赤松五郎の死について考え、（三）において妻女の恵林院での出家について考察し、この作品の独自な世界を探ってみたい。

一　業平・二条后と赤松五郎

三月十日のころ、赤松五郎はうたた寝の夢の中で、渺々とした野原を歩き、金銀、瑠璃等で飾られた御所に至る。立ち寄ってみると人気もないので中に入ると、奥には八重桜が咲き乱れ、風に舞う花びらが屋内にも吹き込んでいる。部屋の中には女房たちに囲まれて桜を見上げているうら若き女性。五郎が見惚れていると、老齢の尼君が五郎を見咎める。（ここに脱文がある）、世は兵乱うち続き、人々は困窮の極みと五郎が話すと、尼君は悲嘆に沈み、五郎に口止めした上で、ここは二条后の御所で、業平の来訪を待っているところと語る。五郎は尼君の配慮で眠蔵《めんぞう》に身を隠す。やがて牛車の訪れがあり、二十四五歳かと思しき中将が降りてくる。ぼうぼう眉に薄化粧、鉄漿黒《かねぐろ》で、冠を着し木賊《とくさ》色の狩衣姿。指貫のそばを取り、浅靴を履いて歩み出すが、一面、雪のように散り敷いた花を踏みあぐね、

いかにせんまたぎて通ふ道もなし散り敷く花や庭の関守

と詠む。待ちかねた姫君が、

埋もれて花にたえたる通ひ路をただ踏み分けよ関守はなし

と返すと、中将は花を踏み分けて内に入る。「后、世になつかしげなる御気色にて、中将の御膝に寄り添はせ給ひて、むかし今の御物語あり」という親密な様子。酒宴や琴、笛の興を尽くした後、中将は帰って行き、姫君は寂しさに思い沈む。

＊

主人公である赤松五郎は室町時代の武士として登場してくる。彼は二十二歳、名門の家柄で富裕、既に妻帯していて北の方は十八歳、類ない美人であるという。五郎は日々和歌や連歌を詠み、当代の勅撰集にも入集している。また笛に勝れ、大神景光の「手枕」の笛を相伝しているという人物である。

赤松氏といえば嘉吉の変で将軍義教を謀殺した赤松満祐が有名である。播磨国の守護大名であった赤松氏は、満祐の事件以来領地を召し上げられていたが、応仁の乱の際、東軍に属した功績により政則が加賀半国の領有を許され、間もなく播磨、備前、美作の守護に返り咲いた。その後、家老の浦上則宗に実権を奪われ勢威は衰退していく。阿部好臣氏が検討されたところによると、赤松氏の系譜の上で五郎の名前を持つ人物は数人見出されるが、物語の主人公に比定されそうな人物は見当たらないとのことである(1)。赤松五郎に実在の人物を宛てるのはかなり難しいようである。モデル捜しはしばらく措くとして、赤松五郎が夢に見た業平、二条后について次に見てみよう。

『伊勢物語』の数多い恋物語の中にあっても、在原業平と二条后の恋を描いた、いわゆる「二条后物語」は特に哀切で印象深い。二条后は藤原長良の娘、高子。『伊勢物語』四、五、六段に描かれる二条后は、清和天皇に入内する以前のこと、業平のひたむきで純な恋が描かれ、もはや手の届かないところへ移ってしまった彼女を偲びながら詠む、

月やあらぬ春や昔の春ならぬわが身ひとつはもとの身にして

また、通い路の築地の崩れに番人を置かれて詠んだ、

人知れぬわが通ひ路の関守はよひ〳〵ごとにうちも寝ななん

また、女を背負って逃げる途次、彼女を失って詠んだ、

白玉かなにぞと人の問ひし時露とこたへて消えなましものを

などの歌は、その恋情が断ち切られていく悲しみを見事に詠み上げていて、読むものに強い感動を与えずにはおかない。古来、『伊勢物語』を愛読した人々は、必ずや二人のひそやかな逢瀬の場面を様々に想像したことだろう。『伊勢物語』には業平と二条后とが親しく語らう逢瀬の場面は記されていないので、読者は結ばれなかった二人の恋の切なさを痛感すればするだけ、よりいっそう優美、可憐な二人の寄り添う姿を想像しないではおられなかったであろう。

『赤松五郎物語』は、そうした『伊勢物語』読者のひそかな願望を夢物語という形で具体化しようとした。赤松五郎という青年がうたたねの夢の中でとある御殿に紛れ入り、御簾の向こうに美しい姫君を見かける。桜花爛漫、花吹雪の中、牛車で訪れた業平がその姫君と語りあう。五郎の目には、親密に語り合う二人の姿は夕闇にまぎれ簾に隔てられておぼろにしか見えない。降りしきる落花を眺める姫君、散り敷く花に踏み迷う業平、二人の

逢瀬は、夢幻能の舞台を見るように妖艶で美しい。

『赤松五郎物語』が夢幻能『雲林院』の影響下に作られたものであろうということは、すでに阿部好臣氏や上坂信男氏(2)などによって指摘されている。『雲林院』という能は、摂津国の芦屋公光が日頃『伊勢物語』を愛読し、夢の中で、雲林院にたたずむ業平と二条后を見て、上洛し雲林院を訪れる。花の下に仮寝していると夢中に業平の霊が現れ、芥川の段の様子を物語るという複式夢幻能である。

『雲林院』の場面もまた桜の花が吹き乱れ、美男美女がめぐり合う美しさが強調されており、両者の世界は確かに無縁ではありえない。さらに『赤松五郎物語』の業平は、

御歳、廿四五かとおぼしきが、ぼう／＼眉に薄化粧、鉄漿《かね》黒に冠を召し、とくさ色の狩衣に、指貫のそばを高く取り、扇を杓に持ち、浅き沓を履き給へり。

と描写されているが、『雲林院』の業平は「園原しげる木賊《とくさ》色の、狩衣の袂を冠の巾子《こじ》にうちかづき、忍び出づるや二月の」とあり、その扮装が酷似する。(3) また二条后についても、物語に、

御年、はたちあまりかとおぼしきが、十二ひとへに、くれなひのはかまをめし、上のきぬ、ひきかけて、いふはかりなき、御ありさまにてぞ、見えさせ給ふ。

とあるのも、『雲林院』の「紅の袴召されたる女性」に拠っていよう。

さらに『赤松五郎物語』で、五郎が桜の小枝を折り取ったのを尼公から咎められる場面があるが、それは雲林院に着いた公光が桜を折り取り、シテの老人に見とがめられる場面と重なる。物語は能『雲林院』を踏まえて構想されたのであろうことは疑えない。『赤松五郎物語』を読む場合、『雲林院』の能舞台と視覚的に交差している

ことに配慮すべきであろう。

また、業平と二条后の逢瀬を夢の中で見るという作品に、『業平夢物語』と題されたお伽草子がある。長治二年（一一〇五）四月、夢に紫野の辺りを歩くうち、雲林院の跡とおぼしき荒れた邸に入り込み、奥に年のほど十六七のあでやかな姫君が人待ち顔に花を見上げているのを覗き見る。それを老尼に見とがめられるが会話するうち、姫君は二条后、殿（業平）の来訪を待っているところということを聞く。やがて表に車の音がして男が室内に入った様子。より定かにその姿形を見ようと目を凝らすところ、何か物音がして夢が覚めた、という内容。巻尾に掲げられた、

覚めてのちうつつにものの悲しきははかなき夢といかで言はまし

とてもかくうつつに人の恋しきはさめざらましをうたた寝の夢

の二首の歌(4)が夢覚めての哀切な思いを訴える。

この物語も、夢の中で業平と二条后を見るというもので、場所も紫野、雲林院の跡と明記されており、能『雲林院』を下敷きにして構想されたものである。『赤松五郎物語』とよく似た場面、プロットが見受けられるが、『赤松五郎物語』はこのあと、シリアスな展開が続くのに対し、『業平夢物語』は夢の中で業平・二条后を垣間見たところで終わっており、夢が覚めたあとの喪失感、空虚感がテーマとなっている。両者は別作品と見なすべきであろう。互いの影響関係や成立の前後も不明であるが、古来多くの人に愛された「二条后物語」が、『雲林院』『小塩』などの能を契機に、お伽草子に再構成されていく傾向が看取され、一つの文芸復興を果たしていることは注意してよいことと思われる。

しかし、『赤松五郎物語』には能作品には見られない特異な仕掛けが組み込まれていた。二条后の御殿に紛れ入った五郎は、一人の尼公から桜の枝を折ったことを咎められ、それを機縁に二人は不思議な会話を交わすことになる。本文が一部脱落しているが、老尼から「今、日本はどのようになっているか」を尋ねられた五郎が「ことたゞしからざれば、兵乱《ひやうらん》、やむ事なし。されば国ほろび、人つきて、民のかまどは、けぶり、たえまがちなり、都もたゞ、名のみばかりにて候」と答えると、尼はさめざめと泣き出し「そのいにしへ、いまのやうにとこそ」という。この尼たちにとっては業平の時代からずっと時間が停止していたのである。この場所は『桃花源記』の仙郷と同じように、憂世の変遷を知ることない異境であった。ここは五郎の夢の中の話であるが、現実の人が入ってはならない隠れ里、霊魂の領域でもある。五郎はこの世ならざる世界に足を踏み入れたのであり、このあと、尼から「この事、ゆめ〳〵人にかたり給ふな」と口止めされている。にもかかわらず、五郎はこのタブーを破って、妻に語り詳しい手記を残した。五郎は后や業平を垣間見、一時の陶酔に酔いしれたが、そこには恐るべき陥穽が待ち構えていた。この段では妖艶の美しさとともに、その背後に張り巡らされた危険のシグナルを見落とすわけには行かない。

それにしても五郎が尼に告げた現実は痛ましい。応仁の乱を始めとする打ち続く戦乱によって荒れ果てた京都の惨状が想起されていたのであろう。

二　五郎の死の謎

次に、業平が帰っていったあとの意外な展開を辿ってみよう。

桜吹雪の中を業平が帰っていってしまうと、残された姫君は深い嘆きに沈む。二人の様子を注視していた五郎は姫君に同情して心を痛めているところに尼君が来て「いかに」と問う。五郎は二人の恋の切なさに感動したことを告げるとともに、「恋の道こそ止められぬもの、私が姫君の姿を見て恋に落ちたことを伝えてほしい、死ぬことも厭わない」と依頼する。尼が「あら、恐ろしや」とひるむと、唐の張文成が則天武后に恋して契りを結んだこと、志賀寺上人が京極御息所に恋してその手を賜ったことなどの例をあげて嘆願するので、尼君も「伝えるだけならば」と承諾する。五郎は取りあえず一首、

知らせばや主ある宿の妻をなをしのぶの草の生ふるならひは(5)

と詠み、これを尼君に托した。

尼君から文を渡された姫君は、桜吹雪に埋もれて道を失った業平の文かと思い、開いてみると見知らぬ男の筆跡。尼から事情を聞いて、

洩らすなよ人の心の懸樋より絶へ〳〵伝ふ水茎の跡

と詠み、五郎を身近に呼び寄せ、「夜もすがらの御物語り」に一夜を過ごした。朝の別れに際し、二条后は「まことに自らに志があるならば、卯月八日のころ来たり給へ」という。このとき五郎は夢覚めた。五郎は全身汗みづく魂身に添わない有様で、枕もとに見守っていた妻は五郎をいたわり盃を勧めるが、五郎は夢で出会った二条后の面影が忘れられず、涙を流してそのまま病気の床に就いてしまう。

人々は大いに騒ぎ、貴僧高僧を呼んで祈祷、名医に治療を頼んだが、「夢の中の恋」であるので鬼霊の応えるところではなく、次第に弱って行くばかり。五郎は夢の中の一件を詳しく書き記すと、妻に「今生の契りは薄く

とも、仏の国にて必ず生まれ会ひ奉るべし、跡とぶらひ給へ」と別れを告げて、二十二歳、三月二十九日の午後に息を引き取ったのであった。遺された人々の悲しみは深く、追善の仏事が数々厳修されたので、悪趣に堕ちることはないだろうと思われたが、ある人の夢に五郎がかの后と語らっているのが見えたのであった。

以上が、夢覚めて死に赴く五郎の経緯であった。五郎は覗き見た二条后に心奪われ、身の程も顧慮せずに思いを訴えて、幸運にも一夜をともに語らった。全く時代を異にする二人が相まみえることさえ不思議であるのに、生身の者が物語中の人物と交渉をもつことなど、まさに夢の中でしかありえない出来事であるが、物語作者はかなり思い切った発想のもと、古人への強い憧れをこのように描いてみせた。夢と現実を綯《な》い交ぜ、夢幻的な物語空間を作り上げたところが、この物語の一つの見どころと考えられるが、実はこうした夢と現実が入り組み、夢の中の出来事が現実の出来事に連続し作用していくお伽草子には、『うたた寝の草子』があり、必ずしも奇異ではない。室町末の物語の方法の一つでもあったといえそうだが、『赤松五郎物語』が描く夢物語は果たして五郎の幸せを描くものであったのか不幸を描くものであったのか。夢は多くの場合、未来への予兆であることが多いが、夢の中を生きた五郎の、現実における死はあまりにも過酷であった。

二条后は五郎との別れに際して、志があるならば卯月八日に再会しようと約束した。現実に戻った五郎はこの再会を心待ちにしていたに違いない。それでいながらその直前の三月二十九日に急逝している。この突然で異様な死はどのように理解するべきであろうか。恐らく、その死は二条后との一件に起因するものであろうことは否定しえないだろう。

夢の中の訪問ではなく、死によって二条后のもとに赴き二人の愛が成就したようにも見えるし、逆に再会を目前にしながら約束の日よりも前に不本意に死なねばならなかったと読み取るならば、五郎は重い懲罰を受けたようにも見える。業平の怒り、あるいは『伊勢物語』愛読者たちの恨みが五郎に祟ったのか。作者は五郎の死の意味について何も記さないゆえに、その死は謎に包まれている。

夢の中に現れ、五郎の心を魅了し再会を契る二条后は、単なる物語世界の中のアイドルではなく、黄泉の国に君臨し、人々を死者の世界に引き込む妖しい魔性であったようにも受け取れる。物語の中で、二条后の居場所は「鬼霊《きれう》」と述べられている。五郎が二条后と再会する方法は、最初と違って夢の中なのではなく、霊界に赴くことであった。それでも五郎にとっては至福の出会いだったに違いない。

しかし、五郎の執心はあまりにも危険に満ちていた。常人の立ち入りが許されていない御所へ踏み込んだこと、そこは過去のまま時間が停止した異界であったこと、また尼が五郎に「ゆめ〳〵、人に語り給ふな」と口止めしたにもかかわらず、五郎は妻に夢の出来事を語り、事の次第を書き残していること、などが指摘できる。五郎の死はこうした異境への侵犯によるものと考えるべきではなかろうか。『今昔物語集』に、酒泉郷へ紛れ行った男がそこから帰ったあと人に話して、生命を亡くす話がある（巻三十一、十三話）。

さらに神聖への犯し。五郎の二条后に対する恋愛感情と一夜の契りは、『伊勢物語』でも謡曲でも、牢固として出来上がっていた業平・二条后という純愛の象徴に五郎が押し入り、その憧憬の対象に傷をつけた罪。

実は二条后が示した卯月八日という日（三月二十九日という日も含めて）は、二条后と再会して恋を成就させる日であったが、あくまでそれは五郎の側の主観であり、他から見れば五郎が地獄に堕ちたと受け取られる日でもあった。五郎にとっては、文字通り「生命を懸けた恋」であったのだが、それは鬼霊に迎えられた非業の死でもあった。

このように考えれば、右に見た矛盾する二つの解釈が、実は一つの出来事を違った視点から捉えていたことに気づく。

物語の後半に至って五郎は「しかれども、妄執にひかれけるにや、かの后に語らひをなすよし、ある人の夢に見えけり」と記されているのによれば、五郎の后に寄せる恋情は途絶えることなく継続しており、その恋は間違いなく成就している。と同時に、そこは妄執の者が行き着く所、地獄、魔界であったことも示されている。妄執に引かれた者、すなわち制御できない強い感情に身をゆだねた者が地獄に堕ちるという例は、能において数多く描かれる。地獄に堕ちて妄執の苦を痛切に嘆く男女の姿は、能の重要なテーマでもあった。

『雲林院』の能は、業平・二条后の美しさだけでなく、五郎の死の在り方にまで作用して、人々に「末の世といひながら、目の当たり、かかる不思議もありけるか」という奇異の思いをいだかせた。ここにおいて異常な妄執に囚われた五郎は能の後シテに変貌した。

三　恵林寺という尼寺

五郎の死が描かれたあと、物語は五郎の北の方の出家について述べる。夫の思いがけない死を看取った彼女は、わずか十八の身空で髪をおろし、嵯峨の奥、「ゑりん寺」に籠って夫の跡を弔い、自らの後世をも祈ったのである。すると彼女の夢に五郎が現れ、「私は実は源氏の大将であって、石山寺で供養を受けたにもかかわらず、賤しき（赤松の）家に生まれ変わった。今、あなたの祈りによって都率天に生まれることが出来て非常にありがたい。この上は業平・二条后の菩提も弔ってほしい。あなたは既に仏道に入り、間違いなく悟りを得るだろう」と告げたのであった。「故なき恋の終わりは出離の始め」の言葉どおりの一件であったと、物語は締めくくっている。

北の方の夢の中で述べる五郎の言い草は、業平・二条后の追善を依頼しているように、妻、北の方に対しての配慮を欠いた自己中心なもの言いとしか言いようがない。それに対し、十八歳の北の方は、夫の変心を恨むことなく、病気の介抱に尽くし、出家を遂げたあとも誠実に夫の菩提を弔っている。高貴な女性は嫉妬の情を表に表さないことが美徳であったとはいえ、彼女の献身は女性の一つの理想型であるといえよう。そして彼女の存在を、妄執によって地獄に堕ちた五郎と対比してみるとき、彼女は能のワキを勤めているように見えはしないか。夢と現実が入り交じった夢幻の中で、彼女は妄執に囚われたシテの成仏を見届ける役割を果たしているように見える。

北の方は、夫五郎の葬儀を済ませると、嵯峨の「ゑりん寺」に入って出家を遂げる。この寺は室町時代、嵯峨に実在した尼寺「恵林寺」であろうと思われる。恵林寺は京都、尼五山のうちの一つ。『蔭涼軒日録』永享九年（一四三七）七月二十九日の条に、恵林寺の院主に何か過失があったことが管領から報告され、事実を究明することが将軍から命じられている記事があり、同十一年四月十九日の条には、恵林寺を廃壊する旨を将軍に言上したことが記されている。この物語はそれから百年ばかり過ぎた、大永年間の頃の書写である。この時期の恵林寺についてては全く知るところがない。小さい規模ながらも存続していたのか、すでに廃絶していたのかさえ明らかでない。しかし作品において、「さが」、「ゑりんじ」と固有名詞を書き込まれているところ、実在であれ過去の伝

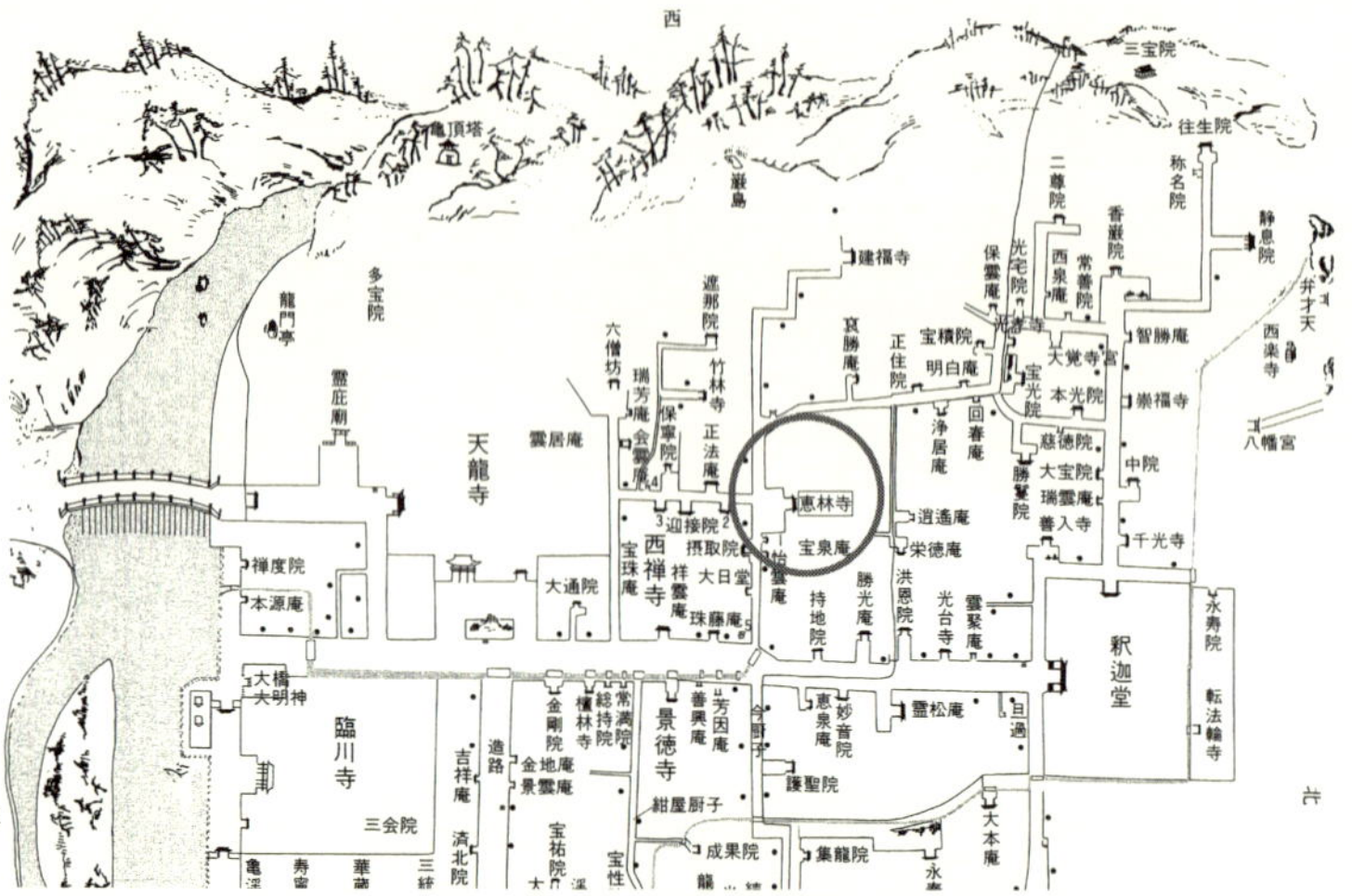

伊藤毅作図（部分）『図集日本都市史』より

承であれ、何らかの名残があったものと考えて、それが実はこの物語成立の背景を物語る貴重な視点を提供してくれるものではないかと思う。

中世の尼寺は天皇家、将軍家、摂関家、高級武家などで相続の対象にならない女子を送り込む場として数多く作られた。そうした寺には、さらに一般人の女性、女児たちも多数入寺したことを考え合わせれば、当時の尼僧の人数はおびただしい数に上ったことであろう。そしてそこは間違いなく女たちだけの社会が形成されて、特有の文化が育まれた[6]。

尼寺が嵯峨の地に数多く存したことについて、原田正俊氏は嵯峨の天龍寺の開創、夢窓疎石や嵯峨門流の禅僧たちが尼僧を保護した事情があり、天龍寺の周辺に多くの尼寺が作られた背景があることを指摘されている[7]。恵林寺もそうした寺の一つとして存在したのであろう（地図参照）[8]。

恵林寺と天龍寺との関連で注目すべきことは、この『赤松五郎物語』における言葉の中に禅宗用語が数多く見られることである。五郎が身を隠した「眠蔵《めんざう》」を始め、「知識、長老」「陞《しん》座《ぞ》」「拈香《ねんかう》」「剃髪《ていはつ》」「着衣《ちやくゑ》」、さらには「頓証菩提」「座禅」「心花発明《はつみよう》、語《(悟)》道得法」などの語が、五郎の死が描かれるあたりから多用されている。嵯峨、天龍寺の近くにあった恵林寺は、夢窓疎石の影響下にあって臨済宗の禅を宗旨としたものと思われる。天龍寺に伝わる『知覚普明国師語録』の中に「恵林喜叟慶公大姉入祖堂〈栗棘庵門下〉」（巻四）と記された法語が収められてもいるという。[9] 嵯峨、尼寺、ゑりん寺、禅宗といった性格が、「恵林寺」に共通する。「ゑりん寺」と恵林寺に齟齬はない。出家のいきさつを語る北の方には、恵林寺の尼僧の姿が重なってこようというものである。

　この物語は恵林寺で書かれ、読み継がれたものではなかろうか。

四　終わりに

『赤松五郎物語』の前半は、夢の舞台を見るような優美な情景が描かれている。作者は夢幻能『雲林院』の視覚的な美しさを重ねあわせているのが明白である。そしてその目論見は成功しているといえる。が、本作の狙いはそれに止まるものではなかった。五郎は常人が訪れてはならないところに入り込み、口外してはならない約束を破った。それのみならず、一対の内裏雛のように可憐な業平・二条后の関係の中に入り込んだ。こうした五郎の行為は決して許されない自己中心的で野蛮なもので、その結果死へ赴くことになる。五郎は二条后との約束した日を待たず急死する。その死は秘密の理想郷を暴き、神聖を侵した罪であると同時に、異様な恋に執着した堕地獄でもあったと読み取るべきであろう。

　夫の五郎を看取った十八歳の妻は、嵯峨の恵林寺に入り、亡き夫と業平・二条后の菩提を祈る。中世の物語においては、死者の追福を祈ることは珍しくないが、業平・二条の后の菩提を祈るところには王朝物語に傾倒した作者の資質が窺えよう。この物語の作者は能の『雲林院』の面影を追いつつ、恋に悩むのが多くは女性であるのを、あえて男の五郎に置き換え、その妄執を描いてみせた。妻、北の方の出家と追福によって、五郎の妄執は消滅するのであるが、実はその祈りを手向ける北の方が、この物語の作者でもある構造を取っている。この物語の追記に「五郎書留し筆の跡をたねとして、狂言綺語の言葉をそへて、心《（真）》如実相のふかき妙理に入しめ」とあるのも、北の方の関与を示唆していよう。

この『赤松五郎物語』は、五郎が夢の中で二条后にめぐり合う非現実も、そしてその妄執を晴らす北の方の手向けも、能の影響を強く受けている。[10] 能の美しさを漂わせ、鎮魂の慰安を描いて一編の詩的世界を紡ぎながら、女性、特に尼僧たちの信仰や美意識を確認しようとした物語なのだろうことを指摘して、稿を閉じたい。

〔注〕

（1）阿部好臣「赤松五郎物語―その夢の位置―」（『日本文学』31―2、一九八二・二）

（2）上坂信男「謡曲「雲林院」以後」（『礫』188、二〇〇二・六）

（3）狩衣を着して冠を被るのは通常ない（『謡曲拾葉抄』雲林院）。また『鸚鵡小町』でも業平が「とくさ色の狩衣」を着ける。

（4）二首ともに『新編国歌大観』に見えない。作者の創作であろう。

（5）『赤松五郎物語』に詠まれた和歌は「跨《また》ぎて通ふ」「主《ぬし》ある宿の妻」など上品とはいえない。

（6）西口順子編『仏と女』（吉川弘文館、一九九七）、恋田知子『仏と女の室町』（笠間書院、二〇〇八）など。
（7）原田正俊「女人と禅宗」（西口順子編『仏と女』吉川弘文館、一九九七）
（8）伊藤毅作図「山城国嵯峨諸寺応永鈞命絵図」（高橋康夫ほか編『図集日本都市史』（東京大学出版会、一九九三）
（9）注（7）、原田論文。
（10）五郎が「源氏の大将」の生れ変わりと説明するのも、能『源氏供養』を踏まえていよう。なお「源氏の大将」は、能では光源氏を指し、薫大将ではない。

『初瀬物語』――結婚詐欺とドメスティック・バイオレンス――

御伽草子の『初瀬物語』は、夫婦のドメスティック・バイオレンス、すなわち妻に対する過酷な暴力を大胆に描いている珍しい作品である。加えて、本作は結婚詐欺、妻妾どうしの反目や嫉妬、あるいは男主人公の官位願望などを取り上げて、人生の醜悪な部分をあえて描いており、どちらかと言えば分かりやすい道徳をなぞることの多いお伽草子の中にあって、異色の作品の感が深い。

物語は、奈良の得業の娘で優雅に育てられた姫君が、偽りの触れ込みに騙されて結婚したものの、常軌を逸した夫の乱暴に耐えかね、実家に戻った折に姿を隠す。彼女はゆかりを辿って前斎院のもとに出仕し、そこで理想の男性、権大納言と親しくなり、彼に迎え取られることになる。ところが権大納言からの迎えの車に乗る直前、春日の神のお告げがあって結婚を諦め、出家する。後年、嵯峨で尼生活を送っている彼女のもとに、昔の知人が訪れ、その後の権大納言の死や彼の不幸な家庭生活の有様を語ったのを聞いて、彼女はその渦中に巻き込まれずに済んだことを春日の神に感謝し、権大納言の後生を弔うのであった、という内容である。

書名の「初瀬」からは長谷寺（初瀬寺）にかかわる霊験譚のような物語が想像されそうであるが、実のところ長谷寺とは全く関係がない。(1) 乱暴を働く夫から逃げ出した姫君が、一時身を隠した場所が初瀬の地であったというに過ぎない。

この物語は、権大納言、前斎院が登場し、右大臣、式部卿宮、安察使大納言などの名前も見え、また一夫多妻や通い婚を描く場面などもあって、一応王朝物語の様式を目ざした公家物に分類されるだろう。しかし、この物語はそうした正統的な貴族の物語であるとも決定しがたく、どこか、もっと下層の人々の目線が働いており、結婚にしても恋愛にしても、はたまた権大納言の不幸話にしても、卑俗と言おうか庶民的であり、その価値観も至って現実的であるように思われる。本作が当代的な課題に無関心ではなかったことは貴重であり、物語の展開も変化に富んで面白いが、物語の成り行きはやや安易の感が否めず、最後まで突き詰めない甘さが認められる。深刻な人生の探求であるよりは、卑近でスリリングな出来事を現実的な興味の下に王朝物語に再構成した作品に見える。

『初瀬物語』については、市古貞次[2]、桑原博史[3]、樋口芳麻呂[4]、三角洋一[5]各氏などの論究があり、適切な指摘がなされているが、本稿では屋上屋を架す危険を承知の上で、物語の内容を検討し私見を提示してみたい。

伝本については桑原氏、松本隆信[6]氏の調査があり五本が報告されている。元となった絵巻は伝わらず、現存五本いずれも詞書だけの写本で、諸本の間には大きな差はないとされている。活字本には『続群書類従』、桑原博史『中世物語の基礎的研究』、『室町時代物語大成』十がある。本稿では『室町時代物語大成』の本文（底本、慶応大学図書館蔵）を引用させて頂いた。なお引用に際しては適宜、漢字を宛て、濁点、句読点を付した。

物語を吟味するにあたり全体を四段に分かち、最初に当該部分のあらすじ、その後に論述を述べたい。物語は次のように始まる。

一　結婚詐欺と仲人

奈良の春日の里の何がしの得業はひとり娘を大事に育てていた。娘が適齢期を迎えると、都の大臣から、その子の権大納言との結婚が申し込まれ、得業は春日の神のご配慮と喜んで、これを承諾した。早速、娘とともに上洛、四条辺に立派な屋敷を建てて婿の入来を待った。婿来訪の当日、早めにやってきた仲人の女房は、得業に「この結婚はまだ世間には秘密」と告げ、暗くした室内に婿を引き入れた。一夜が過ぎ、朝になっても男君は一向帰る気配がない。あまりのことに声をかけると、聞いていたのとは全く違った面妖な男が顔を出す。仲人の女房に訳を聞こうとするが昨夜より行方不明。婿は三日たっても居座ったまま、姫君は泣き崩れ得業の困惑はこの上もない。

そこに一人の男が「左大臣の所から」といってこの婿を呼びに来る。婿はそれを聞くと怖じ恐れ、女房たちがこの使者に婿の正体を尋ねると、「ここへ来ているのは大夫という男。若狭守の嫡子であるが、外貌見苦しい上、尋常でない性格もあって子として認知されず、住所も定まらない身の上。ただ彼の伯母（叔母）で権大納言の乳母であった人がこの男を可愛がり、大臣に頼んで元服させてもらった。世間交わりもできない男なのでいつも部屋に閉じこめておいた者、きょうもその伯母からの呼び出し」と説明したので、人々は大いに落胆した。また仲人の女房は、実はこの男の古妻《ふるめ》でこの男を持て余し、男を得業の娘に押し付けて、自分はたくさんの礼物を手にすると別の男と田舎に逃げていたのであった。

ここに登場する「春日の里の得業《とくごう》」というのは興福寺の衆徒であるが、富裕であり妻帯もしている。彼は自らを『源氏物語』の明石入道と重ね合わせ、一人娘の結婚に「思ふやうなる宿世ならずは、たゞこの古里の塵灰にもなりね」と言い聞かせ、春秋二回の春日社参籠を欠かさなかった。娘への結婚申し込みがあった際、春日の神の御示現と説明されて、得業は二つ返事で了承しており、春日信仰が強く打ち出されている。しかし、仲人の言葉を信じて娘を結婚させたものの、相手はとんでもない偽物だったと知ることになり、失望の余り世を早めてしまう。

この段で最も目を引くのが結婚詐欺の一件であろう。婚礼の際、当事者が他人に入れ替わるという設定は読者を驚かせる。夜分であることを利用し、室内を暗くさせておいて紛れ込む計略は、古くから文学作品に少なからず用いられてきた手法ではある。『源氏物語』浮舟の巻では、匂宮が浮舟のもとを深夜に訪れ、薫の来訪を装って室内に入りこみ、「灯りや人々を遠ざけるように」と指示を出して正体が露見しないように気を配っている。あるいは三角洋一氏が指摘するように『宇治拾遺物語』博打婿入の話も、夜間、人目をくらまし顔をみせずに婿入りする話である。またお伽草子においては、ひとり暮らしの老僧に女性を紹介しようと言って期待させ、最終的には老女自らがその女性に成りすまして、僧と結ばれる物語の『おようの尼』という作品もある。こちらは女の例であるが、場面は夜であり、「女性が恥ずかしがるので灯りを消すように」と指示して入り込んでいるのは同工である。このほか『音なし草紙』が、いつも通わせている男と誤認して別の男を引き入れてしまった失敗を描いているのも、こうした「錯誤の結婚」の例に挙げられるだろう。

婚礼や通い婚が夜間に行われたことが、すり替わりの機会を生み出しているのであるが、この趣向は物語進行の上では、かなり劇的な展開をもたらす。

『初瀬物語』の場合、事は深刻で、権大納言の名を騙って入り込んだ婿は、評判の権大納言とは似ても似つかぬやくざ者。常識をわきまえず礼儀に欠け、動作も卑しく狂気の様相さえ帯びている。その後に分かってきた事実は不都合なことばかり、権大納言どころか、親にも見放され、居所もままならず、座敷牢にも押し込められる不逞の男であった。得業方の人々が落胆の淵に陥ったことはいうまでもない。

入れ替わりの偽装ということではもう一つ、仲人の存在がある。本作での仲人はこの大夫の古女房であったのであり、捨て去りたい夫を他の女性に押し付け、自分は別の男と新居を営むという狡猾な女であった。権大納言の求婚活動をどこかで聞きつけ、それを自分の計画に取り込み、まんまと得業たちを欺いたのである。仲人として多くの引出物を手にするやいなや田舎へ逃亡する。そのしたたかな策略と行動力は大胆で、どこか痛快でさえある。見知らぬ者どうしを結び付ける仲人は、時に応じて男女双方の美質を誇大に吹聴するものであり、『源氏物語』東屋、『徒然草』二百四十段などにもその言葉の信用ならないことが触れられているが、ときには最初から詐欺的な巧言を弄し、風紀を乱すこともなくはなかった。『玉蘂』建暦二年（一二一二）三月二十二日に載る「可レ停二止京中媒輩一事」という宣旨には、

京中称二中媒一、其号大背二法度一、其企浅渉二罪因一、和二誘窈窕之好仇一、配二偶陋賤之匹夫一、或偽号二英雄華族一、
或謀称二西施下蔡一、偏蕩二人情一、只為二身要一、……

と記され、詮議の対象とされたことが記されている。

二　ドメスティック・バイオレンス

次の段に進もう。この部分のあらすじを掲げる。

大夫の奇行はいよいよ激しくなり、乞食法師に懸想しているのだろうなどと言いがかりをつけ、姫君を打ち叩き、大酒を飲み、相手をする者がないと腹を立てて暴れ、酔っ払うと烏帽子を後頭部にずり下げて大路をふらつき、通りの人を睨みつけ口論を吹きかける。「女通れば引き入れ、あなずりつゝ、にくげなる男法師も通れば、怖じをのゝく」という有様。家の女房たちはこの乱暴者の機嫌をそこね危害を加えられるのを恐れて「笑《ゑ》まれぬ笑」顔を作ると、今度は姫君の黒髪に鋏を入れようとする始末。

娘を見捨てて奈良に戻っていた得業であるが、悲嘆の余りに病付き死去する。父の死は自分のせいと思う姫君は出家も考えるが、大夫に殺されかねないと恐れて実行できず、ただ泣くばかり。そうした中、父の喪に服するからと、「まづはうれしとて」奈良へ帰ってきた姫君であったが、その忌明けが近づいて来ると京の大夫からは早く帰れとの脅しの文が届けられる。そうした折、姫君の夢に春日の神から、

行く末を猶頼まなん憂き物と世のことわりを見するばかりぞ

という和歌が示され、心強く思うのであった。

五月の頃、姫君が最初、結婚相手と信じた「かの濡衣《ぬれぎぬ》の」権大納言が春日社詣にやってきた。姫君は彼を見て強く心惹かれる一方、大夫から逃げるため初瀬の知人のもとに身を隠した。奈良の家には事情を知らない下人を宿守に置いておいた。しびれを切らした大夫は、強盗も苦にしない悪党たちを呼び集め、「御前（＝

姫君）をば尼になして、母をば捕へて殺さんとせんに、命惜しくば得業の跡の所領ども、一も残さず譲れ、さなくはたちまちに失はんといひて、責め書ゝせて家の中の財、ある限りは乞ひ取らん」と話を決めて奈良に向かった。押しかけた大夫たちは門を押し破って入ったものの中はもぬけの殻、別棟の小家にいた下司法師に向かって姫君たちの行方を聞き出そうと乱暴するが、法師は何も知るはずもない。度重なる乱暴に法師は「あまり事して寺家へ搦め取られさせ給ふな」と興福寺の名を持ち出す。怖くなった大夫たちは逃げ腰になり、悔し紛れに屋敷の板縁を踏み割ろうとして、かえって足をくじいてしまい、「いま一足もとく逃げんとするに、腰を引く〳〵、人の肩に掛ゝりて、辛き命生きてぞ」逃げ帰ったのであった。四条の家に戻ってみると、大夫が奈良から戻らないうちに、姫君の方から人数を遣わし家を解体して持ち去っていたので大夫は、住む家も無くなり、歯噛みをしてくやしがった。

この段では、どうにも救いようのない大夫の乱暴がリアルに描かれている。酒乱で女たちに当たり散らし、気に食わなければ刃傷沙汰に及ぶ、手のつけられない乱暴者、あまつさえ女の命である姫君の黒髪を切り落とそうとする無理無体。加えて不逞の輩を呼び集め、力づくで得業一家の財産を強奪しようとする。生活能力がないのに悪事にだけは長けている救いようのない悪人である。家庭内暴力というものはなにも現代だけの現象ではない。有名な縁切り寺、東慶寺の起源は鎌倉時代にさかのぼるというし(7)、夫妻の別れを望む元興寺の「離別祭文」(8)などが示すように、夫の暴力に苦しめられた女性たちが古くから数多くいたことは疑いない。

家庭内暴力の理由には様々な原因が考えられるであろうが、大夫のこの歪んだ性格はもはや矯正の域を超えているようである。被害者側の姫君たちには対抗すべき手段がなく、得業の喪に服するという口実によって彼を忌避することができたのは不幸中の幸いであった。

それにしても、こういう悲惨な状況の中で、姫君たちが大夫の鼻を明かすようにあらかじめ策を講じていて、大夫は興福寺の権力に震え上がって逃げ出しているし、腹いせに板縁を蹴ってかえって一人で歩けないような怪我を負い、京へ帰れば家も財産も失くなっているなど、大夫に対する小気味よい復讐が滑稽に書き加えられているのは、この作者の世慣れたバランス感覚を物語るものであろう。

中世、興福寺は大和国の守護大名の役割を果たしており、その衆徒の中の有力者である十市、越智、古市などが戦国大名化していくのであって、奈良における興福寺の権威は絶大である。追捕、検断の権能を有する寺家と聞いただけで、大夫たち悪党が逃げ始めたのはこうした特殊事情が背景にあったからである。

三　火の車の恐怖

初瀬に長居はできない姫君は、叔母の宰相殿の縁で前斎院のもとに出仕することになった。彼女は前斎院から可愛がられ、また前斎院にとって甥[9]にあたるあの権大納言がしばしばここに参上していて、いつしか二人は親しくなり、また前斎院も色好みの性格で二人の恋を黙認したので、いよいよ親密の度が増した。彼女は権大納言の来訪に心ときめかせるが、ある夜の夢に高僧が現れ、

たき物のくゆる煙は後の世に身を焦がすべき炎とを知れ

という歌を示して火取りの火が燃え上がるさまを見せた。彼女は衝撃を受けて反省するが、権大納言と逢えば喜びに満たされ、火の恐怖も彼女の心に届かない。権大納言はやがて内大臣、大将に昇進し、来訪の機会

が稀になる。そこへ権大納言から今夜迎えの車を向かわせようという連絡が来る。彼女が期待に胸ふくらませ心待ちにしていると、果たして車が門から入ってくる音がする。しかしそれは猛火に包まれた火の車であった。驚く彼女に、車のかたわらの僧が「あなたが待っている迎えの車はこの車です。早く乗りなさい」と急かす。恐怖のあまり泣き崩れている彼女を「やや」と揺り動かす人がいる。夢であったかと安心する間もなく、その同じ門から権大納言の迎えの車が入ってくる。恋しい人からの迎えではあったが、彼女は乗ることができず、そのまま返したのであった。これを機に彼女は仏の道に入ることを決心した。可愛がってくれた前斎院には参籠のためと偽って退出すると、彼女は東山の聖のもとで剃髪する。前斎院は行方の知れなくなった姫君の身の上を案じたが、権大納言はそれにも増して激しく悲しんだ。姫君は嵯峨の小倉山の麓に庵を結び、静かに行いすまし、春日の神の方便に感謝するのであった。

この段は、前斎院邸という場所を得て、二人の男女が相思相愛となり激しく求め合う甘美な場面が描かれており、王朝物語の雰囲気が濃厚である。けれども、今まで幾度か彼女に進路を暗示してきた春日の神が燃え上がる火の車を彼女に見せたことで、姫君はその意思を悟って出家するという生き方を選択する。恋しい男性とともに暮らす幸せを目前にしながらあえてこれを捨て去り、仏の世界に向かうのはかなり重い選択であったはずである。意外な方向に展開した物語はここで劇的に変化する。

仏門に入る不自然さは、前斎宮にも男君にも本当の理由を告げられないところに示されていたと読み取れるのだが、彼女が幼少期から脳裏に刷り込まれてきた春日の神は、彼女の人生の中で最高潮の時機に、決定的な選択を迫っており、これまで姫君の背後に見え隠れしていた春日の神がここに至って一気に正面に踊り出てきた感がある。猛火に包まれた「火の車」は地獄の乗り物で、悪事を犯した者が乗せられ火焔に焼かれるものである。臨終に際して地獄の迎えである火の車がやってくる場面は『宇治拾遺物語』薬師寺別当事や『私聚百因縁集』四・六十五などにも描かれている。恋い焦がれる男から迎えの車、ではなくて予想もしなかった地獄の火の車が登場してきたことは、彼女を恐怖の底に突き落とした。春日の神は姫君をいったん至福の頂点に持ち上げ、そして無惨にもそれを一気に崩し去るのである。この場面は発心譚として捉えることが出来るが、恐怖を見せつけ、脅迫の中で改心をせまる方法は、『更級日記』の夢などと比較しても、随分とすさまじい。お伽草子の描写法ということができようか。

春日の神とは奈良市春日野に鎮座する大社で、武甕槌命、経津主命、天児屋根命、比売神の四神を祭神とする。この春日四所明神が一体化されたのが春日大明神であり、神仏混淆によって興福寺と結びつき、春日大明神は慈悲万行菩薩であるとも説かれる。[10]ただ、本作においては「春日の神」の本質について一切説明がなく、極端にいえば、これを他の神仏の名に置き換えても通用する扱いであり、春日の神が頻繁に登場するにもかかわらず、宗教的な感動は強くはない。

四　佳人の不幸話

最後の段のあらすじを見てみよう。

尼生活を過ごす彼女のもとに昔の知り合いが訪ねて来る。世間話の中で、権大納言が三年前に亡くなったこと、さらに彼はついに関白にはなれず、官位に執着したその死に様が見苦しかったことなどを話す。また権大納言の正妻は彼の死以前に、嫉妬に狂って悶え死に、一方、彼の愛人であった某の局も、権大納言の愛情が中納言の君に移ったために反目し合い、巫女、神主に呪詛させて互いに憎み合う始末。彼の周囲はまるで女の嫉妬に隈取られた蛇の園というものであったと聞いて、尼は昔、自分が彼のもとに引き取られていたら、さしずめ自分は大きな蛇になっていたに違いないと思われ、彼をめぐる女どうしの妬みや怒りに巻き込まれず、蛇道の苦患をも免れることができたのは春日の神の御配慮であったのだと感謝せずにはいられなかった。

彼女は亡き権大納言のために心をこめて如法経を書写して供養すると、夢に彼が現れ、都率天に生まれ変わったと見えた。これ以来彼女はただ一筋に往生を願うばかりで、終には長く患うことなく臨終正念を果たして生を終えた。きっと春日の神の御計らいで仏になったに違いない。

この段でこの物語は終了する。

物語の結末は、仏門に入った彼女が、権大納言に対する未練を断ち切り、ほとんど思い出すこともなかったところに、昔の知人から、その後の権大納言の成り行きを耳にして、あまりにも荒涼とした彼の後半生に深い同情を寄せる形で描かれる。関白の官位に執着し、また妻妾の嫉妬や憎悪の原因をつくり、見苦しい死に様を演じた権大納言の悲惨さは、逆に彼女が仏門を選択したことの正しさを証明するものとなっており、自分も権大納言との結婚を選択していたなら、罪深い生を生きたに違いないと思い至ることによって、春日の神の慈愛の大きさが実感されてくるのである。

憎み合う女どうしの葛藤は、物語では「蛇の園」と喩えられている。嫉妬の女が蛇になる話は、女の指が蛇になった話（『発心集』巻五・三話）、夫の浮気に嫉妬した妻が蛇となり、夫を殺す話（『古今著聞集』巻二〇）など、説話の世界において頻出する。お伽草子においても、妬婦物の『日高川（道成寺縁起）』などがあり、地獄絵の中には、男の身体に二匹の蛇が巻き付き、蛇どうしが口を開いて争う両婦《ふため》地獄というものもある。

『初瀬物語』における、女たちの激しい嫉妬は、『源氏物語』のような貴族による一夫多妻の悲劇をもとに構想されたと思われ、古代めいた印象を免れないが、彼女の出家を正当化するには恰好の材料であったといえよう。

五　終わりに

以上のように『初瀬物語』の世界を見てきた上で、最後にこの物語の特徴を整理しておきたい。

第一に、この物語は、王朝物語の体裁を模していることである。左大臣、権大納言、前斎院などが登場し、通い婚や一夫多妻などの風習も仕組まれていて、擬古物語に続く公家物のお伽草子として位置づけることが出来る。身を隠し行き場のなくなった女性が、女のゆかりによって宮仕えすることになり、これが機縁となって高位の男性の目に止まるという構造は、お伽草子『しぐれ』など「しのびね型」と称される作品群に共通し、恐らくそれが本作にも影響しているのであろう。

第二に、しかしながら、純な王朝物語とはかなり距離があるようで、俗物の大夫やその古妻、家庭内暴力や財産の乗っ取りの画策、権大納言の官位執着、加えて春日の神の頻繁なお告げ等々、王朝物語にそぐわない卑俗な様相も見受けられる。言ってみれば王朝物語的な素材に当代的な価値観や興味を混淆させた観があり、面白さと分かりやすさを追求したお伽草子の特徴を明瞭に浮かび上がらせている。詐欺、暴力、恋愛、執着、嫉妬など様々な人間模様がかなり具体的に記述されていて、物語の興味という点では成功している部類に入るだろう。

第三に古典の摂取。『源氏物語』の明石入道の遺言、『狭衣物語』の狭衣大将の常盤の里行き、白居易の『上陽白髪人』の詩などが取り込まれており、引歌にも、桑原氏の御指摘のように、

・伊勢物語「袖濡れて海人の刈りほすわたつみのみるをあふにてやまむとやする」

・未詳「峰の白雲そをだに、見る世すくなき」

・時代不同歌合「いきてよもあすまで人はつらからじこの夕暮れをとはばとへかし」（一三五記」などにも）

・新古今・恋「みかりする狩場のをのの楢柴のなれはまさらで恋ぞまされる」

・古今著聞集「極楽の道のしるべは身をさらぬ心ひとつのなほき成りけり」

などの例が見られ、文飾に用いられた古典の知識の豊富さは注目しておくべきところであろう。

第四に、本作は春日の神の霊験譚の形式をとり、宗教的な中世の影が濃厚である。騙された結婚にも、大夫の暴力にも、権大納言との遭遇にも、彼女の出家にも春日の神が関与する。三角氏が「うるさいほど登場する」と評されたとおりで、最終場面、彼女が臨終に際して人生の全てが春日の神のお許らいと感謝して終わるように、春日の神の恩寵が強調されている。

しかし、この春日の神の実在感はあまりにも乏しい。前述したように他の神仏に置き換えても筋の展開に支障がないと思われるほど独自性がない。お告げや姫君の出家は描かれてはいるが、当時の物語の類型を踏襲したまでのことで、本地物にみるような生々しい宗教体験を描いたものと比べれば、観念的、形式的の印象を免れない。そう考えたとき、この作品が構想されたのは奈良ではなく、多くのお伽草子がそうであるように京都におい

てであったろうことが推測される。本作は春日の神の霊験譚ではあるけれども、冒頭に奈良の地が設定されたことによって、奈良で最も有名な神が選ばれているに過ぎない。やはり本作は、信仰よりも得業の娘の風変わりな体験を描くことの方に重点が置かれていたようである。

それではなぜ奈良の得業が登場するのか、なぜ奈良なのか、ということになるが、本来、この物語においては奈良は二義的な意味しか持たない。作者は得業の娘の結婚に際してわざわざ京都四条の地に屋形を建てて婿を迎えるというような無理な設定をさえ構えている。また物語後半になると前斎院や嵯峨が主舞台になり、奈良は一切現れなくなる。つまり、物語冒頭で得業たちが奈良の人として登場してくる理由は、姫君が大夫から逃げるために京都から離れた地点が必要だったという物語内部の要請によるものであったろう。姫君たちが京都内の人であっては、大夫の目も届き素早く対応してくるため、姫君も逃亡の行動を起こしにくい。その不都合を避けるために奈良の地が選ばれたと考えられる。本作の成立を奈良や春日の神に引きつけて読むのは危険であると思う。

第五に、本作は姫君の身の上に起こる風変わりで興味深い出来事を巧みに配置していることである。極端にいえば読者の予想をわざと裏切るかのように、物語を進展させていく手法を取る。例えば、春日の神の名が持ち出されることで整った結婚が実は詐欺であったという意外性、あるいは権大納言に迎え取られ玉の輿に乗る寸前ですべてを無にしてしまう極端さ、権大納言の車と思いきや火の車が登場してくること、理想の男性であったはずの権大納言が実は醜悪、悲惨な後半生を生きていたことなど、読者の予想を常に裏切りながら興味をかきたてている。そしてそうした話柄を大きなほころびを見せることなく連関させ纏めている点、作者がかなり優れたストーリーテラーであったことを物語っている。王朝的な部分と当代的な部分とが入り混じって構想されているところなど、違和感がないわけではないけれども、物語の筋は整っており、構想の妙を得た好短編と評することができよう。

第六に、読者についてであるが、市古貞次氏が「偽りの権大納言も、実の権大納言もむなしく、女主人公のために真の幸福をもたらさなかったのを示した点からは、中世における「女の一生」を語った作品ともなっている」と指摘されたように、本作は女性の物語であると言えそうで、女性の読者を想定して書かれたものであろう。女子の社会勉強の要素を考えても見当違いではあるまい。

ファンタジーよりも、社会性に目を向けたお伽草子として注目してよい作品であろう。

〔注〕

（1）長谷寺は興福寺大乗院門跡の末寺である（大石雅章「中世後期の開帳について」、鳴門教育大学研究紀要（人文・社会編）18、二〇〇三・三）が、そうした寺どうしの縁も物語とは関係がないようである。

（2）市古貞次『中世小説の研究』（東京大学出版会、一九五五）

（3）桑原博史『中世物語の基礎的研究、資料と史的考察』（風間書房、一九六九）

（4）樋口芳麻呂「奈良の得業子女の遁世譚」（『奈良県史』9所収、名著出版、一九八一）

（5）『お伽草子事典』初瀬物語の項（三角洋一執筆）

（6）松本隆信「増訂室町時代物語類現存本簡明目録」（奈良絵本国際研究会議編『御伽草子の世界』三省堂、一九八二、所収）

（7）『国史大辞典』東慶寺の項（三山進執筆）

（8）『元興寺編集史料』康暦三年二月二十三日条。

（9）『室町時代物語大成』本文には「此宮の御母女御いもうとは、ひたりおと、のうへ、こん大納言の御はらにて」の部分、「御はゝ」の誤りと見、前斎院と権大納言の母が姉妹であると解した。

（10）『国史大辞典』春日大社の項（永島福太郎執筆）

「猿蟹合戦」の異伝と流布――『猿ヶ嶋敵討』考――

か弱い蟹が、栗・蜂・臼の助力を得て、悪賢い猿を打ち果たす「猿蟹合戦」の話は、日本昔話の一つとして広く知られている。囲炉裏の中から栗が爆ぜ、水甕の陰で蜂が刺し、棟の上からは臼が落ちかかり、最後に蟹が剪み切るという波状攻撃の展開は、猿が次第に追い詰められていく緊張感をよく写しており、また爆ぜる栗、押し潰す臼というように、助っ人たち本来の役割とは異なった能力を発揮する意外性も、この作品の面白さを支えている。仇討が美徳であった江戸時代に、この話が広く受け入れられたのも故なしとしない。

「猿蟹合戦」で、蟹に加勢するものは通常、栗・蜂・臼である。しかし、この三者が助っ人に定着したのは意外に新しく、明治二十七年（一八九四）、巌谷小波『日本昔話三　猿蟹合戦』（博文館）あたりが最も古く、助っ人を栗・蜂・臼の三者に限定したものは、江戸時代には見出せない。

小波以前にさかのぼると、栗ではなくて卵がその役割を果たしていた。幕末から明治にかけて数多く出版された絵本類、あるいは尋常小学校の教科書では、卵・蜂・臼が活躍している。さらにさかのぼれば、享保ころの刊行とされる赤本『さるかに合戦』（東洋文庫岩崎蔵）[1]では、蛇・荒布《あらめ》・杵・臼・卵・包丁・蜂が見えており（図1）、同じく赤本『猿蟹合戦』（大東急記念文庫蔵）[2]には、卵・包丁・まな箸・熊蜂・蛇・荒布・立臼・蛸・くらげが登場

図1

している。古い時代ほど、助っ人の数が多かったことが知られる。

　江戸時代の「猿蟹合戦」絵本あるいは記録類を通覧していくと、内容は猿に対する蟹の敵討ちでありながら、通常の「猿蟹合戦」と違った話があることに気付く。それは親を大猿に殺された子蟹の少年が、栗・鋏・臼の協力を得て大猿を退治するというもので、そこに描かれた蟹の少年は桃太郎のような扮装をし、栗・鋏・臼を家来に従えるときには「日本一の黍団子」を与えている。一見「桃太郎」話が混入したようにも見え、また脚色を得意とする近世の絵本作者が恣意的に作ったものではないかとも思われそうであるが、「猿蟹」の系譜を辿っていくと、これはこれで一つの定型の話であって、上方の方に広く流布した話であり、それには、しばしば「猿ヶ嶋敵討」の題名が付されている。

　本稿では、この「猿ヶ嶋敵討」型の話が江戸時代、どのような形で現れ、流布し、また変容し衰退していったかを跡付けてみたいと思う。

一　最古のサルカニ

管見に入った最も古い「猿蟹合戦」に関する文献は、徳川家康の家臣、三河国深溝《ふこうず》（愛知県幸田町）の大名であった松平家忠の『家忠日記』天正十二年（一五八四）四月二十日条の余白に書き込まれた戯画である（図2）。車座になった面々は、蟹、蛇、臼、栗、蜂、牛の糞であろう。蟹は「さる嶋へかたきとりに」と言っている。今から猿退治に向かう謀議の場面であろう。天正十二年という年は家康、秀吉の間で小牧・長久手の戦いがあった年で、この戯画は「猿蟹合戦」話が室町末期にはすでに流布していたことを証する材料とも言えそうであるが、すぐには信じ難い。この絵は何とも幼稚で家忠の手とするには疑問があり、さらにこの時代、庶民的な事柄を多く取り込んだ貞門俳諧やお伽草子にも「猿蟹」に触れたものが見当たらない。ずっと後、家忠の孫のような幼い人が「日記」の余白に落書きしたものではなかろうか。ちなみに家忠の孫といえば島原藩主にして、島原松平文庫の収書に努めた松平忠房もそのうちの一人である。

ところで、ここに登場した面々は、栗・蜂・臼といった「猿蟹」話の常連のほかに、蛇や牛の糞が参加しているが、卵でなく栗であること、臼が搗き臼ではなく磨り臼（挽《ひ》き臼）であること、蟹が「さる嶋へかたきとりに」と言っていることなどからすれば、これは「猿ヶ嶋敵討」話の場面のようである。

図2

次に、この話は具体的にどのような内容であるかを知るために、文久（一八六一～六二）ころ刊行の『敵討猿ヶ嶋』[3]の本文を掲げておく。（適宜、漢字、濁点、句読点を

図3

宛てた。挿絵は図3）

昔〳〵、山奥に大ひなる柿の大木あり。その下に、年古き蟹住みけるが、頃しも秋の末つかた、柿は紅の色をなし、さも好もしく見えけれども、蟹、木末へ上ることあたはず。朝夕悔やみ暮らしける所に、猿ヶ嶋より猿、たんと参りければ、蟹、あの柿を一ツ二ツ取りくれよと頼みしが、猿は心安きこと、、木末に上り、柿を取りて、己はたんと食らひながら、下なる蟹には一ツもくれず、あまつさへ、蟹のいざりめと悪口しければ、蟹、大きに腹を立て、ヤイ大猿の尻赤め、柿をくれねば早く去におれ、さるとは太い畜生めと、ののしりければ、猿大きに怒り、待て〳〵それやるぞと、渋柿を親蟹の背中へ打つくれば、哀れなるかな、大蟹は其まま息は絶へにけり。時に不思議や、蟹の腹より男子現れ出、谷間に水を飲みいたる。

此里に長命右衛門といふ人拾い帰り、名を蟹太郎と付け、育てける所に、光陰矢の如し、蟹太郎十五才となりける。ある時、長命右衛門夫婦の膝元に差し寄り、涙ながら申しけるは、我、実は年古き蟹の倅《せがれ》にて、父は大猿のために殺され、その無念心肝に徹し、何とぞして猿ヶ嶋へ敵討ちに参りたしと、涙ながらに頼みければ、夫婦も事に驚きながら、彼が孝心を深く感じて、餞別に日本一の黍団子をたんとこしらへて、敵討ちの出立させける。道にて、石臼、鋏、丹波栗など、団子を与へ、助太刀を頼み、猿ヶ嶋へ渡り、親の敵を討ちしは、誠に親孝行の程、感心〳〵、めでたし〳〵〳〵。

この話を一応、「猿ヶ嶋敵討」の標準とし、通常の「猿蟹合戦」と比較してみると、

① 柿の種と握り飯の交換の話を欠く。
② 黍団子を与えて、家来にしている。
③ 助っ人は、栗・石臼（磨り臼）、そして鋏である。
④ 助っ人たちの波状攻撃が、本文では個々には描写されない。
⑤ 子蟹が桃太郎のように振舞い、敵討ちを主導している。

といった点に特徴が見られる。

二　赤本のサルカニ

江戸中期、「猿蟹」話を記した赤本、黒本などを掲げる。

宝永頃　　赤本　　猴蟹合戦（挿絵部分のみ、「燕石雑志」所引）
一七一五　　絵巻　　猿ヶ嶋敵討（題名後補、久城春台？　正徳五没　◎）

		奥村古絵（奥村政信、猿蟹図三面、佐藤悟論文）
享保頃	赤本	さるかに合戦（「稀書複製」、「近世子ども・江戸」他）
	赤本	猿蟹合戦（初版は宝暦、大東急、「近世子ども・江戸」）
一七五九頃		絵本猿島六本杉（宝暦九頃、「近世子ども・上方」）
		今様噺猿蟹合戦（中村幸彦蔵、「近世子ども・上方」）
	黒本	蟹は金猿は栄（日比谷、「江戸期昔話絵本の研究と資料」）
	赤本	さるかに（二世鳥居清信画、「国書」書名のみ）
	赤・黒・青	猿蟹大合戦（「国書」書名のみ）
	赤本	猿蟹合戦（近藤清春画、「国書」書名のみ）
	黒本	猿蟹夢物語（宝暦二、「国書」書名のみ）
一七九一		新版猿蟹合戦（寛政三、絵題簽のみ、「青本絵外題集Ⅱ」）

馬琴の『燕石雑志』に、宝永ころの赤本『猴蟹合戦』の挿絵一図が引かれている。蟹之介以下、いが栗、手杵、立臼、小刀、海松が猿の家に乗り込み、暴れているところが描かれている。『燕石雑志』には、大東急本と同じ赤本『さるかに合戦』の一図も載せられているが、これら江戸版の絵本は、助っ人の数こそ違え、筋は通常の「猿蟹合戦」である。『奥村古絵』[4]は絵三面、いが栗、包丁、手杵、臼が描かれている。

ところが、久城《くじょう》春台の書画と伝えられる絵巻物『猿ヶ嶋敵討』（題名は後人による書き込み）[5]は、猿に柿を投げつけられて傷ついた蟹が、復讐のため竜宮の王に助力を求めて宮女一人を賜り、彼女を猿のもとに送り込む。猿が油断したところを、さらに竜王から差し遣わされた台所用品、すなわち搗き臼、石臼、擂粉木、まな板とともに踏み込み、恨みを晴らすという話になっている。話はかなり脚色されているが、握り飯交換の場はなく、助っ人達に黍団子を与え、一斉に切り込んでいるという描き方からすれば、「敵討」系の話をもとにしていることが明らかであろう。（図4）。久城春台は尾張出身の人。加藤清正に仕えた後、出雲松江藩主の松平直政らに医術をもって仕えた。正徳五年（一七一五）没。

また、上方絵本『今様噺猿蟹合戦』（中村幸彦氏蔵）(6)は、道を行く蟹太夫が猿に襲われて死に、娘の端白《つまじろ》も誘拐される。救出に向かった蟹が端白の流した和歌によって居場所を知り、猿の邸に切り込む。そこにいが栗、鋏、石臼のお化けが現れて蟹に加勢し、

図4

猿を退治するというもので、妖怪風に描かれた鋏や石臼の姿がすさまじい（図5）。

本作も脚色が甚だしいが、鋏・栗の登場、波状攻撃が描かれないといった点などから見て「敵討」系に属するといえる。

三　黄表紙のサルカニ

次に、黄表紙を中心に「猿蟹」話を掲げる。(7)

一七五三　読本　桃太郎物語・夢（宝暦三、布袋室、横山邦治論文）
一七六三　歌舞伎　猿が嶋かたきうち（大阪・竹田座、「歌舞伎年表」）
一七六四　歌舞伎　昔真向猿島敵討（京・嵐松之丞座、「歌舞伎年表」）
一七七六　黄表紙　むかし〳〵さるとかに（安永五、大東急）
一七七六　黄表紙　桃と酒雀道成寺（安永五、鳥居清信画）
一七八一　黄表紙　蟹牛房挟多（天明一、市場通笑）
一七八一　黄表紙　交古世むかし噺（天明一、芝全交）

図5

一七八三　黄表紙　猿蟹遠昔噺（天明三、恋川春町）
一七八八　黄表紙　小倉山時雨珍説（天明八、山東京伝）
一七九三　黄表紙　昔語銚子浜（寛政五、森羅亭万宝）
一七九四　黄表紙　百人一首戯講釈（寛政六、芝全交）

最初の、読本『桃太郎物語』では、桃太郎が鬼退治を決心する夢の中で、「猿蟹合戦」の話が語られている。(8) 蟹が柿の種を拾うところから始まり、栗の毬、牛の糞も登場しているが、「猿蟹」系の物語である。次の『歌舞伎年表』に載る作品はともに役名のみで内容は知られないけれども、表題に「猿ヶ嶋敵討」の語が見え、大阪・京での上演でもあり、「敵討」話を元にしたものと推測される。

黄表紙作品には「猿蟹合戦」以外にも、様々な昔話を取り込んだものが少なくないが、黄表紙に特有の「吹き寄せ」「取り合わせ」「混ぜこぜ」などと称される方法によって、複数の昔話を綯い混ぜにして別個の物語を作っている例が多くあり、「猿蟹」の話も部分的に用いられたり、また改変されたりしていて、元にした話の区別が付かない場合も多い。『むかし〳〵さるとかに』『桃と酒雀道成寺』『猿蟹遠昔噺』『小倉山時雨珍説』などに見える「猿蟹合戦」の話は部分的、断片的で、「猿蟹」話の印象がそれほど濃いとはいえないけれど、これらの中に、「敵討」系を踏まえたと思われる作品は見当たらない。

この外、『交古世むかし噺』は「猿蟹」話の後日談を構想し、猿が蟹を狙う内容であり、森羅亭万宝の『昔語銚子浜』は香炉を盗んだ猿蔵を、蟹蔵が杵・臼・卵・栗・蜂・荒布らとともに襲って香炉を取り返すという筋である。

四　漢文のサルカニ

次に江戸後期の資料を見ていこう。

一七七二頃　　　そそくり物語（安永ころ、成島衡山ほか、東大写本）
　　　　　　　　めのとものがたり（右の再編本、岩瀬文庫写本）
一七九二　漢文　含餳紀事（寛政四、熊坂台州）
一七九八　黄表紙　増補獼猴蟹合戦（寛政十、馬琴）
　　　　　読本　春雨物語天理冊子本（秋成、「全集」八）
一八〇七　黄表紙　島村蟹湊仇撃（文化四、馬琴）
一八〇七　読本　蟹猿奇談（文化四、栗杖亭鬼卵）
一八一一　　　燕石雑志（文化八、馬琴）
一八一四　　　骨董集上（文化十一、山東京伝）
一八二四　合巻　童蒙話赤本事始（文政七、馬琴、新大系「草双紙集」）
一八三〇　狂歌　猿蟹ものがたり（六々園春足）
　　　　　漢文　解師伐袁図（阪大・懐徳堂、履軒賛・象外画）
　　　　　漢文　昔昔春秋（赤井東海）
一八四七　　　雛廼宇計木（加茂規清、弘化四没）

双六　新版猿ヶ嶋敵討飛廻双六（「東京古典会目録」平成十九）
一八五〇　合巻　昔咄猿蟹合戦（嘉永三、仮名垣魯文）
童話長編（安政四、黒沢翁満）
善悪猿蟹咄（「国書」書名のみ）
一八五七　無可誌噺猿蟹物語（二代目十返舎一九草稿、鈴蹊財団）

上田秋成の『春雨物語』楠公雨夜かたりは、楠正成が湊川で「猿蟹」の一話を語り、猿を南朝の帝、黍団子を与える蟹を足利に見立てるという内容で、旧題は「猿ヶ嶋敵討」であった。俗耳に入りやすい昔話を用いて、政治の黒幕を語る秋成の手法は独特である。

一方、馬琴の『増補獼猴蟹合戦』は、通常の「猿蟹合戦」話を取り上げ、一節ごとに「評ニ曰」として和漢の故事を列挙し論評を加えたもの。同じく『島村蟹湊仇撃』は、序に「猿と蟹の仇討に基き、島村（蟹）が誠忠、摩斯陀（猿）が暴悪を綴り設けて、聊か勧善懲悪の微意を述ぶ」と記し、うす井きね松、くり原玉五郎なども登場しているが、猿の妖怪ましだ丸を討つ様子は「猿蟹」より「酒呑童子」に近い。さらに馬琴の『童蒙話赤本《わらべはなしあかほん》事始《じし》』は、「猿蟹」「かちかち山」「舌きり雀」「福富草子」などを絡ませた物語で、握り飯と柿実型の硯との交換が描かれたりしていて、これも通常の「猿蟹」型と思しい。

馬琴は江戸の作者で、恐らく「猿ヶ嶋敵討」の話型を知らなかったに違いない。昔話に関心を寄せた馬琴は、『燕石雑志』の考証の中で「猿蟹」話を詳細に論じているが、「猿ヶ嶋敵討」をしのばせる記述は全く見られない。

「敵討」系の話は江戸の地では殆ど馴染みがなかったようである。幕臣で冷泉家門人であった人々の話を編集した『そそくり物語』[9]、賀茂規清『雛廼宇計木《ひなのうけぎ》』[10]、赤井東海『昔昔春秋』、仮名垣魯文『昔咄猿蟹合戦』、二代目十返舎一九『無可誌嘶猿蟹物語』[11]などは、卵・蜂・臼、それに杵、荒布（黒菜）、牛の糞が加わったもので、通常の「猿蟹」の範疇に収まる。

一方、この時期、「猿ヶ嶋敵討」を元にしているものも幾つか認められる。岩代の人熊坂台州が漢文で記した『含餲紀事《がんとうきじ》』[12]は、無腸公子（蟹）が胡孫（猿）に復讐するにあたって、黍団子を卵・鍼・糞・棒・杵・臼に与えており、「敵討」型であると思われる。上方と接点が認められない台州であるが、何かの折、「猿ヶ嶋敵討」話を聞いていたのだろうか。

狂歌本『猿蟹ものがたり』は六々園春足の編。大阪の人。最初に猿蟹の物語を記し、続いて場面ごとに狂歌と挿絵を載せる。最初に載せた物語は典型的な「猿ヶ嶋敵討」。続く挿絵の中には黍団子の図もあり、「をさな子も腰をはなれずせがむ也むかしばなしの黍団子をば」の一首を添えている。

『解師伐袁図』は阪大・懐徳堂文庫蔵[13]。大きな掛軸で、賛は中井履軒、絵は岩崎象外。中国史書『春秋』の文体を模して「猿ヶ嶋敵討」を記述したもので、栗・鍼・牛の糞・刀前（鋏）・臼とともに黍団子も登場している。大阪では、漢学者中井履軒に戯文を書かせるほど、この話は親しまれていたということであろう。象外の絵は将軍然とした蟹と、その傍らを固める鋏・栗・石臼を描いている（図6）。

『春秋』を模した漢文作品は赤井東海の『昔昔春秋』も同様である。ただし、こちらは「猿蟹」話に近く、鋏も黍団子も登場しない。黒沢翁満『童話長編』は、昔話を長歌に詠んだもの。必ずしも話の筋を忠実に辿ろうと

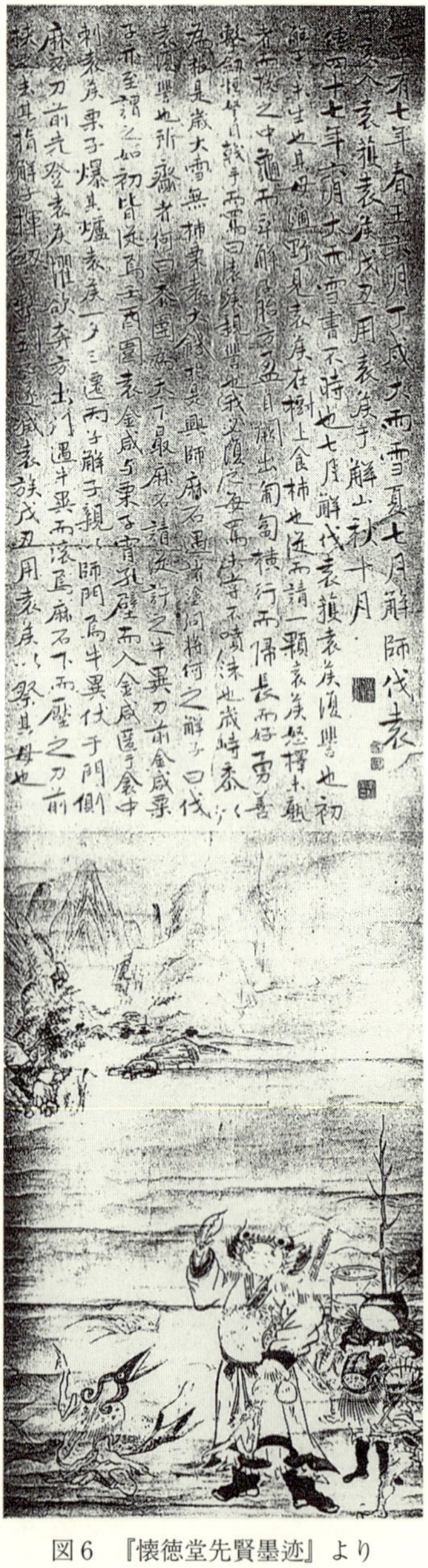

図6　『懐徳堂先賢墨迹』より

したものではないが、所は「難波」、登場人物は栗、よくす（横臼）で、「敵討」系の話を念頭にしていよう。

五　豆本・おもちゃ絵のサルカニ

次に幕末ころの資料を掲げてみる。

豆本　柿の種猿蟹はなし（白百合女大。「豆本集成」）
小本　猿ヶ嶋（白百合女大。鈴木重三論文）
おもちゃ絵　さるかに合戦（国芳、「落穂ひろい」口絵ほか）
おもちゃ絵　新版昔々さるかに咄し（国郷　◎）

一八五三　おもちゃ絵　昔咄さるかに合戦（芳綱、「子ども本展」[14]）
一八五四　刷物　むかしはなしさるかにがっせん（安政一、団十郎死絵）
一八五八　おもちゃ絵　新版さるかに合戦（安政五、◎）
一八六〇　錦絵　猿蟹敵討之図（万延一、芳幾、三枚続、◎）
一八六二　豆本　昔ばなしさるかにかっせん（文久二、東大霞亭）
　　　中本　敵討猿ヶ嶋（文久年間、平安長秀画、蓬左、◎）
一八六四？瓦版　猿か嶋敵討（「文学堂古書目録」平成十五）
　　　豆本　猿かに合戦（芳綱、三康図書館）
　　　豆本　復讐猿ヶ嶋（上方版　アン・ヘリング氏、未見）
　　　　（仮題）桃太郎（柱刻「桃」、「黒崎古書目録」平成二十）

この期になると、豆本、おもちゃ絵（一枚刷）など、幼い子どもを対象にしたものが多くなってくる。この中で小本『猿ヶ嶋[15]』、中本『敵討猿ヶ嶋』（前掲）、『（仮題）桃太郎』などは、黍団子が登場していて「敵討」系、上方の出版と思惟される。

嘉永七年の刷物『むかしはなし　さるかにがつせん[16]』は、大阪で自殺した八代目市川団十郎の死絵。中央の大猿に綱を掛けているのが卵で、栗・針・杵・臼らが牛蒡を振りかざして猿を打とうとしているところに、団子が中に入り、両手を広げて面々を制止している。八代目団十郎の死の原因については様々な説があり、この絵の寓意もよく把捉できない。それはともかく、ここに出てくるのは栗・針・杵・臼二人（臼を二つ重ねて石臼を表す）に団子ということで「敵討」系の話を踏んだものと読み取れよう。

錦絵『猿蟹敵討之図』は一恵斎芳幾画。蜂・臼・卵のほか、鶏・兎・犬・熊・雉の一隊が、猿面入道赤列・外記猿靫・猿若間智之助・猿橋渡・猿田彦五郎などの猿と戦っているところを描く。メインの蟹が描かれていないところが何とも奇妙であり、犬・雉が加わっているところを見れば、「桃太郎」話の混入のようでもあり、千成瓢箪には豊臣秀吉が寓されているのかとも思われるが、「猿蟹」系、「敵討」系、いずれとも決しがたい。

この節で注目されるのが、末尾に掲げた『桃太郎』（仮題）である。というのは今まで「敵討」系の作品であっても、表題に「猿蟹合戦」を冠することがしばしば行われてきた。『今様噺猿蟹合戦』『猿蟹ものがたり』、刷物『むかしはなしさるかにがつせん』などである。ところがこの本では、元の書名は不明ながら、柱刻に「桃」とあり、主人公の名前も桃太郎である。栗・鋏・臼が協力して猿を退治する「猿ヶ嶋敵討」の話でありながら、どうした訳か「猿蟹合戦」ではなく、「桃太郎」話になっているのである。この傾向は次の節でより鮮明になってくる。

六　明治初期のサルカニ

次に明治初期のころのものを掲げる。

絵巻物　　猿蟹合戦絵巻（遠野市博物館、写本）

小本　　（仮題）蟹太郎（大阪・河内屋平七、「豆本集成」）

おもちゃ絵　　さるかに合戦（小型、◎）

一八八〇　豆本　猿かに合戦（明治十三、宮田幸助版）
一八八五　豆本　敵討猿がしま（絵本あつめ艸ノ内、京田中版、国会）
一八八五　豆本　桃太郎一代記（明治十八、大阪・片岡版、国会）
　　　　　　　　桃太郎一代記（内題「猿ケ嶋敵打」、本屋為助版、小信画）

明治の初め、東京では豆本仕立ての「猿蟹合戦」絵本が陸続と刊行された。国立国会図書館に収蔵される、この種の豆本「猿蟹」はざっと二十点[17]。これらは現在すべて貴重書に指定されているが、右に掲出した『絵本あつめ艸』以外は、卵・蜂・臼の「猿蟹」型絵本なので、一覧からは省いた。

小本『蟹太郎』（仮題）[18]は、元の題名は知られないが、親の仇を討つ蟹太郎が登場する。背に「蟹」の指物をさし、栗・鋏・挽き臼を従え、猿ヶ嶋で敵討ちを遂げる。大阪、河内屋平七版。また、明治十八年の「絵本あつめ艸」に収められた『敵討猿がしま』は表題通りの作品で、父を討たれた蟹之丞が、日本一の黍団子を与えて鋏・丹波栗・石臼を従え、猿ヶ嶋に押し渡って親の仇をとっている。京都・田中安治郎版。

明治十八年、大阪の片岡甚三郎が刊行した豆本『桃太郎一代記』は不思議な物語で、洗濯の婆が川で桃を拾い、中から桃太郎が現れる。桃太郎は犬を連れ、鬼退治に出かける。道で引臼・鋏と出会い、黍団子を与えて家来とし、みごと鬼を退治し、その首を持ち帰るというもので、これこそ「猿ヶ嶋敵討」と「桃太郎」とが合体した話ということが出来よう。

今まで「猿蟹合戦」の一種として受容されてきた「猿ヶ嶋敵討」ではあるが、この頃から「桃太郎」話との近

図7（表紙）

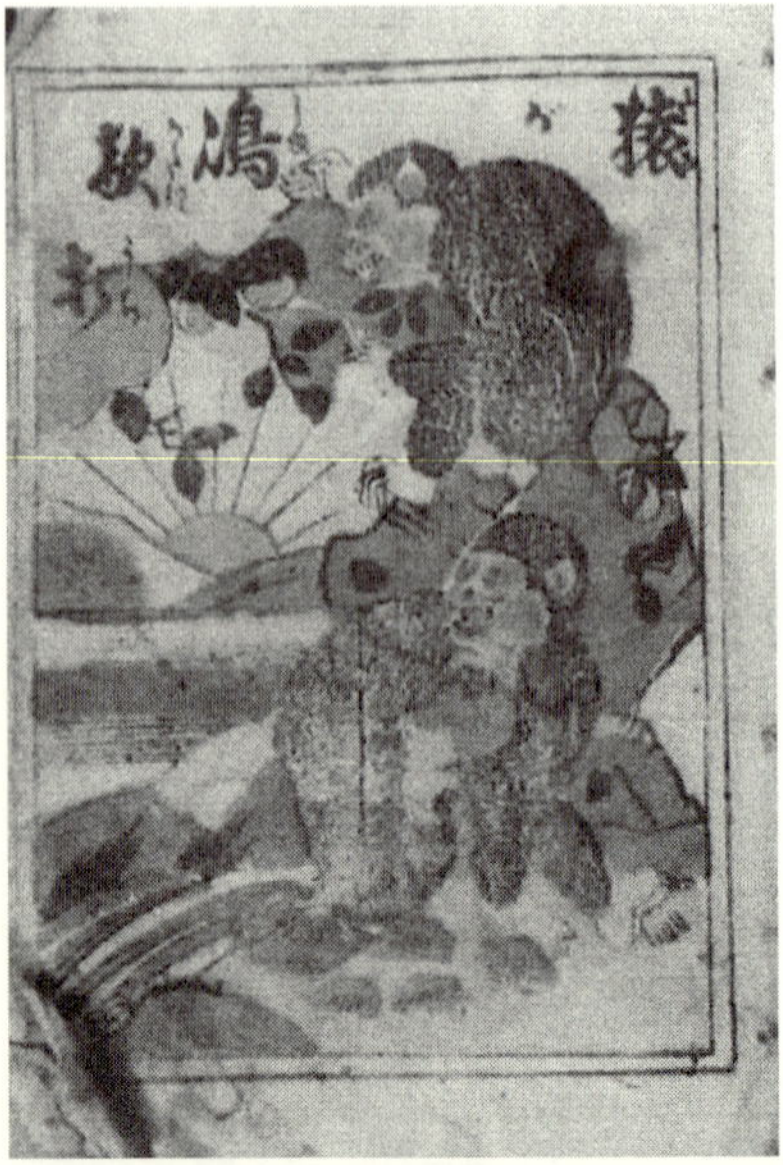
図7（扉）

接が強調され始めてきたようである。主人公の少年は蟹太郎から桃太郎に変身して行く。次の、大阪・本屋為助版（刊年不明、恐らく明治）[19]も、主人公の名は桃太郎である。この本の場合、表紙は『桃太郎一代記』と銘打っているけれども、扉には「猿か嶋敵打」と記してある。こうした本の作り方も、そういう流行を意識したものであったと思われる（図7）。

これらの作品に見られる主人公の蟹太郎は、桃太郎のように凛々しく勇ましい少年の姿に描かれる。敵討ちという主題が消滅したわけではないが、それよりも蟹太郎を桃太郎のように英雄化しようとする意図が見えている。

大阪の西沢一鳳が、『皇都午睡』（嘉永三年、一八五〇）で、

昔話に猿が島へ蟹の敵討に行事を綴る（東都にては桃太郎なり）。猿は蟹を嫌ふ事甚しと聞り。（「猿、蟹を嫌ふ」の項）

と書き記しているのも、「猿ヶ嶋敵討」が江戸の「桃太郎」話のように受容されるようになっていたことを示している。

七　狂歌・俳諧のサルカニ

右に見たもの以外の作品を掲げる。

一七八七　狂歌　狂歌才蔵集十四（天明七、新大系「狂歌才蔵集ほか」）
一八〇九　俳諧　暁台句集・上（文化六、俳文学大系「中興俳諧集」）
　　　　　俳諧　さるかにむかしばなし（文化ころ、二丁、大東急）
一八一四　狂歌　めざめぐさ（雨亭稿本、「中尾松泉堂目録」昭和五十六）
一八五一　雑俳　画口合《えぐちあわせ》瓢之蔓・上（湖竜、挿絵は半山。「半山画譜」）
一八五九　雑俳　柳樽・芽吹柳「挽臼も敵を粉にする猿ヶ嶋」
　　　　　狂歌　今日歌集。狂歌猿の腰掛。（「江戸狂歌本撰集」①）

『狂歌才蔵集』の「猿蟹」記事は鹿都部真顔の長歌の一部。「猿蟹」系。『暁台句集』夏の「蟹取歌。子をとられぬる親蟹の、泪や泡と吹きぬらん、仇かは殿の黍団子、蟹取〳〵猿が島を、おもひしるらめ、思ひわくらめ。夕雨やをかに出揃ふ蟹の穴」という記事は、明らかに「敵討」系。名古屋にもこの話型が及んでいたものか。雨亭稿本『めざめぐさ』の「石臼の重い口から引出した歌は蟹どんかにどんな讃」の狂歌も、「敵討」系である。嘉永四年の『画口合瓢之蔓』には、鋏・石臼を従えた凛々しい蟹が描かれ、「敵《かたき》は仇の猴が島」（「あかきは花のさくらじま」）の地口を載せている。絵は大阪の松川半山、この絵は『半山画譜』に再録されている（図8）。

図8

八　「猿ヶ嶋敵討」の退場

以上、「猿蟹」「敵討」二つの話型について見て来た。その結果、江戸時代もかなり古くから「猿ヶ嶋敵討」話が、上方を中心に流布していたことが知られたと思う。しかし、多くの人に親しまれたこの話も、明治も半ばを過ぎるとフッと姿を消してしまう。

明治になって出版の中心が大阪よりも東京に集中し、子供絵本も「猿蟹合戦」「桃太郎」の話が圧倒的に広まってくると、上方出版の「猿ヶ嶋敵討」は数量的に対抗できなくなり、明治三十三年の『教育昔話、猿蟹合戦』（大阪・名倉昭文館）あたりを最後に姿を消してゆくことになる。もう一つ、理由を挙げるとすれば、ある時は「猿蟹」、ある時は「桃太郎」との近さを強調してみたものの、どっちつかずにも見えるその性格は、敵討ち、鬼退治の主題を明確に持つ「猿蟹合戦」「桃太郎」に比べて迫力を欠いていたことにもあったろう。京都帝国大学の国史学教授であった喜田貞吉は、大正二年（一九一三）に、

今日では学校の教科書や、少年雑誌の普及のお蔭で、小生の郷里の子供等でも英雄桃太郎を口に致し候へど

も、小生の子供の時分には、少くも阿波国などでは、一向知らなかった事に候。其の代り桃太郎話の中の筋は、猿蟹合戦の話と混同して語り伝へられて居り候。猿蟹合戦といふ名も実は阿波にはなかつたものにて候。小生等は之を「猿が島の敵討」と教へられたものにて、蟹の子が桃太郎もどきに天下一の吉備団子を腰に付け、栗（卵にあらず）や、剪刀《はさみ》や、挽臼（立臼にあらず）が犬、雉、猿の代りにそれを半分づゝ貰つて家来になるといふ筋に出来て居り候。其主従の約束する所などは韻文的の対話が交換される仕組にて、

蟹どん〳〵何処へ行くぞ
猿が島へ敵討《あだうち》に、
お腰に着けたはそりや何ぞ、
天下一の黍団子、
一つ下さいお供しよう、
一つは遣れない半分遣らう、

といふ風に、チヤンと型が極つて居り候。さて一同猿が島へ押渡り、首尾よく猿を仕止めて敵討の目的を達し引揚げて来るのみで、一向宝物などの分捕は致さず候。

と、興味深い事実を述べている。(20) 有無をいわさず鬼を討ってその財宝を奪い取る「桃太郎」よりも、この話の方がはるかに道理に適っていて好もしい。時代の趨勢であったとはいえ「猿ヶ嶋敵討」の退場は何とも惜しまれる。

九　終わりに

最後に、その後の「猿ヶ嶋敵討」話について、一、二触れて、本稿の終わりとしたい。

明治時代、「猿蟹合戦」も「桃太郎」も、絵本に読み物に、あるいは教科書にと幅広く採用された。その一方で「猿ヶ嶋敵討」は忘れ去られていった。しかし退場する「猿ヶ嶋敵討」が最後に、「猿蟹合戦」に一つの置き土産を残していったことが指摘できそうである。

それは、卵に代って栗が助っ人になったことである。栗はもっぱら「敵討」系に登場していた（ただし、いが栗は「猿蟹」系にも登場する）。本稿の最初に触れたように、「猿蟹」系物語である、小波の『猿蟹合戦』あたりから、栗をメンバーの一員に含める現象が起こった。この交代はスムーズに受け入れられたようで、その後、多くの「猿蟹合戦」絵本に栗が登場することになったが、最終的に大正七年（一九一八）、国定教科書『尋常小学国語読本』一が、栗・蜂・臼のメンバーを採用したことによって[21]、日本中すべての幼い子供たちが、栗こそ蟹の助っ人と思うようになっていったと考えられる。教科書の力は決定的であった。

そして、人々の脳裏から消え去った「猿ヶ嶋敵討」、その後の大正・昭和前期を通じて、絵本類にその姿を見出すことができない。ようやく戦後、民話再評価の気運の中で、木下順二文、清水崑画の『かにむかし』（岩波書店、昭和三十四、小型本）が出た。握り飯交換を描かず、黍団子を与えて栗・蜂・牛の糞・はぜ棒・石臼を仲間とするなど、「猿ヶ嶋敵討」とよく似た内容が見受けられる。しかし、主人公は蟹太郎ではなく、たくさんの子蟹たちであったし、また助っ人たちの波状攻撃も一つずつ描写しているなど、「猿蟹合戦」の要素も依然として色濃い。それは単なる「猿ヶ嶋敵討」話の復活ではなかった。あえていえば、次世代に向けた新しい「猿蟹合戦」の始まりであったとでもいうべきであろうか。

〔注〕

（1）稀書複製会（大正一五）。鈴木重三・木村八重子編『近世こどもの絵本集、江戸編』（岩波書店、一九八五）。岩崎文庫貴重本叢刊『草双紙』（貴重本刊行会、一九七四）に所収。

（2）注（1）に掲出の『近世子どもの絵本集、江戸編』所収。

（3）成立年次は『国書総目録』による。本文は架蔵本による。一覧の中の◎は架蔵。以下同じ。

（4）佐藤悟「奥村政信『奥村古絵』—草双紙との関連について—」（「実践国文学」59、二〇〇一・三）

（5）沢井耐三「絵巻『猿ヶ嶋敵討』翻刻と注解」（「愛知大学文学論叢」126、二〇〇二・七）

（6）中野三敏・肥田晧三編『近世子どもの絵本集、上方編』（岩波書店、一九八五）に所収。

（7）棚橋正博『黄表紙総覧』（青裳堂書店、一九九六〜二〇〇四）。中村正明「昔話物黄表紙の概要と展開」（「昔話伝説研究」23、二〇〇三・四）を参照した。

（8）横山邦治「昔噺の読本化について—昔咄蟹猿奇談をめぐって—」（「伝承文学研究」18、一九七五・一一）に当該部翻刻。

（9）美濃部重克「岩瀬文庫蔵『めのとものがたり』」上、下（「伝承文学研究」23、24（一九七九、一九八〇）。同氏『中世伝承文学の研究』（和泉書院、一九八八）に解説。

（10）上笙一郎『江戸期の童話研究』（久山社、一九九二）所収。「童話長編」も本書による。
（11）本田康雄「三世十返舎一九の漂泊—盛田家文書について—」（「国文学研究資料館紀要」12、一九八六・三）
（12）続帝国文庫『万物滑稽合戦記』所収。沢井耐三「漢文体「サルカニ合戦」三種」（「愛知大学文学論叢」129、二〇〇四・二）
（13）今井貫一編『懐徳堂先賢墨迹』（隆文館、一九一二）所収。
（14）『日本の子どもの本歴史展』図録（一九八六）
（15）鈴木重三「白百合女子大学所蔵・新収江戸末期子ども絵本二十三種解題」（「白百合児童文化」1、一九八九・九）
（16）国会図書館蔵。同ＨＰ画像。
（17）『国立国会図書館所蔵　明治期刊行図書目録』5（児童図書の部）。
（18）加藤康子『幕末・明治豆本集成』（国書刊行会、二〇〇四）に一葉、所収。
（19）ヤフーオークション（二〇〇六・一二）画像。
（20）喜田貞吉「桃太郎猿蟹合戦混淆」（「郷土研究」一—五、一九一三・七）
（21）鈴木博「国語教材をさかのぼる」（『国語学叢考』清文堂、一九九八）

〔付記〕本論は二〇〇九年五月の近世文学会大会（早稲田大学）での発表を纏めたものです。稿をなすにあたり、鹿島美里、佐藤悟、木越治各氏をはじめ、多くの方のご教示を忝く致しました。深く感謝致します。

第三章　連歌

戦国武士と連歌　点描

一　関東、法制史家の連歌

安保氏泰

『新撰菟玖波集』に二句入集。『作者部類』には「関東奉公」とある。応仁の乱直後の関東は、京都の足利将軍家とは別に、古河公方と称された足利成氏が支配しており、彼はその家臣であったようである。安保氏は武蔵七党の一つ、丹治氏の一族。武蔵国賀美郡安保郷（埼玉県児玉郡）を本拠とする豪族であった。

安保氏泰の実在を他の資料からはじめて確認したのは、一九七三年春、東京大学図書館で催された「穂積陳重博士旧蔵貞永式目展」であった。数多い『貞永式目』やその注釈書の中に、安保氏泰の説なるものを注記する本が二、三あった。恵輪本『片仮名抄』と名付けられた注釈書には、

御分国ト云付テ、氏泰〈安武殿〉ハ六十六ヶ国也。上野ハ八ヶ国ノ事也。

と載せていた。これによって安保氏泰という人物は、武家の法制に詳しく一流をなす学者であったことが知られた。それは、連歌に耽溺した軟弱な武士くらいに想像していた氏泰の意外な一面であった。後年、活字化された

芦雪本や岩崎本（『中世法制史料集』別巻所収）の奥書によれば、町野家から鶴岡八幡宮別当に伝わった注釈が、安保氏泰に相伝されたと記してあり、「関東安保殿」の学説が正統であったことが知られる。

つぎに氏泰の名を見かけたのは、『職原抄』の注釈においてであった。加地宏江氏が報告（『日本歴史』一九七四・一〇号）された本のうち、足利学校蔵の『職原抄』奥書には、

文明十四年歳時壬寅夷則一日、聊終書写功。太以左道云々。不可他見而已。

紫微舎人丹治宿禰氏泰（以下略）

とあって、文明十四年（一四八二）七月、中務少輔、安保氏泰が『職原抄』を書写し、その考究に関心を深めていたことが知られた。さらに同じ足利学校蔵の『職原抄』奥書には、

此書、安保殿上洛〆宗祇之使ヲ以、二条殿ニ聴給テ、関東ニ下向〆読メリ。其ヲ安保流ト云也。愚ガ所伝、招月歌弟子主典三位ト云人被伝。富田ヨリ口伝スト云。

とあり、氏泰が『職原抄』注釈学において「安保殿流」を樹立したことも分かってきた。ここに見える安保流、富田流の注釈が、ともに足利学校に伝えられていたことは、足利学校八世庠主の宗銀が記し留めており（京大本奥書）、氏泰と足利学校、あるいは氏泰と前述の鶴岡八幡宮別当などとの密接な交渉を考えると、関東の学問につちかわれた、氏泰の注釈の質の高さも自ずから推量されてくる。

特に右の奥書では、宗祇との関係が触れられているのが興味深い。氏泰はいつの頃か上洛し、宗祇を仲介として二条殿から『職原抄』の意見を聞いたという。『新撰菟玖波集』の撰者である宗祇と氏泰との交渉は、漠然と宗祇の関東流寓中のことと予想していたが、氏泰の上洛と宗祇への親近の事実が明らかとなって、もしかした

ら、氏泰の入集句は京都で詠まれたものかも知れない可能性も出てきたことになる。

次に氏泰に関する資料を得たのは、ごく最近であるが、安保文書の一通、「足利成氏証判安保氏泰申文」である。福田以久生氏の論考（「横浜市大論叢」一九七六・一二）によって掲げるに、

安保中務少輔氏泰申
武州児玉郡塩谷郷塩屋源四郎跡
享徳廿七年四月七日

というもので、文書の袖に古河公方足利成氏の花押がある。享徳二十七年の年次はおかしいが、これは成氏が室町幕府に対抗して、享徳年号を襲用していたものであり、同二十七年は文明十年に当たる。この文書は成氏が氏泰に所領を認めたもの。ここには閑居して学問一筋に過ごす氏泰の姿が見えるようであるが、争乱の打ち続く関東の地にあっては、彼も古河公方に属し、直接戦闘の中に身を置くことを避けて通れなかった。この年の十二月、千葉孝胤と太田道灌の合戦が下総国境根原で行われたが、氏泰もこれに出陣していた。伊藤一美氏が引かれた文書（「練馬郷土史研究会会報」一九七六・三、『武蔵武士団の一様態』一九八一）に、

去月十日境根原合戦之時、抽粉骨之由、聞召候。雖不始事候、忠儀之至、感思召候。弥可致忠節。謹言。
正月八日　（足利成氏花押）
安保中務少輔殿

とある。氏泰が成氏方の武将として、一再ならず軍忠に励んでいたことが知られるが、氏泰の学問や文芸がこうして戦場の死と隣り合わせて成就していることに思いを遣るならば、何とそれは高貴なことであろう。

夕河やなぎかげぞ涼しき
峯こゆる月のふもとの江は晴れて

が氏泰の連歌である。片々たる連歌の背後に横たわる実人生の激しさと重さを垣間見るとき、連歌が湛えている静寂の意味の大きさが改めて感じられるのである。

（追記）ここまでは三十年前（一九八三・六）に書いた文章である。その後、『職源抄』諸本の研究における、平泉澄『北畠親房公の研究』（日本学研究所・一九五四）、白山芳太郎「職源抄諸本の研究」（上下）（「芸林」二五—一、二五—三、一九七四・四、同・六）、柳田征司『室町時代語資料としての抄物の研究』（上下）（武蔵野書院、一九九八）などの論考に安保氏泰の学問について言及があるのを知った。また、官位故実書『百寮和歌』の一本の奥書に、氏泰が三条西殿より伝授を受けてこの和歌を詠んだと記すものも寓目した。

氏泰自身、特に著名な連歌作者ではないけれども、その人生を通じて連歌文芸の環境の一端が見えてくるのが興味深い。古河公方成氏に属した武士で『新撰菟玖波集』に入集した作者には、氏泰の外に小田上総介源持知（号茂木、上野国住人）、江戸伊勢守平助良がいる。その外の関東には太田道真（道灌の父）、上野国の新田尚純やその重臣の横瀬国繁、業繁父子、桃井宣胤なども入集している。

二　名門武家の出家と連歌

小笠原宗元

『新撰菟玖波集』に〈宗元法師〉として、四句入集。『作者部類』には「小笠原美濃守」と記載されている。新羅三郎義光の流れを汲む小笠原氏は、足利尊氏に従った長高以後、信濃守護家、京都小笠原家、阿波小笠原家の三流に大きく分かれるが、宗元はこのうち京都にあって将軍家に仕えた京都小笠原家に属する。宗元の俗名は教長。『寛政重修諸家譜』には、

長高――氏長――満長┬持長
　　　　　　　　　├持房
　　　　　　　　　├教長
　　　　　　　　　└長算

と記し、その教長について「弥六、刑部少輔、美濃守、入道号宗元」と載せている。『尊卑分脈』や『小笠原三家系図』には「政広、美乃守、弥六、刑部大輔」と見えるが、『補庵京華別集』濃州大守天関大居士寿像賛に「濃州大守源教長。法諱宗元」や、『犬追物手組日記』に「教長法名宗元小笠原刑部大輔殿」とも見えており、政広は一時期だけ、名乗った名前なのかも知れない。

宗元は、『蔗軒日録』文明十八年（一四八六）六月九日条に「小笠原美濃入道、今年必七十六七之人也」とあることからすると、おおよそ応永十七年（一四一〇）ころの誕生であろうか。二、三十歳代には将軍義持、義量に仕え、以後義教、義政、義尚と五代の将軍に仕えた。宗元は小笠原家相伝の弓馬の術に優れ、将軍家の御的始をはじめ山名氏や細川氏などの催す犬追物などで、しばしばその射手を務めた。応仁の乱の端緒、上御霊社合戦が起こる前日の応仁元年一月十七日、幕府御的始には射技の棟梁である弓太郎《ゆたろう》を務め、戦乱のため中止になった翌年の御的始には「弓太郎小笠原刑部大輔政広一人、於鞠懸、挿物三度被射之。銀剣被下」（御的日記）と、一人で

弓を披露している。齢六十歳に近かった。

教長は、一方、文芸の道にも堪能であった。兄持長が歌僧、正徹と親しく、歌会を共にする機会が多かったような事情もあり、教長もその影響を受けたのであろう。正徹の『草根集』享徳二年（一四五三）八月二日条に、

　小笠原美濃守教長家にて初て続歌ありし中に

という詞書きが記されている。寛正六年（一四六五）一月十九日の幕府歌会始にも、一条兼良、飛鳥井雅親、細川勝元、山名宗全、杉原賢盛（宗伊）、能阿、行助などともに教長の名があり（親元日記）、その年の三月、義政の花頂山花見の折の連歌にも加わっている。後年、横川景三が宗元の文芸を「詠二和歌一則相公賜レ座、翻二案百賦千詩一、挙レ世称二無双之士一、為レ国作二太平之基一」と最大限に褒めたのも、こうした彼の活動を指したものである。

教長は応仁の乱が起って数年後、出仕を止め、大津の近くに隠棲したようである。伊勢貞仍『下つふさ集』に、

　応仁のみだれの後、美濃入道宗元小笠原、大津にすみける比、三井寺より人々ともなひてまかりて、題をさぐりて哥よみ侍しに、蛬を、

　　夕日かげうつろふ庭のきりぎりすなくやまかげの霜のした草

と、その詠歌とともに動静が記されている。

そして文明五年（一四七三）八月、連歌界で頭角をあらわしてきた宗祇を迎え、連歌師元用とともに三吟百韻一巻を巻いた。

波にさけ花園近き秋の海　　宗祇
汀の松ぞ霧の上なる　　宗元
月は猶山端高く今朝見へて　　元用　（以下、略）

宗祇の発句が、宗元の住まいから琵琶湖を遠望したものであることは言うまでもない。

将軍側近であった宗元は、同僚の杉原賢盛（宗伊）と昵懇であった。将軍家の和歌や連歌の会に同席し、また京都貴顕の家の連歌会でもしばしば顔を合わせた仲である。宗伊は連歌七賢の一人に数えられた連歌の名手である。文明十七年十一月宗伊が没したとき、宗元はその追善連歌を営んで彼に手向けている。宗祇の『下草』に、

杉原宗伊身まかりて後、年の暮に小笠原宗元名号連歌し侍し時、なれ□世は夢に暮ゆく今年哉

と載せられている。

宗元についての有力な伝記資料に、前に一部を引いた横川景三の『補庵京華別集』に載る「濃州太守天関大居士寿像賛」がある。「濃州太守源教長、法諱宗元、字天関、一世英雄、不レ辱二其先一者也」とあり、「自二勝定一到二今相公一、奉二於其主一、忠肝義胆、終始如一」と、義持から義政にいたる各将軍に精勤したことを述べている。そして「晩年披剃、入二瞎驢一休之室一、晨夕参扣、幾乎三十年也、一休毎以二元都寺一喚レ之、器重如レ此」と宮仕えを止めたあと、一休宗純に参禅し、修行すること約三十年。一休からは元都寺の名で呼ばれていたという。さらに「大津保内、有二一屠蘇一、榜曰二暁春一、布裰草屦、道韻蕭散、一常僧耳」と記し、大津の地にあって「暁春」と名付けた小庵に起居し、粗末な衣、草履を履き、経文を唱えて全く普通の僧と変わらないと、致仕後の有様を述べている。そしてなお、一本の鞭を傍らに置き、往時を忘れないと描写する。賛の中において、横川景三は宗

元が、官僚として有能、弓技、馬術にすぐれ、軍略に富み、和歌をよく詠んだと称賛している。

名門の出身で将軍側近を長く務め、致仕するや一休に参禅という大胆な転身がいかにも潔い。この寿像賛から三年後、季弘大叔の『庶軒日録』文明十八年六月九日条は、

> 小笠原美濃入道、今年必七十六七之人也。今在薪一休塔下、自御爨炊、夜問《(聞カ)》之開合躬常、其常庫司、下焚火云々。吁此人天下貴老人、有馬之態、無双之誉、世之所知也。是以富貴不求而至、供鄙事、信禅門者如此、其必有不可歎者哉。

と書き留めており、文明十三年の一休宗純没後も、一休ゆかりの薪（京田辺市）の酬恩庵に住み着いて、天下の貴老である宗元が、自ら炊飯の労も厭わず、門の開閉にも当たって禅に精進していたことが知られる。宗元の没年は未詳。この記事からさほど間のないころ、八十歳ぐらいであったろう。

なお、宗祇、宗元には二人だけで詠んだ何路両吟百韻が残っている。大阪天満宮文庫蔵の「延徳元年（一四八九）五月十一日」の日付がある一巻である。江藤保定『宗祇の研究』（風間書房、一九六七）に全文が載る。

さみだれは山風清し庭の松　宗祇
麓にたかき露の夏草　宗元
夕景の冷しき月に野は晴て　同（以下、略）

三　友情の追悼連歌

牧野古白

『新撰菟玖波集』に一句入集。三河国（愛知県の東部）の人。応仁の乱の後、東三河の豊川右岸流域（豊川市、豊橋市の各一部）に勢力を有した。牛久保城、瀬木城（以上、豊川市）、今橋城（豊橋市）を築き、その地の発展の基礎を固めた人物として、郷土史の上で著名である。

牧野氏についての記録には、『牛窪記』（元禄十年？）、『牛久保密談記』（元禄十四年）があり、また『寛政重修諸家譜』にもその事跡が記されている。これらの記事によれば、牧野氏は阿波国の田口成能の後裔とされ、応永（一三九四～一四二八）のころ、三左衛門尉成富が三河国に移り、牛久保を領する一色氏の家臣となって、宝飯郡中条郷牧野村（豊川市）に住み、牧野氏を称したという。

文明九年（一四七七）、主家の一色刑部少輔が家臣の波多野全慶に討たれたが、その十六年後の明応二年（一四九三）、今度は牧野左衛門成時（古白）が灰野原に波多野全慶を討ち、一色城（牛久保城）の城主になるとともに、中条郷五ヶ村を領有した。また、瀬木城を築いたのもこの年とされる。

明応四年（一四九五）、京都では宗祇や兼載の編集になる連歌撰集『新撰菟玖波集』が編まれ、後土御門天皇に奏覧されたが、ここに牧野古白の連歌一句が採られている。『作者部類』（天理本）には「一色内牧野」と記されている。この時点で彼は既に入道していたことや、いまだ一色氏の被官と受け取られていたことが知られる。一方、この年の七月の日付のある財賀寺（豊川市）奥院建立棟札には、「大檀那　牧野古白」の名があり、また、『寛政重修諸家譜』には、この年の四月、恵林院足利義植の命により、三河国諸士の旗頭に任じられたむねの記事がある。恐らくは、一色氏の遺領を実質的に承け継いで、政治的にも経済的にも大きな力を持つようになっていたことを物語るものであろう。

当時の東三河は、駿河・遠江の今川氏、西三河の新興勢力、松平氏に挟まれる形となっており、南に渥美半島を制する戸田氏の勢力も強く、東三河の武士はその去就に腐心せざるを得ない状況にあったが、古白は東の今川氏に属して、西の松平、南の戸田に対抗した。

永正二年（一五〇五）、古白は今川氏の慫慂に従い豊川左岸に進出、今橋城（吉田城、豊橋市）を構築し、自らその城主となって、特に仁連木城（豊橋市）の戸田氏に備えた。ところが、翌永正三年十一月三日、古白はこの城において討死を遂げることになる。『牛久保密談記』には、

今橋之城主、牧野左衛門成時、堅固に守之。殊に今川氏親と成時は和歌のよしみと云、水魚の交りをなすべきに、いかなる人のさかしらにや、永正三寅年十月十九日、氏親大軍を率ひ、今橋城を十重二十重に取まき責め給ふ。城兵防ぎ戦ふといへども小勢、不及力、大将成時は死の体にもてなし、小船にて瀬木の砦へ落給ふ。……さしもびゞしかりし今橋の城も、空地とぞ暫くなりにける。異本に成時切腹と有。

と書いている。古白が瀬木城へ落ちのびたことは信じ難く、異本にいう切腹の方がよいように思われる。古白が今川氏親に攻められたとするものには、他に『当代記』があり、ここには永正二年、古白の駿河参向のことも記されている。

又、先年田原と吉田の城主牧野古伯、是は牛久保城主牧野しゅんこう弟也、間柄不快、両所共に駿州を頼、殊に

古伯は駿州氏親と歌道之朋たり。古伯永正二年、駿河え下之時、初時雨の発句にて、連歌有興行し。加様の間柄成けれども、田原は大身、古伯は小身成間、大に付、小を捨る故か、田原之為荷担。翌年氏親三河え令出張、吉田を取詰、緊く被攻之間、古伯終に腹を被切。城は田原え被出、弾正二男金七是に令在城。彼籠城中、去年駿河に会の日、時雨たりしに、今また時雨したりければ、古伯一首の歌を詠、氏親え献。

　あいにあいぬ去年も昨日の初時雨定めのなきは人の世中

古伯素無過受罪。城知行をこそ田原へ被出と云とも、感此歌、命計被助たらんは、末代迄の物語たるべき物をと、時の人申けると也。

と、連歌や和歌の交流があって親しかったにもかかわらず、氏親に攻め殺されたことが伝えられている。

一方、江戸幕府の命によって撰せられた編年史書『続本朝通鑑』永正三年十一月三日条には、

　吉田城糧尽、兵士逃去。松平長親乗機攻之。牧野古白及其親族六十余人戦死。

と載せ、敵が今川ではなく、西三河の松平長親であったと認定している。江戸時代、牧野家から幕府に呈上した系図（『寛政重修諸家譜』巻六百五十二）も、

　九月、長親君数千騎を率ゐて吉田城を攻たまふ。十一月三日、城中勢ひ屈して士卒散走し、残兵わづかに六七十人、城を出で相戦ひ、ことごとく討死す。法名、古白。その地に葬る。のち男伝左衛門がとき、一寺をそのほとりに造立して龍拈寺といふ。今其墳を古白墳と号す。

と載せて、松平長親の攻撃を伝えている。このように古白の死をめぐっては、古くから今川氏親攻撃説、松平長親攻撃説が伝えられているが、当時、東三河は今川、松平が鋭く対峙する状況下にあったことを考えると、その

いずれが正しいのかは速断しにくいところである。ただし、林述斎の史書『朝野旧聞裒稿』、近代に至って『史料綜覧』『豊橋市史』『豊川市史』などは、数多い史料の渉猟、点検の上で、今川氏親攻撃説を採っている。『朝野旧聞裒稿』長親君御事跡第二には、

十一月十二日、此頃吉田の城主牧野古白は田原の城主戸田弾正憲光と境を争て快からず。今川氏親は憲光に力を添へ出馬して、吉田城を攻む。古白力及ばずして自殺す。

とまとめ、このあとに『牛久保密談記』の瀬木逃亡説を異説として記している。今川、松平いずれの攻撃によって古白の死がもたらされたとしても、弱小の者が大に呑まれる戦国の世の、苛烈な法則に押しつぶされていったことだけは確かであろう。

なお、『当代御由緒記録』（豊橋市立図書館蔵）には、瀬木へ逃れた古白が出家して名を古白と改め（「其先ノ古白ハ表徳号ナリ」と注する）、風雅の道を求めて諸国行脚の旅に出たと伝えているが、真偽はかなり疑わしい。

古白は、三河国における戦国武士の先駆であった。主家の一色氏を凌駕し、今川・松平・戸田といった有力武士のせめぎ合いの渦中に身を処し、最後には押し潰されるように敗死した生涯は、非情な時代を色濃く映している。古白は武将である一方、連歌にも関心を寄せていた。前述の『新撰菟玖波集』入集はそのたしなみの深さを物語るものであろう。

幾ほどの身ぞとはいかが思ふらん
ひとひもいとへ老の世の中　　古白法師（巻十七・雑）

がその入集句である。彼はまた、連歌師の宗長との交友も有名である。古白討死のことを知った宗長が、その一

周忌に法華経の経文を句頭に置いて追悼の百韻連歌を賦したことによっても、両者の並々ならぬ親しい関係が知られる。

古白が永正三年十一月三日、今橋城において討死したとき、宗長は前年の京都旅行を終えて駿河に戻っていたところであった。宗長はその一年後、古白の死を悼んで一巻の経文連歌を詠むことになるのだが、その前書きには、永正三年十一月三日の夜、古白がその眷族六七十人とともに討死を遂げたことを記すのみで、誰が古白を攻めたのか、また、どのような理由で攻撃されたのか、という部分に関しては何も記載がない。今川氏の庇護を受け、文事のみならず、講和の使者となるなど政治的にも活動した宗長であってみれば、今川麾下の古白の討死の事情を知らないはずはなく、なにも記さないということ自体が今川氏親攻撃を物語るのではなかろうか。宗長による、この経文連歌は、宗長の第一句集『壁草』（岩瀬文庫本）に、

古白故人一回の茶湯の次に、経文をかなの百字にわけて、百韻の連歌独吟し侍し。発句おもて八句、しよぼうじつそう、

霜にさめて跡やかれ野の花の露

とある。この経文百韻は『続本朝通鑑』に、

連歌者宗長、久受古白眷遇。不堪哀慕、為古白、唱経文連歌百句、以為追福之薦。

などとも記されていたが、この作品が大阪天満宮御文庫に伝わっていた。郷土史研究にも資すると思い、その表八句を紹介する。（全文は初出論文の「宗長の牧野古白追悼連歌」に掲出。その後、『豊川市史』資料編にも収められた）。

永正三年十一月三日夜、牧野古白禪門、子孫六七十人討死す。翌年十一月三日一周忌、

経文、句のかしらに置て、長阿、百韻の連歌をつゞり、廻向し侍る事なるべし。

諸　霜にさめてあとやかれの、花の夢　　宗長独吟
よるのあらしにこほるあさ露
法　ほのかなる在明を月の余波にて
うつさと遠し麻のさ衣
実　しづごゝろなくて庵もる秋の田に
ちしほをこむるさをしかの声
相　さゝの葉の太山は奥もいかばかり
上のみきゆる雪の寒けさ
（以下、略）

宗長はその後も『宇津山記』や『宗長日記』などの中で、古白との交友をしのんでいる。古白が没して十一年後に書かれた『宇津山記』には、

三十余年のあなたより、都の傍にして、ここかしこ田舎にも行かよひ、越の白嶺もたび〳〵こえて、越後守護殿上杉安房守房定、津の国に住む能勢因幡守頼則、三河国牧野古白今橋城主といひし陰者、さては京近き人のなさけにて、をのづから小野の炭、小原の薪、ともしからずぞありし。

と回想しており、両者の交友は特に懇篤であったことが知られる。連歌や和歌、古典文学を指導するような立場であった宗長であっても、通常、一介の僧体の旅人であったのを、古白は丁重にこれを遇し経済的な援助を惜しまなかったのであろう。

宗長はもともと駿河国島田の出身で、今川義忠、氏親の眷顧を得、当時連歌界の第一人者であった宗祇の弟子となって日本各地を遍歴し、宗祇没後もしばしば京都、駿河間を往復した。連歌を愛好した古白は、宗長が東海道を往復するたびに、同じ今川氏に属する者どうし、大した隔てを感じることなく、これを迎え親密の度合を強くしていったものであろう。宗長は丸子（静岡市）の柴屋軒居住後も幾度か京都に出向いているが、その紀行『宗長手記』には、大永三年（一五二三）六月、京から駿河への帰途、今橋へ立ち寄った際の記事に、「十日に今橋今吉田也、田口氏清方、牧野伝蔵一宿」と記し、また、大永六年三月、京都に向かう途中、今橋を通過し、「参河国牧野伝三、彼父、おほぢより知人にて、国の境わづらはしきに、人多く物の具などして、迎へにとて、こと〳〵しくぞ覚えし」と記して、古白なきあとも、その子孫から丁重な迎えを受けていることを書き留めている。

さらに翌七年四月、京からの帰りに今橋を通った折には、

今橋、牧野田三宿所、一日興行、ここは古白以来、年々歳々芳恩の所なり。興行あはれにも昔覚えて、老屈をわすれぬるなるべし。

今日さらに五月まつ花のやどりかな

昔を思ひ出でぬることになん。此花は五月をまちて咲くといへば、卯月の花と申侍る。風雨に又一日ありて、国の境の城、鵜津山にいたりぬ。

と記し、連歌百韻興行の席に加わって、かつて古白とともに連歌に興じたことを追懐している。「今日さらに」の語句の中に、以前の古白との風雅の交りが回想されていることは、いうまでもないことであろう。大永七年は古白死去より二十一年後であり、宗長の尽きることのない古白に対する深い哀惜の情を見ることができる。

古白自身の連歌はいまだその存在が知られない。江戸時代の記録ではあるが、古白が永正二年、今橋城を築き、牛久保の三社（熊野権現）に社参したとき、桜の木の下で、

花盛り心も散らぬ一木かな　古白
おぼろけながら有明の山　宗長

の唱和のあったことが、『牛久保密談記』に記されている。また、豊川の古刹三明寺は今川氏親の保護を受け、その第三子の玄無和尚が住職を務めたという寺であるが、宗長がここを訪れたとき、

印ある池の心や秋の月

の句を詠んだが、その折には古白も同道していたと『牛窪記』などは伝えている。また、『三河国名所歌集』（『三河国二葉松』巻五の別名）には、牛久保の若宮における、

きのふけふ若葉なりしが杉の露　古白

の句が記し留められている。これらの記事の実否は確認しがたいが、古白の連歌愛好を知るよすがとはなりうるであろう。

四　朝倉義景を謀殺した男の連歌

朝倉景鏡（信鏡）

ここに紹介するのは、天正元年（一五七三）、朝倉義景を最後に裏切った重臣、朝倉景鏡（土橋信鏡）が催した百韻連歌である。朝倉氏は、朝倉孝景が応仁の乱の際、東軍に属して奮戦し、その活躍が認められて越前国守護代

になり、これまでの守護斯波家に代って一国を領知する戦国大名となった。以後ほぼ百年にわたる繁栄を続けてきたが、五代朝倉義景のときに至って、折しも天下統一の道を歩み出した織田信長と対立し、元亀元年（一五七〇）四月、敦賀に攻め込んだ織田信長を、近江国の浅井長政と挟撃してこれを敗走させたものの、この年七月の姉川の合戦で、信長・家康連合軍に大敗した。

三年後の天正元年七月、浅井長政の小谷城が織田信長の攻撃を受けたのに際し、義景はその救援のために出陣したが、北近江各地での戦いに敗北を重ね、一乗谷に戻った。信長はそのまま越前府中（武生）まで追撃した。この信長軍に対し、義景は一族で重臣である朝倉景鏡の言に従い、一乗谷を捨てて景鏡の支配地である大野へ逃れた。随伴する者は母広徳院、嗣子愛王丸、その他桜井新左衛門尉、鳥井兵庫助景近、高橋甚三郎景業そして景鏡など、わずか二三十人ばかりであった。義景は洞雲寺に入ると平泉寺に対し協力を求める使者を送ったが拒否され、かえって信長方への合力を示すかのように、人数を出して洞雲寺近辺に放火した。追撃する信長は武生竜門寺に布陣、その先鋭が一乗谷を攻めて放火し、さしもの栄花を誇った一乗谷も灰燼に帰した。

八月十九日、義景は景鏡の勧めにより、洞雲寺から六坊賢松寺に移った。しかし翌二十日早朝、心変りした景鏡は二百余騎を率して賢松寺を急襲、義景を自殺させた。『朝倉始末記』六は、このときの様子を次のように描いている。

明レバ廿日、マダホノ昏キニ、朝倉式部大輔百余騎ヲ引率シテ、六坊へ推寄テ、鯨波《とき》ヲ噇トツクリ、鉄炮ヲシキリニ放チ懸ケ、御運ハ是マデ也、急ギ御腹召レ候ヘト申ケレバ、義景、ニクキ景鏡ガ働キ哉、我只今相果ツト云トモ、悪霊悪鬼ト成テモ三年ノ中ニ父子トモニ害スベキ物ヲト宣ヒ、既ニ軍兵緊ク攻メ入ケレバ、

何トモ一防ギフセギ候ヘトテ、静ニ看経有リ、硯ヤアルト宣ヒテ、畳紙ヲ取リ出シ、辞世ノ語ニ曰ク、
七顚八倒、四十年中、無他無自、四大本空
ト書給ヒ、同廿日卯刻ニ腹十文字ニ掻切テ、鳥井、高橋ハナキカ、早々頸ヲ討テ、加藤新三郎家ニ火ヲ懸ヨト仰セケレドモ、敵寺内ヘ攻入ケレバ、彼ヲ防ギ戦フ間ナレバ、一人モ不参ニ依テ、義景自身、蝋燭ヲ取テ彼方此方ニ火ヲ付給ヘドモ、御自害ノ上ナレバ思召様ニモナカリケル処ヘ、高橋新介トテ、ナク〳〵御介錯仕リケル。生年四十一歳、哀ト申モ猶余リ有ヲヤ。

追い詰められた義景が、深く信頼した家臣に最後に裏切られた絶望や怒りは想像を絶しよう。「悪霊悪鬼トナリ」三年を経ないうちに景鏡父子の生命を奪おうと誓い、我が身に刀を突き刺し、血みどろになって火を放とうと這い回るさまは凄惨である。北陸の地に覇を唱え、一乗谷文化の頂点を極めた大名の死にしては、無惨としか言いようがない最期であった。なお、太田牛一の記録『信長公記』は、

八月十八日、府中竜門寺に至りて御著陣、朝倉一乗谷を引退、大野郡之内、山田庄六坊と申所へのがれ候。さしもやごとなき女房達、輿車は名のみ聞而、取物も不取敢、かちはだしに而、我先に〳〵と義景之跡をしたひ落られ、誠目も当られず、申は中〳〵愚なり。

と落城の悲劇を記している。さらに続けて、

爰に朝倉同名に、式部大輔と申者、無情義景に腹を切せ、鳥居与七、高橋甚三郎、致介錯、両人之者も追腹仕候。中にも高橋甚三郎働高名無比類也、

と、義景の最期を記している。また『寛政重修諸家譜』六〇六、稲葉良通（一鉄）の項は、稲葉一鉄が老臣朝倉

景鏡を巧みに誘い、義景を殺させたと記している。

義景の首級を取った景鏡であったが、翌日、朝倉氏の旧臣前波九郎兵衛尉が案内する信長軍六千に居城亥山城を囲まれ降伏した。『朝倉始末記』によれば、信長は義景を助けるつもりであったので、景鏡を攻め滅ぼすように命じたが、木下藤吉郎がこれを殺しては、以後降参するものはなくなるだろうと周囲を説得して景鏡を助けたと書いている。信長の手に渡った義景の首級は武生で実検のあと、京都、岐阜において獄門に懸けられた。

景鏡という勇将

景鏡の生年は不詳。孫八郎。式部大輔。改名して土橋信鏡。大野郡司。父は、三代貞景の子である景高。

③貞景
- ④孝景 ― ⑤義景
- 景高 ― 景鏡
- 景紀
- 景延

永禄十年（一五六六）十月、将軍義秋（義昭）が一乗谷に迎えられたとき、景鏡も義景の重臣として陪席した。『朝倉始末記』四には、

同廿三日、義景御礼に被参、其体誠ニ京都全盛ノ時、管領出仕ノ儀式ニモ劣ルマジク聞エケル。先ヅ一刻計リ前ニ、朝倉式部大輔景鏡、烏帽子直垂ニテ参ズ。是ハ御案内ノタメトゾ。良有テ義景、装束正して騎馬三人ヲ召具セラル。

とあり、翌年の義昭饗応の際も、家臣第一の立場で拝謁を遂げている。

景鏡は、元亀元年（一五七〇）の織田氏との抗争には、比叡山延暦寺と連携して近江に出陣、しばしば激しい戦いに身を挺している。『浅井三代記』では、元亀元年信長の敦賀敗退のあと、三千余騎を率いて小谷に詰め、同九月の坂本合戦では、
朝倉式部大輔は其日の先陣にて、三千余騎を三段にくみ、おめきさけんで切てかゝる。三左衛門尉は間近く敵を寄せ鉄炮を打かくれば、式部大輔が先勢、一さゝへもさゝへず後ろへさつと引とれば……式部大輔は是を見て、きたなし味方の兵すゝめや〳〵と下知をなし、式部大輔一番にすゝみて突かゝれは、敵勢は敗北す。

と、景鏡の勇猛果敢な戦いぶりを描いている。同年の堅田合戦のときも、崩れかかった態勢を立て直して奮戦した。また、元亀三年にも五千余騎を率いて近江に出陣し、信長勢と対峙したこともあった。景鏡は決して柔弱の人ではなかったようである。

義景が自刃し朝倉氏が滅びると、赦免に与かった越前一国の者たちは「膝ヲ屈シ、首ヲ地ニ著」け信長のもとに、「我先ニト礼ニ出」る有様であった。景鏡も二十四日に信長の前に伺候した。そのときの様子を『朝倉始末記』は「同廿四日ニ式部大輔景鏡、礼ニ罷出ケレバ、扈従衆申サレケルハ、一家ノ総領ヲ不敬不覚仁也トテ、目ヲ引鼻ヲ引、手ヲ打テゾ笑ハレケル」と描き、『信長公記』は「朝倉式部大輔、義景之頸を府中竜門寺へもたせこし、八月廿四日に御礼被申、前代未聞之次第也」と記している。

彼の裏切りが信長家臣の教唆に乗ったものかどうかはともかく、景鏡個人の保身であることは疑いようがない

だろう。「笑ハレケル」と酷評され、あるいは「前代未聞之次第」と特記されたのも当然とはいえ、戦国の武士が主を見限ったときの大胆な行動は、江戸時代の忠義に固まった道徳では律しきれないところがあるようである。明智光秀などの例も含めて下克上が息づいていたと言えそうである。

さて、越前を平定した織田信長は、このあと浅井長政が立て籠る北近江の小谷城を攻め、八月二十七日久政、長政の首を討ち取った。九月六日信長は岐阜へ帰陣、直後に北伊勢の桑名に出陣し、一向一揆を平定すると、十一月四日には上洛して二条妙楽寺に入った。滞在約一か月のあと、十二月二日岐阜城に戻っているが、この間の在京中に、朝倉氏の旧臣たちを引見、褒賞を与えている。『朝倉始末記』七を引くと、

天正元年十一月信長公上洛シ給ヒケレバ、越前ノ武士モ皆上京セリ、其人々ニハ、朝倉式部大輔、同七郎、同孫三郎、同出雲守、溝江大炊允、前波九郎兵衛、其外諸侍共、我モ〳〵ト上洛ス。同下旬ニ信長公、越前ノ侍共ニ饗応ヲ被下、其侍皆名字ヲゾ替ラレケル、朝倉七郎ハ織田同名ニ成、式部大輔ハ土橋ニ成、……時至テ、持参ノ金銀、絵替《（ママ）》、巻物、絹帛、太刀刀、何モ〳〵数を尽テ擎ゲヽル。……斯テ景鏡、景健ニハ本領無相違、出シ給ヒ……

と記されている。信長に拝謁した景鏡は、このとき、朝倉から土橋へ改姓するとともに名前も景鏡から信鏡に改めたが、「信」の一字は信長の一字を賜ったものである。景鏡は信長から旧来と同じ大野を安堵された。信長が、これら朝倉の旧臣たちを裏切り者として糾弾するよりも、宿敵を倒すのに協力したものとして厚遇しているのが注目される。景鏡のこの上洛は十二月末までに及んだもののようである。

ここに紹介する信鏡興行百韻連歌は、端作りに天正元年十二月八日の日付がある。景鏡が信長に臣従を誓った

面謁から間もない日付で、景鏡にとってこの連歌には特別の意味があったに違いない。

この日、名を信鏡と改めた景鏡は、当時連歌界の第一人者であった里村紹巴（臨江斎）に依頼して連歌百韻を興行した。信鏡にとって新しい第二の人生の首途を祝うとともに、文名の高い紹巴と一座することで世の中に対する挨拶を試みようとしたものであろう。もちろんそこには、悪評を少しでも和らげたい気持ちも込められていたであろうし、会席設営の労をとり、一門の連歌師を動員して信鏡の意に応えた紹巴に対しては、信長への場合と同様、かなりの金品を贈ったものであろう。それに対して紹巴は、大切な客人を饗応するように、発句において、

山々もすぐなる道のみ雪かな

と詠んでいる。遠くに山々が重畳し、真っ直ぐに伸びた道には白雪が降り積もっている……と。

紹巴は、山深い越前大野の里に折しも十二月の冬、雪の降り頻《し》くさまを想像したものである。改めて信長から大野郡司に任ぜられた信鏡の故郷を思いやり、曲がりくねった山道のかわりに「直なる道」と言葉を選んでいる。信長の「直なる」政道に従う信鏡の、過去の悪評を庇おうとした紹巴の気持が表われている。恐らく紹巴と信鏡の間には今まで交友関係はなかったであろうが、紹巴にとって信鏡という人物がどのようなことをしてきたか、情報は得ていたに違いない。信鏡は少し心の慰めを得て、脇句に、

都はさらに冬としもなし

と付けている。雪多い北国の大野に比べたら、都には冬の気配さえもない……。花の都の、冬を感じさせない繁華な様子を褒めることによって相手の思いやりに応じたのである。

この百韻が興行されてから二十日余り後、天正二年正月、信長の岐阜城では、正月の御肴として朝倉義景、浅井久政、長政三人の髑髏が薄濃《うすだみ》（漆で固めて金泥などで薄く彩色をする）を施されて折敷に載せられ、人々の前に披露された事実（信長公記）を、信鏡は恐らく夢にも知らなかったに違いない。

この天正二年、越前に戻った信鏡であったが、当時、越前、加賀を席捲した一向一揆に攻め立てられ、平泉寺に籠って応戦したものの四月十五日戦死した。『朝倉始末記』八、式部大輔景鏡討死之事は、

景鏡、今ハ早ヤ是マデ也ト思ヒ、向フ敵二三人切リ伏セ、大凡下ノ奴原ガ手ニ懸ン事無念也トテ、太刀ヲ胸本ニツキ立テ、馬ヨリ下ヘ落ケル処ヲ、袋田ノ室屋ガ折合、鎌ニテ首ヲ搔切て、豊原寺ノ大将下間筑後ノ見参ニゾ入レケル。大将即実検有リ。嫡子十歳に余リケルト、二男六歳ニ成リケルト、兄弟ヲ尋出シ、首ヲ刎テ父子三人、同ジ木ニゾ被懸ケル。

宜哉、不義ニ而富貴ヲ求ハ、風前ノ如浮雲ト云へり。主君ヲ害シテ、世ヲ持ントス思ケレドモ、其因果ノ道理マヌカレズシテ、頓テ父子共ニ討レケル。又史記ニモ、虵ハ化シテ龍ト成レドモ、其紋ヲ不変、家ハ化シテ国ト成レ共、其姓ヲ不変トカヤ。殊ニ此人ハ義景ノ一家同名ナレドモ名字ヲ替テ、土橋ニ成ラル、程ノ心中成ガ故ニ、加様ニ土民ノ手ニ掛リケルコソ浅猿シケレ。大野山賤ガ狂歌ニ、

日ノ本ニ隠レナキ名ヲ改メテ果ハ大野ノ土橋トゾナル

と記している。義景の恨みが実現したというべきか。

今まで知られなかった信鏡の百韻連歌、表八句を次に掲げる。底本は国会図書館蔵の『連歌合集』第五十四輯に収められた百韻。ここには表八句を掲げた。全文は初出論文に掲出。

天正元年十二月八日
朝倉式部大夫殿興行
　何人
山〳〵もすぐなる道のみ雪かな　紹巴
都はさらに冬としもなし　信鏡
梅がえの木々をもよほす花咲きて　昌叱
明やらぬよのうぐひすの声　俊也
起出し野べや霞のへだつらん　心前
跡とをくなる月の中空　竜三
暮初る秋の時雨の岑超て　玄哉
あらしのいづこをじか啼らん　永純
（以下、略）

第四章

古俳諧

連歌から俳諧へ——笑いの系譜——

一　背反する理念

幽玄を志向した連歌は、延文元年（一三五六）、二条良基によって『菟玖波集』二十巻が編まれ、連歌史上はじめての豊かな結実を見た。しかし、連歌が連歌である限り、優美を目指す方向と、相手の意表を衝く知的な遊びを目指す方向との、二つの強い力が内在しており、貴族や高級武家の作品を多く採用した『菟玖波集』が、その鑑賞に応えようと優美な句を主にしたことは自然な成り行きであった。このあと、和歌と拮抗しながら独自の美を追求していくことになるこの選択は、確かに時宜を得たものであった。

　霜ののち夢も見はてぬ月影に
*むすぶ契りのあさき世もうし　定家
　袖にかかるは秋のむら雨
*宇津の山蔦《つた》の紅葉の色染めて　後醍醐院

しかし、『菟玖波集』は、巻十九の雑体の部に俳諧作品を数多く載せたように、知的で笑いを目指す俳諧作品も連歌として扱わざるを得ず、その存在は無視できないものであった。

石の上にて休らひにけり

*双六の手うちわづらふ指の先　救済

童は歯こそ二つ白けれ

*雪の上に足駄や履きて遊ぶらむ　道誉

*

実は、連歌というものは二人以上が交互に句を詠みあって、五十句、百句と連ねていく形式であることから、常に他人が加わって、思いがけない方向に発展していくという性格を持っている。自己完結せず、意外な展開を続けるその特徴は連歌の面白さの源であるが、風雅を洗練していくときには夾雑物ともなりかねない。連歌という文芸は本質的にこういった〝他人の存在〟を排除できず、そこに風雅の質だけでは捉えられない、遊びの要素が根強く残る。室町時代のほぼ二百五十年にわたる連歌の歴史のなかで、純正連歌が広く行なわれる一方、間歇的に俳諧という笑いの連歌がたびたび顔を出す。それは幽玄だけでは収まりきらないもう一つの面が迫《せ》り出して来るのである。

応永十二年（一四〇五）、東山慈聖院で行なわれた聯句に、

銭持慈聖院

*今秋十三霜

仏事難請暇《しんか》

＊布施暗推量

などという僧侶たちの戯笑の句が残されている。これは聯句で俳諧の連歌ではないが、聯句もまた順次、句を付けてゆく形式のものであり、内容は、銭持ちの慈聖院とかお布施を暗に推量するとか、鋭い諷刺を含み、俳諧の一種と考えてよいであろう。（本書二七六頁）

応仁の乱以前においては、俳諧の記録は非常に少ないが、貞成親王の『看聞御記』には応永、永享、嘉吉の時期、親王の身辺で行なわれていたことが窺われる記録が残っている。

○（応永二十六年六月）十九日。有乗船之興。（中略）引網釣魚、鱸魚両三取之。殊有其興。有云捨。発句三位出之。一折了一献数巡。

○（応永二十七年九月）十日。（中略）夜山田猿楽見物。先指月ニ行暫相待。其間有云捨。発句正永出之書懐紙。片時一折畢。

○（永享四年二月）二十六日。不動堂花盛之間一覧。（中略）於花下有云捨。隆富朝臣発句申。硯懐紙不用意之間。物得庵へ召寄。

ここにいう「云捨《いひすて》」とはその場かぎりで、記録にとどめない連歌のことである。座を整えることもなく、百韻の途中で止めてもよく、口をついて出る句を各自が次々に付けてゆくもので、即興の娯楽的な連歌であったと思われる。漁の船の中であったり、猿楽見物や、花見遊山の折であったり、その興が高じてきたときに詠まれるものであった。こうした「云捨」の中には「狂句」と記されるものもあり、恐らくそれは笑いを主とした俳諧であったろうと思われる。

記録のみで、実際の作品は知られないけれども、応仁の乱以前に於いても、私的な世界では俳諧のようなものは楽しまれていたと考えることも許されるだろう。一方、この時代、純正連歌は、足利将軍家によって、明徳二年（一三九一）から嘉吉元年（一四四一）に至るまで九度にわたって『北野社万句』が興行されたが、その盛儀に見るように、社会的な評価をさらに高めつつあった。連歌界には宗砌《そうぜい》、智蘊《ちうん》、心敬《しんけい》らの優れた連歌作者もあらわれ、将軍家のみならず公家や寺院、大名家においても連歌会が盛んに催される盛況の時が現出した。

夜ふかき床に人ぞやすらふ
まよへとや別れの月はかすむらん　　宗砌

二　応仁の乱と俳諧

応仁元年（一四六七）に起こった応仁の乱は、京都を戦場にした十一年にわたる大乱で、これによって京の町の過半が焼尽した。その中にあって、当時の連歌界を代表する連歌師宗祇《そうぎ》は、周防の大内氏、越後の上杉氏などの要請に応え、しばしば地方に下向して源氏物語や古今集などの古典を講義し、また各地での連歌の指導に努めて、その普及に大いに貢献した。この時代、宗祇、兼載、宗長などが日本の各地を精力的に行脚し、連歌熱は地方にまで広まった。ここに、長享二年（一四八八）、宗祇がその弟子、肖柏、宗長と三人で吟じた『水無瀬三吟百韻』の表《おもて》八句を掲げておく。連歌の風情がいよいよ纖細化し、寂しさ・静かさを基底にしながら人生的な味わいを濃くしているのが特徴である。

雪ながら山もとかすむゆふべ哉　　宗祇

行く水遠く梅にほふ里　肖柏
川風に一むら柳春見えて　宗長
舟さす音もしるき明け方　祇
月や猶霧わたる夜に残るらん　柏
霜おく野原秋は暮れけり　長
なく虫の心ともなく草枯れて　祇
垣根を訪へばあらはなる道　柏

応仁の乱が終息して二十余年の明応四年（一四九五）、宗祇と三条西実隆が中心となって『新撰菟玖波集』二十巻を編纂し勅撰に準じられた。

＊黒髪をかきやる夢のさむる夜に　心敬
　涙のほかの手枕はなし
＊玉の緒の乱れたる世にながらへて　義政
　くり返しなほしのぶいにしへ

この撰集は、『菟玖波集』と違って「俳諧」の部を設けず、滑稽や笑いを排除している。そこに成熟した連歌の自信と誇りが垣間見える。同時にそれは俳諧とは峻別されるべきもの、俳諧はもはや連歌の範疇に入らないものとする認識ができつつあったことを物語っている。

＊

応仁の大乱は管領家や守護大名からなる足利政権の権威をゆるがせ、下の者が上の者に克《か》つ下克上の気運を生み出した。そういう風潮は人々を権威や形式の縛りから解き放ち、連歌においても言葉や素材、細かい式目（規則）に捉われない、自由な俳諧連歌の発生を促すことになった。応仁二年、近衛政家の『後法興院記』には那智からの手紙に「書状之奥、誹諧和漢之両篇有之」（三月六日）と記されており、地方でも俳諧が楽しまれていたことが伝えられている。

応仁の乱のあと当世第一の学者であった三条西実隆も、

○（文明十一年九月二十八日）入夜於御前有誹諧云捨。

○（文明十三年二月九日）誹諧連歌言捨、亦有興者也。

と、宮中での俳諧を記録している。乱のために疲弊したとされる御所にあっても、伝統的な和歌会、連歌会にとどまらず、戯笑の連歌も行われていたことが知られて興味深い。

同じ『実隆公記』文明十八年十一月十日条によれば、この日御所では、通常の連歌会とともに、「あばらやのす通り寒き嵐かな　御製」を発句とする和漢狂句が催された。幸運にもこの百韻は現存し、その中には、

　此の川の深きを渡るせたからげ
＊細き橋こそ膝ふるひけれ
上《うは》つらを飾る心はきたなくて

＊絵をかく扇これや町物《まちもの》

といった付合《つけあい》も含まれていて、そこには庶民の日常生活が詠み込まれているのが看取できる。（次節「文明十八年『和漢狂句』全句注解の試み」）

この時代、連歌師として最も活躍したのは宗祇であるが、彼には畳字《じょうじ》の俳諧百韻がある。畳字とは句ごとに漢字の熟語を詠みこんでゆく俳諧の一種であるが、そこには、

さも難堪の須磨の秋風
露ほども利潤おもふに塩焼きて
少しの依怙《えこ》も心こそひけ
独りすむ身は吏幹《りかん》にも成りぬべし
羨ましきはよその売買
永楽の緡《さし》も多くを所持もせで

といった一連がある。利潤だの、吏幹（役人）のえこひいきだの、永楽銭の銭緡《ぜにさし》だのが取り上げられ、いかにも世俗的な情景が皮肉っぽく描かれている。また、宗祇と並ぶ兼載にも俳諧百韻が伝えられている。

裸にならばさていかにせむ
人の物我が懐にぬすみ入れ
知らず顔なるつらのにくさよ
急ぐをも動ぜぬ船の渡し守

銭をば持たぬ道の悲しさ
傾城はあれども宿に独り寝て

といった一連があり、庶民の日常的な出来事を可笑しく詠みあげている。本来純正連歌では決して取り上げられることのない卑俗な素材が、連歌と同じ形式の中に収まっているのである。

云捨が普通であった俳諧が、こうした百韻に整っているのは非常に珍しいが、兼載にとって文芸的なものを試みたというより、生真面目な連歌の退屈をほぐす遊戯として詠んだものだろう。宗祇たちが連歌の後に、云捨の俳諧を楽しんだことは『実隆公記』明応八年三月十五日条に、

藤はさがりて夕暮れの空　宗長
夜さりは誰に掛かりて慰まん　宗祇
人々大笑了。

と記され、一旦、俳諧の席となればかなり下品な内容のものも詠まれて、笑いを誘発していたようである。少し時代は下るが、天正十九年（一五九一）六月、近衛信尹邸で行われた和漢連歌のあとは、「爛酒排偕《（誹諧）》各々談笑」であったと『鹿苑日録』は記している。俳諧は連歌のあとの余興であり、時にはお酒も入るような席のものであったのである。

永正八年（一五一一）十月、宮中で催された「魚鳥連歌」は、各句相互に魚と鳥の名を詠みこんでいくもので、俳諧的な要素を持った連歌ではあるが、中に、

笠を被《かづ》くもむつかしきぞよ　按察

*恥づかしくちらりと人に見合ひつつ　御製
此ごろの世には夜盗の流行《はやり》もの　御製
*いざ刺し子もちご用心せむ　冷泉

などという付合があり、人情、世相を面白く採り上げている。後柏原天皇をはじめ、公家たちにとっても庶民的世界はごく身近になって来ており、いよいよ俳諧の地歩が固まってきたのが感じられる。

三　犬筑波集

『新撰菟玖波集』撰集の頃から俳諧はあちこちで盛んに詠まれるようになり、こうした云捨の面白い句を集めて一書にまとめるような好事家もあらわれた。明応八年（一四九九）の序をもつ『竹馬狂吟集』や山崎宗鑑の編とされる『誹諧連歌抄』（通称『犬筑波集』）などがそれで、特に『犬筑波集』は多くの異本が存在し、諸本間にはそれぞれ句に多くの増減があって、常に増補、加除されながら流布していったと考えられている。江戸時代初期に古活字版『新撰犬筑波集』が刊行されてその流伝は終了するが、次々に書写が重ねられていった背景には、笑いを求めて俳諧を支持する人々の強い欲求が認められる。

人間万事いつはれる仲
*塞翁が馬がらせては訪ひもこず
親より先に生まれこそすれ
*竹の子の節よりちちと葉《は》は出でて

切りたくもあり切りたくもなし
＊盗人を捕らへてみれば我が子なり

といった句は、前句の意味をガラリと転じて思いがけない所を巧みに付けている。見立て、もじり、取成《とりなし》といった手法によって驚きや笑いを作り出すのである。宗鑑の句として知られる、

追ひつかん追ひつかんとや思ふらん
高野聖《かうやひじり》のあとの槍持ち

という句においては、前句の「追ひつく」を同音の「笈《おひ》・突く」に転じ、「笈」に「高野聖」、「突く」に「槍持ち」を付けて、前句の「追ひつく」に応じたものである。なかなか巧緻な付合であるといえよう。

しかしながら、笑いのために卑俗過ぎる言葉や発想を放恣に使い、暴露的な描写を嫌わない句風は、文芸的な感興とは程遠く、美しさも情緒も感じられない。

霞の衣裾は濡れけり
佐保姫の春立ちながらしとをして

という『犬筑波集』巻頭の句では、霞の衣、佐保姫の春立つ、と古典的な風情を想起させながら、一気に俗悪の領域に突き落とす。

にがにがしくもをかしかりけり
我が親の死ぬる時にも屁をこきて

『犬筑波集』の卑俗性を嫌い、後に、その全ての前句に温和な付句《つけく》を付け直した松永貞徳は、この句に対し

「いかに俳諧なればとて父母に恥を与ふは道にあらず。（中略）和歌は云ふにたらず、連歌俳諧、みな人の教誡のはしとなるやうに心得ざるは、何の名誉ありても無詮事《せんなきこと》なりと可知《しるべし》」（『新増犬筑波集』淀川）と激しく非難している。

貞徳の非難はもっともであるが、俳諧を取り巻く時代も環境も違うので大した意味はない。むしろ俳諧の始発、草創期の『犬筑波集』にとって、その衝撃的な笑いこそ力であったのであり、その猥雑さのエネルギーが時代の新しい物の見方を切り拓いているとさえ言える。『犬筑波集』の哄笑には自由と明るさが満ちている。『犬筑波集』が、当時の断片でしかない云捨の俳諧を収集、編纂し、量と多様性を示したとき、俳諧は初めて連歌とは質の異なる文芸としての第一歩を印すことができたのだと言える。

＊

『犬筑波集』は、連歌師であった山崎住の宗鑑が編んだものとされている。彼は薪《たきぎ》（京都府京田辺市）の酬恩庵にあった一休宗純に私淑し、その磊落《らいらく》な性格の影響をうけて自由なものの見方を体得し、またその地の山城国一揆という民衆の力の結集を目のあたりにして、風雅一辺倒の連歌に飽き足りなくなっていったのであろう。宗鑑自筆とされる『犬筑波集』が三、四種現存しているが、恐らくは俳諧に関心を寄せる連歌師などの要望に応じて書写、譲与されたのであろう。宗鑑と同じく一休の下で修行をした宗長も庶民的な人物であったが、この酬恩庵において、大永三年（一五二三）の年の暮れ、寺の僧たちと俳諧を詠み合って楽しんだことがあった。『宗長手記』に記されたその時の俳諧には、宗鑑の句と断っているものや、『犬筑波集』の前句と同じものがあり、あるいはその場に『犬筑波集』の一本があったのではないかと思われる。

霞の衣裾は濡れけり

＊苗代を追ひ立てられて帰る雁

たのむ若俗《にやくぞく》あまりつれなや

＊ひっくんでさしもいればやちがへばや

といった類で、当時流行の男色を含め、やはり尾籠《びろう》な句が少なくなく、炉辺を取り囲んだ六、七人が、句が出るたびに手を打って大笑いしていた様子が目に浮かぶ。

宗鑑の『犬筑波集』はまた、摂津国溝杭（茨木市）の連歌師柳江《りゅうこう》にも渡っていたようで、奈良多聞院の僧英俊の『多聞院日記』天文八年八月二十一日条に、柳江の来訪と『犬筑波集』俳諧の数句が記録されている。これは柳江が披露したものであろう。柳江は都にまで名前の通るような一流の連歌師ではなかったが、連歌のあとの気散じに俳諧を指導して、連衆の人々を喜ばせていたのに違いない。

宗鑑が俳諧を詠み、また収集しているとの情報は伊勢の神官荒木田守武の耳にも届き、既に連歌作者として名声を馳せていた守武ではあったが、いたく興味を引かれ、享禄三年（一五三〇）、独吟の俳諧百韻を試みている。また京都に住む知り合いの周桂に、自らの自信作二十九付合を送り、『犬筑波集』入集への取次ぎを依頼している。守武のその俳諧作品は、宗鑑自筆本や真如蔵写本などに採られているが、守武にとって俳諧は終生の目標になった。守武はいまだ誰も俳諧千句を成就していないことを知って、前人未踏の千句を目指し、一度は挫折したものの、天文九年（一五四〇）、苦吟の果てに『守武千句』（『誹諧之連歌独吟千句』）を詠み上げた。

『犬筑波集』とこの『守武千句』は、俳諧始発期、世上に最も大きな影響を与えたもので、俳諧文芸の確立に果たした役割は極めて大きいものがあった。

四　連歌と俳諧の交錯

『新撰菟玖波集』以降、連歌は都鄙に広く行われるようになり、特に武士には必須の教養として愛好された。侘び戦いのうち続く日々、明日の生命も定かではない武士は、親しい者だけで風雅な世界を共有しようとした。侘び茶の場合と同じように、清らかな部屋に同座し、しみじみとした情緒に浸って互いに心を通わせることを庶幾した。

しかし、連歌が新しい視点による美の追求よりも、同一の情緒を重視する予定調和の詠み方が主流になって来ると、連歌の活力は衰え、逆に言葉や式目を遵守するのに汲々とするようになる。宗牧《そうぼく》や紹巴《じょうは》といった連歌師の活動はこのあとも精力的に繰り広げられ、連歌人口が増大していくのとは裏腹に、マンネリズムの傾向が加速してゆく。増補系の『犬筑波集』には、三好長慶と親しかった連歌師元理《げんり》の、永禄六年（一五六三）長慶の子義興が松永久秀に毒殺されたのを悼んだ句が載せられている。

　　ゐざりゐざりも隣までこそ
　ほかならぬ間なれども来て造作《ざうさ》

ここでは俳諧体の追悼連歌も行われたことが知られ、俳諧は徐々にではあるが、連歌に替わる文芸として認知されてきたことが窺える。

紹巴は室町時代の掉尾を飾る連歌師で、秀吉や細川幽斎にも親近した実力者であった。彼には俳諧作品は残っていないが、誓願寺の僧、楚仙《そせん》（文禄二年 一五九三没）の独吟俳諧百韻に点を掛け、評語を付したものが伝わっている（本書、翻刻編参照）。

弦きるる弓はいらねど捨てがたみ
煮たる茶釜の粥ぞこぼるる

の付合に「弓弦の切るる所近頃《ちかごろ》（素晴らしい）に候。粥といふ字、弓を偏に旁《つくり》に書く故、一入《ひとしほ》面白し。凡慮の外に候也」とか、

月に閼伽《あか》汲むうしとらの時
大日と薬師はこれの本尊《ほぞん》にて

では、「あまり付き過ぎ候。正風の体にきらひ候」とか評している。専門の連歌師がこのように俳諧作品を評定するようになったのも、俳諧が既に一つの文芸として無視できない存在になっていたことを証するものだろう。紹巴がいう「正風の体」とは、言葉の縁による陳腐な発想よりももっと機知に富んだ句づくりのことを指すのであろうが、俳諧の句風が問題視されているのを見ても、貞徳などによる近世俳諧の出発点が目前であることが指摘できる。

五　秀吉と幽斎

時の権力者豊臣秀吉が、俳諧や狂歌に興じる機知の愛好者であったことは、近世初期の頃の書にしばしば見えている。奈良の僧英舜が記した『多聞院日記』天正十六年（一五八八）二月九日条に、

此比、関白殿、ハ井カイニスカレタリ。或時、「海ノ上ニモ病アリケリ」ト云ヲ、人〳〵ニ付ヨト仰ノ時、付ル物ナカリシニ、或少殿原、「カキナラス船ニ付タルヲシ薬」ト申セシニ御感アリテ、五百石ノ知行被下了ト。

「海ノ底ニモイクサアリケリ」ト云々。関白殿被付テ、「ツリハリニカヽリテアカルカフト貝」。

という記事がある。ここには秀吉が俳諧を好んだと記されている。前年、九州に出陣して島津義久を降し、この年は四月に後陽成天皇を聚楽第に迎えた秀吉である。彼は周囲の者に付句を促し、その機知を楽しむとともに、自らも句を案じることもあったことを伝えている。

ここに見える秀吉の句は、『醒睡笑』巻八、頓作には、側近の紹巴の詠となっている。

名護屋陣とて、太閤御所、具足を召し、舟より海をのぞかせ給ひ、わが影のうつりたるを御覧じて、「海の中にも武者ぞありける」と仰せければ、すなはち紹巴、「釣針にかゝりてあがる甲貝」

朝鮮出兵の「名護屋」の築城は天正十九年、出兵は翌文禄元年であるから、この時の句であるとすれば、『多聞院日記』天正十六年に記載されるのは不都合である。また前句を詠んだのが秀吉、付句は紹巴である。伝聞を書き留めた話であるので、果たして秀吉の句作であるかどうか疑問ではあるが、俳諧好きであったことは信じられそうである。

この句はまた犬筑波集諸本の最終形とも言える古活字本『新撰犬筑波集』にも載せられている。秀吉没後の出版であるが、機知のきいた面白い俳諧ということであろう。作者名は記されていない。

秀吉の俳諧については西武編『鷹筑波集』巻五の冒頭に二十八句が掲げられている。「右二十八句は忝も、太闇御所の尊作也、丸が小耳にはさみ、思出し、其代の人多も残りたまはねば、なをこの、ち、この御句も知人あらじと恐ながら書付待る」とある。

打よせぬるは余呉の立波

＊瀧川や柴田が行へみえわかで

しまをながすは瀧川ぞかし

＊修理もなく柴田つきこむ堤内

などの句は、大村由己に命じて『柴田討』などの能を作らせた秀吉ならではの内容である。

ものみ見物おほきこの春

＊しづまれる国の御法度すみやかに

人なふすべそ何かとがある

＊我とのの二女ぐるひをめされつつ　（「熏べる」嫉妬する）

捨てられし身は心うやつら

＊ながさるる質のしちぐさ古ければ

など、変化の鮮やかな句も見受けられる。

秀吉は細川幽斎や紹巴などに囲まれ、俳諧や狂歌の滑稽を楽しんだことは『新旧狂歌俳諧聞書』や『醍醐笑』など、あちこちに記されているが、その殆どがとっさの機知で秀吉の怒りが解消するという話型に描かれ、俳諧好きの秀吉は専ら咄の中の登場人物に変貌してゆく。

秀吉側近の細川幽斎（玄旨）は歌人として名高いが、彼もまた俳諧、狂歌をよくした。その俳諧は『幽斎公御和歌集』（古典文庫『細川玄旨集』）、『鷹筑波集』に収められている。

五条あたりに多きあき家

＊夕顔の地子に催促つけられて

壁の中にも虫ぞ鳴ける

＊田楽をくひたる腹は猶はりて

『鷹筑波集』編者の西武は「玄旨法師の妙成《なる》御句共は、犬うつわらんべ迄知《しり》たる事なれば、中〳〵爰にしるさず。これら皆前句を云はてぬに、はや付給たる句也」と、幽斎の速吟を称賛している。鮮やかな機知の俳諧であったが、「犬筑波」式の下がかった句も少なくなく、なお笑い優先の遊戯的なものであった。

以上、連歌・俳諧における雅と俗の交錯というテーマを、純正連歌が盛行する中、俳諧のエネルギーが幾度となく噴出し、やがて文芸の一角を占めるようになる姿として捉えて見た。

文明十八年『和漢狂句』全句注解の試み

〔解題〕

文明十八年『和漢狂句』は、室町時代中期の文明十八年（一四八六）——応仁の乱勃発より二十年後——の十一月十日、後土御門天皇御所において張行されたものである。連衆の一員であった三条西実隆は、『実隆公記』当日条に、

朝湌之後参内、今日和漢狂句御会也。就山、宗山、下官（実隆）、姉小路宰相、中山宰相中将執筆、重治朝臣、和長、宗巧、正彝等祗候。入レ夜終二百句功一。非レ無二其興一。

御製　あはらやのすとをりさむき嵐哉

圍爐猶閑（ママ）肩　姉小路宰相

一僕護僧院　就山

御製　二王固仏前

此対句殊勝之由人々称レ之。珍重々々。

と記しており、その張行の事実が知られる。

発句「あばらやのすどをり寒き嵐哉」は後土御門天皇の御製。入韻《じゆいん》（脇句）「圍爐猶閲肩」は姉小路宰相基綱が付けている。以下、連衆は就山（聯輝軒、就山永崇）、宗山（万松軒、宗山等貴）、正彝《い》、侍従中納言（三条西実隆）、五辻宗巧、中山宣親、東坊城和長、田向重治の総計十名。執筆《しゆひつ》は中山宰相中将宣親であった。

後土御門天皇御製は和句十一、漢句四の計十五句。姉小路基綱は和句六、漢句七の計十三句。宗山等貴は和句一、漢句十一の計十二句。就山永崇は和句二、漢句六の計八句。正彝は漢句のみ十五句。三条西実隆は和句八、漢句一の計九句。五辻宗巧は和句のみ六句。中山宣親は和句四、漢句一の計五句。東坊城和長は和句一、漢句七の計八句。田向重治は和句のみ九句。以上総計百句で、そのうち和句は四十八、漢句は五十二で、ほぼ半々の割合となっている。

これを図示すれば次頁の通りであるが、表中に◎印を付したように、漢句の作者には宗山、就山、正彝といった五山の禅僧や、儒官・文章博士として朝廷に仕えた東坊城（菅原氏の一流）和長らが目立ち、和句では後土御門天皇をはじめ、実隆、宗巧、重治らの公家の出句が目立っている。

次に作者の経歴について簡単に触れておく。

後土御門天皇　第一〇三代の天皇。後花園天皇の第一皇子で諱《いみな》は成仁。寛正五年（一四六四）践祚。その後四年にして応仁の乱が起った。性文雅を好み、宮中においてしばしば歌会、連歌会、聯句会を催し、連歌撰集『新撰菟玖波集』は明応四年（一四九五）、この天皇に奏覧された。明応九年（一五〇〇）薨。『新撰菟玖波集』に一〇九句入集。

姉小路基綱　公卿。正二位権中納言に至る。歌人として知られ家集に『卑懐集』『基綱卿集』がある。明応八年

(一四九九)十二月、飛騨国司として飛騨国吉城郡の小島城に入部。永正元年(一五〇四)同所にて没。『新撰菟玖波集』に十六句入集。

就山　就山永崇は、伏見宮貞常親王の子。『看聞御記』の著者である後崇光院貞成親王の孫で、後土御門天皇とは従兄弟《いとこ》の関係にあたる。相国寺聯輝軒に居住、後に等持寺十二代住持。永正五年(一五〇八)薨。四十七歳。

宗山　宗山等貴は、伏見宮貞常親王の子で、右の就山永崇の弟。相国寺万松院に居住し、後、鹿苑院主、相国寺八十六代住持。大永六年(一五二六)薨。仏眼天祐禅師。

『蔭涼軒日録』明応元年十二月二十三日条には「聯輝軒永崇蔵主号二就山一、万松軒等貴蔵主号二宗山一、此兄弟亦参賀云々」とその兄弟の関係が触れられている。なお、就山、宗山の伝記および文事について、朝倉尚氏に詳論がある。(1)

正彝　禅僧。蘭坡景茝《らんはけいし》の弟子。文明から明応にかけて禁中の月次内々和漢聯句御会にしばしば参加しており、公家の出であるらしい。記録に「招月庵正彝」「正彝蔵主」「正彝首座」などと記されている。文亀元年(一五〇一)の頃寂。(実隆『再昌草』文亀二年四月一日条)

作者	和句	漢句	計
後土御門天皇	◎11	4	15
姉小路基綱	6	7	13
宗山	1	◎11	12
就山	2	◎6	8
正彝		◎15	15
三条西実隆	◎8	1	9
五辻宗巧	◎6		6
中山宣親	◎4	1	5
東坊城和長	1	◎7	8
田向重治	◎9		9
合計	48	52	100

五辻宗巧　公家。俗名、泰仲。文明元年（一四六九）従四位上。同二年出家。延徳二年（一四九〇）没。六十六歳。『新撰菟玖波集』に四句入集。

中山宣親　公卿。正二位権中納言に至る。永正三年（一五〇六）、種々の不満から摂津国へ出奔し薙髪出家。法名、祐什。永正十四年（一五一七）没。六十歳。聯航軒と号し、『新撰菟玖波集』に九句入集。

東坊城和長　公卿。正二位権中納言に至る。文明十四年（一四八二）、対策に及第、文章博士となり漢学、儒学に秀れた。明応三年（一四九四）大内記、大永二年（一五二二）菅原氏の氏《うじ》の長者に任ぜられ、享禄二年（一五二九）没。七十歳。『新撰菟玖波集』には一句入集。

田向重治　公卿。正二位権中納言に至る。天文四年（一五三五）没。八十一歳。『新撰菟玖波集』に七句入集。

三条西実隆　公卿。右大臣に至る。和歌、古典に造詣が深く、一条兼良なきあと斯界随一の碩学であった。歌集に『雪玉集』『再昌草』があり、日記『実隆公記』は当時の政治的、文化的事象を詳細に伝え、貴重な資料となっている。連歌師の宗祇と親交深く、連歌の詠作も多数にのぼっている。天文六年（一五三七）没。八十三歳。『新撰菟玖波集』に三十一句入集。

＊

他に類例を見ない「和漢狂句」という大胆な試みが、事もあろうに天皇とその近臣によってなされているのは、どのような事情があってのことだろうか。俳諧連歌の方面でも、宗祇の俳諧百韻（八句のみ知られて、その全体は伝わらない）や兼載の「独吟俳諧百韻」などがあったとしても、恐らく文明十八年よりは後のもので、この『和漢狂句』成立に影響を与えることはなかったであろうと想像され、明応八年（一四九九）序の『竹馬狂吟集』や、大永（一五二一　一五二七）頃にある程度結集が進んでいた[2]『犬筑波集』（誹諧連歌抄）が室町期の俳諧の成熟を物語るものと捉えるならば、それらに先駆けて詠出された文明十八年『和漢狂句』の先駆性と俳諧性は特筆に値する。

　この『和漢狂句』成立の背景について朝倉尚氏は、文明十八年における禁中での連歌や和漢御会に、名所、名号、いろは、韻字などの連歌、あるいは『聚分韻略』を参照しないでする和漢聯句など、新しい試みの流行した点を指摘され[3]、『和漢狂句』もこれらの試みの一環をなすものと捉えられたのは傾聴すべき見解であろう。

　この『和漢狂句』については、既に多くの先学が俳諧史研究の上で注目してこられた。風巻景次郎、志田義秀、山崎喜好、江藤保定、尾形仂各氏[4]がこの作品の俳諧性に触れられ、最近では両角倉一氏[5]が全文翻刻とともに和句を中心とした内容について考察を加えられた。加藤定彦氏[6]は初期俳諧成立史の中で、この作品の占める位置について言及され、朝倉尚氏[7]は成立の背景について論述された。なおこの稿の発表よりは後のことになるが深沢真二氏も聯句の方面から本作の性格を多様に検証[8]されている。

　この時代の「狂句」には、上村観光氏が紹介された応永十二年（一四〇五）正月五日、東山慈聖院で行われたという聯句[9]が目につく。

　銭持慈聖院／今秋十三霜／仏事難請暇／布施暗推量／預欲摩韻府／又案作衣裳／古綿不足質（下略）

といったもので、世相を諷刺した句には、かなり過激な滑稽が含まれている。これに比べれば『和漢狂句』の滑稽は微温的である。この他、

・昨日詩、以狂句和之。松崖ニ遺之。吹雪頻寒籟　料知宮裏閑　無盃人寂寞　火気自紅顔（『看聞御記』応永二十九・十二・二十八）

・至夜百韻畢、其後狂句共申、甚逸興断腸。（『看聞御記』嘉吉三・二・二五）

・抑於月下有口号狂句。局務、月是吾円座、基綱卿、風其誰打輪、如此付之。韻真臻也。尤美談之由、満座入興了。（『実隆公記』延徳二・七・十七）

・瑞云、有蟻参熊野。節応声云、無猿渡犬橋。一座皆美之。（『蔭涼軒日録』延徳四・四・五）

・浴風呂、予狂句曰、涼暑只風呂、西咲対曰、和漢是禁中。（『鹿苑日録』天正十九・六・六）

などのような例もあり、俳諧云捨と同様、「狂句」も公家や僧などの間で親しまれていたと言えそうである。本作『和漢狂句』もこうした風潮を承けて作品化を試みたものと思われるが、そこでは、「和」の笑いと「漢」の笑いの親和性と異質性の確認、さらには和漢対比による「笑い」の活性化などが期待されていたことだろう。

本注解に用いた本文は、国立国会図書館蔵「連歌合集」第二十七冊めに収録されているものである。現在のところ、この「連歌合集」本以外に本文は伝わっていない。

「連歌合集」は六十一冊からなる連歌の一大叢書であるが、「もと京都御所の東山御文庫に収蔵された後水尾天皇以来の御手許本」（俳諧大辞典。伊地知鐵男氏解説）というように、近世初期、禁中において順次書き継がれてきた書写本の叢書である。この『和漢狂句』も、恐らく宮中に伝わっていた懐紙類などをもとに書写されたのであろうと想像され、本文の信頼度もかなり高いといい得よう。もっとも「連歌合集」本は写本であるから、筆写の際に生じたと思われる本文上の疑問も二、三なしとはしない。例えば、「浧」「蒲」「兌」（考証では「誑」「蒲」「苔」に訂した）や、92句「停午聴鐘睡」の「睡」が押韻の関係から「眠」の誤りであろうとされる類である。[10]

句の掲出にあたっては、句頭に1～100の通し番号を付し、訓点や送り仮名、濁点を補った。本文の旧漢字は通行のものに改めた。

〔注〕

（1）朝倉尚「就山永崇・宗山等貴」（『中世文学研究』一～九、一九七五・七～八三・八。のち『就山永崇・宗山等貴』清文堂、一九九〇）

（2）沢井耐三「山崎宗鑑」（『国文学解釈と鑑賞』四九―八、一九八四・六）

（3）朝倉尚「和漢狂句と当座性について――文明十八年十一月十日『和漢狂句』の検討――」（『岡大国文論稿』12、一九八四・三）

（4）風巻景次郎「俳諧源流の一資料」（『古本屋』一九三〇・五）未見。志田義秀『俳文学の考察』（一九三二）。山崎喜好「狂句の伝統」（『芭蕉研究』2、一九四三・二）。江藤保定『宗祇の研究』（風間書房、一九六七）。尾形仂『和漢俳諧史考』（桜楓社、一九七七）

（5）両角倉一「堂上連歌壇の俳諧――文明十八年和漢狂句その他――」（『連歌とその周辺』一九六七）

（6）加藤定彦「前期俳諧の展開」（『連歌俳諧研究』47、一九七四・八）

（7）注（3）、朝倉論文。

（8）深沢真二『「和漢」の世界』（清文堂、二〇一〇）

（9）上村観光『五山文学全集』別巻（一九一五、一九七三復刻）

（10）注（3）、朝倉論文。

〔翻刻・注解・考証〕

文明十八年十一月十日

和漢狂句

1　あばらやのすどを《(ほ)》り寒きあらし哉

○粗末な作りのあばら屋を、寒い嵐が吹き抜けていく（冬）。荒屋《あばらや》であるゆえに「風」が意識されるのだが、「素通り」とはいかにもつれない。

※平家六・猫間「いかで車であらむからに、すどをりをばすべきとて、つゐにうしろより下りてんげり」

2　圍ミテレ爐ヲ猶閲《す》ブレ肩ヲ　　姉小路宰相

○囲炉裏に向かって、暖をとりながら、なお寒さに肩をちぢめることだ（冬）。「閲《す》ぶ」は文明本節用集「閲《エツ》スブル、ミル」、倭玉篇「閲《エツ》ケミス、エラブ、スブ、ミル」の訓から選んだ。「閲ぶ」は「統《す》ぶ・総《す》ぶ」などと同様、個々のものを一つにまとめること。ここでは窄《すぼ》めること。

※沙石集八・十二「膝を立て、肩をすべ、羽づくろいするやうにして、頸を延べ」

※邦訳日葡辞書「カタヲ　スブル（肩を窄ぶる）へり下り卑下して、両肩を縮めすくめる」

3　債多ク堪ヘテ借ルレ月ヲ　宗山

○爐に寄って肩をすくめる。借金は多く、貧しさに耐えながら月の光を借りている（秋）。「月を借る」は月の光を利用すること。借景の類。

※島陰集上・去歳之冬、金禅人来自肥「石北山川共嘗嶮、海南風景独憑レ欄、詩成元夕無二灯火一、新築蕭條借レ月看」

※松陰吟稿酬業叔詩并序「余就二今之南澗一、借二隙地一区一。以営二堵室一、且復借レ山、借レ水、借二烟雲一、花時借レ花、雪時借レ雪、以為二我有一」

このあたり、貧相でわびしい風景が詠まれて、滑稽の対象となっている。

4　収少クシテ徒ニ守ルレ田ヲ　就山

○収穫は少なく、すべなきままに田を見守るばかりである（秋）。前句の「多」に「少」を対した。

5　衣帯シテ奉ズ二秋霧ヲ一　正彝

○年貢を納めるべく、正装して領主の前に出たが、収穫がなかったものだから、田の上の秋霧を献ずることだ（秋）。領主が果して、百姓の苦しみを了解してくれるか、どうか。

6　を《追》ひいださるゝたびの中やど　侍従中納言

○お金のかわりに秋霧を差出した分では、たちまち、宿屋から追い出されてしまった（羇旅）。

7　松がねに枕とらむとつくばひて　宗巧

○宿から追い出されて野宿の仕儀。松の根を旅寝の枕にしようと、よつんばいになった（羇旅）。「松が根の枕」は旅寝をいう歌語。「蹲《つくば》ふ」という俗語で笑いに転じた。

※千載旅五〇九「松が根の枕も何かあだならむ玉の床とて常のとこかは」

※犬筑波集冬「道のほとりに鬼ぞつくばふ／節分の夜半に御成りと触れられて」

8　耳をうつなり礒《いそ》のあら波　宣親

○松の根を枕にして寝たところ、耳に響いてくるのは、礒の荒波の音である（雑）。「耳を打つ」は、ここでは耳に強く響くこと。

※小補東遊集湖上逢故人詩叙「借二漁蓑一為レ枕、臥二平沙之上一、于時夜将三更、濤声逆レ耳、水気透レ肌、展転反側、以達レ明」

9　山人《やまびと》のねらふもしらぬ白兎

○その耳を打とうと、山家人《やまがびと》が狙っているのにも気付いていない白兎であることよ（雑）。「耳」から「兎」を連想し、「礒」に「山」を対した。

10　筆のよしあし毛もこゝろせよ　姉

○兎の毛は筆の穂先に用いられるが、その兎の毛が上等か下等か、よく吟味せよ（雑）。
筆の異名に「兎毫」「兎管」の語があるのも、筆に兎の毛が用いられるからである。
※実隆公記文明十六年春紙背「うのけのふで三くわん御ゆはせ候て」
※江湖集鈔上・二「筆を秋兎毫と云は、秋の兎の毛がほそくやわらかでよいほどに、筆に結によってなり」

11　飢腸窓ニ煮ルレ字ヲ　就

○筆の穂先を吟味せよ。空腹時には窓の前で字を書いて、生活の資を得ることだ（雑）。
「煮字《シャジ》」は、書生が文字を書いて生活の資を得ること。大漢和辞典は元代の人、黄庚の雑咏詩「耽書自笑已成レ癖、煮字元来不レ療レ飢」の例を引いている。
※翰林五鳳集二十六・右重寄梅圃「誰知貧道真風味、折脚鐺中烟煮レ詩」（参考）

12　覆面シテ弓ニ掛クレ弦ヲ　侍

○文字を書くだけでなく武道も必要かと、弓に弦《つる》を掛けている。顔は布で覆って（雑）。「腸」に「面」、「字」に「弦《ゆんずる》」を対した。

13　歌ヒ走ル黄巾ノ党　宗

○覆面し弓を持って、歌い走っているのは黄巾の党の人々だ（雑）。「黄巾」は黄巾の乱のこと。中国、後漢末、張角を首領にして起った農民一揆。叛徒はすべて目印に黄色の布を着けたことから黄巾と呼ばれた。
※大平記十七・山門牒送南都「帝都悉焼残、仏閣多魔滅。軼《スギ》三赤眉之入ルニ二咸陽一、超三黄巾《ワウキン》ガ寇《アタスルニ》二河北一」
※塵添壒嚢抄二「後漢の孝霊皇帝、中平元年に張角と云者、黄天と名を揚て、黄なる巾を蒙《かうむる》者三十六万人を相随て謀叛を巧むに、皇甫崇と云者、是を破り」

14　酔狂ス緑酒ノ賢　　和長

○黄巾の党が歌い走るのなら、緑酒を酌み交わす賢人たちも、さぞかし酔い狂うことであろう（雑）。「歌走」に「酔狂」を付け、「黄」に「緑」を対した。緑酒はよい酒。酒は竹林の七賢が愛したもの。
※明衡往来下本「請傾二茅戸之一盃一、可レ擬二竹林之七賢一也」
※九冊本宝物集六「しんの竹林の七人の賢人、かしこしといえどもこれ（注―酒）をすてず」
※塵添壒嚢抄五「七賢とは晋《しん》の世の隠者也。……竹の林に住て琴を引、詩を作ぞ。酒を愛して、心を清めしめし者共也」

15　興さめてひとりたゝずむ松みえて　　宗巧

○周囲の酔い狂いに、一人興ざめを覚えてぼんやりと松を見ていることだ（雑）。「二階堂、松田、対馬酔狂口論抜刀云々」（看聞御記、嘉吉三年四月十六日）といった乱痴気騒ぎに憮然としている男の様子。「興醒む」に酒の醒める意も効いている。

※落髪千句三「ざざんざの松吹風に興さめて／大さかづきに酔狂の躰」

16　物おそろしや花にふくかぜ　就

○興ざめなことだ、花に強く風が吹くのはいかにも恐ろしい（春）。「興醒む」を花が風に散らされることに転じた。

17　蝶ノ過ルコト疾シ二於鬼ヨリモ一　正彝

○風が吹き、何とも物恐ろしい。蝶が風にあおられて飛び去ったのは、鬼が出没するのよりも速いことだ（春）。「花」に「蝶」、「風」「物おそろし」に「鬼」を付けた。

※冷泉集蝶幸図「紅袖携レ花謁二武皇一、不レ知蝶欲レ認二何芳一、翻然遮莫過レ墻去、春色偏帰二睡海棠一」

※お伽草子・羅生門下「黒雲舞ひ下りて、吹く風一きわはげしくなり、身の毛よだっておぼえける所に、かの女房俄にたけ二丈ばかりの牛鬼となって」

18　鳥ノ囀リハ誑《たぶら》カス二此ノ禅ヲ一　宗山

○蝶は鬼よりも速く飛び去り、一方、鳥は囀って禅僧の私を浮かれさせている（釈教）。「蝶」「鬼」にそれぞれ「鳥」「誑」を対した。本文「涯」とあるのを「誑」に訂した。

※毛利千句注三「はからる、鳥の空音の別路に／出て行々旅ねをぞする。鳥の音にたぶらかされて、又途中の

旅ね也」

19　ゆかのうへ日のいづるまでねぶりゐて　宣親

○鳥が囀って此の禅僧をたぶらかしている。そのせいで、座禅の僧が朝になるまで眠りこけている（釈教）。

※沙石集拾遺・七十二「坐禅の時ねぶらるるが」

※野守鏡下「いたづらに座禅のゆかにねぶりて、妄想妄念をのみおこせり」

※守武独吟俳諧百韻「さくらがもとにたゞねぶれとよ／春の夜のよそ目ばかりは座禅にて」

20　湿《しめ》スハレ襟ヲ口垂ラスレ涎ヲ　就

○眠りこけている姿はといえば。口から涎《よだれ》を垂らし衣服の襟《えり》を濡らしている（雑）。

21　縄をひくわらは《童》、牛をちかづきぬ

○襟を濡らしたのは、口から涎を垂らしたからだ。それは、牛飼の童が、牛の涎で襟を濡らしたのだ（雑）。「涎」に「牛」を付けた。

※太平記二十四・依山門嗷訴「門外に繋れたる牛、舌を低《たれ》て涎を唐居敷に残せるを見給へば」

22　ほしをのするやあまの川舟　姉小路宰相

○牛の縄を引いて童が近づいて来た。それは牽牛星のこと、その星を天の川の川舟が乗せているのであろう（秋）。
七夕の牽牛星に転じた。
※続千載秋三五八「閏月七夕といふ事を。契ありておなじ七月《ふづき》の数そはば今夜もわたせ天の川ぶね」

23　月ハ出ッ二雲ノ戸張《とばり》ヲ一　和

○星を乗せている天の川の川舟だ。その航行を守るように、月が雲の帳《とばり》から姿を現わした（秋）星と天の川と月との夜空の風景。「帳」は室内にさげて隔てとする垂れぎぬ。
※伊勢千句注九「心をのするわれや舟人／天川君がわたらむ月待て。あまの川の舟人也。君が渡らむ月待て、心をのする也」

24　秋ハ敷ク二露ノ坐氈ヲ一　正

○月は雲の帳《とばり》から出て来た。そして、露があたり一面、坐氈のように降りている（秋）。「雲」に「露」、「戸帳」に「坐氈」を対した。「座氈《ざせん》」はすわる時にしく毛織の敷物。
※蔭涼軒日録延徳四年四月七日「下二庭除一拾二落華一。座頭立二金屏一。主賓位敷二坐氈一」

25　人貧ニシテ頻リニ捫《ひね》ルレ虱ヲ

○野外の露に座している人。貧相なその人は頻りに虱を捻《ひね》っている（雑）。無聊のさま。

※下学集気形門「虱《シラミ》。食レ人虫、異名半風。句云、窓前捏《ヒネル》二半風一」
※玉塵抄三十三「やぶれたつづりをきて、手にしらみをひねつて、なにとも思はいで」
※易林本節用集「捫ヒネル」

26　誰カ慢ジテ忽チ成ルレ鳶ト　　姉

○人は頻りに虱を捫《ひね》っている。高慢のあげく鳶《とび》になったその人は一体誰だろう（雑）。晋の王猛が権力者の前で、虱を捫って時務を論じた傍若無人の俤によるか。「貧」に「慢」、「虱」に「鳶」を対した。「虱」に「鳶」が付くか。鳥の翅《はね》には虱などが涌《わ》くものであったらしい。羽虱《はじらみ》。
※類船集「虱。……鳥の翅」
増長慢の人は天狗になるとされたが、鳶も天狗の一類。「鳶は天狗の乗物」（源平盛衰記四）とも記されている。
※詩学大成抄地理門「東沼和尚は慢気のいわれか、老後に出院、夜に入て打睡ある時は、せなかに羽がをえて、とびのやうにありたと云なり」

27　山かぜや杉の梢にやすらむ　　巧

○増長慢の結果、忽ち鳶になった。杉の梢には、天狗や鳶が止るのだろう（雑）。
「鳶」に「杉の梢」を付けた。深山の杉の梢には天狗が留るとされていた。
※太平記二十五・宮方怨霊会六本杉「愛宕の山、比叡の嶽の方より、四方輿に乗たる者、虚空より来集て、此六本

杉の梢にぞ並居たる。座定て後、虚空に引たる幔を風の颯と吹上たるに、座中の人々を見れば、上座に先帝の御外戚、峯の僧正春雅、香の衣に袈裟かけて、眼は如二日月一光り渡り、嘴長うして鳶の如くなるが、水精の珠数爪繰て坐し給へり」

※補庵京華外集下・愛宕護山修造幹縁疏并序「有二大杉樹一、弥レ天蟠レ地、天竺大天日良、唐土大天善界、日本大天太郎房、各将二其眷族一、現二于大樹之上一。有二九億四万余天狗一、神頭鬼面、披レ毛戴レ角、可レ畏可レ敬」（日良、善界、太郎坊は天狗の名）

28　のぼればこし《腰》もいたき一坂　　重治朝臣

○山風は杉の梢に一休みしている。坂道を登ってきて腰が痛いので（雑）。

29　辛苦鼻ヨリ吹クレ火ヲ　　正

○坂道を登って腰も痛い。その苦しみは堪えがたく、鼻から火を吹く思いだ（雑）。

「鼻より火を吹く」の表現は面白い。

※玉塵抄三十八「辛苦辛労して物を案ずれば、臓腑が、火のもえ湯の煮する如なぞ」

30　活計頭ヨリ生ズレ煙ヲ　　宗

○辛苦するときは鼻から火を吹く。一方、贅沢に奢るときは、頭から煙が立つことだ（雑）。

「辛苦」に「活計」、「吹レ火」に「生レ煙」を対した。「活計」は贅沢。奢り。
※拾烈集楽物「高家活計」
※湯山聯句抄「色々の結構なるくい物をさせて、……大名ぞ。それは、生《いき》て居る間の活計ぞ」
※玉塵抄四十二「酒をのみ、さかもりして、逍遥して遊び楽を、随意活計を本にせらるるぞ」
「頭生レ煙」は頭燃《づねん》の甚だしい形容。はげしい煩悩や迷いをたとえた。
※正法眼蔵三十・行持上「万縁に繋縛《けばく》せらるることなかれ。光陰をすごさず、頭然をはらふべし」
※善教房絵詞「かうべの火を払ふやうに、後世の御つとめは候ふべき也」
※下学集言辞門「火急。如レ救二頭燃一也」

31　笑ヒテ執ス学《まね》ブレ犬ヲ帽　就

○煩悩の火は頭から煙を立てている。そういう頭には「煩悩の犬」の形をした帽子をかぶるのがよかろう（雑）。
あるいは別解あるか。
※九冊本宝物集四「ぼんなうは家の犬、うてどもさる事なく」
※謡曲・通小町「思は山のかせきにて、招くと更に留まるまじ。さらば煩悩の犬となって」
※犬筑波集春「おやすなよ煩悩は家のいぬ桜」

32　遊酔ハ非ズ二鷁ノ船一ニ

○犬帽子を笑って被った。しかし遊興に用いている船は鷁首《げきしゅ》の船ではない（雑）。「犬」に「鷁」を対した。「鷁首の船」は、龍頭とともに貴族の遊宴などに用いられた船。

※太平記二・俊基朝臣「嵐の山の花盛り、龍頭鷁首《ゲキシュ》の舟に乗り、詩歌管絃の宴に侍し事も」

※塵添壒嚢抄八・二十七「船に龍頭鷁首あり。鷁は何鳥ぞ。其故如何。文選注には水神のをづる鳥也。水中の難を為レ去ンガ此鳥のかしらを付る由見へたり」

※詩学大成抄天文部「鷁は風の精なる鳥ぞ。さて船を鷁の首に似て造るぞ。鷁首と舟を云なり。大船ぞ。ふねの上は風が干要ぞ」

33　おちいるな氷とけたる春の池　侍

○鷁船ではないけれど遊宴の折には舟遊びをすることだ。酔払って氷の解けた春の池におっこちるなよ（春）。

34　のどかにもなきへた《下手》のまりあし　姉

○春の池に落ち入るなよ。下手な鞠足たちが大騒ぎしながら蹴っている蹴鞠の鞠は（雑）。鞠が池に落ちることを案じた。「鞠足」は鞠の蹴り手。

※五常内義抄義三「此児、成長して成道の大納言とて難レ有賢人のましき。鞠足にてをはしけるとなん」

35　ながき日はめぼし《目星》もそひてちる花に

○のどかでもない下手の鞠足たちの蹴鞠だ。下手な理由は、長い春の日、空腹で目の中に目星《めぼし》の花が散っているからだ（春）。「目星《めぼし》の花が散る」は、空腹などで目の中に星のようなものがちらつくこと。

※再昌草大永二年八月十五日「持斎してつめにはくはぬもち月の空にめぼしの花もこそちれ」

※犬筑波集春「ひだるさに腹やたるみの山桜／めぼしの花の散る春のころ」

※四河入海五・三「ひだるさにめぼしの花がちりて、西東も不レ弁ぞ」

※鹿苑日録明応八年四月十八日「則七日不レ食。筋力疲矣。豈堪レ蹋レ鞠哉」

36　やせたる梅のわか葉さすかげ　　巧

○春の日には目星の花と共に、桜の花も散ることだ。やがて痩梅《やせうめ》の枝にも若葉が萌え出てきた（春）。「花散る」に「若葉さす」で応じ、空腹から「痩せ」を連想した。「痩《や》せたる梅」は漢詩の表現。

※黙雲詩藁公子春遊図「不レ業二詩書一業二酒盃一、酔顔日々玉山頽、笙歌雲熟宿花夜、路有二貧民一痩似レ梅」

※再昌草享禄三年二月二十日「今歳余寒去却来、痩二於鶴一者一庭梅」

37　おく駒をはみかへるまで飼なれて　　重

○梅の枝には若葉が萌え出てきた。春野では奥州の駒が駆けり、草を喰《は》みに行ったあと戻って来るまで飼い慣れたことだ（雑）。「奥駒」は奥州産の馬。冬の厩《うまや》から放たれた風景。

※連珠合璧集「駒。……わかば」

「喰《は》み返る」は、草を食むために遠くへ行って、やがて帰って来ること。

※従三位頼政卿集「春過て幾日になれば真菰草あさりし駒の食み返るらん」

38　繋グヤ否ヤ過グルレ隙ヲ年　　正

○奥駒は飼いなれたけれど。隙《ひま》過ぎる駒、すなわち月日の過ぎ去るのを繋ぎとめることが出来るかどうか（雑）。「駒」に「過レ隙」を付けた。史記魏豹伝「人生二一世ノ間一、如二白駒ノ過レルガ隙耳一」、あるいは荘子知北遊「人生クルコト二天地之間一、若二白駒之過レルガ郤一、忽然而已」の語による。壁のすきまを過ぎる白馬の一瞬であること。月日の過ぎ去ることの早いのに喩える。

※本朝続文粋九・七言春日於秘書閣「顧二残涯一而増レ難。過レ隙之駒難レ留」

※謡曲・熊野「其たらちねを尋ぬなる、子安の塔を過ぎ行けば、春の隙行く駒の道」

※日下一木集「迅速無常、白駒過レ隙」

39　雪ノ苗休《や》ムレ種《う》ウルヲレ鬢《びん》ニ　　和

○過ぎ去る年は繋ぎ得ない。時を経て頭は白髪となり果て、もはや雪のような白い苗を鬢《びん》に植えることもない（冬）。「過レ隙年」に「鬢（鬢）の雪」を付けた。雪鬢《せつびん》、雪髪《せきはつ》などの語もある。「雪の苗」は、髪を莖というように、白髪を喩えたものであろう。

※幻雲詩藁三・次光初少年試毫韻「堯暦新抽二第幾蓂一、瑞雲五色擁二天庭一、鬢莖猶帯二旧年雪一、一夜春風吹不レ青」

※倒痾集花鏡「白髪千茎両鬢辺、羨㆓来花影㆒弄㆓春妍㆒、一枝試挿㆓満頭㆒看、昨日老顔今少年」

40　霜ノ柱苦シムレ染《し》ムヲレ胼《あかがり》ニ　　姉

○鬢には白髪。霜柱を踏んで、胼《あかぎれ》に染《し》みる痛さに苦しむことだ（冬）。「雪」に「霜」を対す。「胼」はあかがり。あかぎれ。（易林本節用集「胼《アカヾリ》」）

※後撰夷曲集四「足のうらのきるるといへるあかがりは霜のつるぎをふめばなりけり」

41　しづのめや別《わかれ》をふかくしたふらん

○霜を踏んで胼が痛む。足に胼を生じているのは賤の女であるが、身に染《し》みるのは別れを深く悲しんでいるからであろう（雑）。「胼」に「賤の女」、「染む」に「別れ」を付けた。

42　文字をしらねばふみ《文》もやられず　　宣

○賤の女は別れを悲しんでいる。彼女は読み書きが出来ず、手紙も遣れないものだから、一層別れがつらいのだろう（恋）。

43　何ノ用ゾ柿為スレ紙ト　　就

○文字を知らないので手紙も遣れない。それなら一体、柿の葉を紙に代用したのは何の為だ（雑）。柿の葉を紙にして字の練習をしたのは唐の鄭虔の故事。広文博士に任じられた鄭虔は慈恩寺の柿葉で字を学んだ。
※看聞御記応永三十年四月二日「退出之時自二路次一献二一首一。柿葉に書レ之。……殊柿葉に書之条有二其例一」
※宗長日記享禄三年「時茂、雑紙二束もたせたぶ。有がたの君が雑紙や山ざとの柿の落葉をひろふ折しも」
※梅花無尽蔵一・岐之紙市「浣花春水紙皆魚、換二得百銭一纔写レ書、却笑三広文困二於我一、只収二柿葉一世縁疎」
※詩学大成抄時令門蜀「鄭虔は貧にして、柿の葉をひろいあつめて、紙の代にものをかいたぞ」

44　有ルハレ由菊之綿　姉

○柿の葉を紙としたのは何の為か。それに比べて由緒のあるのは菊の綿だ（秋）「柿」「紙」にそれぞれ「菊」「綿」を対した。「菊の綿」は重陽《ちようよう》の節句の折、菊花に綿をかぶせ、菊の香と露を移らせ、翌日その綿で身体を拭うもの。長寿を招くとされた。菊のきせ綿。
※紫式部日記寛弘五年九月九日「九日、菊の綿を兵衛のおもとの持て来て、これ殿の上のとりわきて、いとよう老のごひすて給へと」
※看聞御記応永二十七年九月八日「今夜菊綿着レ之。如レ例」

45　さかづきもこゝ《九》のかさね《重》のけふの秋　重

○由緒ある菊の綿の風習だ。それは九重の宮中で行われる重陽の行事だが、その折の菊の盃も九重の名の通り、九献を重ねることだ（秋）。「菊之綿」から、宮中での重陽の宴を付けた。「菊の盃」は重陽の宴の折、盃に菊の花を浮かべて長寿を祝う酒。
※続千載秋五六八「重陽の心を。行く末の秋を重ねて九重に千代までめづる菊のさかづき」
「ここの重《かさ》ね」は九重《ここのえ》の読み替え。宮中のこと。これに盃を九献《くこん》重ねる意味を効かせた。
※古今雑体一〇〇三「ここの重ねのなかにては、あらしの風もきかざりき」

46　大宮人のあをざめる色
○盃も宮中では九献を重ねて飲んだ。大宮人は悪酔して、青ざめた顔をしていることだ（雑）。「ここの重ね」に「大宮人」、「盃」に「青ざめる色」を付けた。
※毛詩抄十四「酒にようた色を云ぞ。青ざむるも赤うなるも同ぞ」

47　憎ミテ戴ク絶纓ノ戯　　宗
○大宮人の顔が青ざめた。冠の、紐が切れて落ちたのを、困惑しながら頭に戴いた（雑）。
冠は、公家が衣冠束帯の礼装にかぶったもの。落冠・絶纓は緩怠の行為。
※看聞御記応永二十八年九月二十三日「此事廿日夜内裏大飲。侍臣戯をしていさかひつかみ合て、冠を被二打落一云々。乱傷堅固遊戯事歟。只酔狂也」
※看聞御記永享二年十一月二十日「夜室町殿於二摂政之直廬一有二大飲一、摂政沈酔之余落冠云々」
あるいは、群臣に纓を絶たしめて罪人を出さなかった、楚の荘王の故事を踏むか。

※素隠三体詩抄七言絶句「曽絶二朱纓一吐二錦茵一。サテ纓ヲ絶シタ事ハ、楚ノ荘王ノ事ゾ。…楚王ノ美人ノ衣ヲヒクモノヲ宥シ、丙吉ガ車茵ニ吐キタルモノヲ宥シタル如キゾ」

48　恐レナガラ申ス舞ノ剣ハ権　　正

○絶纓の冠を、戯れて頭に載せた。冠の纓を切った舞楽用の剣は飽くまで仮のものです、と言上した（雑）。「絶」に「剣」を付けた。

※翰林五鳳集四十三・観舞剣「晋宮公莫事酸辛、妙舞西河跡已陳、三尺回旋秋水骨、坐供奇観太平人」

※狂歌酔吟藁百首「酔て後太刀ぬく人は酒のいるたいへい楽を舞かとぞみる」

49　手をあぶる焼火《たきび》のあたり霜降て　　巧

○剣をもって舞っている。神楽《かぐら》の庭に霜が降り、舞人が冷えた手を庭火にかざしているのは、その剣が霜のように鋭利であるからだ（冬）。「剣」に「霜」が付く。剣の鋭利さを、万草を枯らす霜の激しさにたとえたもの。

※九冊本宝物集四「右の手には剣をもてり、秋の霜三じゃく」

※補庵京華続集文殊賛「一剣霜寒天下定、金猊吼裂二五台雲一」

「舞」に「焼火」が付く。十二月に行われる内侍所の御神楽《みかぐら》をはじめ、諸社の夜神楽《よかぐら》には、庭燎《にわび》が焚《た》かれる。なお神楽の折、手に持って舞う採物《とりもの》には榊・幣・剣《たち》などがある。

※謡曲・松尾「さては時しも夜神楽の、声も普《あまね》き数々に、すはや照り添ふ夕月の、庭燎《にはび》の光」

※新撰菟玖波集冬「うたふ神楽の庭火たく比／霜さむし夜や明がたに成ぬらん」

50　かほにもみぢをちらす木のもと　　宗

○焼火に手をかざす霜の頃だ。紅葉を焚くその火に暖められて、顔にも紅葉を散らすことだ（秋）。

「焼火」に「紅葉」を付けた。「顔に紅葉を散らす」は上気し顔が赤くなること。

※和漢朗詠集上・秋興「林間暖レ酒焼二紅葉一、石上題レ詩掃二緑苔一」

※看聞御記応永二十九年十二月二十八日「無盃人寂寞、火気自紅顔」

※醒睡笑五「つらもどこも赤漆にてぬりたる風情なるが……あまり寒きまま罷り出でさまに、たき火にあたりてござる」

51　彼女ノ觜ハ三尺

○顔を真赤にして。それは、議論に熱中した女が喙《くちばし》を尖《とが》らせ、口角泡を飛ばして言い争っている姿だ（雑）。

「顔に紅葉を散らす」を口論の興奮によるものと転じた。

※世中百首「世の中にあさ夕はらをたつた山もみじなかほにさのみちらしそ」

「觜三尺」は、唇を尖らせて議論に熱中するさま。

※小補東遊集応仁元年八月晦日「挙二一盃一則喙三尺、挙二両盃一則面百摺、雖二石氏嘗一レ醋、不レ能レ過焉、可レ笑、酔中衝レ口、応対如レ響」

※玉塵抄二十八「事を論じて問答して、口ばしを長うないて、あらそう事はきこえたぞ」

52　若人ノ身ハ億千　　正

○女が喙三尺なら、美少年の分身は億千もの多数というべきであろう（恋）。「彼女」に「若人」、「三尺」に「億千」を対した。「身億千」は、仏が無限にその分身を現わすこと。ここは美少年が多くの人に慕われるさま。

※玉塵抄二十四「分身は、仏菩薩の自由に身を化、一身をわけて、どこえも現じて、人をたすけらるるぞ。仏はどれも千百億分身なり。……陸放翁が詩に何時得レ化身千億、一樹梅花一放翁と作ったも分身の心ぞ」

※梅花無尽蔵四・布袋賛「応レ化一身千億分、春衣結得率陀雲、是翁曽有二梅名号一、真箇離騒避不レ云」

53　酸《す》キハ二於梅ヨリモ一者句　　和

○陸放翁が「身を千億に化す」と詠んだのは、梅の花のことであるが、その梅の酸《す》っぱさよりも酸《す》いものは、この詩句である（春）。「身億千」に「梅」が付く。南宋の詩人、陸游（放翁）の梅花絶句「聞道《キクナラク》梅花 折《ヒラクト》二暁風一、雪 堆《ウズタカク》遍満四山中、何方可レ化二身千億一、一樹梅花一放翁」の詩による。52句用例も参照。

※補庵集小春話梅「菊後凄涼到二小春一、問レ梅千百億分身、挑レ灯今夜負レ花話、緑髪朱顔両玉人」

※鹿苑日録明応九年正月二十日「天使レ寒梅年後新、鶯紅燕紫眼中レ塵、春風樹々知二多小一、花亦放翁千億身」

「酸シ」は、詩句のまずしいこと。梅の実の酸《す》っぱいのに掛けて用いた。

※小補東遊集応仁元年八月晦日「桃源又起レ予聯句。灯下煮レ茶、茶腸雷鳴。典座聞レ之不レ忍、買二薄々酒一。酒予句太酸」

※竹馬狂吟集春「北野どの御すきのものやむめの花」

54　柔ハ以テレ蒱（蒲）ヲ為スレ鞭《むち》ト　就

○蒲《がま》の穂で作った鞭は、何と柔かなことだろう（雑）。前句の「梅」「句」に対して「蒲」「鞭」を付けた。蒲の鞭（蒲鞭《ほべん》）は、罪人を蒲の鞭で打って、辱《はずかし》めだけを与えて苦痛を加えなかった、劉寛の寛大な為政をいう故事。「蒙求」に劉寛蒲鞭の一章がある。

※補庵京華新集菖蒲論「夫、蒲輪養レ老、蒲鞭愛レ民、古之道也」

※玉塵抄四十「劉寛、南陽の守護になったぞ。吏と（は）下位の者、有レ過。過はとがとも、あやまりともよむぞ。とが（咎）があったほどに、鞭で打うず事なれども、蒲の草の茎をむちにして、掛ておいて、それで打つまねをして、はぢしめた事、示してみせたぞ。劉寛、字は文饒なり。温和に、につこと和した恕する心、多ぞ」

55　君とねばいかなる罪にあたるらし　姉

○刑に蒲鞭の例はあるものの、君と共寝《ともね》をしたならば、一体どのような罪科に処せられることだろうか（恋）。

※源氏須磨「かく思ひかけぬ罪にあたり侍るも」

56　なみだに我はながしはてにき　侍

○君と寝たために被った罪。それは我身を遠国へ流し、涙も十分に流したことだ（恋）。「流す」に流罪と涙を流すことを掛けた。自ら我身を流す例として、在原行平や光源氏の須磨流謫《るたく》が想起される。この句は連歌の句と差がない。

57　此川《この》のふかきをわたるせたからげ

○我身を流してしまったのは、川の深みを勢田絡《から》げして渡ろうとした時だ（雑）。「勢田絡げ」は、着物の左右の裾をつまんで帯にはさむこと。

※運歩色葉集「勢田絡　セタカラゲ」

※貞徳独吟千句一「望月の駒を追はゆるせたからげ／重荷大津の袖の露けさ」

58　ほそきはし《橋》こそ膝ふるひけれ　　重

○勢田絡げして川を渡るようになったのは、橋が細くて膝を震え、渡るに渡れないからだ（雑）。

59　石にだにおこりをおとす神有て　　就

○細い橋を前にすると恐怖から膝が震えてしまう。橋が震えを誘うとは妙なことだ、石でさえ、瘧《おこり》の震えを落とす神があるというのに（雑）。「震ふ」に「瘧」を付けた。「瘧」は発熱、身震いを伴う間欠熱の一種。民間ではこの病気を治すのに種々なまじないが行われたが、その一つに「おこり石」と称し、さわると瘧を病む、あるいは瘧が落ちるとされた石神があった（柳田国男「巫女考」。綜合日本民俗語彙。日本国語大辞典、他）。古い確かな用例が報告されていない現状では本句の例は貴重といえよう。「暁、出二他所一。瘧病落まじなゐ種々致二沙汰一」（看聞御記、永享五年七月二十九日）の記事も、あるいは「おこり石」参拝であったのかも知れない。

60　寒暑嫐《たはぶれ》ノ盟《ちぎり》堅シ　正

○瘧を落とす石神。石神には男女の仲を守る道祖神があり、それに祈ったお蔭で二人の契《ちぎ》りは堅いことだ（恋）。

「嫐」は類聚名義抄には「ヒキシロフ、タハブル、ナブル、ナヤマス、マサグル」の訓が載る。このうち「タハブル」を採った。推測をたくましくすれば、字面から「男《ダン》・女《ジョ》」とでも訓ませる戯訓ではなかろうか。

次に石神との関連であるが、この句の石神は道祖神に転じられている。道祖神が石神に作られたことは塵添壒嚢抄四に「さいの神とて小社、まろき石をくは石神歟。道祖神也」とあるのでも知られるが、この道祖神が男女の仲を守る神でもあったことは、遊女が「百大夫、道祖神之一名也」（遊女記）を信仰していたことや、近世、道祖神の石像がしばしば男女相愛の形で作られたことからも察せられよう。

※曽我物語二・兼隆聟にとる事「天上の果をうけ、二の星なるとかや、牽牛織女これなり。また、さいの神とも中なり。道祖神ともあらはれ、夫婦の中をまぼりたまふ御ちかひ、たのもしくぞおぼえける」

※雑話集十六・遊子伯陽事「下界に降て男女のなかだちを守らんと誓て、下界に降て道祖・吽立の二神と成て、みちゆき人に縁をむすばしむるなり」

61　まち《待》よは《弱》るよるのかたびらかく汗に　侍

○二人の約束は堅い。しかし、相手の遅い訪れに待ち弱り、心配と暑さとで夜の帷子《かたびら》はしとど汗に濡れることだ（恋）。帷子はひとえの着物。

62　へだつる木丁《きちやう》おしものけばや　重

○相手の来訪を待って、帷子も汗で濡れてしまった。待人がようやくやって来たのなら、二人の間にある几帳は押しのけて、早く逢いたいものだ（恋）。「帷子《かたびら》」はまた几帳《きちょう》に懸ける布をもいう。本句はその寄せもある。「木丁」は几帳に同じ。丁字型に組んだ木枠に布を垂らし、室内での隔てとしたもの。

※増鏡八・あすか川「大宮院のおはします御座の口に、御几帳おしのけて渡らせ給ふ」

※玉塵抄三十四「帷帳をしのけさせられたぞ。直にげんざうして、物をきかう為なり」

63　玉だれにすき《透》てみえたる額《ひたひ》つき　姉

○几帳をのけたあと、簾ごしに美しい貌ばせが見えることだ（恋）。「玉垂」は簾《すだれ》の美称。「額つき」は額ぎわの様子。

64　黛《まゆずみ》ノ匂ハ蔵《かく》ス二肌ノ玄《くろ》キヲ一　宗

○女性が眉を描いた黛の美しさは、女の肌の黒い欠点を充分に隠している（恋）。化粧のさま。「額」に「黛」を付けた。

※お伽草子・秋の夜の長物語九「宛転たる、蛾眉の黛のにほい、花にもねたまれ、月にもそねまれぬべき」

65　うはつらをかざるこゝろはきたなくて　　侍

○粉黛の化粧が肌の黒さを隠している。表面だけを美しく見せようとしているのは、何とも見苦しい（雑）。
「上面《うはつら》」は外側。うわべ。
※詩学大成抄城闕門祠宇門丑「うわつらで、こまかな事がないぞ」
※周易抄中孚「なかごの中心に孚があると云心ぞ。底からの心ぞ。本性なんどと云心ぞ。うはつらでかざつて、孚あるではない程に、中孚と云ぞ」

66　絵をかく扇これやまちもの

○うわべだけが飾ってあるのは見苦しい。そういう例は、けばけばしい絵が描いてある売物用の扇だろう（雑）。
「町物《まちもの》」は町の店先で売っている出来合いの商品。粗製の謂。
※他阿上人法語六「町物の、うへはうつくしげにみえて、地を誑惑にこしらへたるがごとく」（岩波古語）
※蔭涼軒日録延徳四年六月二十三日「黒革腹巻以二唐紅一段一取レ肩。新具足也。藤左一見而云、太町物也。乃還レ之」
※玉塵抄四十「浮紅は、そさうな（粗相）軽薄な紅な花ぞ。けいはくな、かつちらかしの花は、春早うさくぞ。……浮と云は、けいはくの町物の心ぞ」
※邦訳日葡辞書「マチモノ（街路あるいは店で売られる物。また、安物の品。または下層民の品物。誂《あつら》へ物の反対）」

67　夕皃《ゆふがほ》のつるは大路をはい《(ひ)》まはり　　巧

○絵の扇は町物であった。扇の上に載せられた花は夕顔であるが、その夕顔は蔓《つる》を町中の大路にまで蔓延させている（夏）。「扇」に「夕顔」を付けた。源氏物語・夕顔の巻による付合。

※源氏夕顔「かの白く咲けるをなむ、夕顔と申しはべる。花の名は人めきて、かうあやしき垣根になん咲きはべりける、と申す。……白き扇のいたうこがしたるを、これに置きてまゐらせよ、枝も情なげなめる花を、
とて取らせたれば」

また「大路」で「町物」に応じた。

68　竹のなまづやのぼりかねたる　　重

○夕顔の蔓《つる》ならぬ鶴が大路を這い廻っている。一方、竹を上ろうとする鯰《なまず》は、滑って全く登れないことだ（雑）。「竹を上る鯰」は、梅聖兪の出世し難きことを、その妻が譬えた語。

※小補東遊集扇面・鮎魚上竿「縁レ木求レ魚今古難、錦鱗紅尾躍二江干一、不レ知鮎亦笑レ人否、慶暦郎官上二竹竿一」

※梅花無尽蔵五・便面鮎魚「平生鮎《ナマヅノ》判官、押不レ用二瓢箪一、恐打二折腰骨一、総無レ上二竹竿一」

※玉塵抄三十三「梅聖兪詩名三十年。不レ得二一館職一。初授二勅修唐書一語二妻刀一日、吾之修レ書可レ謂胡孫入二布袋一。刀日、君之仕官何異二鮎《ネン》魚上二竹竿一（欧公、帰田録）。宋の梅聖兪、梅都官と云たぞ。慶暦の郎官とも云たぞ。詩作の名を得る事三十年あり。……妻に語て云たぞ。吾が今勅をかうむつて唐書を修せうずとは、さるの布ぶくろに入たものと同ぞ。かう云たれば、妻が上の語についして云たぞ。それの奉公してつかえらる

る事は、官にえ上らぬ心ぞ」

69　髯惣《ひげなまじひ》ニ直ニシテ如シレ戟《ほこ》ノ　正

○鯰といえば髭《ひげ》。我が頬髭《ほうひげ》たるやどうしたわけか、ピンと立ってまるで戟《ほこ》のようだ（雑）。
「鯰」に「髯《ひげ》」を付けた。「髯」はほうひげ。
※犬筑波集雑「くはぬ飯こそ髭《ひげ》につきけれ／鮨桶のふたをあくれば鯰にて」

70　瘡ハ唯ダ圏《まるう》シテ似タリレ銭ニ　姉

○直毛の髯はまるで戟だ。そのかわり出来ものの瘡《かさ》は丸くて、銭のようだ（雑）。
「直」に「圏」、「戟」に「銭」と対した。「圏」を丸くしてと訓む例は、類聚名義抄にはないが、『蕉窓夜話』には「画レ圏、禁レ蟻」を「土の上にまるをして、蟻を其中に入まい」と訳しており、近世の皆川淇園も『虚字解』で「まろし、圏」をあげている。

71　翠兌(苔)被二履蹂一セ　和

○瘡は丸く、銭に似た形だ。銭に似ているものに苔があるが、無残にもその苔は踏みにじられたことだ（雑）
「兌」は不審、「苔」に改めた。「苔銭」の語のあるのによる。
※詩学大成抄郊園門「楽天が句に、苔斑《マダラニシテ》銭剥落。銭剥落は、苔はまるう、ぜにをならべた如なぞ。苔はま

だらなり。銭は斑にはないぞ。苔銭と云ぞ」

※詩学大成抄時令門「若欠カバ二春風買レ花債一、故園支与セヨ緑苔銭。……苔のあをあをとはえて青銅銭の如なをやらしめ。……ぜにのやうな苔を、借銭のかえにやれと云心ぞ」

※玉塵抄三十八「苔銭は、此も苔のもん、小まるうして似たぞ」

72　丹母ハ使レ鍋ヲシテ煎ル　正

○丹母は鍋を用いて煎じるものだ（雑）。「翠（緑）」に「丹（赤）」を対した。

「丹母」は神仙の術で丹薬を作るとき、金と銀とを溶けあわせたもの。

※蒙求抄淮南食事「たとえば練ルレ丹ヲ時、金銀を鼎《かなへ》へ入て、煉に火をつよくしてねるぞ。火がよわければ一にならぬぞ。一になると丹母と云ぞ。丹母もまだ丹にならぬに、水銀を入れば、水銀が丹母を呑を、其で用レ丹やう有ぞ」

73　色どるはつくまの宮のいがきにて　侍

○丹は鍋で煮て作る。その丹を塗って赤く彩ったのは筑摩《つくま》神社の斎垣である（神祇）。「丹」を仙薬から朱丹に転じた。また、「鍋」から「筑摩の宮」を付けた。滋賀県坂田郡米原町にある筑摩神社の祭礼では、女が関係をもった男の数だけ鍋をかぶり、もしその数を偽れば神の咎めを受けるとされていた。

※伊勢百二十「近江なる筑摩の祭とくせなむつれなき人の鍋の数見む」（『俊頼髄脳』の注「是は、近江国ちくまの明

神と申す神の御ちかひ、女のをとこしたる数にしたがひて、土して作りたるなべをその神の祭の日たてまつるなり。男あまたしたる人は、見ぐるしがりて少しをたてまつりなどすれば、物あしくて悪しければ、つひに数の如くたてまつりて、いのりなどしてぞことなほりける」）

※後拾遺雑一〇九九「覚束な筑摩《つくま》の神のためならばいくつか鍋の数はいるべき」

74　とがりてみゆる鶏のさか　重

○彩りが鮮かなのは筑摩神社の斎垣である。そこに放たれている鶏の鶏冠《とさか》は、「突《つ》く」の名に相応しく尖《とが》っていることだ（雑）。「斎垣」に「鶏」を付けた。神社の境内で飼われている鶏。「さか」は鶏冠《とさか》。

※三国伝記十・依一首歌盲鶏開眼事「伊豆の三嶋の大明神之社頭に鶏多く有りける中に」

※お伽草子・鴉鷺合戦物語十一「国々、関々、諸社の鶏を語ひけり」

※お伽草子・若みどり「嘴は庭鳥に似たり。頭に徳の冠《さか》をいただき、あしに文の蹴爪あり」

75　舐《な》メテレ餳《あめ》ヲ甘クス二寒食ヲ一　宗

○鶏といえば三月三日の鶏合せが思い出されるが、その頃は寒食《かんじき》節の時季。寒食節には餳《あめ》を舐《な》めながら寒食をおいしく食べることだ（春）。「寒食」は中国で、冬至から一〇五日め、火を使わずに冷たい物を食べる行事。

※ささめごと下「寒食の日は、天下火を消つ」

※詩学大成抄天文部「禁烟は、寒食の事ぞ。節の名也。二月三月のあいだにあるぞ。火をたかぬぞ。火でした

物をくわぬほどに、寒食と云ぞ。三日のあいだ禁レ火也。冬至から後、百五日めが寒食也。冬至寒食一百五と云句あり」

※蠡測集「子推が焼死たる日は、火にてにた物を禁じてある程に、さて寒食と云ぞ。禁烟節とも云ぞ」

三月三日には鶏合せ（闘鶏）が行われた。寒食は大体その頃にあたることから、「鶏」に「寒食」を付けた。

※看聞御記応永二十五年三月三日「早旦鶏闘三番合レ之」

※詩学大成抄節序門「闘鶏……寒食と清明とがつづいて一つの時分ぢやほどに、禁烟の前後とのせたぞ」

※玉塵抄三十八「寒食は二月の末、三月初頃なり」

また、寒食には粥に餳《あめ》をそそぐことも行われた。

※詩学大成抄節序門「杏酪餳。寒食には麦のかい（粥）をにて杏仁《あんにん》を酪として、餳を粥にそそぐぞ。こちにはせぬほどにしらぬぞ。さのみうまうはあるまいぞ」

※素隠三体詩抄七言律「寒食には火を禁ずるほどに、兼日に大麦にて粥を作り、杏仁をすつて酪に作っておいて、その日になりて、飴をそそいで食するぞ。麦に杏仁も、温なるものぢやほどに、寒食に専ら用うるぞ」

※梅花無尽蔵四・春岳崇公記室聯句和「聞説封二雍歯一、至レ今奈二介推一、売レ餳寒食過」

76　搗《つ》キテレ餅ヲ補ス二天穿《てんせん》ヲ一　　正

○寒食には餳をなめる。天穿《てんせん》の日には餅を搗《つ》いて屋上に供えることだ（春）。

「天穿」は中国で、正月二十日、一説に同二十四日をいう。その昔、女媧が天の一角の欠けたのを石で補ったという日。この日、餅を屋上に供え、焼いて食べる習慣がある。補天。前句の「餳」に「餅」、「寒食」に「天穿」を対した。蒙求に「女媧補天」の章がある。

※詩学大成抄天文部「補天。昔女媧と云女房の、王の五色の石を煉《ねって》、天の角の闕《かけた》を、補のわれたことあり。正月の二十日を天穿の節と云なり。餅を焦《こが》して食す。此を補天餅と云なり。蓬萊の仙子補天の手と云句もあり。翰墨全書の正月二十日の処にあり」

※玉塵抄三十九「正月二十四日、江東人置二煎餅屋上一補二天穿一。……江東の俗が紅のいとで、餅つないで屋上に置とあり。煎餅はここでのせんべいの事か、又別に煮てほいた餅か、やうは知らざるぞ。つねには正月二十日を補天の節と云ぞ。天穿の節とも云ぞ」

77　面桶《めんつう》受ケテレ託ヲ落ッ　　和

○餅を搗いて天に供えた。天の神の託宣《おつげ》であろうか、面桶《めんつう》が棚からひとりで落ちたことだ（神祇）。「天穿」から「託（神託）」を付けた。「面桶」は桧・杉などの薄板を曲げ円筒形に作った器。飯などを盛る。

※元亀二年運歩色葉集「面桶（メン）ツウ」

78　手巾掛ケテレ竹ニ円《まろ》シ　　正

○面桶は棚から落ち、手拭いは竹の桟に掛けたのが丸く見える（雑）。「面桶」に「手巾」、「落」に「掛」を対した。「面桶」「手巾」ともに洗面用具。

※正法眼蔵五十六・洗面「手巾は、半分はおもてをのごひ、半分にては手をのごふ。……つぎにまさしく洗面す。両手に面桶の湯を掬して、額より両眉毛・両目・鼻孔・耳中・顱《ろ》・頬、あまねくあらふ」
※素隠三体詩抄五言律「巾は手巾ぞ。ここにての手のごひぞ」

79　一僕護ル二僧院ヲ一　宗

○竹の栈に掛けられた手巾が丸くみえる。そのぞんざいな掛け方は、恐らく僧侶ではないだろう。この禅寺はただ、一人の僕《しもべ》が番をしているのみだ（釈教）。
※正法眼蔵七・洗浄「すでに東司にいたりては、浄竿に手巾をかくべし」（東司は便所）
※蔭涼軒日録延徳四年六月十八日「后架手巾台、命二又五郎一打レ之」（后架は洗面所、また便所）

80　二王固ム二仏前ヲ一

○一僕が僧院を守っているといっても、二王だって門前で寺を守護していることだ（釈教）。「一僕」に「二王」を対した。本句は聯句当日の賞賛の句（『実隆公記』）。
※天理本狂言六義・二王「二王はなんとやうに御ざるぞと云。あのろうもん《（楼門）》の両わきにある、大きい仏をしらぬかと云」

81　けうときはすみつかぬ屋のあら造る《（り）》　姉

○荒々しい二王が仏前を守っている。その姿が恐ろしく嫌わしく、まだ誰も住みつこうとしない（雑）。「二王」を「荒（粗）作り」で承けた。この場合の「荒作り」は、二王像のように荒々しい姿に作ってあること。いかにも恐しそうに見えるような作り方。

※お伽草子・弁慶物語（古活字本）「いかなる四天八天のあらづくりといふも、これには過ぎじとぞ見えたりける」

82　しらかみ《白紙》をきるむねあげの幣《ぬさ》　　宣

○誰も住んでいない粗《あら》造りの家。今日は棟上げということで、白紙を切って屋固《やがため》の幣を作っている（神祇）。「粗造り」から「棟上げ」を付けた。「粗造り」はざっと作ってあること。

※お伽草子・弁慶物語絵巻「三軒わたりの、なげしのあらづくりしたるを」

※邦訳日葡辞書「アラヅクリ（まだ仕上っていない粗製の細工物）」

棟上げには御幣を飾り、工事と建物の安全を祈願する。

※看聞御記永享七年三月十日「巳時上レ棟。其儀大工源内、着二布衣一。引頭直垂大口。大工以二御幣一三拝。引頭打レ槌、如レ例」

※詩学大成抄郊園門「幣は神にたから物をまらする心ぞ。又は、悪事災難はらいすつる心ぞ」

83　かしがましひゞくきぬた《砧》の槌の音　　和

○棟上げ用に作った幣。棟上げには槌で材木を打つのだが、このあたりでは衣を打つ砧《きぬた》の槌の音がかしがましい（秋）。「棟上げ」に「槌」を付けた。前句の『看門御記』例をも参照。
※犬筑波集雑「わろさする頭に槌をあてがひて／根来《ねごろ》法師の坊の棟上げ」

84　積ムレ稲ヲ大黒ノ辺　　正
○槌の音がかしましく響いてくる。それは大黒天の打出の小槌で、大黒天のまわりには打ち出した稲がどっさり積み上げられている（雑）。「槌」から「大黒」を付けた。
※補庵京華新集大黒賛「将レ謂二誰家白面郎一、元来吾屋黒神主、世間不レ数楊州鶴、手有二金槌一肩米嚢」
※竹馬狂吟集雑「大こくはただ大日のしん／潅頂をうちでの小づち手に持て」

85　何とてる月を鼠にたとふらむ　　照
○稲を積んだのは大黒の傍である。大黒の使獣は鼠であるが、どうして月を「月の鼠」というのだろうか（秋）。
「大黒」に「鼠」が付く。
※倒痾集扇面戯参大黒「大黒天神其面黔、諸人信仰置二棚陰一、平生愛レ鼠是何故、足下米嚢無二用心一」
※お伽草子・弥兵衛鼠「げにまこと白鼠あり。手をあはせ、あらありがたや南無大黒天の御護にて、福を与へ給ふ事疑ひなし」
「月の鼠」は、仏説（仏説譬喩経など）で月日の過ぎ去るたとえ。

※俊頼髄脳「露のいのち草の葉にこそかかれるを月の鼠のあわただしきかな。……たのみてひかへたる草の根を、白き鼠と黒き鼠と二つしてかはる〴〵つみきる。遂に切れては落入て底に待ちをる鰐《わに》にくらはれなむとす。落入らぬさきにかき上らむとすれば、上にたてる虎喰《は》まむとして立てり。……たちかはりつつ草の根をつみきる鼠は月日の過ぎ行くなり。白き鼠は日なり、黒き鼠は月なり。月日のゆくさまはなむ、かの鼠の草の根をつみきるがやうに程もなきといへるたとひなり」

※太平記三十三・新田左兵衛「岸の額なる草の根に命を係て取付たれば、黒白二の月の鼠が其の根をかぶるなる、無常の喩へに不レ異」

86　物あらがひはをのがひき〳〵　侍

○どうして鼠に譬えるのか。物事をあらそう時は、鼠が「引く」ように、自分の有利な方に「引く」ものだ（雑）。「鼠」に「引く」を付けた。「引き引き」には「贔屓《ひいき》」の意味がある。

※お伽草子・猫の草子「総じて彼の鼠と申すは、外道の上盛なるべし。御僧の御慈悲を垂れ給ひても、やがて物を引かん事必定なり」

87　つよ弓はよはき力にしたがひて　重

○物あらそいのとき、めいめいが引いたことだ。持ってきた強弓《つよゆみ》は、結局、力まかせで引いたものよりも、弱い力に従ったことだ（雑）。常識の逆を言った。「引き」に「弓」が付く。

88　昔ノ刀今喩フレ鉛ニ　宗

○強弓も今は弱い力に従うようになった。同様に、昔は鋭かった刀も今はただの鉛同然になってしまった（雑）。近世の諺に「昔の剣は今の菜刀《ながたな》」（『毛吹草』二）があり、秀れた人も老いては凡庸に劣るたとえに用いられるが、本句はそこまでの意味はないようだ。

89　饒《ゆたか》ナル籬ハ成ス二糝菜ヲ一　正

○刀も時を経ると鉛になる。このような「山芋が鰻になる」式の変化があるとするなら、豊饒な籬《まがき》には糝《こながき》と野菜とが生《な》るだろう（雑）。無理問答の体。「糝《サン》」はこながき。米の粉をまぜて煮た羹《あつもの》。また、雑炊《ぞうすい》。

※詩学大成抄郊園門「糝はこながきとよむぞ。蔓草をこまかにきざうで、米をすこしまぜて、鍋に入て煮て、食するを云ぞ。こゝらに云ふ増水《みそうづ》の事ぞ。糝字は、へんに米をかいて、右に参《まじわ》ると云字をかく。な《（菜）》のあをいに米がすこしまじった心ぞ。糝は米を以て、羹《あつもの》に和するを云ぞ。和するとは、まずる心ぞ」

90　芹をつみてやいそぐかれいひ

○籬には糝と菜が生《な》る。折りしも食事時だから、芹を摘み餉《かれいひ》も共に煮込んで糝《こながき》の雑炊にして食べよう（雑）。「糝」に「餉（乾飯）」、「菜」に「芹」で応じた。

91　遅日倒スレ磬ヲ腹　姉

○芹を摘み干飯を食べて満腹。春ののどかな日、脹《ふく》れた腹は磬に触れて、それを倒してしまった（春）。膨張した腹の滑稽。「遅日」は春日のこと。「磬」は寺で勤行の際に打ち鳴らす「へ」の字形の金属板。

※詩学大成抄天文部「遅日。春の日を云なり。春は日がをそう出ぞ。又くるる事がをそいぞ。日の入てからも一里も二里もあるくぞ」

※詩学大成抄城闕門祠宇門寅「月磬は月にならすキンぞ。漢音は磬《ケイ》ぞ。唐音はキンぞ。聖家にはキンと云事はないぞ。ケイといわるるぞ。禅家にはキンとばかり唐音に云ぞ」

92　停午聴キテ㆑鐘ヲ睡ル　宗

○春の日、磬を倒した腹だ。そのお昼どき、遠くからの鐘の音を聴きながら睡ることだ（雑）。「遅日」に「停午」、「磬」に「鐘」を対した。春の午後ののどかな風景。「停午」は正午。

※太平記二・俊基朝臣「日已に亭午に昇れば、餉進《まいらす》る程として、輿を前庭に舁《かき》止む」

93　塩ハ為メニ㆓薬師ノ㆒断ツ　正

○お昼どき、鐘の音を聞きながら眠るだけだ。薬師仏に祈願を籠めた塩断ちのために、食事も摂らないで（釈教）。

「塩断ち」は祈願のために或る期間、塩気をとらないこと。薬師祈願のものが多かった。

※お湯殿上日記明応六年四月八日「けふより南無やくしに、御しほかはり〲にたちまいらせらるる」

※守武千句五「十らう殿ぞしほをたたるる／今日は又とらやくしとやおもふらん」

94　珠ハ念ゼンタメニ二弥陀ヲ一連ヌ　宣

○塩断ちは薬師仏に対して行う。一方、数珠《じゅず》は阿弥陀仏を念ずるために珠を連ねたものだ（釈教）。「塩」に「珠」、「薬師」に「弥陀」を対した。

※天陰語録宝泉院殿「心豁春風靄々中、百八輪珠転二諸仏一、抹過二地獄与天宮一」

95　くりごとは老たる人のしはざかな　侍

○珠を連ねた数珠。長々とくり言《ごと》をいうのは老人の常だが、念仏の時に数を数えるために数珠を爪繰《つまぐ》っているのも「繰《く》り事」だ（雑）。「数珠」に「繰る」を付け、「くり言《ごと》」（くどくど言うこと）を導いた。

※太平記二十四・三宅荻野謀叛「高遠は長念珠を爪繰て」

※大恵書抄一「縷々と長々とくり事を申すと也」

96　ねぶたきときぞほれぐ〵となる　重

○くり言は老人の業だ。そこへ睡気がさせば、全く惚れ惚れとしてしまうことだ（雑）。「老たる人」に「睡たし」「ほれぐ〵」が付く。老い耄《ほう》けたさま。

※壁草雑上「いか計老はつる身のよはるらん／花にもねぶる春のつれぐ〵」

※源氏物語明石「年は六十ばかりになりたれど……うちひがみほれぼれしきことはあれど、古昔《いにしへ》のことをも見知りて、ものきたなからず」

97　叢林秉払《ひんほつ》近シ　　宗

○睡《ねむ》たさにボーッとなる。今からこの禅寺でお説法が始まろうとしている（釈教）。退屈な説法に、睡気がさし頭がボーッとしてくるの意。「秉払《ひんほつ》」は払子《ほっす》を秉《と》るの意。禅宗で住持が法を説くこと。

※拾菓集上・巨山景「禅学秉払終ぬれば、方丈点湯有やな」

※尺素往来「行事者秉払《ヒンホツ》、上堂、小参、普説等也」

※易林本節用集「秉払ヒンホツ。説法」

「叢林」は禅宗で、中央の五山、十刹といった大寺院をいう。

※下学集言辞門「藂林。藂与レ叢同字也。禅之五山十刹之寺謂二之ヲ藂林一。言ハ僧侶繁多如二藂林一也」

※詩学大成抄城闕門祠宇門丑「僧のあつまる所を叢林と云は草と木との二の心ぞ。……五山の叢林と云も、今こそすいびして人もなけれ、此五六十年のさきまでも、その一寺南禅にも天竜、相国、五山、その寺々の内に、それ〲に器用な人、位の貴も賤も、能のあるもないもあつまりて多ぞ」

98　朝廷節会《せちゑ》全シ　　和

○叢林では間もなく説法の場が開かれる。一方、朝廷では節会が滞りなく催されている（雑）。

「叢林」に「朝廷」を対した。「節会《せちゑ》」は宮中で節日などの日に行われた宴会。堅い「秉払」に対して柔かい「節会」を配したのも面白い。

99　かすむ日にねるはたが子としらるらん

○朝廷で催されている節会。春霞ののどかな日に、悠然と歩いているのはどこの貴公子であろうか（春）。「練《ね》る」はそろそろと歩むこと。特に、節会のとき、内弁が足を一所に踏み定めながら歩く「練歩」のさまが想像される。

※後法興院記文明十四年三月五日「節会明日也、……右足ヨリ練始テ左足ニテ練ト、ム。練間三息也」

※実隆公記延徳二年正月十六日「（踏歌節会）内弁起二兀子一進レ北。……壇上練歩、寸ひきと号する練也。其練太優美也」

100　桜ハ粧《よそ》ヒタリ奈良ノ阡《みち》　姉

○春霞の中、ゆっくり歩いている。桜が咲いて美しく粧《よそお》った奈良の街並を（春）。付合は次の和歌を踏む。

※拾遺神楽歌五八三「銀の目抜の太刀をさげはきてならの都をねるはたが子ぞ」

※詩学大成抄時令門「紫陌は、みやこの小路、たてよこにみちがあるぞ。みちのえだのさいてつかるるを陌《ちま》と云なり。陌《ハク》も阡も巷も街も、皆、ちまとよむぞ」

『竹馬狂吟集』序文考

明応八年（一四九九）成立の『竹馬狂吟集』は、従来、俳諧撰集の嚆矢として喧伝されてきた『犬筑波集』（古くは『誹諧連歌（抄）』）よりも、さらに三十年ばかりも遡って成ったわが国初の俳諧撰集である。発句二十、付句二一七組、伝本は天理図書館蔵の一本のみ。

この『竹馬狂吟集』は昭和三十八年、木村三四吾氏の紹介によって世に知られ、以後同氏による影印・翻刻・解説など、一連の研究[1]を通じて俳諧史上の地位が確立した作品である。

この『竹馬狂吟集』成立の四年前、明応四年には宗祇などによる純正連歌の精華『新撰菟玖波集』が撰進されているが、ここでは俳諧の句は全く採られなかった。その理由として、情趣化の方向を目指す連歌が、一層の純化を図ろうとして滑稽・卑俗の要素を切り捨てたことや、俳諧が量的に拡大し、連歌の中の一小分野に納まりきらず、連歌と比肩する勢力にまで成長してきた事情などが考えられている。『竹馬狂吟集』はそういう時点で成立した。撰者が果たして連歌からの訣別を意図したかどうか疑問だが、その成立は俳諧の独立を決定的にした。

俳諧独立という俳諧史上における高い評価を別にすれば、作品の内容自体は『犬筑波集』と同様、縁語や掛詞を駆使した言語遊戯、あるいは卑俗、猥雑な素材を詠みこんだ句が多数を占め、「笑はせんとばかり」（『守武千句』

跋）することを狙った俳諧で、文学的には未だ程度の低いものであった。しかしそれは始発期の文学がたどる宿命であるとするなら、むしろ翻って、旧来の価値観・道徳観に囚われることなく、大胆に庶民の生活や感情を掬い上げていった俳諧のエネルギーの方を評価する必要があろう。

以下、本稿では次のように論を進める。

Ⅰ　成立の時代的背景——俳諧前史

Ⅱ　序文の検討——俳諧意識

Ⅲ　二・三の句をめぐって——撰者・書承と伝承

Ⅳ　まとめ——今後の課題

一　俳諧前史

『竹馬狂吟集』以前にも、俳諧的傾向をもつ連歌が詠まれていたことはよく知られている。応永二十年（一四一三）の伝阿『畳字百韻』、宗祇による年次未詳『畳字百韻』など、漢語を詠み込んだ畳字連歌や、宝徳三年（一四五二）一条兼良邸で行われた『三代集作者百韻』、同じく年次未詳の『源氏国名百韻』、康正二年（一四五六）金沢源意の『異体千句』など、様々な物の名を詠み込んだ物名連歌が詠まれ、知的な遊びを試みる伝統はかなり盛んであった。また一方では聯句や和漢聯句が僧堂や堂上家で楽しまれ、時にはその変体である狂句も作られた。応永十二年（一四〇五）東山慈照院での狂句[2]や文明十八年（一四八六）後土御門天皇の御会でなされた『和漢狂句』などは、勿論和語ではないものの、内容は世相・風俗を詠み込んできわめて俳諧的である。

このように知的な言語遊戯を楽しむ伝統は、『竹馬狂吟集』以前にかなり成熟していたと考えてよいだろう。『竹馬狂吟集』の中には畳字連歌らしい「花ざかり御めんあれかし松の風」の句が入っているが、勿論『竹馬狂吟集』が主たる対象としたものは滑稽味の薄い畳字連歌などではなかった。次に、俳諧連歌そのものの流れを概観することとする。応仁前後の日記類を検すると、

『看聞日記』永享六年十一月三十日。「深更百韻畢。其後狂句云捨等若衆申」

『看聞日記』嘉吉三年二月二十五日。「至夜百韻畢。其後狂句共申、其逸興断腸」

『後法興院記』応仁二年三月六日。「今日令持来其返事。書状之奥、誹諧・和漢之両編有之」

『実隆公記』文明十一年九月二十八日。「入夜、於御前有誹諧云捨」

『十輪院内府記』文明十二年七月九日。「(和漢御会)後又有狂句」

『十輪院内府記』文明十二年九月二十五日。「(連歌御会)二折辺、此間被仰懸誹諧之御発句、ぬれ衣きたのまうての秋の雨云々、予申入、紅葉をもさてぬふか梅かさ」

『実隆公記』文明十三年二月九日。「今日勾当内侍申沙汰。行幸長橋局、数献、予平臥沈酔過法者也(略)、地下美声有興、誹諧連歌、言捨亦有興者也」

『実隆公記』明応八年三月十五日。「宗祇法師携食籠一壷等来、玄清、宗長来。壷同携、頗及大飲慰病情了。云捨発句、青葉までみれは花には風もなし下官。桜は雪の木のもとの道宗長。又付句発句俊通朝臣也、忘却。藤はさかりて夕くれの空宗長。夜さりは誰にか、りてなくさまん、人々大笑了」

『後法興院記』明応九年五月二十二日。「向鷹司亭。(略)有連歌興。余出発句、又誹諧連歌有之。両座分人

数、以上二百韻也」

といった記事を拾い出すことが出来る。『看聞日記』の狂句は漢語のみの句なのか、はたまた付合型式を備えたものなのか等、具体的な点については記載がないが、連歌会のあとになされている点、若衆や琵琶法師椿一・明盛らが狂句を詠んでいる点などを勘案すれば和語による俳諧に近いものではなかったかと想像される。(3) 連歌のあとや親しい人々の集った所で詠み交わされた、当座の余興としての狂句云捨、俳諧云捨の類は、こうした記録に書き留められなかったものも含めれば、相当の数になるであろうことは推測に難くない。

右に見た俳諧の記録は全て公家日記によったものであるが、それにしても庶民的で遊戯的な笑いの俳諧が、もっとも伝統的保守的な宮中や堂上において、殆ど抵抗なしに受け入れられている事実は特記に値しよう。『実隆公記』明応八年の記事では、宗祇の句が人々を大笑させたとあり、連歌師レベルの世界においてはこれに倍して頻繁に俳諧が試みられたことであろう。連歌師による俳諧作品には兼載独吟の『俳諧百韻』や宗祇独吟の『俳諧百韻』が著聞するが、前者は年次未詳で『竹馬狂吟集』には一句も採られていない事実がある。また後者は『新続犬筑波集』中にその名が見え、宗祇の俳諧八句が採られているが百韻の全貌は現在不明である。ただ当代きっての連歌名手が共に独吟の俳諧百韻を詠んでいることは、宮中・堂上とは異なった庶民的レベルでの俳諧流行を示唆するものである。

『後法興院記』明応九年の記事では、俳諧連歌百韻の成就が記されているし、実は『竹馬狂吟集』においても発句、脇、第三と連続する句があり、ここにも五十句、百句と続く俳諧作品のあったことが推測されている。(4)

このように応仁（一四六七—六八）頃から明応頃にかけて、俳諧は急速に普及した。この時期は、座興の云捨であることから次第に作品を構成する意志が明確になり、より巧緻な付合を志向し始めた時期と押さえることが出来ると思う。『竹馬狂吟集』はこうした俳諧流行の機運の中で成立した、と考えられる。

二　『竹馬狂吟集』序文考

『竹馬狂吟集』は序文を有する。『犬筑波集』が宗鑑自筆本を幾種か遺しながら、どの本にも序跋を記さなかったのに比べれば、当時の俳諧観を探る資料ともなる序文の存在は甚だ貴重である。序文の存在は、『犬筑波集』が定本の意識をもたず、時・場所に応じて長短さまざまの本を作っていったのに対し、『竹馬狂吟集』の場合、これで完成体とする意識が働いたものであろう。ところでこの序文、昭和三十八年、初めて『竹馬狂吟集』を世に紹介された木村三四吾氏は、「一種の狂文で、甚だ難渋の行文」と評されたように、きわめて文意がとりにくい。木村氏による本文の紹介と解説のあとにも、諸家によって様々の読解が試みられてきた。木村氏は撰者の僧体・老齢、これ以前にこうした類の撰集の存しなかったことを主張するもの、との読み方を示された。一方、復本一郎氏は僧体・老齢の読みを否定し、和歌の衰退と連歌の興隆を読み取ろうとされた(5)。その後、田中善信氏からは復本説に対する反論がなされ(6)、また井上敏幸氏は主語や対句表現を整理した序文読解の試みを提示された(7)。部分的に見解を述べたものに湯之上早苗氏(8)、雲英末雄氏(9)の論があり、また木村氏の読解の全体は新潮日本古典集成本の注解として再提示されている。

この序文をめぐって諸家の論が錯綜するのは、一重にこの序文が主語を明示しない上に、叙述も比喩的表現に終始して、指示内容がきわめて曖昧であるところに原因がある。本稿においても序文の検討は、『竹馬狂吟集』

の性格を考える上で重要と思うので、次に私なりの読みを提示しておきたい（本文引用にあたっては濁点を付し、一部漢字を宛てた）。

※筑波の山のこの餅かの餅、食わ（は）ぬ人も侍らぬ折なれば、神もかぶり仏も捨てたまはぬとやらん。

序文の最初は古今集・東歌の「筑波嶺のこのもかのもに蔭はあれど君がみ影にますかげはなし」を踏まえている。「筑波」はいうまでもなく連歌のことであるが、「この餅かの餅」と歌語をパロディ化している点からみれば連歌のパロディとしての俳諧という理解も成り立つ。が、私は『新撰菟玖波集』成立などの時代状況に鑑みて、これは連歌の流行を述べたものと理解する。神仏の、連歌に対する愛好は法楽連歌や祈祷連歌などの流行を想起すれば容易に納得できるだろう。

※此中にして、難波津の足腰もたゝぬほどに衰へ、和歌の浦波立ち居にはあしべの音高きのみなれども、唐土《もろこし》には邪《よこしま》なからん計といひ、日本には心の種とやらん書けるなれば、

と続く部分は非常に難解で、諸家の解釈も様々異なるところである。木村氏は従来から主語を「私（自分）は」と置いて、この集の撰者が足腰衰え、悪屁も憚らない老齢、という解を示しておられる。田中氏もこれに賛同されているが、復本氏は「難波津」が主語で、連歌の隆盛に対し和歌の衰退した状況を述べたものと解された。また湯之上氏、井上氏は主語を「俳諧」と考え、俳諧がこの時代衰退していると捉えられた。湯之上氏は『菟玖波集』的な俳諧の衰微と見、井上氏は「なぜか俳諧は…足腰も立たぬほど衰え」と口語訳してみえる。

私は前段からの続きで、この文の主語は「連歌」とあるべきと思う。それも連歌文芸一般ではなく「私の連歌は」の意で、世上連歌は盛んであるが、私の連歌は下手の限り、「足腰も立ゝぬ」ほど衰弱した腰折れ、評判も

「芦（悪）」きのみにて、とても純正の連歌とは申し上げ兼ねる、と解する。比喩の力点は「衰へ」ではなく「足腰立たぬ（腰折れ）」「あしべの音高き（悪評）」にある。そして文はこのあと、私の下手な連歌も中国での「思無邪」、日本での「心の種」に合致するものだから、詩歌の一類であり、捨て去るには及ばない、という自己主張に続く。

「思無邪」は、諸家の注の通り、論語・為政の「子曰、詩三百、一言以蔽レ之、曰、思無レ邪（オモヒ、ヨコシマナシ）」に拠っており、詩の本質を述べた語で、良基の『連理秘抄』序においても「吟詠性情者、可レ成二思無邪之一助一焉」と用いられている。また「心の種」は古今集の序「やまと歌は人の心を種として」を踏んでいることは言うまでもない。

本段の「足腰も立ゝぬほどに衰へ」「芦辺の音高き」は勿論比喩であって、撰者自らの老齢を嘆いたというよりも、自分の連歌の拙劣さを謙遜して言ったものである。そして、その下手な連歌（俳諧を意味するのだが）も詩の一部なのだという主張に続いていく。撰者が老齢に見えるとしても、比喩から受ける印象程度のものに過ぎない。

私はここで下手な連歌＝俳諧という解釈を提示した。一見奇異な結合のように見えるかも知れないが、当時の人々にとって俳諧も未だ〝誹諧連歌〟、つまり連歌の一種でしかなかった。『竹馬狂吟集』より約四十年の時日を経た『守武千句』跋でさえ、「然《しかる》に、誹諧、何にてもなきあとなしごとゝ、好まざる方の言種《ことぐさ》なれども、何か又、世中其《それ》ならん哉。本連歌に露かはるべからず」と、俳諧を連歌に直結させる見方をしているのである。『竹馬狂吟集』の撰者が俳諧を、連歌の一部、下手な連歌と考えたのも当然である。

一の節で、当時俳諧が盛んであったことを見た。それゆえに、この一文から俳諧の衰微を読みとろうとする見解には従えない。と同時に、俳諧が連歌と異なったジャンルとして独立しうる程、成熟していたとも考えない。『竹馬狂吟集』の撰者が俳諧を、俳諧と特立せずに連歌の下手のものと言った所に、連歌と俳諧の力関係の差が示されているのであり、連歌に繋がればこそ詩としての社会的認知がありうるとした考えが窺知できる。

※清狂・やう狂のたぐひとして、詩狂・酒狂のおもむきを題とし、竹馬狂吟集となづけ侍り。

ここでは、今まで下手な連歌と述べていたものが、実は連歌の狂体であったことを明らかにする。即ち俳諧である。前段において詩歌の本質に叶うとした私の下手な連歌は、詩人でいえば清狂・佯狂の類、詩語でいえば詩狂・酒狂の類、漢詩における狂にならい、本書を「竹馬（連歌）」の「狂吟集」とした、というのである。井上氏が「清狂・やう狂のたぐひとして」と「詩狂・酒狂のおもむきを題として」を並列の関係で捉え、下の「竹馬狂吟集」に係るとされたのは至当というべきであろう。

「清狂」は度を過ぎて清廉に生きる人。

…到日諸昆如《モシ》問レ我、倦懐不レ似二昔ノ清狂一。　（送三人之二相陽一『蕉堅稿』）

…諸老有論傾二介甫（王安石）一、清狂無客似二知章（賀知章）一、　（用二前韻一畣二無白・東日一『雲巣集』）

などと五山詩にも詠まれている。(10)「佯狂」は偽って狂気をよそおう人、また、物事に狂ずる人。

…安和上皇勅為二供奉一、佯狂垢汙而逃去。　（増賀『元亨釈書』十）

…予嘗避二応上之乱一、佯狂千江左凡、烏傍鷺側、　（『翰林五鳳集』二四）

などの用例があり、さらに「意舞佯歌取次行。佯ハ狂ト云ゾ。佯狂ト云程ニ狂ノ心ト云ゾ。イツハルデハアルマイゾ。荘子ニ徜徉ト云ハ、楽ム皃ヂヤ程ニ、佯・狂同歟」（江湖風月集抄『襟帯集』）という解釈もある。

また、「詩狂」「酒狂」は文字通り、詩や酒に耽って狂うようになることで、これらもまた、

日得二人時一春已回、詩狂不レ覚老還催、…　（人日立春『真愚稿』）

白髪詩狂不レ可レ慚、臘窮一任歳云添、…　（残臘『雲巣集』）

あるいは

…利名何物唯糟粕、閑看二人間一是酒狂。　（独醒『村庵藁』）

…五侯鯖録以為太白（李白）過レ水、酒狂捉レ月、…　（『東海一漚集』四）

などといった例を見出すことができる。さらに有名な詩に「贈二善医劉恵卿一」（誠斎）があり、「旧病ハ詩狂与《ト》二酒狂一、新来ハ泉石又膏肓、不レ医則是医還《マタ》是カ、更問無レ方定有レ方」と見えている。中華若木詩抄、続錦繍段に載せられており、前者では「詩に案ジ入タトキハ、物狂ガヲコリテ、モノグルワシキゾ。又酒ヲノメバ酔狂シテ正体モナキゾ」と注されている。

これらの「狂」は全て、『竹馬狂吟集』の「狂」に収斂されていくのであるが、「狂吟」の語もまた、

…半枝籬外野桃笑、不レ覚狂吟掩レ巻看、…　（題三文台上画二桃花一『村庵藁』）

…狂唫吸月酒盃寛、春風却是多情思、…　（和二樹蔵主看花韻一二首『東海璚花集』）

などと五山詩の中で用いられており、当時、その世界の所縁の者にとっては格別新奇な言葉であったわけではない。次に、

※凡、東八に尋ぬる便もなく、ひろく西九にもとむるにもあらず、人の語れる口をうつし、己が聴耳《きゝみゝ》に入がば

かり也。

「東八」は関東八ヶ国、「西九」は西国九州。この段は古典集成頭注にいう通り、「資料探索の限りを尽したわけではないこと」を述べており、諸注も異見がない。続いて、

※ことさら井の底の蛙の入道（「通」を改む）、住ぬる水のあさ〱と、林の下の梅ぼうし、匂ひなくやせ〱としたる計のみならん。

の段は、この『竹馬狂吟集』に集められた句が、いかにも「浅々」「痩せ〱」としていて、情趣や味わいに欠けていることを述べている。この段も諸家の見解に大きな差はない。しかし、問題は次の部分である。

※しかはあれども、梨をもとめ栗をひろふ人を道引、玉をしらず石をとる心を慰むるたよりばかりぞかし。

この部分、読点の打ち方で読みも異なってこようかと思う。「なしをもとめ、栗をひろふ人を道引玉をしらず。心《（ママ）》をとる、心をなぐさむるたより」（木村氏「竹馬狂吟集考」）、「なしをもとめ、栗をひろふ人を道引玉《たまふ》をしらず、石をとる心をなぐさむるたより」（復本氏）、「なしをもとめ、栗をひろふ人を道引むをしらず、石をとる心をなぐさむるたより」（田中氏）、「〔なしをもとめ／栗をひろふ〕人を道引むをしらず、石をとる心をなぐさむるたより」（井上氏）、「梨をもとめ栗をひろふ人を道引かむをしらず、心をとる、心をなぐさむるたより」（古典集成）といった読み方が今までなされてきた。

私は本文掲出に示したように「梨をもとめ栗をひろふ人を道引《（き）》、玉をしらず石をとる心を慰むるたより」と読む[11]。風情のない狂体の連歌であっても、梨を求めて間違って栗を拾うような物知らずを導いたり、玉とはどのようなものかを知らず、間違って石を取ってくるような愚かな人を楽しませたりする手段、と解するのである。

「梨をもとめ」と「栗をひろふ」は同義の並列ではない。それは次の「玉をしらず」「石をとる」の関係と同じように、梨を求めながら（結果的に）栗を拾ってしまったとなる構文である。「梨」に連歌、「栗」に無心連歌、あるいは「梨」に和歌、「栗」に連歌、あるいは「梨・栗」に実質的な味わいといったような、何か別の寓意を読み取ろうとする解釈は、右に述べた立場からすれば、深読みとしか言いようがない。この部分を解釈すれば、「梨を求めながら栗を拾ふ」人、「玉を知らず石をとる」人、つまり連歌の風情を目指しながらもそこに到達し得ないで周辺にうろついている人を導き、慰めるよすがになろうという意と解せよう。次に、

※これもまた、さと犬の音《こゑ》ごゑ、さながら皆《みな》得解脱の便《たより》、山田の鹿のかひよ実相のたぐひ、尊《たうと》くおもふ心ばかり也。

の段は、『竹馬狂吟集』の俳諧が暗愚の人を導き、また心を楽しませる効用があるのだとした前段をうけて、それはまた、里の犬の鳴き声が人々をして悟りの妙地に到らしめ、鹿の「かいよ」という鳴き声が人々に真如実相の姿を悟らしめるのと同じ類いだ、といっている。里犬の鳴き声が得解脱の便となる点について、井上氏は登仙の薬を嘗めた鶏と犬が昇天した淮南王劉安の故事を引かれたが、ここはむしろ神仙譚ではなく、「狗吠二乞児ノ後一、牛耕二農夫ノ前一」（槐安国語巻二）や「清風欲レ発鴉翻レ樹、闕月初昇犬吠レ雲」（東坡集）などと表わされる禅の悟りを指しているのではなかろうか。また「山田の鹿のかひよ実相」は、

聞くやいかにつまこふ鹿の音《こゑ》までも皆与実相不相違背と

の道歌（沙石集五本、雑談集巻四、鷲林拾葉鈔二十、法華経直談鈔八末）を踏まえている。「皆与実相」の語は、古典大系『沙石集』頭注によれば、楞厳経長水疏一下の「一心真如。（略）故得下治生産業。皆与二実相一。不中相違背上」が

出典という。妻を恋う鹿の声までも、実相にあい違うものではない、の意である。
犬・鹿の鳴き声が、時には解脱を導き、真如の実相を観得せしめるように、『竹馬狂吟集』の風情のない句も、愚かな人々を物事の真髄に到らしめる手だてともなろうか、そしてそれは何と尊いことか、と自賛している。そして最後に、
※もし用ふる人あらば、上戸の肴とやなり侍らん、ときに明応の八とせ二月の十日あまり、しるすこと然《しか》なり。
と結ぶのである。

次に、序文全体の流れを現代語訳の形で確認しておく。——連歌を愛好しない人もいない折柄なので、神仏も喜んで連歌を納受なさるとか。このような中で、（私が関心を持つ連歌は）腰折れで悪評高きものですが、（詩歌の本質を）中国で「思無邪」、日本で「心の種」というのには叶っているようですので、詩人の清狂・佯狂、あるいは漢詩の詩狂・酒狂になぞらえ、（この撰集を）「竹馬狂吟（狂体の連歌）集」と名付けました。（句を集めるに当って）関東や西国・九州まで探したわけではありません。ただ人の語って私の耳に入って来たものばかりです。（載せてある句は）浅々しく瘠せ〳〵としたものばかりです。しかしながら、梨を求めて栗を拾ってしまうような人に道を教え、玉と石との見分けもつかないような人に楽しみを得させる便宜にはなりましょう。それはあたかも、禅で犬の鳴き声が解脱を促し、和歌で鹿の鳴き声が真如実相を悟らせたことと同類だと考えますと、いかにも尊く思われます。（この集を）用いて下さる方がありますなら、酒の肴にはなることでしょう。——

『竹馬狂吟集』の撰者は、自分が愛好する狂体の連歌――撰者は意識して俳諧の語を用いないが――は、他からの悪評通りのものではあるが、詩歌の本質に叶っており、物の道理も弁えぬ者を導き楽しませるてだてとなるものだ、としっかり自己主張している。謙遜の言辞を多用しながら、俳諧が鑑賞に堪えうるものであることを訴えているが、そこには悪評にも動じない自信に満ちた俳諧愛好家の顔がのぞいている。

三　編者の周辺

『竹馬狂吟集』の句を読んでいて、気付いたことの二・三をここに提示するが、結論はまだ出ない。あくまで覚書にとどまる。

第一の点は、連歌師の兼載関係の句が目立つ感じがすることである。全句、作者名を記さないので、他の資料から作者を特定する以外方法はない。古典集成本頭注にも示されている通り、兼載関係と分かる句が四句ある。

　　心細くも時つくる声
200鶏がうつぼになると夢にみて
　　めでたくもありあやうくもあり
444聟いりの夕にわたるひとつ橋

の二付合は、『犬筑波集』諸本にも採られていて著名であるが、これは『守武千句』跋に「兼載このみにて、心ものび他念なきとて、長座には必ずもよほし、庭鳥がうつぼになると夢をみせ、むこ入に一ばしをわたり…」と記されていて、兼載の句であることが判明するものである。また、

王も位をすべるとぞきく

288えんまでも油みがきの院の御所

の句は、兼載の句というのではないが、『兼載雑談』に「下手のはいかいに、王もはてにはすべりこそすれ、えん迄もあぶらみがきの院の御所。すべるといふ所に院は有を、院といふ字をあらはす事下手なり。前句、付句の外に、ことはりをいはする様にすべし」とある。兼載がこの付合を用いて連歌指導をしていることは、この俳諧が兼載の身辺にあったことを示していよう。ただ『兼載雑談』は文亀元年（一五〇一）兼載が関東へ下ったあと、養嗣子兼純が聞書したもので、少なく見積っても『竹馬狂吟集』の明応八年（一四九九）よりは三年後の成立であって、この俳諧の出所が直ちに兼載周辺ともいいかねる面がある。また前句の形が改められているのも、兼載の指摘があったためなのか、単なる伝承の間の変化なのか、判断がつかない。

あやしやたれにかりてきつらん

368この小袖人のかたよりくれはとり

の付合は、『犬筑波集』真如蔵本に「兼載いつよりも衣装など引つくろひ給ふ時、ある人、あやしや御身誰にかりぎぬ、このこ袖人のかたよりくれは鳥　兼載」と見えている。ただしこの句は、近世前期の『新旧狂歌俳諧聞書』では「宗祇れんがのざしきへあやの小袖をきてゆきければ、あやしや誰にかりぎぬの袖　宗長、此こそで人のかたよりくれはとり　宗祇」となっていて、兼載と宗祇の名が入れ替っている。出来すぎた話のようであり、兼載にしても宗祇にしてもあくまで伝承上の作者に過ぎないが一応掲げておく。

ところで、兼載には前述のように有名な『兼載独吟俳諧百韻』がある。成立の時期も事情も全く不明であるが、ここから『竹馬狂吟集』に入集した句はない。何らかの事情で撰者はこの百韻を見る機会がなかったのであろうとしかいいようがない。

兼載の入集句が多いのか少ないのか、他の作者の数が全く不明である現状からすれば、それに答える術もないが、兼載関係の句が数句分かったところで、次に、きわめて根拠薄弱ながら、『竹馬狂吟集』の撰者が兼載周辺にいるのではないか、というふうに考えを発展させてみる。すると延徳元年（一四八九）から明応二年（一四九三）にかけて、兼載と各所の連歌会でしばしば同座した桜井基佐の名が浮かんでくる。基佐は宗祇・兼載とほぼ同じ頃の人、『新撰菟玖波集』にこそ入集を果たさなかったけれども、多くの連歌会に加わり、当時一流の連歌師と目されていた。同時にまた俳諧に深い関心を寄せ、その書簡にしばしば俳諧の発句を書き留めている。[12]加藤定彦氏が掲げられたように、松江重頼の『懐子』序に、「いにしへよりかくつたはるうちにも、永正・大永の比よりぞひろまりにける。彼おほん世や狂句の心をもてはやしたりけん、かのおほん時に中務基佐入道桜井の永仙、山崎の宗鑑なん狂句の好士なりける」と、宗鑑と並称される程、俳諧にも著名な人物である。

『竹馬狂吟集』の撰者に基佐を擬する見解は、既に湯之上早苗氏が「この集の撰者は反宗祇の立場の者と考えてよく、例えば基佐のごとき人物を想定することも可能」と述べられている。[13]湯之上説は基佐の反宗祇――『新撰菟玖波集』に入集せず、宗祇の編集を「あしなうてのぼりかねたる筑波山和歌の道には達者なれども」と非難した――の立場を前提にしておられるが、島津忠夫氏によれば宗祇とよりも兼載との間に確執があったよし[14]であり、基佐の反宗祇説は成り立たない。そして何より、『竹馬狂吟集』撰者を反宗祇の立場の人と規定する根拠もないように思われる。

明応九年、宗祇が越後へ下向、翌文亀元年、兼載が関東へ下向、基佐もこの年六月以降、京都を離れたらしい。

宗鑑や周桂など、俳諧の結集にかかわった連歌師とダブらせて、『竹馬狂吟集』撰者に連歌師基佐を考えてみようとしたが、結局は彼が俳諧好士であるといった所にとどまり、兼載、基佐の線も両者が不和であったことが判ると、私の兼載周辺という問題提起も前提が崩れ、もはや類推を続けていくのは無理のようである。

第二の点に移る。『竹馬狂吟集』雑に、

ながく〱となる君が御情

446 玉づさに久〱候とかきとめて

という句がある。古典集成本では「久びさ候」となっている。(15) また一方で、『二根集』五に、

なが〱しくものおもふなり

玉章にまゐらせ候とかきすてゝ　宗碩

の句が載せられている。「参らせ候」の草書体はであるので、この「久〱候」は古い時代の転写の折に（参らせ候）を写し間違えたのではなかろうか。一筆で下へ伸ばして書く「参らせ候」がいかにも長々しいというのである。『守武千句』四の、

玉札をなど永〱とつゞくらん

まいらせ候や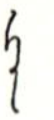や

の俳諧と同趣向と考えられる。宗碩は明応八年には二十六歳。連歌界における活動は明応七年正月の「山何百

韻」が初出であるから、宗碩の句が入集したものとすると、きわめて若い時の俳諧ということになる。

第三の点、連続句の存在について。『竹馬狂吟集』の編集については、序文に「凡、東八に尋ぬる便もなく、ひろく西九にもとむるにもあらず、人の語れる口をうつし、己が聴耳に入がばかり也」とあって、大がかりな集句活動をしなかったこと、伝聞資料によったことを明らかにしている。しかし後者の点は鵜呑みにはできないようである。なぜなら、手元の懐紙類を活用したふしがあるからである。この集には発句を備えた長連歌形式の俳諧の断片が連続句の形で現れている。それは百韻のようなものが撰集資料であったことを物語る。

10 55　なでしこを肩にかけたる岩ほ哉
56 103 ちりけよりなをあつき夏の日《（日のかげ）》
104 山かぜや秋のしるしをおろすらむ

の場合、「なでしこの」の句が夏発句に載ると共に、55 56の付合が巻六夏部に載り、103 104の付合が巻七秋部に載る。このような連続句は他に三ヶ所認められ、同一作品であるかどうかは判らないけれども、恐らくは元来百韻に近いような作品であって、そこから採られたものなのだろう。連続句の全ての句が『犬筑波集』諸本には採られておらず、『竹馬狂吟集』が独自に用いた資料というべきもので、単独の付合においても、『竹馬狂吟集』にはあって『犬筑波集』諸本に載せられていないものは、これら連続句と同じ作品の中にあった句である可能性もある。

このように考えてくると、俳諧連歌の懐紙のようなものが撰集資料として幾つか用いられたであろうことは当然考えられる。因みに『犬筑波集』諸本に載らない句は、都合一四四句、『竹馬狂吟集』全体の約六割もの分量に及ぶ（調査には木村三四吾氏作製の対校を利用させて頂いた）。この中には『菟玖波集』俳諧などの句も入っているから、全てが連続式の独自資料であったとはいえないが、〝聴耳〟ではない書承資料も相当多く活用されたことが想像される。もっとも、

171　いまからだにもちぎる井のもと
172 159　よろひ毛はふりさけがみのはじめにて
160 163　こひのやまひぞおへものとなる
164　おもひぐさへその下より根をさして

などの連続句を見るとき、その作品の内容がまだまだ笑い本位の代物でしかなかった様子が見てとれる。

第四に伝承の句について。『竹馬狂吟集』春発句に、

4よしやふれむぎだしよくは花の雨

の句がある。花の頃に降る雨は麦の成長にはよいが花には敵である、という内容。『多聞院日記』天正十七年（一五八九）二月二十三日条「一日大雨下、麦最上〻〻」とあるように、素直な庶民感覚が詠まれている。木村三四吾氏は貞室の『玉海集』春部の、

花遅かりし比、田舎わたらひして雨中に
よしやふれ麦はあしくと花の雨
是は細川幽斎法印玄旨公の御作なり、竹馬狂吟抄にあり

の記事を紹介され、『竹馬狂吟集』が近世初期、貞門の俳人の眼に触れたことを指摘された。細川幽斎の句が

『竹馬狂吟集』に入るわけはないから、「竹馬狂吟抄にあり」の左注は不審である。あるいは「麦出しよくは」を〝麦はあしくと〟と反転させた所が、幽斎の俳諧であったというのかも知れない。

ところがこの句、『玉海集』以前に、『多聞院日記』文禄三年（一五九四）二月二十日条に、

　諸方花盛也。雨下。昔児ノ発句ニ、
　よしやふれ麦たによくは花の雨　尤〳〵

と載せられている。「昔児ノ発句ニ」と記されている所からすれば、『竹馬狂吟集』によって掲げたものではないらしい。『竹馬狂吟集』に入った句が、そこから奈良の多聞院に伝わったものでないとすれば、どのような経路をたどったのであろうか。発信源と共に、長い時間をかけながら遠くへ伝わった伝播のあり方にも興味ひかれる所である。ついでながら、この幽斎の句、貞門俳書には次のように載せられている。

　近きころ玄旨法印の御狂句に
　よしやふれ麦はあしくと華の雨　（貞室『かたこと』五）
　とのたまはせしこそおかしけれ

　ふれかしなむぎはあしくと花の雨　（季吟『俳諧埋木』）

　華待ころ、田家にて
　よしやふれ麦はあしくとはなの雨　玄旨法印　（『貞室俳諧発句懐紙』[16]）

　よしやふれ麦はあしくと花の雨
　此句は烏丸亜相となん　（惟中『俳諧三部抄』）

四　終わりに

俳諧撰集の嚆矢『竹馬狂吟集』は、俳諧愛好の時代的な風潮の中で成立した。他に先駆けて俳諧と連歌との峻別をもたらした『竹馬狂吟集』の意義は甚だ大きい。さらにその際、長い伝統を有する漢詩の狂体になぞらえ、自己の存立基盤を思無邪や心の種といった詩歌の根本理念に求めたのは、俳諧の理論づけとして、かなり有効なものであったと思われる。不幸にしてこの撰集はどこかに秘蔵されていたかのような事情で、室町時代には殆ど流布せず、他に与える影響の少なかったことが惜しまれるが、それでも序文が存在し、『犬筑波集』によっても知られない多数の句が記し留められているのは、室町時代の俳諧を考える上で様々な問題を提起するものとして、他に替えがたい意味をもつ。

撰者についていえば、仮に桜井基佐を挙げてみたが、もとより根拠は何もないに等しい。兼載・基佐不和説もある中ではむしろ、基佐ではないかとする見方は否定される方向にある。今後も、俳諧愛好者でかつ連歌師のような集句活動に便宜を持つ者、そして序文から窺われるような禅的知識もそれなりに有する人物あたりを考えながら、より広く探索を続けて行く作業が必要であろう。

明応の末年には、俳諧が云捨に終わらず、百韻を満尾するもののあったことが記録によって知られ、『竹馬狂吟集』中にもそういうものの断片が見受けられる。撰者自身も恐らく、俳諧の座の一員として句を読むことがあったであろう。その時の楽しさを知ればこそ『竹馬狂吟集』の編集を思い立ったのだと思われるが、その時の雰囲気がこうして現代にまで伝えられることになったのは、撰者のみならず、我々にとってもすこぶる大きな僥幸であったといえよう。

〔注〕

(1) 木村三四吾「竹馬狂吟集考」(『田山方南華甲記念論文集』所収、一九六三)。同「竹馬狂吟集」(「ビブリア」43、一九六九・十)。同「竹馬狂吟集解題」(天理図書館善本叢書『古俳諧集』所収、一九七四)。木村三四吾・井口壽『竹馬狂吟集、新撰犬筑波集』(新潮日本古典集成、一九八八)

(2) 上村観光「五山時代の聯句」(『禅林文芸史譚』所収、一九一九・『五山文学全集』別巻所収)。沢井耐三「文明十八年「和漢狂句」について」(「愛知大学文学論叢」77、一九八四・二)

(3) 山崎喜好「狂句の伝統」(『芭蕉研究』2、一九四三・十二)、尾形仂『俳諧史論考』(一九七七)七〜九頁。石垣令子「日記にみる初期俳諧の姿」(「近世レポート」2、一九八四・三)

(4) 注(1)の古典集成本解説、二八一頁。

(5) 復本一郎「『竹馬狂吟集』序文考」(「静岡大学人文論集」35、一九八五・一。『本質論としての近世俳論の研究』に再録)。

(6) 田中善信「『竹馬狂吟集』序文私解」(『初期俳諧の研究』所収、一九八九)

(7) 井上敏幸「『竹馬狂吟集』序文私注」(一九九〇・十、俳文学会研究発表資料)

(8) 湯之上早苗「『竹馬狂吟集』の「西八条の寺」について」(「広島文教女子大学文教国文学」9、一九八四・九)

(9) 『日本古典文学大辞典』「竹馬狂吟集」の項(雲英末雄執筆)

(10) 以下、用例の所在を一括して示す。「五山文学全集」「五山文学新集」は「全集」「新集」と略す。『蕉堅稿』全集2、一九二〇頁。『雲巣集』新集4、七五九頁。『元亨釈書』大日本仏教全書、一三一頁。『翰林五鳳集』大日本仏教全書、四三一頁。『襟帯集』成簣堂叢書。『真愚稿』全集3、二七一九頁。『雲巣集』新集4、七四一頁。『村庵藁』新集2、一七九頁。『東海一漚集』新集4、四五一頁。『中華若木詩抄』勉誠社文庫、二七七頁。『村庵藁』新集2、二六二頁。『東海璚花集』新集2、九三〇頁。

(11)「玉をしらず石をとる」の読みは、一九七一年東大大学院演習の折、市古貞次教授が示された。

(12) 稲田利徳「桜井基佐の作品における俳諧的表現」(「連歌俳諧研究」40、一九七一・三)。加藤定彦「桜井基佐の書簡五点」(「連歌俳諧研究」56、一九七九・一)。なお、『下郷家入札目録』(一九二三・二)に、年次未詳基佐消息があり、そこに「商にわかゑひすんの隙もなし」の句が載っていることを報告しておく。

(13) 注8に同じ。

(14) 島津忠夫「あしなうてのぼりかねたる筑波山――基佐・宗祇確執をめぐって――」(「中世文学」33、一九八八・六)

(15) 鈴木棠三氏は「なが〳〵となる君が御情／たまづさにかしく〳〵とまきとめて」と読まれた(『中世の笑い』秋山書店、一九九一)

(16) 岡田・野間・大谷指導監修『西鶴と上方文化展』(一九七七・九)所載、84番資料。

『犬筑波集』の句をめぐって

犬つくば集の俳諧については、潁原退蔵氏の『校本犬筑波集』、福井久蔵氏の『犬筑波集—研究と諸本』、鈴木棠三氏の『犬つくば集』（角川文庫）といったすぐれた研究があり、私も日頃これらの著書から多大の恩恵を受けている。が、このうちで最も新しい鈴木氏の注釈も既に十年の時日を経過した。その間には竹馬狂吟集の発見などがあり、中世の重要な諸文献の活字化もあって、その研究の方途は飛躍的に拡大した。ここでは、私が中世の古俳諧について考えているうち偶然ながら気づいた点を提示し、大方の御叱正を仰ぎたいと思う。本文の引用は鈴木氏の『犬つくば集』（角川書店、一九六五）を用い、句の下にその頁数を示した。

一　句解について

あかつきごとにたゝく瓢箪
山雀《やまがら》の籠にくひなをいれかへて（29）

の句解で「山雀は芸をする鳥。籠の中へ小さな瓢箪を入れておき、山雀の嘴でたたかせて芸をさせることなどがあったものであろう」と鈴木氏は述べておられるが、これは山雀の芸によるのではなく、山雀の巣が瓢箪であったことによっている。だからこそ「嘴をたたく水鶏《くいな》」によって瓢箪が叩かれるのである。狂言歌謡・荘気《いたいけ》には「瓢箪にやどる山雀、胡桃にふける友鳥」とあり、『馬鹿集』四には、「瓢箪を出入はこまか四十がら」という句に対する評に「ひやうたんを鳥の宿とする事山がらならではきかず」と言っているのをみても明らかであろう。菟玖波集俳諧の「山がらの子の夕顔のうち」や、守武千句五の「へうたんをみれば山がらなまづにて」の句も、右の事を踏んでいる。

　夕顔の花はふくべのたむけかな（32）

夏の発句であるが、竹馬狂吟集にも載せられている。「ユウガオの一変種がフクベであるから、同じようなものをまぎらわしく並べたところにおかしみがある」との指摘は確かであるが、瓠《ふくべ》に夕顔を手向けるというイメージは理解しにくい。中世、老松《おいまつ》と並んで庶民の信仰を集めた北野神社の末社の神「福部《ふくべ》の神」が掛っているのであろう。虎明本狂言・鉢叩には「いざさらば北野のふくべのしんへ参らふ」とか「われふくべの神ともいはれし故に、はちたゝきどもしんじて、あゆみをはこぶ心ざしやさしければ、すがたをおがませんため、是まで出たるぞとよ」などと見えている。瓠に福部が掛ると考えることによって神への「手向け」の言葉が生きてくると思われる。

　どこともいはず契りこそすれ
　秘蔵する庭の草花小姫ごぜ（38）

鈴木氏は「小姫御前を押倒して寝る意を含めて、前句の契るに応じた」とされているが、付句は「契り」を「千《ち》切《ぎ》り」に転じているとみた方が面白い。そうすると小姫御前と契るのではなく、年端もいかない少女が、秘蔵の草花を花であろうが葉であろうが惜しげもなく千切っては捨てている、となる。つまり付句の構造は「秘蔵する庭の草花（を）小姫御前（が）」ということになる。性的な内容の前句を、無心な少女のさまに転じたところにおかしみが感じられる。「契る」を「千切る」に転じた例として、『毛吹草』七「かくしつゝ契し中のあらはれて／蜜柑のかざはふかきふところ」などを挙げることが出来る。

月日のしたにわれは寝にけり
暦にて破れをつゞるふるぶすま（44）

ふるぶすまを「破れ襖」とされているが、これは「古衾」で、古ぼけた紙衾《かみぶすま》と解すべきであろう。紙衾つまり紙蒲団の破れに暦を貼ったということで、前句の「寝にけり」の語によりよく付く。

ひとりと坂をにぐる奈良稚児
般若寺の文殊四郎が太刀抜きて（61）

文殊四郎は刀匠の名。『庭訓往来抄』下には「奈良刀ハ奈良ノテンガイニ文殊四郎ト云鍛冶アリ、般若寺ノ文殊ノ剣ヲウチテ奇特ヲ顕スカヂ也」とある。法師が刀を抜いて稚児を追い廻している図であるが、坂・奈良稚児から、奈良坂の般若坂・般若寺への連想があり、般若寺の本尊文殊、その文殊の剣を作った刀工文殊四郎というふうに続いている。『竹馬狂吟集』では前句「ひらりと」。

短尺ひとつ持ちてこそゆけ
革袴きたる男の鐔刀（167）

鈴木氏は「なめし皮で仕立てた袴をはき、鍔刀をさした男の姿は、ちょうど短冊にそっくりだ」と述べられ、

「革袴だとどうしても刀を竪にさすようになるので短尺に似ているというのであろうか」と少し疑問も残しておられる。判りにくい句であるが、先だって翻刻された『二根集』五に、この句について次のような解説があるのを知った。それは「若衆・女房などの持て行はさして面白からず。つば刀さして持行も短冊にてやさしく見なす也。連歌師の心得有べき事也」というものである。これを参考にすれば、右の俳諧はいかつい武士が優しい短冊を持って歩いているさまのおかしさを詠んだものであることが判る。なお、『二根集』の著者は右の句を俳諧としてではなく連歌と考えているようで、短冊という語のもつ優美さを強調しており、連歌師が知っておくべき句体だというのも、そういう解釈の上に立っているからである。

かたはらなる家に「いばらきまでは百にてぞつく」と申すは吹田より茨木迄の駄賃の事なりけるを、連歌にとりなして

陣立をしもの郡の小分限者(181)

の付句を、鈴木氏が「小分限者が荷物賃を百文取って吹田から茨木へ運送するという意であろう……陣立に賃立(駄賃を定める)をかけた句」とされたのは、句の展開の上から言って面白くないだろう。右のような解釈は詞書の説明のままであるのだから前句には適当するが、付句にはそれとは違った意味があるはずである。思うに、「茨木」を地名から陣立に用いる逆茂木《さかもぎ》へ、「つく」を着くから築くへ転じて、駄賃から合戦の陣立てに変化していると見るべきではなかろうか。茨木までは駄賃百文で着くという前句を、他の防禦物はとにかく逆茂木まではわずか百文で築いたことだと取りなして、それはケチに徹した小金持ちが合戦に備えて陣立てをしているのだ、と付けたことになる。小額の百文であるからこそただの分限者ではなく、小分限者としたのであり、勿論、陣立

は茨木に付いている。陣立を為《し》というのを下の郡に言い掛け、地名の茨木に対し下の郡（摂津国三島郡の島下郡）で応じている。

　宇治橋にしばした丶ずむ大ふぐり
　芭蕉の葉にてまきの嶋人（181）

宇治橋に槙の島が付いているが、問題は大ふぐりと芭蕉葉との関係である。潁原氏校本犬筑波集には「水腫などを芭蕉で巻き包む事がある」と注されているが、鈴木氏はこれを採らず「芭蕉葉は腫物・消渇の薬になる。もちろん煎じるのだが、大きな葉で疝気の患部を巻き包むとしたのがおかしみ」と述べられて、芭蕉の葉で大ふぐりを巻くというイメージをむしろ非現実な、笑いをねらった想像上の句とされた。しかしこれは潁原氏の説の方が正しいようである。鈴木氏が右と同想の句として挙げられた

　夜更より俄にきんのはれ出て
　夢につ丶むとみゆるばせを葉　　（「何袋四吟連歌」晨彦・守武・常信・宗仙）

の句も勿論、守武千句十にも

　かたの丶はらはばせうなりけり
　秋風にきんやの里やはれぬらん

とあって、「金が腫れる」と「芭蕉」とが密接な関係にあることが判る。このことを解決する資料は、以前に述べたことがあるものであるが重出をいとわずあげると、『和漢三才図会』九十四の「芭蕉。……今俗陰囊腫者用二芭蕉葉一裹レ之、亦有レ拠矣」という記事である。大ふぐりを芭蕉葉で巻き包むということは、当時の民間療法で

あったのであり、実際に行われていた風俗を右にあげた俳諧が踏んでいた事が明らかになる。

　　きやうりせむにてかぶりをぞきる
　そくゐなき王の位やはげつらん（207）

「きやうりせん」は膠鯉煎。鯉の鱗を煎って水飴のようにした鬢付油という。虎明本狂言・麻生には「（きやうりせんもちて出てく、あたまへあてがう、しうきもつぶし……）『是はなんとするぞ』『是はきやうりせんで御ざる』『なんじやきやうせんじや』『いやきやうりせんと申て、ごたいつけの下へぬらひでかなはぬ物でござる』」などとある。鬢付油の膠鯉煎をもって髪を整え冠を着けた、という前句に、冠を天子の冠として、膠鯉煎を塗っただけで糊の続飯《そくい》でくっつけなかったために天子の冠は剥げ落ちたことだ、と付けたもの。鈴木氏も言われる通り「続飯」には「即位」が掛っており、即位なき王が位を降りるという意味が表面にはある。

　　歩き巫女たのしくなりて何かせん
　たん〱たゞ置け質をとるべし（224）

「たんたんは巫女が弓を打つ音か」と鈴木氏はされたが、ここでは梓弓《あづさゆみ》のことではなく、歩き巫女が持ち歩いた小鼓の音であろう。『東北院職人歌合』巫女には「君と我口をよせてぞねまほしき鼓も腹もうちたゝきつゝ」という和歌があげてあって、口寄せの巫女が鼓を持っていたことを示しているし、『竹馬狂吟集』雑には「へりをきらせるみこの小つゞみ／かわでぬふ火打ぶくろの口よせて」の句があるのによっても、それが確められるだろう。

　　下手猿楽に似たるばけ物
　拍手にも合はぬ狸の腹鼓（128）

鈴木氏は「化物に狸を付け、猿に狸、下手猿楽に対し拍手に合わぬをもって応じた」とされた。前句の内容の中心は「化物」にあるから、付句の「狸の腹鼓」は夜中、野原かお寺の境内で腹鼓を打っている狸と解せばよいのであろうが、私としては「猿に狸」という付合として考えるよりも、下手猿楽に狸の腹鼓という寄せを考えたい。この句について狂言研究の方から指摘されているように狂言の曲に「狸の腹鼓」があるからである。寛正五年（一四六四）に催された猿楽の記録、『糺河原勧進猿楽日記』にはハラツヅミとあり、大蔵虎明の『わらんべ草』四十六段には「たぬきのはらつゞみは、なら、ねぎ、とつはと云者作りはじめしと也」と記されている。

吉野法師は山かうとなり
どこなけるちごのさかなに葛団子（132）

「山かうと」は、山勾当やゴウト（蛙の方言）あるいは山の香頭と考えるより、山家人《やまがうど》であろう。狩人《かりうど》、客人《まろうど》、一人《ひとりうど》などの類。だから付句は、どこにあろうか、お稚児様への御料理に吉野葛の団子を出すなんて、という意味になる。子供であるお稚児様（勿論、男色における恋人役）に鄙びた葛団子を出すから、吉野法師は山家育ちだというわけである。付句の「どこなける」は鈴木氏も述べられているように、何処にそんなことがあったか、とんでもないの意。平凡社の大辞典には『勅規桃源抄』二「どこなける、沙弥は十戒を受て……であるに、行者について拝すると云事があらうか」などの用例があげてある。種彦が「独鈷なげる歟」と注したのは非。

なお、松蘿館旧蔵本にはこの前句に「かねの鳥天王寺には石の鳥」という付句をあげているのは「山かうと」を「山がらと」に変えて付けたものと考えてはじめて理解出来るようである。種彦はこの「かねの鳥」の句について「此句は山空《ヤマカラ》と聞きなしたるか。又鉄の鳥居石の鳥居の井の字を省き鳥とつけたり」と述べている。

花の香を盗みてにぐる嵐哉

霞ににほふ春の山だち（146）（霞のうちにこもる山だち……真如本）

は、福井氏の注にあるように、『古今集』春下「花の色は霞みにこめてみせずとも香をだにぬすめ春の山風」（良岑宗貞）を付合に踏んでいると考えたい。真如本の場合、その文句取りは一層明瞭であろう。「山立」は前句の「盗む」に応じている。

小聖道こそ鞠ずきをすれ

たち出づる庭の松もとさくらもと（147）

この付合は、鞠に対して、松・桜など鞠場のかかりの木で付いていることは明白であるが、それだけでは明白すぎて何とも面白くない。「聖道」は浄土門に対する語で、天台宗や真言宗、奈良の六宗などの自力門の宗教を指しているから、この句では鞠とは関係のない語と何らかの対応があるはずである。付句の「桜もと」がそれに対応しているのであろう。桜本は比叡山中にあった僧堂の名。『義経記』三には、弁慶が幼少の時預けられた寺として「比叡の山の学頭西塔桜本の僧正のもとに」、同五には「一人は桜本の僧正の弟子、武蔵坊と申すは」などと記されている。

七夕も雨にやあはむ天の川

あはれ交野の蓑をかさばや（204）

鈴木氏は、交野《かたの》の御野《みの》に蓑を掛け、「交野で肩にかける意を暗示するのであろう」とされた。これだけではどうも付合が簡単すぎる。これは、「天の川」に「交野」が付いていると考えるべきであろう。「天の川」には、銀河の意味の外に地名（歌枕）の天野川がかかっている。天野川は淀川の支流で、交野の禁野を流れる川。『続拾遺』恋「逢事はけふもかた野の天の川この渡こそうきせなりけれ（読人しらず）」などと和歌にも交野の天の川として詠まれ（古今集・伊勢では業平が狩に来て天の河原と詠んでいる）、謡曲・雲雀山にも「雪にはあくる交野の御野、禁野につゞく天の川」とある。

　謡の後はさいくとぞなる
　この御代に照る月弓のむらぬきて（211）

前句の「細工」に「弓をむらぬく」が付いている。「この御代に夜を掛け、照る月弓（三日月）から槻弓を導く」という構造もその通りであろうが、付合の面白さはこれだけに止まらない。つまり、前句の「謡」に対して、付句が謡曲の文句取りで応じているのである。謡曲・放生川には「此御代に照る槻《つき》弓の八幡山」とあって、この文句を「謡」に対応させているのである。なお、「むらぬく」は、弓の所々を削り取ったむらこき弓というものから考えれば、弓の表面のむらを無くすことか。

　用心しつゝうたふわらんべ
　この御代に照るつき弓を押し張りて（211）

は、「謡の後は」の句とよく似ているが、前句の「うたふ」を歌うから「謡ふ」に転じ、それを前掲の謡曲・放生川の文句でもって受け、さらに、「用心しつゝ」に対して「槻弓を押し張りて」を付けたものである。

　桜がもとにねたる十穀
　春の夜の夢の浮橋すぐめして（16）

この句を福井氏が、十徳の誤りかとし「花にあこがれて樹下に寝てゐるとした」とされた解釈も不充分であろうが、鈴木氏が異本に「す〻めして」とあるのを指摘されながら、直《す》ぐ召して、あるいは錫《すず》召してと解されて「どちらも花見の酒に酔って桜の根もとで寝ているという現実暴露的滑稽」とされた。私は、これは「す〻めして」が正しいと思う。鈴木氏が触れられたとおり十穀が勧進聖であるが故に「勧進《すすめ》」だと思うのである。一句は、桜の下で十穀聖が寝ているということから、それでは夢のなかで夢の浮橋の橋勧進をしているのであろうと付けたものである。勧進と十穀聖との連想関係は、守武千句三「心のまゝのすすめならずや／十こくや酒をば立《(断)》も残すらん」によっても確かめられる。なお、十穀聖による橋勧進については、堀一郎氏『我が国民間信仰史の研究』㈡、六三四頁に詳しい考証がある。

　舅のためのわかななりけり
沢水につかりて洗ふよめがはぎ（13）

前句の「わかな」は若菜であろうが、「若名」を掛けるとするのは不自然のように見える。舅に嫁、若菜に嫁がはぎ（嫁菜）となっているのであって、「舅が戸主として健在する間は、婿は若名のままでいる」ととるのは深読みだろう。むしろ、福井氏も指摘しているように、『土佐日記』の「春の野にてぞねをば泣く、わが薄にて手を切る〳〵、摘んだる菜を、親やまぼるらん、姑やくふらむ……」の歌を踏んでいると考えた方が適切だろう。「よめがはぎ」（嫁菜）には、嫁の脛《はぎ》の意も効いている。

　大薙刀《なぎなた》にはるかぜぞ吹く
弁慶もけふや火花を散らすらん（16）

大なぎなたの弁慶が、牛若丸を相手に火花を散らして闘っている図ではあるが、作者の工夫は、「火花を散らす」に「花を散らす」を含ませていることであり、そう考えてみて、前句の「はるかぜぞ吹く」の語にぴったりと対応することが判るのである。

二　入集作者について

『犬筑波集』は、その原初的な時点において、宗鑑が撰んだということは、その大筋の所では間違いのないことであろう。では、『犬筑波集』入集のそれぞれの句は誰の句であるかについては、本文の注記、『宗長手記』、『守武千句』跋などから一部が判るだけである。近世初期の『醒睡笑』や『昨日は今日の物語』あたりに記された作者名は果して信用してよいものかどうか。

今、これらの資料とは違って比較的信用出来る文献から確め得た作者名を記しておきたい。

その第一は、先にも触れたが、先だって奥野純一氏が翻刻された『二根集』（古典文庫）である。その五には多くの俳諧があげてあり、更に作者名も付されていて注目すべきものである。（『二根集』は文禄四年の序文を持つ）

　戸をたてぬれば明くこそなれ

　禁鍼の九つまでは血もたらで　(73)

という『犬筑波集』の句については

　戸をたてしに、戸の跡よりあかりのさしければ、兼載十七八ノ比、岩木殿いひかけ給ふ。

　戸をたて丶こそあかくなりけれ

きんしんの九つまでハ血もたらで　同

小僧より、利根第一と云々。（※古典文庫・下160頁）

と載せられており、兼載の句であることが判る。また、『守武千句』跋に「兼載……庭鳥がうつぼになると夢を見せ」と書き付けられた、

心細くもときつくらん

庭鳥がうつぼになると夢にみて（80）　宗祇（※202）

の句も、同書二〇三頁に兼載とある。句形は「時つくるなり」となっている。

この外の句で、『二根集』によって作者名の明らかになるものを列記する。

口のまはりをなににたとへん

髭無しが漕ぎゆく船の朝ぼらけ（96）

句形「口のあたりを」となっている。

雪にけさあかり障子の神路山　実彦（※204）

月やぶりたる雲も寒けさ（167）

前句「雪やけさ」とある。この前句の作者が伊勢の神官、度会実彦というのである。また、

はられむとこそ思ひあはすれ

やぶれたる笠を新発意夢にみて（202）　武（※203）

この「武」は、守武であろう。

以上、『二根集』によって、『犬筑波集』の句の作者が判明したものであるが、その外の句についてもあげておこう。

子を思ふゆゑ土に臥しけり
起せども深くねいりの芋がしら（105）

の句は、金子金治郎氏が翻刻された大阪天満宮蔵『宗砌句集』（『七賢時代連歌句集』所収）に、

子をいだきてや地にはふすらん
おこせどもねいりぞふかき家の草

とあるのと酷似している。「家の草」が「芋がしら」に改変されて『犬筑波集』に入集しているのだが、もともとは宗砌の句であったと考えてよい。なぜなら、その経過を示すものとして『竹馬狂吟集』の句形があげられる。

子をいだきてや土にふすらん
ねやふかきおこしかねたる家の芋

というのがそれであるが、『犬筑波集』に先行する『竹馬狂吟集』の句形の方が、はるかに宗砌の句形に近い。また、「家の草」→「家の芋」→「芋がしら」という変化もスムーズに納得されるだろう。「家の草」ならば連歌であるが、「芋」であれば俳諧だということになるのだろう。宗砌を作者とすべきか、「芋」に改変した人を作者とすべきか。

あとなる者よしばしとどまれ
ふたりとも渡れば沈む橋柱（129）

も同様、書陵部蔵『宗砌法師付句』に見えている。

あとなる人ハしばしとゞまれ
　ふたりともわたれバ泣うき橋に

とあるのは、多分「わたれば沈」であろうが、宗砌の句ということになる。ところがこれと同巧の句が既に『長短抄』中に、

　ふたりわたればしづむうき橋
あふ人やしばしと云に留るらん

と、連歌として載せられている。この連歌の句の前後句を逆にして俳諧としたものであろう。『長短抄』は梵灯庵の著。宗砌は梵灯庵の弟子。連歌の句も俳諧の句も宗砌が作者なのか。あるいは連歌の句の順を逆転させて、宗砌の句となったものか。とにかく、『犬筑波集』の句は宗砌の作とみてよいようである。なお、この句は伊地知鐵男氏が報告された専順独吟合綴の連歌聞書（「書陵部紀要」3、一九五三・三）にも載せられており、当時の連歌関係者の間では周知の句であったようである。

ついでに、作者についても述べておこう。平出氏旧蔵潁原本に載せる句であるが、

　時鳥くつろぎすぎの立ど哉
たがそらざやのみじか夜の月

というのがある。これは発句部に入れてあるから、前句が発句であることが判るのだが、それはともかくとして、この発句の右肩に小字で「堅桃」と作者名が記してある。堅桃とはあまり聞きなれない名前だが、『二根集』四に「岡田堅桃」とある人物であろう。次に触れる玄秀と同時代人である。

鐘ほのかにも耳にこそいれ
たゞつぐの訴訟は誰も取りつがで（213）

の句にも右肩に「玄秀」とある。『二根集』四には次のような笑い話を載せている。玄秀が「きのふかも芦の若葉の枯立て」と詠んだところ、「堅桃云。余はやく枯し、と座敷にて云。玄秀、無興と云々」というものである。この玄秀が、同じ『犬筑波集』入集作者の堅桃と同座しているのは興味深い。この記事から両者が共に連歌の実作経験を持つ人であったことも判る。堅桃の玄秀句に対する批難も、理詰めでどこか俳諧的な物の見方が窺えるような気がする。堅桃、玄秀ともに顕伝明名録にその名は記されていない。社会的にどのような人間であったかについては後日を期す。（岡田堅桃については、余語敏男氏『宗碩と地方連歌』（笠間書院、一九九二）が詳しく考証された）。

三　守武と『犬筑波集』

『犬筑波集』諸本のうち、平出氏旧蔵潁原本には、天文九年（一五四〇）になった『守武千句』の句が入集している。

物さびしくもしまぬなりけり
花ちりて風の引きたる目の薬（142）　千句六
うつりかはりて猿とこそなれ
花の春もみぢの秋の桃のさね（159）　同　四

など五付合。また守武自筆『俳諧詠草』（伊藤松宇著『俳諧雑筆』「守武にも犬筑波式のものあり」に紹介）から、

あかしのうらにさむき尺八

　人丸のうた口いかでこほるらん

など五付合が取られている（今栄蔵氏の御教示）。

ところで『犬筑波集』の一本、古活字本『新撰犬筑波集』に載せてある、

　武蔵をさして飛んでこそゆけ
　弁慶がつぶりも蜂や恐れざらん（65）

の句を、潁原氏も鈴木氏も、『守武千句』六の、

　むさしをさすとみゆるなりけり
　べんけいやはちの有ともしらざらん

を、その原作と考えておられる。しかし、これは『守武千句』の句が入集したとは考えない方が正しいようである。なぜなら、最初に列記した『守武千句』の五句が古活字本『新撰犬筑波集』には一句も入っていないのに、この句だけがその古活字本に入集しているというのは奇妙であるからである（私は、古活字の方が、集成された平出氏旧蔵潁原本よりは古い形のものと考えている）。さらに、原作と『犬筑波集』入集句とは句形の違いが甚だしすぎる。また、原作とされる『守武千句』の句の方が俳諧として遥かにまとまっている。私は思うのだが、『守武千句』はその草稿本をみてみると、むしろ古い『犬筑波集』を参考にしている形跡があり、その跋文が兼載や宗碩の『犬筑波集』入集句に言及しているのも、原初の『犬筑波集』成立の方が、『守武千句』成立よりも早かったことを示していると考えられる。

このように考えてくると、守武の句が古い『犬筑波集』に入集したのではなく、むしろ『守武千句』の句の方がこの『犬筑波集』の句を見習って作ったものである可能性の方が高いと言えるのである。『犬筑波集』の句の「むさ

し」には、地名の武蔵と武蔵坊が掛っているのに対し、『守武千句』の句の「むさし」には、十六武蔵（碁の一種）と武蔵坊が掛っているのであって、付合の点はともかく、句の内容は自ら別物であることは明瞭である。なお、『犬筑波集』の方の句が既に『竹馬狂吟集』に入っており、これによっても右の考えが誤りでないことが判るであろう。

ついでに、『犬筑波集』における守武の句らしきものについて考えてみることにする。

ふくもふかれずするもすられず

われ笛のさらばさゝらになりもせで

山伏の貝われずゞの緒は切れて

硯水うみにほこりのたまりきて（75）

という前句付形式の三句が『犬筑波集』にあるが、『校本犬筑波集』によれば、『伊勢俳諧聞書集』に「内宮西行谷連歌満座之後、三人会合前句付」とあって、「われ笛」の句を守武、「山伏」の句を宗祇、「硯水」の句に相応する「いましめの硯の上に塵有て」の句を宗長としている由である。ところが、鈴木氏の引かれた『新旧狂歌俳諧聞書』によれば、「われ笛」は宗長、「山ぶし」は牡丹花、「いましめ」は宗祇となっている。この句の場合にも有名連歌作者への付会があるようで、作者として守武であれ宗祇であれ、信用しない方が無難であろう。

笑へばわらふ泣けば泣くなり

子を思ふ森の巣鳥鷹を見て（105）

この句について、貞徳はその著書『新増犬筑波集（淀川）』の中で、

わらふ内にもまことありけり

とぶたかはみえぬしげみの山がくれ

という『老葉』に載せられた宗祇の句の改悪だと書いている。貞徳のような博学で、連歌・俳諧の大先達の言であっては、その説はなかなか反駁しにくいけれど、「子を思ふ」の『犬筑波集』に載せられた句は必ずしも宗祇の句を念頭にしていたわけではないようである。宗祇の句では鷹を恐れる何かの鳥が句外に想定されているが、『犬筑波集』の句では、それが鳥と固定され、「笑ふ」に対しての「鳥」という寄合を持っている。このように考えてくれれば、例えば『菟玖波集』雑体や『撃蒙抄』に掲げられた、

わらひはすれどあなづりはせじ

鷹のゐる森の梢のむらがらす

の方が、はるかに『犬筑波集』の句に近い。「笑ふ」「鷹」「鳥」という素材が一致し、情景も相似している。ただ、『犬筑波集』の句には「泣く」に「子を思ふ」の付合という一要素が付け加えられていて、そこに「笑ふ」「泣く」の対比があり、俳諧となっているのである。貞徳は、この句を評して「総別連歌めきたる句は、俳諧にはこのまぬ事としるべし」と述べているが、貞徳にとっては、「笑ふ」「泣く」の対比も俳諧とはみえず、連歌の範囲を出るものではないと考えられたのであろう。

以上、『犬筑波集』の俳諧について瞥見した。句解の部分では鈴木棠三氏の御説をあげつらったようになったが、これは氏の注解が全句にわたり、最も新しくかつ最も詳細であったからである。私は、この鈴木氏の注解から非常に多くを学んだ者であることを付記し、感謝と妄言多罪の意を表したい。また、今栄蔵氏、資料の御協力を仰いだ阪口弘之氏に深く感謝する。

お伽草子と和歌・連歌・俳諧

一　概観

物語の作中人物が感情の高まりの中で和歌を詠み、物語の感興を盛り上げていることは、日本の物語において通常に見られるところである。その平安や鎌倉の物語の流れを承けて成立したお伽草子においても、その手法が用いられていることは、こと新しく言うまでもない。漢文脈の作品や口承を基盤とした民話風などの作品を別とすれば、お伽草子のほとんどの作品に和歌が含まれ、中には和歌そのものが作品のテーマであるものも幾編か存する。

ただ、お伽草子の時代はすでに物語や和歌の時代ではなかった。平安、鎌倉の物語に比べるまでもなく、お伽草子は短編で簡略、表現も類型的で、あらすじ的な筋の運びと婦女童幼にも理解できるような分かりやすさを身上としていた。複雑な心理描写や纏綿とした情趣は、もはやお伽草子の追求する第一の目標ではなかった。しかしながら、お伽草子は知識や教訓を物語に求める一方、物語や和歌に代表される貴族的な優雅さに憧れを感じ、こよなく愛したのも事実である。御伽草子が古い物語の改作や『古今集』をはじめとする古歌の引用をしばしば行っているのもその表れであろう。前代の物語の伝統を引く公家物のお伽草子では、恋愛、失恋がテーマとなり哀切な風情が重視され、和歌が重要な役割を果たしているが、庶民物のように室町時代を反映する作品では、そこに詠まれる和歌は概して理屈っぽく、機知的であることが顕著である。狂歌や連歌、はたまた俳諧などが、時おり顔を見せることがあるのも、お伽草子がそうした庶民的なものに対し決して無関心ではなかったことを示すものだろう。

お伽草子作品における和歌は、狂歌なども含め、久曾神昇・樋口芳麻呂・藤井隆共編『物語和歌総覧』[1]によって通覧できるようになっているが、それによれば五十首以上の和歌を含む作品には、『秋月物語』(五八首)、『朝顔の露』(四九首)、『扇流し』(六六首)、『西行物語』(一二六首)、『塩釜大明神御本地』(八三首)、『四十二の物争ひ』(四二首)、『雀さうし』(六三首)、『鳥の歌合』(五六首)、『玉造物語』(九四首)、『鳥獣戯歌合物語』(一一三首)、『長生のみかど物語』(五一首)、『美人くらべ』(五四首)、『伏屋の物語』(七四首)などが挙げられる。御伽草子の和歌には、お伽草子作者による創作的な和歌ももちろん少なくないけれども、勅撰集などの古歌を集めたもの、あるいは鎌倉時代物語などから踏襲したもの、技巧を楽しむ歌合形式をとるものなどもあり、和歌への対応の仕方は多様である。

本稿では、正統的な和歌とともに、道歌や狂歌などの伝承歌、さらには歌語を謎かけに用いる大和言葉、そして室町時代に隆盛をきわめた連歌、俳諧について順に見ていくことにしたい。

二　公家物の和歌・稚児物の和歌

お伽草子の和歌は公家物の作品に多く見られる。若公達と姫君の悲恋を描く作品では、主人公が詠み交わす和歌は美しく悲しく余情を漂わせて、物語の感興をいっそう盛り上げる。物語中の和歌が、登場人物の心情を表出し、場面の印象をあざやかにして物語の流れを引き締めることはいうまでもない。和歌は多くの場合、物語の核でもある。

公家物を代表する悲恋遁世物・継子物の作品には、『しぐれ』『岩屋の草子』『伏屋の物語』『美人くらべ』『はにふの物語』などがある(2)が、これらは鎌倉時代物語の翻案・改作で、前代の作品の既成の和歌が一部に襲用されていることが指摘されている。鎌倉時代物語の和歌を数首ずつ記録した『風葉和歌集』に収録されたものが、これらのお伽草子には載せられており、お伽草子作者の創作はかなり限定されていると思われる。

前の時代の和歌を尊重する傾向は、歌物語ではより鮮明である。歌物語に分類される『うたたねの草子』『海女物語』『橋姫物語』などは、それぞれ、

うたたねに恋しき人をみてしより夢てふものは頼みそめてき

白波の寄するなぎさによをすぐすあまの子なれば宿も定めず

さむしろに衣かたしき今夜もやわれを待つらん宇治の橋姫

という、いずれも著名な『古今和歌集』の恋の歌を物語の中心にしている作品であって、王朝的なものに対する憧憬が明瞭に窺える。

さらに歌人伝説物の、小野小町（『小町の草紙』『小町物語』『小町歌あらそひ』『小町業平歌問答』『玉造物語』）、在原業平（『花鳥風月』『業平夢物語』）、在原行平（『松風村雨』）、和泉式部（『和泉式部』『和泉式部縁起』）、小式部（『小式部』『小式部・別本』）、西行（『西行』『西行物語』）などが主人公となる作品では、勅撰集やそれぞれの家集から数多くの和歌が引用されているのは当然で、人々の強い関心が窺えるが、それでもその歌人を親愛するにとどまらず、中世的な好みからであろうか、能や説話集にも見える奇矯な話を取り入れていることがあるのも注意されよう。小町の零落説話、和泉式部の母子相姦説話などで、

くれごとに秋風吹けばあさなあさな　をのれとはいはじ薄の一むら（『小町物語』）

わが恋は稲荷の山のうす紅葉あをかりしより思ひそめしか（『十本扇』）

などの歌が記されている。後者の歌は「青かりし」と「襖（アオ）借りし」を掛けた童の歌で、和泉式部が童と交わるきっかけとなる歌である。有名な歌人にただ単に王朝の美を追求したのではない、お伽草子の特徴も見えてこよう。

また、擬歌合物として『四十二の物争ひ』があり、帝、東宮、中宮をはじめ、公卿、女房たちが、二つの事柄の優劣を詠んでいく形式で、帝の、

月の夜と、雪の朝と

降る雪は積もらぬかげも有明の月ぞくまなき冬の山里

以下四十二首を収める。ここには季節の風物や物語の場面といった王朝のみやびを対象化しようとする試みがあり優雅に感じられるが、同時に女子が歌を学ぶ教育用の側面も指摘されている。(3)

宗教物、武家物では全体的に和歌の数は少なくなってくる。その中で僧と稚児との恋愛感情を描く『秋の夜の長物語』や『あしびき』『嵯峨物語』『鳥部山物語』などの稚児物の作品は、端正な和歌を配し、文飾巧みな叙述とあいまって優れたものを感じさせている。(4)

降る雨に濡るとも折らん山桜雲のかへしの風もこそ吹け　（『秋の夜の長物語』）

青丹よしならびなき身の旅衣きても山路に迷ひぬるかな　（『あしびき』）

また、お伽草子は和歌のみならず、その注釈をも積極的に取り込んでいる。古くから積み重ねられてきた和歌や物語の注釈は、正統的な解釈の他にもさまざまな考え方を含んでいて、特に中世に行われた古注には、本地垂迹説という独特の神仏思想にもとづいた解釈が数多く施され、その特異な和歌観や説話はしばしばお伽草子の重要な素材となっている。『冷泉家流伊勢物語抄』や『玉伝神秘巻』『古今和歌集序聞書三流抄』などの所説は『鴉鷺合戦物語』『神代小町』『横座坊物語』『雀さうし』など作品に引かれており、さらに作品全体の構想が古歌の注釈に拠るものとして『橋姫物語』があり、天界訪問と可憐な恋を描く『天稚彦物語』（『たなばた』）もまた『為家注古今集』所載の乾陸魏長者の話に全面的に依拠した作品であって、和歌の注釈がお伽草子に与えた影響は非常に大きい。

三　庶民物の和歌・異類物の和歌

庶民物のお伽草子でも、物語の主要な場面では和歌が挿入されることが多くある。一見、貴族的な物語の方法をなぞっているように見える和歌であるが、時には物語の本筋にかかわる重要な役割を果しているものもある。

数ならぬ男が京の上臈に求愛する『小男の草子』や『物くさ太郎』の和歌は、物語の生命である。上臈が大事にする琴を壊した小男が、

数ならぬうき身のほどのつらきかなことわりなれば物もいはれず　（『小男の草子』）

と即座に詠むと、女はその歌才に感心して結婚を承諾したという。物語の上で非常に重要な意味をもつ歌であるにもかかわらず、歌自体は、「理」と「琴割り」を掛けた技巧、かつ時宜を得た歌というだけで、あまり優れたものとも思われない。この歌はまた『物くさ太郎』では、琴を割られた上臈が「けふよりはわが慰みを何かせん」と嘆いたのに対し、太郎が「ことわりなれば物もいはれず」と応じたことになっている。

庶民物の和歌に、表現の美しさを求めることなどは無理であろう。和歌の美しさとはほど遠いが、三十一文字であるというだけで和歌だったのであり、読者はその機知を理解すれば用が足りたのである。庶民物における和歌は概してこの範囲を出るものは少なく、立身出世談として名高い『文正草子』においても、妻を求めて関東に下った関白殿の、

君ゆへに恋路にまよふ道芝の色の深さをいかで知らせん

なども、姫君に恋の思いを伝えようとするメッセージ性があらわである。

お伽草子における和歌の中でもっとも精彩を放っているのは異類物の作品群で、動植物、器物、食品が和歌に自分の名や特徴、習性などを詠み込む技巧を競い、情趣よりは機知を楽しむ作品となっている。動物が歌を詠みあう作品に『十二類絵巻』『獣の歌合』（『四生の歌合』の一部）などがあるが、

あまつ空うきたつ雲も心して月をばさらぬ窓の村雨（辰）　（『十二類絵巻』）

汲みて知る情けはいかにいかり猪の酔ひに乱るる心こそすれ（猪）（『獣の歌合』）

などのような歌である。ともに判詞が付されており、それぞれの歌の工夫が分かる仕組みになっている。物の名前を詠みこむ物名や隠し題の技巧、あるいは古歌のもじりなどはほとんど全ての異類物作品に共通するものであるが、こうした機知的な手法は室町時代、盛んに行われた題詠とも無縁ではないだろう。

鳥が和歌を次々と詠んでゆくものに『雀の発心』『雀さうし』『勧学院物語』『ふくろふ』、虫たちの歌に『玉虫の草子』『こほろぎ物語』『虫の歌合』、魚が歌を詠む『魚太平記』『魚の歌合』、草木が歌を詠む『長生のみかど物語』『草木太平記』、器物に寄せた歌の『調度歌合』『鼠の草子』『御茶物語』などの作品があり、数多い歌が載せられている。

諸鳥の姿を博物図鑑のように生き生きと描いた絵が印象的な『雀の発心』では、みどり子を蛇に食われた雀の小藤太に、諸鳥が和歌をおくり、

雀子のなきぞときけばよそながら声も惜しまず音こそなかるれ（鷲の少納言）

おほかたはひよどり上戸といはれしが子の嘆きには酒もすすまず（鴨の新左衛門）

などと哀悼の意を表するのに対して、小藤太が

世の中のかりの宿りを知りながら秋ひところは惜しき露かな（雁の主計頭への返歌）

五月闇くらはし山のほととぎすなくぞときけばぬるる袖かな（ほととぎすの中将への返歌）

のように、相手の名を詠み込むなどして返歌するという形式が取られている。こうした和歌では古歌や故事の知識をなぞるだけではなく、次第に小動物に対する細やかな観察がなされるようになっている点は注目に値しよ

う。

『餅酒歌合』の作者は二条良基、『調度歌合』は三条西実隆、『四生の歌合』は木下長嘯子、『鳥歌合』は細川幽斎がその作者と伝えられているように、これらの和歌には当時の教養人の積極的な参加が考えられ、機知的な和歌や狂歌が盛んに詠まれた時代の関心を反映するものであろう。

四　道歌・狂歌

中世という時代を反映してお伽草子には、宗教的な内容を色濃くもつものや教訓的な内容をもつ作品も少なくない。そこに取り上げられる和歌は、そうした内容に相応する道歌や狂歌である。情趣を深めるためではなく、内容をより的確、より鮮明にし、強調するためのものであって、お伽草子では無視できない一画を占めている。お伽草子作者が新しく詠んだものはもちろん、古来より伝承されてきたものも数多い。

文学としてあまり評価されにくい道歌ではあるが、勅撰集の釈教歌をはじめとして、聖徳太子(5)、菅原道真(6)、西行、北条時頼(7)、夢窓国師、一休禅師などの歌、あるいはその名に仮託された和歌群が伝わっており、お伽草子もしばしばそれらの中から和歌を引用している。道歌には無常を観ずる歌、往生の救済を説く歌、悟道を示す歌などから人生一般にわたる処世、教訓の歌まで多様であるが、難解な宗教的内実を端的に指摘し、人生の機微、処世の要領を簡潔に示して、格言のように人々に訴えかける。

我ありと思ふ心を捨てよただ身をばいのちのあるにまかせて　（『鴉鷺合戦物語』）

桜木を砕きてみれば花もなし春こそ花の種は持ちくれ　（『磯崎』）

前者「我ありと」の歌は一休宗純作とされる『一休骸骨』や『幻中草打画』に見えるものであり、「桜木を」の歌は『一休水鏡』、世阿弥『遊楽習道風見』『天神御詠』などにも載せられているように、室町時代には広く流布していた歌である。

『白身坊』という、虱の発心を描いた物語には、

世の山の高根高根をつたひきて富士の裾野にかかる白雲

分けのぼる麓の道は多けれど同じ高根の月をこそみれ

などの歌が見えるが、前者は『渓嵐拾葉集』『天神御詠』『雲玉和歌集』などに載り、後者は『一休骸骨』『法華経鷲林拾葉鈔』『法華直談抄』などにも記されていて、これらもまた、当時広まっていたものを取り込んだのであろう。『白身坊』所載の歌は三十五首（藤井本）[8]を数えるが、この作品に載る歌の多くは『一休咄』『曾呂利狂歌咄』『新旧狂歌俳諧聞書』『古今夷曲集』『寒川入道筆記』『二人比丘尼』『新撰狂歌集』『かさぬ草紙』『扇の草子』『可笑記』などに載る歌と重なり、狂歌の世界との近さを感じさせている。

お伽草子には時おり狂歌を取り上げたものがある。

武蔵坊荒れたる駒にさも似たり拍子をはめて繋ぎとめばや　（『弁慶物語』）

あなかしこ人に語るな桐火桶またうちかくるそこのありさま　（『火桶の草子』）

など、滑稽な場面に見受けられることが多く、これらの他にも、姫君に変わった教育を施す乳母を描いた『乳母の草紙』、姫君を誘拐した猿を退治する『藤袋の草子』などにも戯笑的な歌が記されている。応永二十六年（一四一九）奥書の古い作品ではあるが、『餅酒歌合』は餅と酒の立場に立って互いが自らの善さを詠み合った作品で、

餅・酒それぞれの特徴を詠みこんだ狂歌の歌合ともいえるものである。
これら狂歌は、物の名の和歌や掛詞を多用する機知的な和歌とさして大きな違いはない。娯楽性を求めるお伽草子読者が狂歌の理屈や滑稽を楽しんだことは大いに想像される。

五　謎ことば・大和言葉

『ささやき竹』（広本）で、関白殿は蹴鞠見物に来ていた美しい女性に目を留め、家来にその女性の住まいを尋ねさせる。彼女は「高間の山」とだけ言って去る。関白殿はその意味が解けず困惑するが、和歌に詳しい女性から、これは、

よそにのみ見てややみなん葛城の高間の山の峰の白雲

という歌の言葉で、遠く離れたところから見て終わる恋でしょうという拒絶の意味であろうことが説明される。この和歌は『和漢朗詠集』や『新古今集』に載せるものであるが、ここでは謎の言葉として用いられている。「高間の山」の語自体に意味があるのではなく、「よそにのみ見てややみなん」の意味を伝えるのが目的であったことが知られる。

お伽草子では、雅語や歌語を謎めかして用いる「大和言葉《やまとことば》」という表現法があった。もとより「大和言葉」というのは日本の言葉、和歌の言葉を指すのであるが、室町時代にはその優美な言葉を比喩的に用いて、恋愛の意味を伝えるものを指すようになっていた。『小男の草子』には、小男が恋する女性に、「埋み火、岸の姫松、九重の雲、わたつうみ、よこきり」と書いて渡しているが、その意味は「埋み火とは下にこがれて物思ふ、岸の姫松

とは久しくながらへんという心、九重の雲とは我をしやうくわんの心、わたつうみとは深くたのまんとの心」であったという。（「よこきり」は不明）。

また、『浄瑠璃十二段草子』（古絵巻）では、義経が浄瑠璃姫に「浅間の嶽、熊野の御山、筒井の水、野中の清水……」と、さまざまな譬えで思いを語ると、姫は、

浅間の嶽の譬へとは、君を思ふと候ふか。熊野の御山の風情とは、申すに叶へと候ふか。筒井の水の譬へとは、やるかたなきと候ふか。野中の清水の譬へとは、ひとり心を澄ますとか、沖こぐ舟の思ひとは、こがれて物を思ふと候ふか。根笹の霰の譬へとは、触らば落ちよと候ふか。埋み火の風情とは、下にのみ焦がれて、上に煙のたたぬと候ふか。

一むら雪の譬へとは、消ゆるばかりと候ふか。根堅き草の譬へとは心強きと候ふか。曇りた空の譬へとは、逢はで戻れば、心も晴れぬと候ふか。筧の水の譬へとは、面影ばかり、わりなき恋と候ふか。玉すだれの心とは、掛かりて物を思ふらん。空なる星の譬へとは、目には見れども、逢はぬ旅路と候ふか。短き帯の思ひとは、結ぶに逢はぬと候ふか。檀の譬へとは、引かば靡けと候ふか。細谷川の風情とは、めぐりて落ちよと候ふか。……

と、逐一、その意味を解いてゆく。隠された男の恋の思いを順々に明らかにしていくこの謎解きは、七五調の軽快なリズムとともに、物語の魅力を最大限に発揮している。同じ『浄瑠璃十二段草子』古活字本では「大和言葉になぞらへて、仰せけるこそ面白けれ」となっているが、こうした修辞法が「大和言葉」として既に定着していたことを窺わせる。

また、『ふくろふ』という作品では、うそ姫が梟に送った文、

こんよすぎて又こんよ、天に花さき、地に実なり、西方の弥陀の浄土にて契りなん

を、山の薬師が「来ん夜過ぎて又来ん夜」とは明日の夜、「天に花」とは月星が出ること、「地に実なる」とは空がほのかに明らむこと、「弥陀の浄土」とはここから西の阿弥陀堂、と解説し、おかげで梟はうそ姫と逢うことが出来たと描かれている。

このように歌語を用いて婉曲に表現するのが大和言葉であるが、これはもともと和歌や連歌の言葉に対する注釈と深く結びついている。和歌の『綺語抄』や連歌の『伊呂波拾要抄』、『藻塩草』、『匠材集』などの歌語辞典のようなもの、あるいは『連歌合璧集』のような付合集なども数多く著作され、近世には『俳諧類船集』という大部な寄合書も刊行されているように、言葉に対する関心はきわめて高いものがあった。

近世初期には『大和言葉』と題された辞書が刊行されて版を重ね、延宝〜享保の頃には『増補大和言葉』も出版され、歌語の学習や艶書の手引きとして盛んに用いられた。そこには、

鹿ふすのべとは　きみと寝ばやとの事也

きえかへるとは　あはんといふ心也

というように、歌・連歌の言葉がやさしく説明されているが、これとは別に「恋の詞　付合」の章段も特立されており、「待侘るには」「難面には」「忍ぶ思ひには」などの項目ごとに付合となる数多くの言葉が列記されていて連歌作法書としての性格を窺わせている。

大和言葉を取り入れたお伽草子には、右のほかに『みなづる』『西行』『物くさ太郎』『横笛草紙』『さいき』な

どがあり、説経節の『小栗判官』や『しんとく丸』、仮名草子『薄雪物語』にも記されている[9]。大和言葉の伝統は、和歌山県下で恋の言葉として「三国一の那智の滝」（水に惚れた―見ずに惚れた）のように実際に用いられた例も報告されている[10]。

六　連歌

お伽草子作品の中には、時おり連歌を記すものもある。『猿の草子』『幻夢物語』『扇流し』『伊香物語』などである。

室町時代、全国的に流行した連歌文芸の場面をユーモラスに描くのは、永禄（一五五八～六九）頃の成立と考えられる『猿の草子』である。結婚後はじめて来訪する娘婿を歓迎して、近江国坂本に住む猿の栗林伊賀守しぶざねが連歌会を催すが、その時の様子が絵に描かれている。美しく整えられた座敷に主賓の弥三郎殿を迎え、

たてながら栗や日吉に手向草　　しぶざね
木ずゑの秋も朱の玉垣　　弥三郎

以下四句が記されている。発句は栗の木をそのままに日吉の神への手向けに致しますという法楽の意味をもたせているが、このあとの句には「赤くなる顔は婿どの舅どの」という句もあり、これになると既に連歌の風情を失していて俳諧というべきものである。この連歌会の場面には居眠りをするしぶざね、道服姿の宗匠、その横で文台に向かう執筆、奥の小部屋で茶を点てる茶の湯宗匠、その茶を会席へ運ぶ猿など、連歌座にかかわる多くの猿たちが描かれており、当時の連歌会席の様子が具体的に知られて貴重である。

一方、『幻夢物語』は、京の大原に住む幻夢という僧が、比叡山で花若丸という稚児と連歌に遊び、その面影を忘れられず、帰国した花若丸を追って下野国の日光山竹林坊にいたる。夜になって花若丸と会うことができ連歌を詠むことになるが、花若丸は「夜嵐のあす見ぬ花の別れかな」の発句を詠む。幻夢がこの句に不吉なものを感じていると、花若丸の姿は忽然と消えてゆく。実は花若丸は父の仇を討ち、自らも仇の子に討たれていたのであった。幻夢のよんどころない思いに、花若丸の霊が現れたのであった。

この物語は事実に基いて書かれたものと考えられているが、室町時代に流行した連歌が取り上げられ、そしてその連歌が花若丸と幻夢の再会の機縁となっている点が注目される。

連歌は、連衆が一つの席に同座するのが普通であって、『幻夢物語』でも、

雪ぞ咲く冬ながら山の花ざかり　　花若丸
ふるえをかくす霜のさくら木　　幻夢

の句を応酬したことが、日光での連歌会開催に繋がり、そこに花若丸の霊が登場してくることを要請しているのである。

公家物『扇流し』にも連歌を詠み合う場面が見られる。大臣の子の少将に愛され、その邸に迎え取られた姫君が、秋の夜に少将の母から「いざさせ給へ、連歌せん」と誘われ、「草の葉の露をや玉とみがくらん」の句に対して、「月の出でての光をばさす」の句を付けている。この作品は『風葉和歌集』に載る物語『扇流し』の改作と指摘される一方、近世の版本しか残らない作品であって成立の時期や事情がよく分からない。この連歌場面もいつの時代を想定したものか知られないが、女性どうしの連歌唱和というのはめずらしい。

『伊香物語』は、美しい妻を持つ近江国の郡司が、横恋慕した国守から、文箱に隠された上句にあう下句を詠むように迫られ、困った郡司が石山寺の観音に祈願して、「みるめもなきに人の恋しき」の句を得る。文箱を開いてみると「近江なるいかごの海のいかなれば」の句があり、みごとに照応して国守を驚かせるという物語で、原話は『今昔物語集』巻十六「石山観音為利人付和歌末語第十八」である。和歌の上句・下句であるが、短連歌の例と考えてもよいだろう。『小町の草子』の「くれごとに秋風吹けばあさなあさな」「をのとはいはじ薄の一むら」の応酬は『袋草紙』や『無名抄』に、『玉だすき』の「ちはやぶる神をば足にまくものか」「これこそしもかもの神かはは」は『俊秘抄』に、『道成寺物語』の「あやしくも西より出づる朝日哉」「天文の博士いかがみるらん」は『菟玖波集』に載る句にもとづく。

この他、お伽草子作品で連歌について触れるものに、『弁の草紙』『鳥獣戯歌合物語』『玉水物語』『判官都ばなし』などがある。『弁の草紙』は稚児物。発端部に主人公、千代若丸（弁公昌信）の和歌とともに、専順、心敬、道興、新田尚純などの和歌が掲げられているが、いずれも連歌史にその名を記す人々で、専順、心敬はともに連歌七賢の一人。道興は聖護院門跡。近衛房嗣の子で紀行『廻国雑記』の著がある。新田（岩松）尚純は上野国新田郡の人、宗長などと交流があり連歌を愛好した。この四人はいずれも連歌集『新撰菟玖波集』に入集している作者である。なお、『猿の草子』には宗碩、宗養の名が見えており、宗碩は宗祇の弟子、永正八年北野連歌会所の宗匠にもなった実力者であったが、天文二年（一五三三）長門国で没した。宗養は連歌師宗牧の子で、若くして連歌界に活躍し三好長慶などの眷顧を得たが、永禄六年（一五六三）三十八歳で没した。長慶らとの「飯盛千句」「飯盛城道明寺法楽百韻」があり、その辺の様子は『猿の草子』の中にも記されている。

『猿源氏草紙』は、鰯売りの猿源氏が正体を隠して京の遊女、蛍火と会い、寝言で「阿漕が浦の鰯買ふゐい」と洩らして正体が露見しそうになり、猿源氏は連歌の句を案じていたといい、阿漕が浦や鰯などの故事を語って納得させるという物語である。優美な言葉で詠む連歌では古典の知識が不可欠であるが、この作品はそうした知識を読み物に転換しているもので、背景には連歌の一般的な広まりが考えられよう。

応仁の乱前後の著名な連歌師として宗祇、兼載がいるが、お伽草子作品でこの二人の名を伝えるものがある。白描絵巻『桜梅草子』に付された古筆の極めは、書画ともに宗祇の筆とし、『朝顔の露』（絵入古写本）の末尾には、「宗祇法師之真筆」という、正保二年（一六四五）、里村玄陳の識語がある。書写者であることが即ち作者ではないけれども、その可能性がないわけでもない。稚児物語『松帆浦物語』の巻末には「兼載在判」とあり、『酒飯論』国会図書館蔵絵巻は土佐光元画・猪苗代兼載筆とする絵巻の模本である。

七　俳諧

お伽草子の俳諧で注目したいのは、伝承の句である。『浄瑠璃物語』（古絵巻）八段目には、

御曹司は、（略）上るり御ぜんのおもかげ身に添いて、羽抜け鳥のここちして、立つに立たれず、いるにいられず、こはいかにもならでと思しめすが、

という一節があるが、これは、

立つも立たれず居るも居られず
羽抜け鳥弦なき弓に驚きて

の付合を踏んでいることは明らかである。他のお伽草子においても、

・ある山道にて猫坊主に行き合ひ、気もそぞろになり、ころび伏し、たつもたたれず、いるもいられぬ有様なり。（鼠の草子、天理本）

・心もそらにあくがれて、立もたたれず、いるもいられず、何とかなして、此姫を今一度見ばやと案じほれてぞゐたりしに、（はもち）

などに見える「立つも立たれず居るも居られず」の文言も、前句のみであるが、驚き焦慮するさまに用いられていて、恐らくはこの付合が意識されていたものであろう。

この付合は室町時代を通じて頻繁に用いられ、いわゆる人口に膾炙したものであった。もともと連歌の付合で、二条良基の連歌書『僻連抄』に載せられており、紹巴の『連歌至宝抄』にも記されている。しかし、この句を連歌として見てみると優美さは薄く、いかにも理屈が勝った句で、どちらかといえば俳諧的である。『犬筑波集』がこのままの句形で収録しているのも、気のきいた俳諧と認知したからであろう。奈良の英俊のもとを訪れ、俳諧作品を紹介している連歌師の柳江も、この付合を教えたらしく英俊の『多聞院日記』天文八年（一五三九）八月二十一日条に記し留められている。ただこれだけでは曲ないと思ったのであろうか、この前句に、紹巴は「足のうら尻のとがりに物できて」と付けているし、英俊は「山のはの雲にいくたび夕あらし」と案じている。『幽斎公御歌』（本書翻刻）には、

立つも立たれず居るもいられず　　　秀吉
足のうら尻のとがりに物できて　　　紹巴

羽抜け鳥弦なき弓に驚きて　　　　　　幽斎

と記されている。

連歌から派生した俳諧（俳諧の連歌）は、室町時代後期から『犬筑波集』の流布などによって人々の間に広く流行したが、お伽草子では『大黒舞』が正月の祝宴の場に、

釣る魚もめでたい春のさかな哉　　　　恵比須

心のままに霞汲む袖

稲積みてのどかに遊ぶ友ならん　　　大黒

の一連を載せている。発句に「鯛」が詠み込まれ、脇句は「霞」に酒の意味を効かせ、第三は「稲」で豊饒を表し、めでたい気分を詠みあげている。なお『魚の歌合』の末尾には回文の連歌表八句が載せられている。

〔注〕

（1）『物語和歌総覧』（風間書房、本文編一九七四、索引編一九七六）。

（2）市古貞次『中世小説の研究』（東京大学出版会、一九五五）。

（3）真下美弥子「御伽草子『四十二のものあらそひ』考」（『国語と国文学』六二―九、一九八五・九）

（4）久保田淳「御伽草子の和歌」（鑑賞日本古典文学26『御伽草子・仮名草子』角川書店、一九七六）。

（5）『聖徳太子の本地』（『室町時代物語集』四、井上書房、一九六二、所収）。

（6）菅原道真詠歌とされる諸本は、武井和人『中世和歌の文献学的研究』（笠間書院、一九八九）に翻刻されている。本稿では『天神御詠』の名を用いた。
（7）最明寺時頼詠歌の諸本は、池田廣司『中世近世道歌集』（古典文庫、一九六二）に翻刻されている。
（8）藤井隆氏蔵『白身坊』は、藤井隆『中世古典の書誌学的研究―御伽草子編』（和泉書院、一九九六）に翻刻されている。
（9）鈴木棠三『新版ことば遊び辞典』（東京堂出版、一九八一）。
（10）大島建彦「『やまとことば』の伝承」（『ことばの民俗』（三弥井書店、一九八六）。

翻刻

筆結の物語

〔凡例〕

一、本書は前田育徳会、尊経閣文庫所蔵。列帖装。一帖。両面書き。
二、寸法、縦十九・六センチ、横十五・〇センチ。墨付、五十一丁。
三、翻刻に当たり、読解の便宜を考慮して、次の方針に従った。
①　適宜、段落を設け、句読点を施した。
②　原文に付された朱字の振り仮名は全て記した。修正の箇所は、修正後のものを記した。
③　原文に用いられた旧漢字、異体字は、通行の漢字に改めた。
④　校注者の注は、（　）を付して区別した。
⑤　語句に関する注を、そのページの下に記した。

天筆和合楽地福皆円満[1]
筆結《ヒッケツ》の物語

比《コロ》はいつの事にてありけん、丹波国[2]桑田《クワタ》郡弓削《ユケ》庄に、たぬきの大膳亮后転《キンヒロ》といふ者侍り。八町に堀をほり、四町に築地をつき、東西北に五の門をあけ、しんてん（寝殿）、を[3]い所、[4]遠《□ウ》さふらい、厩、つねのや、いつみ殿、膳所、たいの屋、わたり殿、土蔵《トサウ》、文庫《フンコ》にいたるまて、棟数作つゝけ、しんしやう（尋常）にこそすまひけれ。諸道に心をかけけれは、ねにふし、とらにそおき侍る。

ある朝、南面《ヲモテ》の山水《セン》を眺《ナカメ》侍りける処に、北ノ朶《エタ》には雪をおひ、南ノ枝に花はしめてさける梅一もとそ候ける。其時、后転《キンヒロ》（ママ）、太におとろき、近習の物をめしいたし、あれ見給へや、殿原たち、[5]山中《サンチウ》に左暦《サ》なし、梅花をもつて春をしると見えたり。されはたしかに、あらたまの年のはしめと存也。此程は師馳《しはす》狸《タヌキ》にて、目見する人もおはせねは、万、心に案てありつるなり。油断《ユタン》してはかなふまし。堀の藤橋《ユヒハシ》ひけ、門をさせ。となりの里に犬ほへは、狩人くると思ふへし。

上の山に鳥たゝは、鷹掌《シャウ》ありと存へし。[6]きゝすへとりをおとろかさしとて、犬にも、たかにも、[7]すゝのこさせは、爰まてくるをもしるへからす。た

1　正月の試筆（書き初め）のとき文頭に記した祝いの文句。
2　京都府北桑田郡京北町の地名。
3　「くわい所」（会所）の誤記か。会所は室町時代の武家屋敷で賓客をもてなす主殿。
4　武家屋敷で入口に近く、侍が待機する広間。
5　「山中暦日なし」（『唐詩選』答人）
6　聞据鳥。鷹狩で前日に鳥の居所を確かめ、翌日狩りをすること。
7　鷹に付けた鈴が鳴らないようにする。

とへ狩声とをくとも、からすの声か近くせは、はまれちかしと思て、身をつゝしみて、高声《タカ》する(なか)、[8]つかれの鳥かはしりぬけ、こゝをたのみてにけ入は、はしりむかひて、おいゝたせ。外《ソト》まて出て、たか犬にはなつけられてかひに、はなをくへ。さためて犬はいたむへし。用心せよと云けるを、物によく〳〵たとふれは、[10]源三位頼政《ヨリマサ》、むほんをおこし候て、高倉宮《タカクラ》をぬすみとり、園城寺《オンシヤウシ》より南都へ、くそくし申とて、平等院にやすめ申□、宇治はしひきて、まちかけしに、平家の勢の其中に、足利《アシカヽノ》又太郎藤原忠綱、歳十七に成けるか、西国一の大川を先陣して渡せし時、兵物《ツハ》を下知しけるも、是にはいかてまさるへき。

かゝりける所に、[11]和泉国毛穴《ケナノ》庄地頭、[12]狢《マミノ》式部大夫転遠《ヒロトウ》といふ物あり。后《キン》転《ヒロ》か庶流《ソリウ》なり。精進《シヤウ》のつゐて、よかりけれ、大鳥の社へ参《サン》けいし侍りけるに、千種《チクサ》の森《モリ》に、宮の鶯、折しりかほにおとつれたり。

転遠申けるは、伊駒《コマ》山、二上嶽《タケ》のしら雪は、またふる年と思ひしに、[13]鶯の声なかりせは、雪きえぬ山里、いかて春をしらましと、よみしも只、是なり。惣領殿への御礼延引不可然とて、すりひしほにもならさけの、あちはからきを[14]あまのとは、たれかゆひ棰《タル》卅荷、さて肴《サカナ》には、[15]かつしきの試筆《シヒツ》ノ文は

8　追われて逃げ疲れた鳥。

9　「嗅ぐ」の下二段形。

10　以下、『平家物語』巻四、橋合戦。

11　和泉国大鳥郡のうち。堺市毛穴町。

12　「狢」むじな。狸の一種。「マミ」の振り仮名があるが、後文には「むしなの式部大夫」とある。

13　『拾遺集』春・中納言朝忠の歌。

14　天野酒。河内国天野山金剛寺（河内長野市）で醸造した酒。

15　喝食《かつしき》。寺に預けられた若い少年。有髪。

[1]まなかつほ、御児のあそはす飯《ハマチ》、朝拝《テウハイ》のさけにゑいて、かほは赤貝《アカヽヒ》、ゑひすの社は辛螺《（にし）》の宮、住吉の神はいくさに、鰹《カツヲ》やうの[2]美物をたつね出したるは、よき鮒《フナ》とくもたせて鯉《コイ》とて、嫡子《チヤクシ》真《マ》猯《ミノ》太郎転用《ヒロモチ》に騎馬うたせ、丹波へとてそいそきける。

行旅《カウリヨ》の路は、和泉国と摂津国の堺のはまを、うちすきて、あへの、すみのへ、天王寺、浦の渡せしあまか崎にも、付にけり。難波の御津《ミ》の春のかせは、あしもつのくむはかりなり。朧夜《オホロ》の[3]月もやとかるこやの池、いな野ゝ小篠駒にかい、小野原すきて[4]忍頂寺《ニンチヤウシ》、ゑみをふくみてわらいちや《（笑路）》、小河の渡ほともなく、弓削の庄にそ付にける。

はるかの余所にて馬よりおり、人をもつて案内申さんといわせけり。内より、たそといふ。和泉より、式部大夫とのゝ御越なりと申せは、いそき門をひらき、ほりの橋わたし、しやうしいれまいらせけれは、ゑんにあかり、[5]半《ハン》翠簾《ミス》よりさし入給ふ。

大膳亮《スケ》、対面す。[6]吏部《リホウ》さしより、かしこまつて、明春の御慶重畳をさめつ。御富貴候へは、たからのかすも[7]大江山、幾《イク》野ゝ道の遠けれは、いまゝての遅参御免あるへしとて、[8]さつしやうを、ゑんにそかゝせける。[9]光録、居なおり、しきたい《（色代）》して、佳例《□□イ》を申なり。はる〳〵の入御、ことに□□□、太郎

1 「真名《まな》（漢字）」に「真魚《まな》（魚）」を掛ける。以下、「破魔（弓）」と「飯《はまち》」、「恵比寿（戎・蛭子）」に「海老」、「辛螺《にし》」に「西の宮」を掛ける。
2 肉や魚などの美味しい食べ物。
3 謡曲『忠度』。
4 忍頂寺は茨木市、笑路、小河は亀岡市にある地名。↓一三七頁地図。
5 簾を軒に巻き上げてある状態。
6 式部省の唐名。式部大夫転遠をさす。「吏部」を訂した。以下同じ。
7 『金葉集』雑・小式部内侍の歌。
8 「雑掌《ざつしやう》、雑餉」は、人をもてなすための酒肴・食べ物。
9 大膳職の唐名。大膳亮后転をさす。光録は「光禄」の誤り。以下

殿御同道、祝着千万、悦入候とて、[10]ひきわたしの三さかつき、[11]しき三こんすきて、めてたふとて、春の野の[12]こかね雌鳥《メ》を、まないたにすへてそいたしける。若やく（役）にてありけれは、転用《ヒロモチ》、是をきりにけり。

やかて、さかつき出し、初こんに、さうに（雑煮）をすへたりけり。おりふし、大膳亮か伯父《オチ》の時宗、ときのつゝみを宇津と云ふ所におはします、[13]こあみたふこそ、来られける。亭主も客も席《サ》を立て、上座になをし申、三拝《ハイ》して後、おの〳〵座にそちやくしける。

さて又、種々のさかなまいらせ、さかつき、たひかさなり、物かたりの次てに、こあみ陀仏、の給ひけるは、去年の此比は、蕗《フキ》のたうを、さかなにいたされしか、ことしはいまた不レ給といわるれは、けに候とて、みな〳〵[14]沢渡《サハワタリ》をうちにけり。

かくて、しんかう（深更）に成けれは、所々に酔ふし侍りて、翌日《ツキノ》午刻□□おきあかり、后転《キンヒロ》、転遠《トウ》に[15]云ふ給《キウ》、此二日酔に、ふきのたうを喰候はゝや、子阿弥陀仏の申され候しことく、山中雪ふかふして、今年はいまた見侍り候はす、いかゝ仕候へき哉らん、転遠、[16]深《ミ》山には松の雪たにきへなくに、都は野へのわか菜つみけりと申せは、京の町には、かならす、しやうはい侍へし。人をのほ□□、めしくたされ候へといひけれは、きんひろ、町買《マチカヒ》の使ヒ、毎々《マイ〳〵》に

同じ。

10　引き渡しの三盃。本膳に盃を三つ添えた膳。

11　正式の酒宴で、盃と肴の膳を三度取り替えて献酬すること。

12　春の雉子の雌鳥。こがねのきぎす。

13　漢字一字の下に「阿弥陀仏」を付ける法名は時宗の通例。

14　「沢渡《さわたり》」。狸の四肢。ここでは掌を打つこと。庭訓往来「狸沢渡」。

15　「云ひ給《たまふ》」か。

16　『古今集』春上・読人知らずの歌。

[1]あひたかはを仕候て、もうき《（朦気）》せしめ候。所詮、御供申、上洛して、[2]正親町《オホキマチ》に宿を取、おもひのまゝにたへ候はゝやと申。此儀尤とそ同しける。

去程に、其日の暮をおそしとし、又夜の明るを待わひ、とりか八声を聞捨て、后転、転遠、転用、三人うちつれ上けり。かくて永野と云ふ所にて、后転、とりあへす、

　都路をいそかすもあれ春といへは日の影いまたなかの成けり

か様に口すさみ、もて行けるか、后転いふやう、余寒いまたはけしければ、玄《ケン》冬のわすれかたみの、すみかまのけふり、吹敷、朝かせにむせふもうれしかるましけれは、[3]小野こえはあやなし、仁和寺とほりに上らんとて、めての手綱をかひくり、□□のあふみ《（鐙）》をあふれは、馬は右へそすゝみ□り。[4]山里のおりかけ垣の梅か畑《ハタ》にて、転用、

　けふりたつしつ《（賎）》かかきほのむめの花色かすゝけて山かせそふく

此転用は、七歳の秋より、過し霜月まて、和泉の[5]家はらといふ山寺に、児にて候しをよひくたし、元服せさせけり。今年十六に成侍り。姿しんしやうにして心やさ敷、詩歌のすきにて候へは、只今の一首をよみけるも、ことはりなり。

父、悦て、感涙《カンルイ》をなかし、行末《ユクヘ》の道の見分《ハカ》ぬは、春のならいか老の[6]とかの

1　未詳。
2　京都、一条大路の南を、東西に走る小路。
3　周山街道で、京北町と京都市北区の境界の辺の地名。↓一三七頁地図。
4　「山里の折りかけ垣の梅の花いかなる人の見しといふらん」（菅家金玉抄）。安原真琴『「扇の草子」の研究』三六一頁。
5　家原《えばらじ》寺。堺市西区にある寺。行基開創と伝え、真言宗。
6　栂の尾の高山寺。

を、ふしおかみ、其名たかを[7]の寺かとよ、平岡、鳴瀧《ナルタキ》打すきて、雲路にかへるかりの数の、ならひの岡や、さほ姫の霞の袖か、衣笠山、平野、森を余所にみて、いとはやも木の芽《コノメ》は春をしる哉らん、岸の柳のかみや河、渡れは廰□□、此大将軍に付にけり。

爰より□□五郎、三郎を伴《トモナイ》、北野、御前にて下馬をし、内野をすきて竹かはな、大宮、猪熊、もとりはしにて、前を見やりて侍れは、西洞院辺にあたり、貴賤群集《キセンクンシユウ》して、人は大井の市をなす。何事哉らんと尋ぬれは、衛門七申、いまたしろしめし候はす哉、わかさより白《シロ》比丘尼と申て、年八百にあまると申人、上洛仕候て、[8]大みねの地蔵堂に、此ほとわたり候を、京わらんへか、こそりて見候也とそ申ける。

三人の物、申やう、いまた日もたかし、いさ立よりてみてゆかんとて、彼堂へそ入にける。見れは、よのつねの八十、九十になる人のことし。さしたる事なしとて、立帰らんとする処に、ひくに、是なるはいつくの人そとの給ふ。

三人の物、たちなおり、一人は丹波国弓削《ユケノ》庄の住人、狸の大膳亮、一人は和泉国毛穴《ケナ》庄住人、むしなの式部大夫、同子息、まみ太郎とそ名のりける。更《サラ》は各、是へ来り給へ、かたり申へき子細ありと、の給へは、御前近く参た

7　高雄の神護寺。

8　往昔、大峰寺があった。現、上京区大峰図子町。

り。

比丘尼曰《ノタマハク》、ひまあらは、なんちか先祖、語てきかすへしと仰あり。三人の物、申候、先祖の由来御きかせ候は、、如何様の急事候共、如何てか祗候仕候はては候へきと、一同に申上けれは、あまのいはく、昔物かたりなれは久かるへし、座になおれとの給へは、各座烈《レツ》仕る。

其とき、比丘尼の給ふ。昔、五位蔵人長転と云ふ人侍り。継体《ケイテイ》天皇の朝《テウ》につかへ、紅葉の御ゑん□楽候□、つゝみの役にて、めいよの拍子を仕、はしめて山村《ムラ》[1]の庄をそ給ける。其後、時々《ヨ》昇殿《セウテン》を望申けれは、三《（五カ）》位、やかて御前□□りし時、大膳大夫に成にけり。光録大夫とて、其比、賞翫せぬ人なかりけり。去ほとに、長転の嫡子をは常転と号す。丹波の弓削をしらせて狸の大膳亮と名乗せけり。是は后転、□□先祖にて候へし。次男《シナン》をは安転と号す。和泉毛穴を領するゆへに、むしなの大炊助と名乗せけり。是は、転遠の御先祖にて候へし。

さて、みつからをは、いかなる物□かおもひ給ふ。曩祖《ナウソ》長転、挽子《エソ》[2]ふね着岸の奉行を承、若狭国吉昌《キチシヤウ》庄、小浜の浦に下向あり。ひなのすまひのつれ〳〵さに、遊女《ユウ女》やあると問給ふ。其比の、ほしのまへとて、ならひナキ嬢《テウ》[3]あり、本は禁中に候て、化子《カリゴ》命福《ミヤウフ》と申、申《（衍）》せし人なり。

1 弓削庄に隣接する山国庄の誤りか。

2 蝦夷の船。北方からの異国船。「挽」（猦）については本書一四九頁。

3 遊女。→一三四頁。

二月の初午なれや、[4]みあれするいなり《（稲荷）》の杉のもとつはをたおらんと、三の御山にいられしに、いかなる人のしわさそや、かとはかしたてまつり、商人にうりまいらせしか、今、この津にて、[5]なかれをたておはします。是こそと申せは、さらは其をとて、むかへとり見給へは、[6]梅か香を桜の花ににほわせて、柳かえたにさかせても、是にはいかてまさるへき。或又、□に[7]へいし□ま□城にきて、ひしやモンのいもと、吉祥天女□あいたてまつる哉らんと、心にうたかい給ひける。

かくて鴛鴦《エンナウ》のふすまの下に、比目の契をなし給ふ。其しうしん《（執心）》のすゐ、いまのみつから是なり。然に長転、事とけて都にのほり給ひ、いく程なくて世をはや《（早）》ふし給ふほとに、みなし子となりて候なり。母ゝ、みすからをはらみ給ひし時、枸杞《クコ》といふ草ヲ、毎日ふくし給ふ、是則、不死の薬と成て、既に九百年におよふよわいをたもち侍り。さるほとに、もと□長命女と世の人申けり。其後、熊野まふての時、[8]ゆらの寺にまいり、開山の御弟子に成けれは、又諸人、若狭の白比丘尼といふなり。近比より、八百比丘尼とよふ人も侍り。

先祖をおもへはこそなから、されは、なつかしふ候なり。何事にても□、昔今をきらはす、不審ならん事を尋給へ、しらさらんをはしらすといわん。

4　「みあれ」は祭礼。杉は稲荷社の神木。
5　遊女として生活する。
6　『後拾遺集』春上・中原致時の歌。
7　毘沙門天の真言「ベイシラマナ」を地名としたもの。
8　紀伊国由良興国寺。開祖は鎌倉時代の、臨済宗法灯派の心地覚心。

しれらんをはかくすへからすと、仰られければ、三人いもかしらを地□□□□、すいきのなみたをなかして、申ける□、我等もんまうくとん《文盲愚鈍》の身にて候へは、仰□□□も、[1]行水に数かくよりもはかなくて、後学になしカタふ候。あはれ問答申さん条々、次第は入候まし、しるしおき候て、家の宝となし候は、やと申せは、けに、ことはりとて、[2]石王子《じやくわうじ》の石の硯に料紙副て、大膳の亮の前におかせらる。后転、むかし唐墨、のもしかた《文字形》にすり、□□毛の筆にふくませて、仰のむねをそ待たりける。

比丘尼、問。当世の若殿原の、[3]ひつしき《引敷》ほしかる世中に、何の用侍りて、上洛し給ふらん。答、深山は寒風なをはけ敷して、ふきのたう、いまたもえ出候はす。都を床敷存候て、京上仕候。御事のつゐてをもつて、温《御》顔《カン》をはいし奉る条、寔《まこと》に仏神三宝の御引合、ありかたふ存候。

あまいわく、只今のかう□ん、面々の申に同し。さて、ふきのたうは、御身たちのために、以外の毒なり、あへて是をくふへからす。

后転、申。良薬口ににかしと見えたり、よも、ふき（の）たう、毒にては候はし、あまかいふところ、忠言なれは耳にさかふかとそ、の給ひける。

転遠、問、神はいつれへ詣候て可然哉。尼の云、神をはうやまい奉りて、とを《尊》とかり参せよと見えたり。されは、しやうしんけつさいもせすして社

1 『古今集』恋一・読人知らずの歌。
2 丹波国石王寺山から産出した石材。硯石として有名。
3 毛皮で作った腰当て。腰に付け敷物とする。

参、拝宮なとすへからす、中にも伊勢両宮は此国の御あるしにてましませは、ゆるかせに存へからす。

問、両宮は同時に御たち候ける哉らん。答、内宮は崇神天皇の御宇に、渡《ワタ》会《ラヘ》の郡宇治の山にあかめ給ふ、外宮は四百歳の星《セウ》霜を経て、山田の原に宮作有、

問、内宮は如何なる御神にて御座候覧、答、天照皇太神宮にてまし〱候也、

問、外宮はいかなる御神にてまし〱候そ。答、豊受《トヨケ》大神宮にておはしまし候、

同《問》、いつれの神の御前にも、鳥ゐの候は、いかなる事にて候哉。答、社参の人に阿字[4]の本宮に入心をもてとの御しめしなり。

同《トウ》、諸社の井垣《イカキ》、鳥《トリ》ゐには丹《ニ》をぬり、両宮の白木なる事、如何。答、諸社のいかき、鳥ゐに、にをぬるは、責伏の慈悲の神慮なり。又、両宮には白木にて御殿《テン》も萱ふきにし給ふは、はうしきらす[5]、さいてんけつらす、との御心なり。人の貨殖《クワシヨク》にて国のすいひなれは、かやうに御いましめあるなり。しんたう《（神道）》をふかくしれは、はち《（罰）》をかふむるなり。さのみ問給ふへからす。

后転問《トウ》、慈悲に其しな侍候覧。答、釈迦如来の一切衆生は尽是我子也と仰

4　阿字は、梵語a字の音。密教で宇宙根源の真理を表す。

5　「茅茨剪らず、采椽削らず」。殿舎の軒の萱を切り揃えず、椽《たるき》も削らない。民の煩いを少なくする意で、『韓非子』五蠹に載る語。

らる丶は、惣授の慈悲也。提婆《だいば》か仏敵と成侍るを地獄におとし給しは、責伏なり。

問、法花経に無智人中莫《マク》説此経《シ》とあり。是、責伏にてあるへしか。答、不可なり。近江の坂本にて、猿引知識の法花経を講し侍るを聞は、此文なり。無智なる人の中にて、此きやうをとく事なかれとよみて、あふきをはたと打て、すわ智者になしたりといへり。此点にて責伏なり。又、あるかくしやうの談儀を聴聞し侍れは、無智なる人の中に、あへて此経をとけとよみ給へり。是は惣授なり。

問、莫の字に、あつしといふ訓《クン》侍る哉。答、莫太《ハクタイ》とかきて、あつくおほゐなりとよめり。

問、両点之外に、又読やうあるへし哉。答、もと善智識に此文をたつね申せは、[1]智不到《チフタウ》の話《ワ》をさんせよとそ、仰られ侍候。

転用、問、和歌は此国の風俗にて侍れは、よみ習たく侍也。如何仕へし哉。答、其のそみ尤なり。但、詩歌管絃をもつて上をやわらけ下をなて、とをきをめくみ、ちかきをあはれむ、まつりことにもてなし給ふは、公家の御事わさそかし。学文稽古の隙に心をなくさめんとおもは丶、一首をつらぬへし。和歌は[2]こと葉はふるかれ、心はあたらしかれと定家卿はしめし給ふ。

1 「智不倒処」。禪で、知識では到ることのない、悟りの境地。『従容録』七十五。

2 「詞は古きをしたひ、心は新しきを求め」（定家『近代秀歌』）。

又、為家卿は心はふるかれ、こと葉はあたらしかれとの給けるとかや。是、黒白のちかゐのやうに聞は侍れとも、同事なるへし。縦《たとへ》は古歌を取侍て、恋の題をとりて花鳥風月の本歌をもつて読出し、花のたいを持ては恋のふるき詞をかれは、心もことはもあたら敷なり侍ると、いにしへ人のかたり侍しなり。歌をよみ給は、腰おれにてなきやうに、たしなみ給ふへし。

問、こしをれをは、いかにして可存候哉。答、歌を返て、しり給ふへし。其返し様は、

[3]君か代のひさしかるへきためしには神そうへけん住吉のまつ

といふ歌を、

ためしには神そ植けん君か代の久しかるへき住吉の松

かやうに返し侍れ共、こと葉のつゝきめてたく侍る也。又、古歌のこしをれと申中に、

[4]下紅葉かつちる山の夕時雨ぬれてや鹿のひとり鳴らん

といふ歌を、

夕時雨ぬれてやしかの下紅葉かつ散山のひとりなく（ら）ん

か様に返し侍れは、こと葉つゝかすしてわろく侍るを、腰おれと申也。又、此歌の事しかと証本《セウホン》に、ぬれてやしかのひとり鳴らんと侍るを、玉川の宮[5]

3　『詞花集』賀・読人知らずの歌。

4　『新古今集』秋下・藤原家隆の歌。

5　南朝の長慶天皇の皇子と伝えられるも伝不明。永享五年（一四三三）九月、後小松上皇、後花園天皇、伏見宮貞成親王らと百首歌に詠進。

は、ぬれてやひとりしかの鳴らん、仰事侍りしは、作者を御扶持の御心にてや侍けん。又、連歌は和歌より出たる物なり。是も本歌のとりやう、よく〳〵人に尋て、せらるへし。貴人の座席にては祝言の法楽なとにて候はす共禁句、申さるへからす。野へのけふり、柳の雪、鐘の一声、わたらぬ川、山の霞、蘆すたれ、椎柴の袖、玉木わる柴は、哀傷と心得て斟酌侍へし。

問、武士は、さのみ学文には心を入す共にて候哉。答、[1]家語《ケコ》に云、ふん《（文）》の事ある物は、かならす武のそなへあり。武の事ある物はかならす文のそなへあり、と見えたり。

中比の事なり、[2]頼義《ヨリヨシ》朝臣、勅命をうけ給て、貞任《サタタウ》、宗任退治のために、既《ステニ》にみのゝ国はんは《（番場）》といふところまて下給ふ。宿所の庭に築山、やり水のかたちをなしけるを、将軍詠入ておはしけるに、いつくよりきたる共なくて、七、八歳はかりなるおさあひ物、あまた庭上に侍り。あやしみ見給へは、いくさのまねをそしたりける。

二にわかりて、一は築山にあかりて城主となり、一はやり水を前にして、よせてと成てせめたゝかふ事、時うつるはかりなり。され共、城のいくさこわふして、おとし侍るへき様なし。よせかたの大将とおほしき物、つわ物にむかゐていわく、此城ははかり事にて侍らすはおつる事あるへからす、いさ

1　『孔子家語』。
2　源頼義が安倍貞任、宗任を滅ぼしたのは前九年の役、源義家が清原氏を滅ぼしたのは後三年の役。雁行の乱れは後三年の役の挿話（『奥州後三年記』）で、ここでは二つの乱が混同されている。本書一四七頁。

うちもと《（戻）》りて、かくもんせんとて、みなかきけつやうにうせにけり。
　大将、是は八幡大菩薩の、頼義か文にたり侍らさるをしめし給ふ所なりとおほしめし、美濃より打帰、学文をし給ふに、敵軍伏《テキクンフストキンハ》レ 野《ヤニ》雁乱《ル》レ行《ヲ》、半月遷《ウツルトキンハ》レ 水《ニ》魚疑レ釣《ツリハリカト》[3] と云事を得給ひ、又打立て下られけるに、貞任、射兵を野原にふせおきて、ゆる〱ととをり給はん大将を、一矢に射て落すへしとそ下知しける。それをはしらす、彼原にうちのそみ給ふおりふし、雲路の雁、つらをみたりて飛けれは、将軍の給ふ、
漢朝に龐涓《マウケン》[4]将軍といふ物、隣国をせめに行けるに、彼国には孫臏《ソヒン》といへる物あるへし、はかりことにちやう《（長）》せり。出門の時節はかくれあるましけれは、明々後日の間には、あれに見えたる次山に、つわ物《（ママ）》のかくしおき、臣をねらい侍るへし。夜の内にこ□て里にいてんとて、山中にこそおもむきけれ。
　さるほとに彼国のあるしの君、孫臏《ソヒン》をめされて、いか、せんとの給へは、臏申けるは、敵国の大将は龐涓《マウケン》にてそ候らん、涓《ケン》か心中すいしたり。出門の時節、此国に聞ウへし。臏かはからひにて、明々日になるならは、国境の山中にてたはかり、ねらい侍るへし。今宵の中に山をこし、ひらみにいてんと申へし。其猛《□ウ》勢か出、深山を後《ウシロ》にあては戦大事に候なん、いそき射《シャ》兵をつか

3　「釣」は「鉤」の誤り。
4　中国、魏の人。孫臏の奇襲に遭い敗れた。『史記』孫子呉起列伝。振り仮名「マウケン」は「ハウケン」の誤り。

はされ、彼山の深谷にかくし置、道の上の大木《ホク》をしろくけつらせて、龐涓《マウケン》、此木モトにしなん（死）と大文字にかゝせておき候はゝ、大将あやしみ候て、火をあけて見ん所を射ころさせ候へしと申。

さらはとて、兵《ツハモノ》に此分被仰付たり。兵、彼山に行むかい、下知にまかせて用意して、矢をはけ弓を引てそ待かけける。是をしらす、まうけん、山中をとをりけるに、彼木を見てあやしみて、火をたかくあけ見れは、我みやうしをかきて、此木の下に死ナンとかきたり。いかなるもの、しはさなるらんと見る所を、雨のやうに矢を射かけて、いころし侍りて、其軍に勝てけり。

此原に野ふしをおきて、まうけんかことく、頼義を射ころさんとするやらん、飛雁《ヒカン》つらをみたしたりとて、其野をからせ給へは、案のことくおほくの射兵をかくし置侍り。是をおひちらして、其難をのかれ給へり。文武は車の両輪なり。かけては叶候まし。

問《トウ》、学問にはいかなるふみをよみて可然候哉。答、まつ孝経をよみて、孝《カウ》行《〱》を尽侍るへし。忠臣は孝子の門より出と見えたり[1]。奉公し侍らん人は、不《フ》孝《カウ》にては人に見をとさるゝなり。其後、四書五経を読て、仁義、道徳をわきまへ給ふへし。又、武ノ七書を誦して、兵法礼度をそんせらるへし。又、と（東うは（坡）[2]、山谷、三体詩、しかくなとおほえて、詩、れんく[3]の座にて一句をも

1　「求忠臣、必於孝子之門」（『後漢書』韋彪伝）。

2　蘇東坡、黄山谷、三体詩は宋の時代の詩人、詩集。「しかく」は未詳。王昌齢撰の『詩格』か。

3　聯句《れんぐ》。漢詩の一種。複数の人が順に詩句を次いでゆくもの。

つゝり給ふへし。又、三代集、源氏、伊勢物語をも見侍りて、歌、連歌のたよりにもし給ふへし。いたつら事に日をくらし侍るへからす。

問《トウ》、四書五経とは何々にて候哉らん。答、論語、まうし、大かく、ちうよう、是を四書となつく。尚書、らいき《礼》、毛詩、左伝、易、是を五経ト云ふ。孔子、御子[4]の鯉魚《リキョ》に、礼まなひすは物いふことなかれとの給へり。礼とは礼記の事、詩とは毛詩なり。また、孔子、四十五の御とし、我に[5]数年をくはへて五十にしてもて、ゑき（易）をまなはゝ、大なるあやまちなかるへしとの給へり。されは、学をきはめ給ふとも、若からんほとは易をひらくへからす。

問《トウ》、武の七書とは何にて候哉らん。答、りくたう（六韜）、三略、呉子《コシ》、孫子《ソンシ》、いれうし（尉繚子）、司馬法、たいそうもんたう（太宗問答）、是なり。

問、三代集とは。答、古今、後撰、拾遺なり。又、学文はかりに入ふしぬれは心気となるへし。飛越、はやわさ、力わさ、あら馬をのり、つよゆみひき、たかをつかひて山をはしれ、鵜をつかゐて水練[6]せよ。水れんせぬつはものは、武芸をきわめ候ても、一騎当千の名をハえすと承及候なり。

問、手習をは如何ゝ仕候へき哉らん。答、[7]入木《シュホク》の道に、字と筆との二あり。此二を相具シたるを能書とは申也。字と云ふは文字の姿なり。筆と云ふは筆勢なり。まつ、字をよく習て後に、筆を学へし。字姿いたらすして勢を

4　「不レ学レ礼、無二以立一。鯉退而学レ礼」（『論語』季子編）。

5　「子曰、加二我数年一、五十以学レ易、可三以無二大過一矣」（『論語』述而編）。当時、五十歳以前に易を学べば災いに遭うという俗信があった。

6　水練。水泳。

7　習字。筆法。

入れは、小童[1]にひけの生たるやうなり。又、字すかたはかりにせて、勢いらされは、さるかくの鬼面きたるかことし。うち見はおそろしけれとも、下は観世、ほうしやう《（宝生）》なるへし。いかにも心をしつめて、筆法はしつかに書侍るへし。

達者をうらやみて、はやく書へからす。鼠狸《ソリ》はしるといへ共、象王のをそきにはしかしと、臨池論《リンチロン》にのせたり。能書の名をえたらは、おのつから一夜に法花経を一部かゝんとも、心にまかせ侍るへし。

手本よりも字を大にかゝれ候へし。心をせはくもつへからす。上下をそろへす、文字の大小をおもはす、ゆかみひつこ[2]をきらはす、たゝ筆にまかせて書へし。されは家の人は、卦《ケ》をかけたる料紙には物をあそはされす。横卦《ワウケ》はせめての事なり。竪卦《リウケ》のれうしに物かくへからす。又、せはき料紙に物をかきあはせんとする事なかれ。伏見院の絵の、とかきを申あけけるに、文字分際《サイ》、せはかりけれは、絵の上まてあそはしけるを、有難事に家には申され侍也。

問、家[3]とは、たれ人にて御入候哉らん、行成《カウセイ》卿の御末、世尊寺殿、是なり。

問、手本には、いかなる手跡を仕候へき哉らん。答、伏見院は真字《マナ》をは行

1　諺。「三つ子に髯の生へたる如き事」（『太閤記』二）。

2　「びっこ」。極端に背の低いこと。「跛《びっこ》」ではなく、「低こ」の転か（時代別）。

3　藤原行成、またその書道の流派。世尊寺流。

成卿の手跡を御習候。仮字《カナ》は[4]弘誓寺ノ筆跡を御まなひ候しなり。伏見院の御手跡可然候歟。但、面々のためには過分なり。雖レ然、三賢《ケン》の手跡なり共、文字のかたち柔和《ニウ》ならは、用□習へし。当世の人の手なり共、こは《（強）》からんをまなふへからす。[5]二品親王尊円の御手可レ然候はんか。

問、三賢とは何人にて候哉。（答）、道風筆、野《ヤ》跡是なり。行成筆、権《コン》跡是也、佐理筆、佐跡是也、以上三賢と申也。

問、大字は何とかく物にて候哉らん。是、愚慮にはかりかたふ候。答、仮《ケ》令《リヤウ》、一丈の額なとの内に文字を二、もしは三、四なと書は、法量おほえかたし。かきしふ《（柿渋）》にて、かみをかさねて、いかにもこはくして、それにつねのことく書て、紺《コウ》かきのかたのことくゑ《（彫）》り侍るへし。さて、書へきかくのせい《（背）》に、うすき紙を上下にちくをして、[6]にかまぬやうにさしきのなかにかけて、よる、油火をともして、すかしたる文字にて、火と紙とをへたつれは、其もし、かみにうつるなり。

大小は遠近によるへし。さて、うつりたる影をあなたより、うつほ字の様にしるしをして置て、彼紙を額にはり付て、いせんのしるしの中を、はけ《（刷子）》にても、又ははゝきにても其分際よからん物に、墨をふくませて書侍へし。秘事なり。

4 九条教家。藤原良経の二男。号、弘誓院。能書家で父の後京極流を汲みながら弘誓院流を確立した。

5 御家流。鎌倉時代、青蓮院門主の尊円法親王が始めた書風。小野道風・藤原行成の流れを継ぎ、柔らかく流麗。

6 「苦《にが》む」は皺《しわ》が寄ること。

問、白字をは何として、かき候哉らん。答、香爐に火をとりて、かい(貝)のからに、らうを入て、上におきて、ときて、其らうを筆に付て、文字を書て、ほして、はけにて紙に墨をぬりて、よくほして、小刀にて蝋をこそけ侍るへし。

転遠、問、[1]たのしく成候にも、調法あるべし哉。答、[2]過去の因[3]のしらんとおもは丶、現在の果を見よ、未来《ミライ》の果をしらんとおもは丶、現在の因を見よと、とき給へり。されは今生の貧福は過去のむくいなれは、たしなみによるへからす。雖然、ねかひもとめは、福をあたえんとちかい給ふ仏天諸神むなしくすて給ん哉。又、[4]禍福は門なし、まねく所に来へしとも見えたり。先、たのしくならんとおもは丶、おしき物をうりて、ほしき物をかふへからす。やすき時、物をかひて、たかき時にうるへし。但、米なとかひおきて、心に国土のき丶んをおもふへからす。[5]毘沙門経にいわく、一には父母けうやうのためとねかへ、二にはくとく善言(根)のため、三には国土ふねう(豊饒)のため、四には一切衆生のため、五には無常菩提のためとねかふへし。若、人ありて此五種の心をのそひて、ねかふとも、福徳を得へからすと見えたり。

されは、父母に孝あり、君に忠あり、衆生になさけをかけ、一枝の花を見ては、手折《タオラス》すとも仏、菩薩に供養の心を持へし。当世の人、吉香をは、おの

1 豊かになる。富裕になる。
2 「欲㆑知㆓過去因㆒、見㆓其現在果㆒、欲㆑知㆓未来果㆒、見㆓其現在因㆒」(『善悪因果経』)。本書一一〇頁。
3 「因」の末尾nにヲが続いてno「ノ」となったもの。連声《れんじょう》の例。
4 「禍福無㆑門、唯人所㆑召」(『春秋左伝』襄公二三年)
5 『毘沙門功徳経』。毘沙門天の功徳を讃える和文の小経。

れかいしやうにたき、又、嬢[6]、白拍子の遊《アソヒ》、児、喝食の会合、らんふ《（乱舞）》、酒宴のためにのこしおき、ふすほりくさく、たけり。くさくてはなもむけられぬやうなる香をは、仏神霊にたきてまいらするなり。あに、これをうけ給候はん哉。

又、七月にたまゝつる《（魂祭）》をみれは、吉うり《（瓜）》をは妻子にあたへ、にかくわろきを、仏うりとかふして、しやうりやう《（精霊）》にまいらせ侍り。おのれか飯をは地蔵[7]かしらにもらせてくらい、りやうく《（霊供）》をは二と入と云ふこかわらけに、かたの如もりて、汁はひいり、さい《（菜）》かはきて、みそしほの、あちもなきやうにして、まいらせたり。それほとに心さしなくは、さてなんおき侍れかしとそおもふ。

其謂は、霊は、りやうくを七に分て、其一を請侍り。二と入に入たる飯を七に分て、其一は、あかゝり[8]一にいるゝそくいにもたり《（足）》侍らし、いきておはしまさは、いかはかりかとおもひ、涙をなかし、経念仏申て、とふらい奉へし。いきてまし〳〵候時に、やしない奉を至極と存へからす。やしなひ[9]てうやまい奉らさるは、毛ものかふに同しと見えたり。いける[10]時は、つかふまつるに（礼を）もつてし、しぬる時には、はふるに礼をもてし、まつる時は、礼をもてすと見えたり。

6　遊女。本書一三四頁。

7　地蔵の頭のように高く丸く盛ったさま。

8　あかぎれ。その治療には飯を練り潰した続飯《そくい》を塗る。

9　「孟子曰、食而弗㆑愛、豕㆓交之㆒也、愛而不㆑敬、獣㆓畜之㆒也」（『孟子』、尽心・上）

10　「子曰、生事㆑之以㆑礼、死葬㆑之以㆑礼、祭之以㆑礼」（『論語』、為政第二）。

父母に心さしふかくは、仏天もあはれをたれ、鬼神も加護をまし給ふへし。仏神のみやうり《（冥利）》に候は丶、福貴は心にまかせ給ふへし。又、今生は夢の中の夢なれは、栄花といふも一時なり。未来の事をおもひ給ふへし。宗門《シウモン》はいつれにても候へ、縁にしたかひて信仰申さるへし。

問、天台、ほつさう、真言、けこん、さんろん宗等の事は、晩《ハン》学にてと、きかたふ候。念仏を申はやと存候。如何。答、阿弥陀の四十八願に、[1]我もし仏をえたらんに、十方の衆生、我名をせうする事、した《（舌）》十声にいたり、もし極楽に生る丶事なくは、正覚をとらしとちかい給へり。但、阿弥陀経に、若一日若二日若三日若四日若五日若六日若七日、一心不乱とみえたり。

此一心不乱を肝《キモ》にしめて行住座臥をきらはす、酒肉五辛《シン》を用なからも、南無阿弥陀仏と申させ給は、おのつから[2]唯心の浄土を見、故心《コシン》の弥陀に相看《シヤウカン》し給ふへし。

問、当時、法花宗と申は如何。答、近曽《サイツコロ》に日蓮上人とて、貴僧ましく〱けり。天台の奥義をきわめ給ふ上に、一切経を数返くりて、成仏は法花一乗の外にあるへからすと見ひらき給て、一宗を建立し給ふ。十方の仏土の中に、只一乗の法のみありて、二もなく又三もなしととき給へり。

[3]されは阿含《コン》の昔、い《（煎）》れるたねは二たひ生る共、二乗の声聞、仏になる事あ

1　阿弥陀の四十八願の中の第十八願。『無量寿経』。念仏往生の根拠とされる。

2　我が心の中にある浄土、己の身中にある弥陀の意。天台宗などでいい、浄土宗系では西方の弥陀、心外の弥陀とする。「故心」は「己心」の誤り。

3　「法華経は焼種の二乗を仏となし給ふ。いわうや（況や）生種の人をや」（日蓮「上野殿御消息」弘安二年八月八日）によるか。

るへからすとのへ給へり。此ほつけにいたり、もし法を聞物あらは、ひとりとして成仏せすと云ふ事なからんと説給へり。五逆のたい《（提婆）》は、八歳の龍女も此経にいたりてこそ、成道をはとなへ侍り候へ。

問、法花経を粗《（あらあら）》よみ候に、序品より勧発にいたるまて、法花の貴事の昔物語、又たとへ事はかりなり。法花とは、いつくをさして申へく候哉。答、妙法。

問、かやうに被仰候へとも心得申候はす。答、人は心と云ふ物をもてはたらくなり。其を如何様の物ともしらぬ所は妙也。色身は法なり。色身不二にして又同からサルをもつて、妙法とせり。我と云ふ物をしれは、妙法の蓮花たちまちにひらけ、しらさる時は泥中にかくる。此道は言にのへられさるゆへに、

我のりはちそふかしら《（地蔵頭）》ににたりけりとくもとかれすゆふもゆはれす

とよめる。壁に向て我と云ふ物は、たそと尋へし。中峰和尚[4]頌に、

天地生我幼中幼　人間相逢誰是誰
父母未（生）誰是我　一息不来我是誰

問、さては遁世修行を仕候はては、坐禅工夫は成ましく候哉。答、此道のたしなみ、僧俗によるへからす。即心即仏の所を壁に向て案せよ。

4　中国、元代の禪僧。諱は明本。著書『中峯和尚広録』にこの頌が載る。

問、かへに向侍れは、とりつき所候はて、よろつの事か案せられ候に、一句を御しめし候は丶、其をたより仕候へし。答、坐禅は別に用心の所なし。只、十二時中、一切の塵労妄相《（想）》を放下して、常に自心をして虚空の如く、毫毛はかりも　他念なからしめよ。もし自心清浄を得は、還て看よ。不思善不思悪、正当[1]恁麼《（いんも）》の時、いかなるか是、我父母未生已前、本来の面目と、た丶かくの如く看て、工夫一片に、自然に悟入《コニウ》の時侍り候へし。

后転、問、鷹をつかい候は罪に成候はぬと申は如何。答、諏方《スハ》の大明神は[2]劫尽有情《コウシンウシヤウ》、雖放不生《スイハウフシヤウ》、故宿人身《コシユクニンシン》、同証仏果と云文を侍《（作カ）》り給て、漁猟をもつはらにし、くんるいをすくい給へり。此文の心に背は、罪になり侍へし。

問、[3]ゑふくろに鳥かしら卜申候は、なにとりのかしらにて候哉。答、鳥にて侍る也。ゑふくろは須弥《シユミ》をかたとり、[4]鳥兎は日月也。身すりに夜目皮をするは、鹿《シヽ》には星ある物なれは、三光をかたとる也。次に、ふみをふう《（封）》するに、上をみしかく、下をなかくするも、日月をへうせり。文字の長短につゐて、日をみしかく月をなかくする也。

問、弓のはす《（筈）》にも長短有。是も日月の心候へきや。答、しかり。

問、文は陽の日を上におき、陰の月を下におく事、道理にかなへり。弓には月を上にをく事いかん。答、此国を日のもと丶いへは、日をもとはす《（本筈）》にあ

1　中国、宋代の俗語。禅宗で用いられる。どのように。どう。

2　諏訪社で発行した狩猟、肉食を承認する呪文。用字に異同がある。

3　鷹狩のとき、餌や獲った獲物を入れる袋。

4　「鳥」は太陽、「兎」は月。「三光」は日・月・星。

らはすと云ふ一儀あり。され共、武道に陰を上におく事、秘々中の秘なりと聞侍り。女人の身なからも比丘尼にて侍れは、いかてかさ様の事まてはしり侍るへき。平の藤長入道と云ふ物やしり侍らん。尋行て問給ふへし。

問、烏兎をもつて日月にかたとる事、いかん。答、日の中に三足の八咫《ヤタ》[5]烏と云ものあり。又、月の中に白《シロキ》兎ある故也。

問、ゑふくろには三光あり。文と弓とには星の御沙汰なし。如何。答、文をは九くたりに書なり。九曜のかたちなるへし。上代の勅書なとを見申さるへし。御用おほくあれは、うらにはこま〳〵とあそはせ共、面をは大々と九くたりにあそはされ侍るなり。次に弓も、にきりを九にまくは九曜にて侍るへし。

問、すゑはす（末筈）に、陰をあらはし候間、本はすを南になして弓机《ツクヱ》にかけ置候へき哉覧。答、不可也。北と云文字に、にくると云よみ侍れは、一切武具を、きたへむくへからす。

問、東西の間にては、何とかけ候へき哉。答、小笠原の家には、東へむけてかけ候へと一篇に申なり。千葉、三浦、鎌倉、小山等の家には東征《トウセイ》将軍の手に属する兵は、武具を皆、東へ向よ、鎮守府《チンシュフ》将軍に相随ふ輩は、兵具を皆、西へむけよと見えたり。

5　中国で、太陽の中にいるという三足のカラス。

問、征夷将軍と申は、当時室町殿の御事也。宰府《サイフ》の将軍はいかなる人にて御座候覧。答、近代の廃官《ハイクワン》にて候。惣而官位のやうは、しらて□叶はぬ事也。職源抄《ショクケンショウ》[1]を尋て一見あるへし。

問、弓の末を鳥打と申事、如何。答、日本武尊《ヤマトタケミコト》、東夷をたいらけ給ひて後《ノチ》、尾張国熱田《アツタ》と云ふ所にて崩《ホウ》し給ふ。魄霊《ハクレイ》しろき鳥となりて西をさして飛給ふを、時の臣、弓の末にて打落し奉□□謂也。其鳥は讃岐国大内郡白鳥郷□と、まり給へり。靏内[2]大明神《菩薩》、是也。熱田には宮作して、草薙《ナキ》のけんを神体に崇申《アカメ》。八剣《ヤツルキノ》大明神、是也。

転遠、問《トウ》、半装束の武者とは、いかやうなるを申哉らん。（答）、梨打ゑほしに鉢巻し、鎧ひた、れを着シ、は、きにすねあてをし、つらぬきはき、こてをさし、脇楯をし、鎧をきて刀さし、太刀はき箙おふたるをは、一縮《シュク》[3]したるむしやと申なり。前のごとく□□□て鎧を着せすして、刀指、太刀はき、矢おふたるを半装束と云也。

問《トウ》、六具卜《しめ》たる武者とは如何。答、こて、すねあて、甲、冑、刀、太刀、是也。

問、七物付たる武者とは、何々にて候覧。答、斧《オノ》、鉞《マサカリ》、熊手、薙鎌《ナイカマ》、手《テ》鋒《ホウ》、鑓《ヤリ》、棒《ハウ》、是なり。

1　北畠親房の著した有職故実書。官位について記述。興国元年（一三四〇）成る。

2　香川県大川郡白鳥町にある白鳥神社。応永年間、安富安芸守が再興し「鶴内八幡」と称した（角川『日本地名大辞典』）。

3　鎧、具足などの一揃い。

問、三物射そろへたるとは何にて候哉らん。答、歩射《カチ弓》、笠懸、犬《(追脱カ)》物也。吾朝の弓の上手には、橘の諸兄《モロエ》、藤はら秀郷《ヒテサト》、源義家、同頼政等なり。をそらくは震旦の羿《ケイ》、養由と申共、此人々にはよもまさり侍らしとおほえたり。高麗国より渡したりし黒金のたてをも、彼諸兄《モロエ》朝臣こそ、い《(射)》とをし侍しか。

問、神前にて歩射と申候は、いかなる事にて候哉らん。答、是は歩《カチ》弓の本にて侍へし。

問、其時、かす《(数)》塚《ツカ》に串《クシ》を立候は、何とさし候へき哉。答、前弓は左へめくり、後弓は右へめくり、はや□の下より取て、上より指□、矢をは弓の□□□所□下より、数を立候なり。

問、やふさめ[4]と申も、神事に用候へきやらん。答、神功皇后の新羅をせめしたかへ給し時、日域の神変を、もうこに見せんと思食《(おぼしめし)》、海上に的をたて給ふ。諏方大明神、御馬にめされ候て、白浪をけたてさせ、陸地の如、遠馳《ハセ》して、かふら矢にて三の的あそはされ候けり。むくり《(蒙古)》ともは是をみて、□をまきてそ恐ける。是、やふさめのはしめなり。されは流鏑《ナカルカフラ》とかいて、やふさめとよむなり。

其時、的立は、たつの都の小竜からと申物也。はさみ立、もちたりし鎌[5]ほこの様に、折敷をたてけり。其棒は今まても諏方の宮に候なり。

4　流鏑馬《やぶさめ》。馬に乗り、走らせながら鏑矢で的を射る。的は四角い板を串にはさみ、三か所に立て、次々に射る。三的。

5　先端を鎌の形にした鉾。

さるほとに其時、星切をはしめ奉り、諸神たち、馬場もとにて御見物候けり。御帰陣の事なれ共、御前へ矢前を向しとや、馬を左へをり給ふ。右大将家の御時□、鶴岡の八幡にて、やふさめ□□□させける。家の重代なりけれは、三浦と鎌倉を射手の役にて勤たり。的立は武蔵さふらいなりけれは、今にいたるまて、相模の殿原、武蔵の奴原と申は、此いはれにて候也。

問、笠懸[1]と云ふ事は、いつ、はしまり候やらん。答、鎌倉海道の宿《シユク》の、庁《チヤウ》の向《ムカヒ》に、つほね笠と云ふものを懸ておき、庁の傾城立出て、鎌倉上の若殿原にたはふれて、あれあそはせと申時、弓にとりそへて持たる小蟇目にて、射てとをり候しを、笠懸のはしめとも侍る也。

問、小笠懸[2]と申は、いかなる物にて候哉。答、同比にて哉侍りけん、小笠原二郎とて、あふ坂のせきの東には、ならひなき美男あり。在かまくらの其為に、打とをり候しに、件の前にて、いつかの様に遊女いて、あれあそはせと申けり。次郎、笠を射すかして打□おとしけるを、今一目、此おとこを見□□□□、詞を懸て申やう、如何に旅の殿、笠の事はめつらしからす、是をあそはし候へとて、おりふしそこに候し、うす折敷をゑんのきわにそ立たりける。次郎、是を見て、さらは射はやと思て、今度はしもへに持《(もたせ)》たる半蟇目をおつとり、さかつらにおりさかり、はつたといわりて候けり。これそはし

1　走る馬上から、蟇目の矢で綾藺笠の的を射る。「蟇目」は朴《ほお》の木などで作った大型の鏑矢。

2　笠懸の一種。走る馬上から方四寸の板の的を射る。

めにて侍らん。

問、犬追物は、いつはしめにて候哉らん。答、昔、玉藻[3]の前と云ひしもの、野干になりて、下野国那須野にはしり籠しを、千葉と三浦に可退治之由、仰付られけれは、相模介、上総介承て、犬をもて、けいこ《（稽古）》して、つゐに狐をほろほしけり。是や始にて侍りけん。

其後、右大将家、侍のあそひには面白かりけりと被レ仰て、もてなし給ふ処に、や丶もすれは矢につゐて相論侍り。さらは法度を□□めよとて、奉行、頭人をもつて評定ありて、理運の矢の御さたをこなはれ、右筆《（いうひつ）》の物承て、[4]御教書《（みげうしよ）》をなされけり。其時の日記を御前におかれ、又一本つ丶うつして、御気色のよき人え被下けり。正本をは後に、小笠原に預けられけるとかや。

問、犬追物は、いくたりして射候哉らん。答、手組と申て、一組つ丶侍る程に、てうにあるへし。但、三人を一組にして九騎、十五騎もいる也。

問、九騎、十五騎をは、日記には、なにと書侍るへき哉。答、九騎をは上に三人、下に六人。十五騎をは、上に五人、下に十人かくへし。

問、馬上の物、三の中には何か大事候哉らん。答、犬追物は草《サウ》なれは、白[5]篦、小笠懸は行なれは、こかし篦、笠懸は真の物にて侍れは、ぬり篦にし侍

3　中国の悪狐が美女に化けて悪事を成し、日本でも玉藻の前となって近衛院を懊悩させたが、正体を知られ那須野で退治され、殺生石に化したという。その退治の有様を模したものが犬追物の起源とする説話は、鎌倉時代の『神明鏡』上、謡曲『殺生石』『玉藻の前物語』『臥雲日件録』『運歩色葉集』などに載る。

4　将軍から出される文書。

5　塗りも焦しも施していない矢。「篦《の》」は矢の竹。

る也。か様の遊事に心をうつして、誠の射手方うせ侍り。

箭合《やあはせ》のたい□い、矢たはねくつろ（束）□、中指つかふ時の、かふとのきやう、弓は八寸のくらかまへ、射はなつての身つくろい、か様事しらさらんは、侍にてあるへからす。あまたの家流をくみ給ふへし。一流をきはめて他をそしる事、侍るへからす。

転用、問、行縢《むかばき》[1]をは、何と参らせ候哉らん。答、右皮よりまいらすへし。敷て置時は、右皮を上にか□ねて侍へし。拾決《ゆカケ》[2]をは、右より指て左よりぬくなり。くつをは、左よりはきて、右よりぬくなり。鐙をは先、右をかけよ。職《シキ》皮をは白毛を左にせよ。太刀を御輿の中にまいらせ侍るには、つかをあなたへして、右の御かたへまいらすへし。色々事おほく侍り。西明寺のさうし[3]、今河の了俊のおふさうし[4]をもとめて、見侍るへし。又、馬をは、まつ面をみせて、次に右、次に左、次に□をみせまいらせて、又、面をみせ候て、左□□しまはして入なり。

立砂のある庭□は、馬の足をそろゆる時、左口に二度、右口に一度、そゝとくつわにてあいしらいて、後に常の如、見参に入侍るへし。馬とゐんとの間は、馬たけとて、六尺はかり置へきなり。但、主人、御座敷の奥にましく〳〵候はゝ、ゐんより遠して御目にかけ侍へし。是は馬のすそをよく見せ申

1　腰に付け、脚や袴の前面を覆う皮。
2　弓を射るときに着ける皮の手袋。
3　『最明寺殿教訓のふみ』『最明寺殿教訓仮名式目』などをさすか。
4　『今川大双紙』。今川了俊（一三二五～一四二〇）が著した故実書。

さんためなり。馬を見参にも入よ、又はのりもせよ。庭をわるをは忌事也。心得侍るへし。そのわるといふは、仮令、南西北をかけてつくりたる鞠の庭[5]侍るへし。主人、西の家に御座あらは、勿論東より、柳桜のあいをとをしてみせ申へし。のる事も同。もし又、主人南に御座あらんに、よりはのよきまゝに、前のことく、馬を入たらんは、庭をわるにて侍るへし。桜より外をとをして、北より入てみせ侍へし。のる事、同。

もし又、主人、北の座にましまさは、柳の外をとおして、南より□へし。但、馬をは北へ向ぬ事なれは、柳のきわより、いぬゐかしらになして、松の下にてみせ申へし。のる事、同。

雪の朝、雨の暮なとは、心をへちにしてみせ申せ。雪の時はモ、たちをとりてみせ申せ。是は雪を賞翫の儀なり。雪には足跡のこるものなり。馬なとくる□せては恥なり。雨の時はゐんを遠のるへし。蹴上を縁につけしか為なり。

のるには春は桜、夏は柳、秋楓、冬は松をのそきて、乗侍るへし。見参に入馬を、庭に祇候の人にのれと仰事あらんに、馬の右に居あはせ侍らは、其まゝ、さしよりて乗へし。若、馬の左に侍は、馬の後をとをりて乗へし。但、軍陣にては、後をとをるへからす、惣而馬をみせ申にも、又、乗侍るにも軍

5　蹴鞠の庭。北東に桜、南東に柳、南西に楓、北西に松を植える。鞠の懸《か》かり。

場にては、尽心へ《（得）》かはり侍へし。藤長入道に尋候へし。

后転、問、馬の鞭とたかなふり[1]と持やう、かはるへし哉。答、ふち《（鞭）》をはさす時は、大指を下へして、手のこうを外へして、さしてぬく時は、大ゆひを上へして手の内を外へする也。たかなふりは、さす時も、ぬく時も、大ゆひを下へして、手のこうを外へむくへきなり。

転遠、問、庖丁を仕るも能にて候哉。答、侍の能には最初の事也。其謂は[2]ゑい《（衛）》のれいこう《（霊 公）》と申せし人、孔子に陣の事を問給ふ。此人、はしより物をとはすして差越て、をく《（奥）》の事を問給ふほとに、俎立《（ママ）》の事とて庖丁なとする事をは習て候。陣様の事はしらすとこたへ給へり。是にて心え侍へし。

俎《まないた》を持て出には、はし、かたな置たる方か賞翫也。さきへ出へし。まいりやうは右へ。右と云ふは、常に神仏をまいる様なるへし。鎧を御目にかくるには、左かあかるなり。前後は座しきの様によるへし。御目にかけて主人の左に置へし。其時は跡かあかるなり。但、主人、東座に御座あらん時は、左なから、ちと乾の方へ向て置へし。又、膳をは本せんの中、二のせん右、三のせん左、四のせん、さきの右の、五膳、さきの左にそなへ奉るへし。

式三こんをは、初こんをするゑて、二こんをは右にそなへて、初こんをかみへをしあくる也。三こん出は、三こんをも、又右へするゑて、次第にまへの御

1　鷹の世話に用いる鞭。

2　衛の霊公が孔子に陣立のことを尋ねたが、その安易な考えに対し、孔子は俎豆《そとう》のことは聞いたことがあるが、軍旅のことは学んでいないと答え、翌日に衛の国を去った（『論語』衛霊公）。「俎豆」は料理のことではなく祭器で、礼のことをいう。

さかなをおし上也。
御てうし《（銚子）》とりは、二度まいらせて、くわへて又一度まいらせ侍へし。又、一向くわへすして、三度まいらするも祝言の一儀也。ちゝと入て、さつと入は、田舎のしつけなり。心得侍るへし。ひさけ《（提子）》仕る事、てうしのわたりより前へ入へし。後へ入はいむ事也。めし出にまいりては右へめくりて退出仕へし。

問、御前にて鶯[3]をあはせよと仰事あらは、いかゝ仕候へき哉。答、主人南面にましまさは、にしよりよせんとりは、まるわをさきへなして、左の手にてこはんを持て、右の手にてこおゝいをとるへし。東よりよせん鳥は、右のてにて、こはんを持て、左のてにて、こおゝいを取へし。鵯《ヒヨトリ》も同事也。

但、鶯は十声をもつて勝負とし、鵯は一声なり。又、雞《ニハトリ》をは鳥のかしらを、我か前にして、諸手にていたきて、御前の庭におきて、のくへし。其後、今一方より同前にいたきてまいりて、我後をは、とりのかたへむけて、つくはひて、鳥を置てのくへし。勝負みへては不及、是非いまた見えぬに分よと仰あらは、二羽の中へ我身を入て、貴人の御とりをのこして、わか鳥をいたきてのくへし。

転遠、問、物をた《（食）》へ候にも心得候へき哉。答、人前にて物くふ程、大事の

3　鶯合せ。鶯の鳴き声を競わせて争う遊戯。

儀侍らす。酢のたくい入たる物は、よの物を三口くいて後、くふへし。みからし、わさひなとにて、あへたる物くはされ。大こん同。大こんなます、た[1]ぬき、にんにく、き、にし《らカ》なとの様なるもの、くうへからす。又、あふらにてたつしたる物、さんせうくはされ。魚、とりのほね、かみならす事なかれ。しる、すうへからす。すい物とて、さかなに出事侍り。それをも、みをくはぬさきに、しるをすふへからす。殊、わかき人のしるすいたるはみにくし。

転用、心得候へし。大口に物くはされ。人の物を仰せらるゝ時、ふくみなからも御返事申やうに心へ侍へし。物をくう中に、物いはされ。さいしん《再進》[2]を、さのみしたい《辞退》すへからす。くはぬまてにてこそあれ、しいは、いくたひもうけ侍るへし。

当世、飯をおしきへ分す候。飯のかうし《合子》[3]へ、汁をかくる事らうせきなり。又、飯の湯のあつきを、ふた《蓋》てのむ事、事わかき人の上には見くるし。又、飯湯《筒》のそこなる飯つふ、くいのこす事あるへからす。将門[4]の平親王に湯の下の、いゝつふを捨給ふより、運つきてほろひ給へり。諸法はくう[5]におさまるといへり。

各、かへり給へと仰られけれは、もちあはせたる絹、綿、料足なとを進上

1 蒟蒻（こんにゃく）。
2 飯や汁のおかわり。
3 蓋《ふた》の付いた小型の容器。
4 平将門が米粒を粗末にした挿話は、『源平盛衰記』第二十二、俵藤太将門中違、『俵藤太草子』などに見える。「将門が食ひける御料、袴の上に落散りけるを、自是を払ひのごひたりけり」（盛衰記）とある。
5 「食う」と「空」を掛ける。

して、御前を罷立。吏部父子、和泉へくたり、光録は丹波□□てそいそきける。船岡山、紫野、長坂を打こして、竹[6]の明神に付にけり。此神は小野の道風にておはしませはとて、逆縁なから参けり。

（音）人をとし侍を、如何なる者そと見けれは、都に上手の名をえたる筆を結永なり。馬よりおり、礼をする処に、彼男はしりより、上毛をひたむしりにむしりける。是は如何なる事候。御筆の毛は、年内に進上申候ける。それに立用□さつといひけれ共、もちいす。さやうに御沙汰にては我等は、さてなにの身に罷成候へきといひけれは、たゝ御汁のみになれとそ申ける。

此草紙狸か事は書たれとうさきのやうに尾[7]もなかりけり

文明十二年正月十一日　彝鳳老人　在判

右一巻、石井前内蔵允平康長、令出家法名号彝鳳、尓時作之。河西三郎左衛門尉紀元秀、相伝之。然於有方令所望、書写之訖。

永正十四年正月上旬

十河六郎　源儀重（花押）

6　武または長の明神。京都市北区杉坂道風町に鎮座。祭神、小野道風。

7　「面《おも》無し」（面はゆい）を掛ける。

紹巴評、楚仙独吟俳諧百韻

本作品は、誓願寺の木食上人楚仙（?〜一五九三）の独吟俳諧百韻に対して、ほぼ同時期に活動した斯界第一の連歌師、紹巴（一五二四、または二五生〜一六〇二）が加点し、評を加えたものである。成立年時は不明。楚仙没の文禄二年以前。静嘉堂文庫本の冒頭に見える「無言鈔作者高野木食上人」というのは応其《おうご》（一五三九〜一六〇八）のことであり、楚仙とは別人。

静嘉堂文庫本はマイクロフィルム『静嘉堂文庫蔵　歌学資料集成』（雄松堂）第六篇に収められている。また国会図書館本は『三十輻』（国書刊行会、一九三九）に「誹諧の発句」という題名の下で翻刻されている。ただしこの翻刻には誤りが少なくない。この二本の外に、「思文閣古書資料目録」（二〇〇九・十二）には平出鏗二郎旧蔵本（部分）が載せられている。

［凡例］

一　底本は、静嘉堂文庫蔵『誹諧連歌集』所収の本文と、国会図書館蔵『三十輻』百和香に含まれる本文。本稿では両本を並べ掲げた。

二　翻刻に当たり、読解の便宜を考慮して、次の方針に従った。

①　句毎に、最初に静嘉堂文庫の本文を掲出し、その後に［　］にいれて国会図書館本の本文を掲げた。

②　句頭に通し番号を付し、句頭に付された合点は／で示した。

③　句は静嘉堂文庫本の句のみを掲げたが、内容に関わる主要な異同は、句の横に［　］で示した。文字使いの違いなどは掲げなかった。翻刻者の注は全て（　）で示した。

④　評の文には、両本とも読点を施した。濁点は本文のまま。ただし、国会図書館本の濁点は翻刻者が加えた。

⑤　原文に用いられた旧漢字、異体字は、通行の漢字に改めた。

無言鈔作者高野木食上人独吟
［誹諧木食楚仙上人独吟］

1 ＼四方《よも》に雪あけてくばるや風袋

十二天之内ニ風之神有、風袋ヲ冬ニアケテト有、作者ノ心甚深キ也、

［十二天部のうちに風の神有る、風の袋をまゆにあけてあり、作者の心甚深、神妙ゝゝ］

2 ＼冬は峯〳〵めぐる山姥

十二天ノ心、少モ取アハズ、山姥ノ雪ヲ自由ニメグラス所ヲ以テ、近頃ゝゝ

［十二天の心にすこしもとりあわず、山姥の雪を自由にいたす所を以てのがるゝ、近頃ゝゝ］

3 梯《かけ橋》をおりはてつゝも里に出て

山姥ヨリキサハシ、ウタテキ作意、其上句作、比興ゝゝ

［山姥よりかけはし、うたてしき作意候、其上、句作り、中〳〵ひきよ〳〵］

4 遠見をするやかけの松むし

梯ヲオリ、クロウニテ候ユヘ、クツロキタル心ニ候哉、遣句同前、

［かけ橋おりにて、くらうに候ゆへ、くつろぎたる心に候哉、やり句同前也］

5 野をひろみ小鷹狩場のせこ揃ひ

遠見ヨリ出候哉、虫ノ遠見不似合候、誹諧ノ事ニ候間、ケ様ニモ可有之候カ、

6
［とを見より出候や、むしの遠み似合ず、はいかいの事に候間、か様にも可有候］
くわの木杖を月のしたふし
ツヱヨリ、セコ出候而可然候、
［つゑより、せを出候而可然候］

7
つるきる丶弓はいらねと捨難み
弓ノツルキル、時ハ、杖同意トノ事ニ候哉、桑ノツキ弓共候程ニ、ケ様ニモ可有候哉、アマリ念入タル付ヤウニテ候、
［弓づるきれたる時は、つゑ同前との心に候也、桑の月弓とも候程に、か様にも可有候也、あまり念の入たる付やうに候］

8
╲煮たつる茶釜粥そこほる、
弦キル、処、近頃ニ候、カユト云字、弓ヲ、ヘントツクリニ書故、一入面白、凡慮外ニ候、
［弓づるのきる丶所、近頃に候、かゆといふ字、弓をへんにつくりに書故、入面白し、凡慮の外に候也］

9
裏
╲新敷家のわたましいそかはし
屋ワタリカユトノ心候哉、イソカワシキユヘニ、コホレ候処、ヨク付候、
［屋わたりがゆの心に候也、いそがはしき故、こぼれたる所よく付候］

10
生れ出たる子のかたつふり
人ニ付候哉、句ツクリ猶可有之候、

[家に付候也、句作猶可有候]

11 いつくしきこひんのかみやくろからん

カタツフリニ、コヒンノカミ候哉、少心タラス候、

[かたつぶりに、こびんの髪に候や、少心たらず]

12 ／ふるほうくにてはれる雨笠

コヒンノカミニテ出候哉、クロカラン所モヨク付候、

[こびんの髪に付候也、くろからん所も聞へ候]

13 手習の小性はおほき寺にして

[別の子細なし]

14 里つ《[へ]》とをくる餅は一はち

寺ヨリ里ノ古事ニ而候哉、

[寺より里江の古事に候也]

15 つゝしこそ山家の春のみやけなれ

里ツトノモチ、ミヤケメキ候、可為同意候、

[もちは宮下めきし、同意たるべく候、皆々]

16 柴やたきゞに折そふる花

[別の子細なし]

17　二月になれはねはんの跡とひて
センタンノタキヽト云事有、花ヲ手向ノ心ニ候哉、
［別の子細なし、せんだんの薪といふ事あり、花を手向心に候也、近頃〳〵］

18　＼しやうじわか《〔別〕》れほんなふの道
生死ネハン、ホンナフソクホタイノ心か、作者ノ心能候、
［しやうじねはん、ぼんのふ別《(則カ)》ぼだいの心に候也、分別申候ほどの作者の心、甚深〳〵］

19　婿入を佐藤か後家にいひあはせ
シヤウジニ付テ、佐藤出候哉、ホンナフニテ、ムコ入、出候哉、句作り猶可有、
［生死に付て、さとふ出候也、ぼんのふの道にむこ入と付候也、句作猶可有候］

20　たよりもあとをつきのふの果
シヤウジ打越、比興〳〵、
［生死と打こして、つぎのぶ、うたてしく候、かやうの句にて、惣百韻の作意あさましく候］

21　月にしも隣のくものすかけ《〔き〕》して
中々聞えカネ候、タヨリニ雲出候哉、同意、
［中〳〵きこへかね候、たよりにて、となり出候也、同意めき候］

22　数寄屋さしきをあらたむる秋
スカケヨリ、スキヤ出候哉、ヤリ句、

[すがきにて、すきや出候也、遣句也]

23二　残りぬる暑さに水を打ちらし

スキニ、水ウツ物に而候哉、ヤリ句、

[すきやに水打物に候故、如此候、遣句也]

24　／帰るかち火のあとのようしん

ノコリヌルアツサニ、水ウツテイ、カハリ候、

[のこりぬるあつさ、水をうつ体、近頃〱、よくかわり物候也、かんじ]

25　病人やおそろしけにもいのるらん

カヂブト取候事、能候得共、火の用心ニ不付、

[かぢぶととり候事、近頃に候得共、火の用心に不付候]

26　いつ〔色〕もあふひのうはなりはうし

カヂヲ加持ト取候而、三句目イカ、

[かぢをかぢと取て、三句め如何可有候や]

27　初ふり（瓜）をつはる女のほしかりて

ウハナリノトリヤウ、能候へ共、人倫打越申也、

[うはなりのとりよふ、近頃に候へ共、人輪（ママ）打こし候]

28　ほろ〱としも落るうみ梅

行ヤウアシ、、
[ゆきやういかゞ、うみ梅うたてしく候]

29　梶原かゑひらをさせる生田陣
エビラヲツクルトハ有ヘシ、一句ノセン、イカ、、
[ゑびらをつくるとは可有候、させる、いかゞ、ほろをかけたるやうに候、一句のせんなく候]

30　こやのをさして《かけ》にくるみつ鳥
生田陳ニ水鳥ノ断、歌林良材ニ見えタリ、作者句ツクリ、イカ、、
[生田陣の水鳥の理り、寿《ママ》林良材に見へたり、たは《ママ》句作、猶可有候]

31　池広きまはりに稲をほしちらし
小屋野に池出候哉、イケニコヤノ、出度候、
[別の子細なし、小屋に池と付候哉、珍敷からぬ付やうに候、是も池より小屋付度候]

32　＼月にあかくむうしとらの時
稲ヲ、ヒヨミノ亥子ニトリナサレ、丑寅ノ付出シ、近頃〳〵、カハリ候、
[稲を日よみのいねにとりて、うしとら付ける、近頃〳〵]

33　大日とやくしはこれのほそんにて
アマリ付過候、正風体ニ行度候、
[あまり付過候、正風の体にきらひ候]

34　垣はふしほ《〔塩はなし湯を〕》ゝあひらうんけん

三句メ、アシ、、

[三句め、中〱ひきやう〱]

35　せうかちやなをさりならす発るらん

ハネ字イカ、、但是ハクルシカラス候カ、ヤリ句、

[はね字いかん、但、これはくるしかるまじく候や、遣句めき候]

36　だいのお鷹は鳥も得とらず

セウカチ、タイヨハクナル心か、ヲコルラン不付、

[せうがちで、だいがよくなる心か、をこるらんに、こゝろつかず候]

37裏　＼歌の《(ナシ)》心なきはたん冊いやかりて

タイヲトリカネ候処、近頃〱、

[だいをとりかねたるに、近頃ゝゝ]

38　当座の会にあかつらそする

同意に而候、

[同意たるべく候]

39　＼花の下の大盃をかさねのみ

当座の会に赤つらの所付候、近頃〱、（この行、平仮名）

[当座の会に赤面の所、付候、近頃〳〵]

40　春はてうしもさがりはの笛
テウシヨリ、サカツキ出度候、
[聞かねて、てうしより、盃いで度候]

41　╱霞ぬるらうの北橋舞出て
サカリ計ニ面白候、
[さかりばにおもしろく候]

42　人に似たるは山王のさる
山王ノ猿ハ山サルニテ候間、舞事成間敷候、
[さむのふのさるは山ざるに候故、まふ事成間敷候心づくし、元は猿もまわぬものに候也、其分別なき事口惜候]

43　柴栗をむさとはせしとひろひ置
[付所大かたに候]

44　世をすへり来て住あき庵[の庭]
[是も付よふ大形に候]

45　ふくへにてなまづおさふる月の夜に
昼サヘヲサヘニクキモノヲ、中々月ニハムリ〳〵、

［ひるさへおさへにくき物に候、月の夜に中〳〵むりなる事に候］

46 ／手あしのあざにやいとをぞする

ナマス、アサニワタリ候、フクヘジンキウト云事有、一段事候、

［なまず、あざに似たる物に候、又、ふくべしんきうといふ事有、何事もこまか成付やうに候］

47 土用もやけふの二日にあきぬらん

二日ヤイトニテ候哉、

［二日やいとの心に候也、やり句同前に候］

48 石すへつきてはしら立せん

灸モ土用キラヒ申候ニ、石スヘ三句目イカヽ、

［やいとも、土用をきらひ候に、又、石ずへ打こし、いかゞに候］

49 明日は［また］雨にならんとおもひやり

［付やう大かたに候］

50 ／／くれ申ともこえんやまみち

付ヤウカロク候テ、近頃ヽヽ

［行やうかるく候て、近頃〳〵］

51 三 此辺に舎りかるへき方もなし

［別の子細なし］

52　ひだるくなるやむさしの丶原

［別の子細なし］

53　／月に猶をく病むしのくひ《［くゞめ］》つきて

腹中ノ虫ニ、トリナサレ候事、近頃丶丶

［はらのむしに、とりなし候事、近頃〳〵］

54　／鑓かと見ゆるす丶き高《(蔦)》かや

ヲクヒヤウノトコロヨク候、

［おくびやうむしの所、よく付候］

55　いつくよりよめ入をする女郎花

ヨメ入ニヤリモタセ候モノニテ候ヤ、遣句、

［よめ入に、やり、長刀もたせ候物に候也、やり句］

56　／我おちにきといふはそうじやう《［遍照］》

於嵯峨、僧正遍照落馬之時、歌ニ、名ニメテ丶折ル計ゾ女郎花我落ニキト人ニカタルナ、トヨミ申サレ候事有之候、近頃、能所ニ出候、古事ナトモ、カヤウニ自然ト出候事、マコトニ作者ノ手カラタルヘシ、

［於嵯峨、僧正遍照落馬の時、歌に、名にめたで《(ママ)》丶おれる計ぞ女郎花我おちにきと人にかたるな、とよみ申され候事有、近頃よき所へ出候、古事に候やうに自然に出候事、作者のてがらたるべく候］

57 十方をあはれむこそはあみたなれ
光明遍照十方世界ノ心ヲ取出ラレ候哉、少無理ニ而候、
［光明遍正十方世界の文をとりて候や、すこしむりに候か］

58 ちかひのあみをこくうにぞはる
遍照、釈教タルヘク候、三句目イカ、、
［返照僧正、釈教たるべく候に、三句いかゞ］

59 けあけても外へはもれぬまりの庭
キコヘタルワケニテ候、
［別の子細なく聞へたる分に候也］

60 柳さくらのかけのわか駒
［けあげても駒出候哉、可為遣句候］

61 かつらきの松［春］の岩橋あふなしや
［別の子細なし］

62 こちからおかめみよしの、神
［やり句なり］

63 つきならす鐘のみたけは遥《ハルカ》にて
名所三句ツ、キ申候、

64　［やり句同前］
おきてかつは《［ともすればたゞ］》とねかふ後の世
［きこへたり］

65裏　俄にも近所の男死にけらし
［同前なり］

66　いひもさためぬことばだはこと
［同前なり］

67　／扱もまだせぬさきに手をすりて
恋之道、カヤウニモ可有之候、
［恋の心かやうにも可有候］

68　がうてきよりも君はおそろし
聞えタル分ニテ候、
［きこへたる分也］

69　うつくしき目だて《［いろ］》なれ共油断すな
油断強敵之古事ニ而候哉、
［ゆだんがふてきの古事に候也］

70　京染物屋よくとりてみん

目タテニ染物、出候哉、大方、
［目色にそめ物出候也、大かたに候］

71 それ〳〵ににせてはうれる商人に
是モ、付様大形、
［これも付やう大かたに候］

72 月にお宿はかし申まし
サヤウノモノハイヤト云事ニ而候哉、
［さやうの人にいやといふ事に候也］

73 ＼殊勝にもあらぬ高野のひしりにて
アキ人ニムツカシク候へ共、作者、高野聖ニ宿ハシカスナト、在家ノ童共、ウタヒ候事アレハ、近頃、、、
［商人にむづかしくて、乍去、高野ひじりに宿ばしかすな、と在家のわらんべども、歌ひ候事に候、近頃〳〵］

74 笈の中にはかたなわきさし
ヒジリニ、ヲイ、ウシロ付候、比興〳〵、
［聖に、をい、うしろ付候、比興〳〵］

75 判官は直ゐ《［なをひの］》ノ津にやあがるらむ

76　はかりことにて世をはしり行
三句目如何、笈ニ刀脇指、六ケ敷候、判官、山伏ノ姿ニテ、下向ノ事ニ候哉、
［三句め、いかゞに候、山ぶしのすがたにて下向事候間、おひにかたな、かた〳〵むづかしく候］
［別の子細なし］

77　〽咲つゝく花田の年貢未進して
花田、定座ニ、サリトテハ、キドクニテ候、年貢計ト申候、未進有之候而ハ、当世ノ百姓共、ハシル事ニ而候、近頃、ゝ、
［花の定座に候、さりとては花田、きどくに候、年貢はかると申候、みしんいたし候ては、当世の百姓共、走る事に候、さても〳〵おそるべきにて候、後世までもかんじ申候］

78　催促かほに来啼うくいす
年貢ニ、サイソク、ウタテシク候、
［年貢みしん、さいそく、うたてしく候］

79名　振舞はかすみましりのしほり酒
［さいそくふるまひとのいふ事有、別の子細なし、］

80　祝言事ををするはあふら屋
シホルニテ、アフラ出候哉、コ、ロ〳〵シホルトキハ、サケヲカヒ申候物ニ候哉、
［しぼるにて、油屋出候、かならず、しぼる時は酒をかい候物に候］

81 わがま丶になすやまざきの宝寺

山崎、油所ナルユヘニ、タカラ寺出候哉、子細ナシ、

[山崎に油屋所なる故、たからなどいふ所あり、別の子細なし]

82 目の前に見る蓬莱の嶋

在家ノワラヘ共、常ニウタヒ候ハ、ホウライノ嶋ナル鬼ノモツタカラハ、諸行無常、ナト、ウタヒ候故ニ候哉、

[在家の小性共、常にうたひ候は、蓬莱の嶋なる鬼のもつ宝は、しよ行無常などと謡候より出候也]

83 ／ふりよきはふるき都の茶筅にて

奈良ニ、ホウライノチヤセントテ、天下ニモテハヤス故ニ候哉、近頃、

[南都にほうらいが茶せんとて、天下にもてはやし候故にて候也、近頃〳〵]

84 ／若衆たちのあさのゆひかみ

フリヨキニ、近頃ニテ候、チヤセンニ、カミユフ事有リ、凡慮ノ外ニ候、

[ふりよきに近頃に候、凡慮の外に候、]

85 後見のまんするつらはうたてしな

[別の子細なし]

86 代《(しろ)》百[ナシ]だいてあたまはりたし

[この分、別の子細なし]

87　＼斎簾《ひじ》の此ほとはなをくひた《ら》くて
テンハントテ、山寺ニ有、ソレヲアタマハリト申来候、能作意ウカヒ出候、
［天はんとて山寺に候、それをあたまはりと申来候、能作意うかび出候］

88　寺領とられて住そさひしき
［別の子細なし］

89　月星を寝なから見るや、ふれ窓
［寺領なくて、やぶれたる体、別の子細なし］

90　＼物そこなふやはせをはの風
破レタル窓ニ近頃、
［やぶれまどに近頃候］

91　＼能をする秋の芝居やせばからん
ハセヲト云能あり、セハキニ、人、モノソコナフノ心、能付候、
［ばせをといふ能有、せばきに人こぞり候に付て、物そこなふこゝろ、よく付候也］

92　＼いもゝ《で》はしかもやかてよくなる
痘瘡ヲ、ノウト申来候、尤ニ候、
［いもはしか、能と申来候也］

93裏　うふすなにいだきて参る親心

抱物無之候か、
［いだき物なく候、おや心の内に子と言字こもり候、別の子細なし］

94 〽折てさ《こ》しくる松の花よね
花ヨネ、本所、凡慮、神妙〳〵、
［はなよね、出所、凡慮の外に候、神妙〳〵］

95 〽遠々《進候》しあすのせちへの袖払ひ《はつわらび》
折テサシクルニ、近頃ニ候、遠々シノ五文字、中々難浮候、古今モ承不存候、
［をりてさゝぐるに、近頃に候、進候《まゐらせさうらふ》の五文字、中〳〵うかびがたく候、古今きゝ承不及ば、奇妙］

96 雲に霞にこもる賢人
シユカウデンノ心有、キウ〳〵メキタル古事ノ取様ニ候、句作、猶可有候、
［しゆうざんのこゝろ、あまりきら〳〵めきたる古事に候、句作猶可有候］

97 〽名をとげて身をしりぞくる郭《か》公
功ナリ名遂テ、身退クノ心ニ候也、時鳥ヲケシ鳥ニトリナシ、雲ニ霞ニコモルモ有、サリトテハ短慮未才ノモノ、ヲヨビガタキ作意ナルヘシ、
［功なり名とげての心に候也、時鳥を賢鳥にとり、雲にかすみを、こもるも有、乍去、迷は短慮未才の物をよびがたく候也］

98 鵙はくつてをなきて過行

前句、時鳥ヲ啓鳥(難読)ニ、往還ニ、クツヲウリテ世ヲワタルト也、カノ鳥、啓鳥ニテ、クツヲカリ、代ヲハ、ヤカテ請ヨト也、其後、無故毎年四月五日ニ、メイドヨリ来テ、クツヲカウト申来候、其間、鵙ハ藪ナトノ陰ニ居テ、シノネニコト〳〵ト、今ニ鳴申候、時鳥カヘリ候テヨリ鳴ト申也、古歌ニモ、クツテヲイタサヌ人モアリケリト、イツレノ集に入候哉、近頃ゝゝ、神妙ゝゝ

[前句の郭公を死出の山に、往還のくつを売て世を渡ると也、鵙と言ふ鳥、死出の山にて、くつをうつ、代をばやりてと、うけやうとなり、毎年四月五月に、めいどより来て、くつ手をこふと申来候、其間、鵙はやぶなとのかげに出、しのび音にこと〳〵しとなき候、時鳥、帰りてより出て啼也、古歌に、くつ手をばいださぬ人もありけると、しゆに入候哉、近頃〳〵、神妙ゝゝ]

99　一旦の依怙をかまゆるは猶つらし[ほどはうし]

浮世之有様、古今如此沙汰有ナガラ、イカナル人モ、依怙ニ身ヲカタメ申物ニテ候、鵙ニカキルヘカラス、

[浮世の有さま、古今如此候、さは有ながら、いかなる人もゑこに身をかため候哉、鵙にかぎらず候]

100　＼たゝ正直をてらす日月

神国ナル故ニ、アケ句ニ天照太神之侘(託)宣ヲ以、是ニ候哉、近頃ゝゝ、折節出候処、作者之手柄〳〵、

[神国なる故、上句、天照太神のたくせんを以、如此候、うち合出所、作者の妙かとも可申候]

付墨三拾一〔ナシ〕句、此内、長四〔ナシ〕句、

法〔ナシ〕橋紹巴　在判

三条西実条の狂歌

〔解説、凡例〕

一　近世初期の未紹介の狂歌資料として、三条西実条の作品二種を翻刻する。書陵部蔵『和歌誹諧狂歌発句抜萃』の中に載せられているものである。

『和歌誹諧狂歌発句抜萃』の作者や成立については分からないが、慶長末年から元和年間における公家の詠草などが書き留められている。一冊。数人の筆跡が認められ、書き継がれた文事の雑記帳のようである。詠草にはタイトルを付したものもあるが、付さないものもある。詠草の中には実条、光広、素然、通村、信尋、道勝、空性、隆尚、良恕、雅朝、光豊、信尹、枳、道澄、述久、三省、龍山、智仁などの名前が見える。

詠草、三条西実条江戸道之歌のほか、於大門跡所当座、奉和十五首和歌沙弥素然、試筆歌幽斎、飛鳥井中納言家二十首続、幽斎来詩之一首などが含まれている。中に近衛信尹・後水尾天皇の、

　　信尹公より上へ御懸候狂歌

今そしるはてかぬる法の席にて　ねふるはなかき夢のうき世と　信尹

　　御製、御返事に

僧集園城延暦寺
為観解一念三千
請問論義雖殊勝
大勢聴聞退屈眠

といった滑稽なやりとりも記されている。

一　三条西実条《さねえだ》（一五七五〜一六四〇）は公国の子、実枝の孫。朝廷の武家伝奏として幾度か江戸へ赴いた。『三条西実条の詠草二種（翻刻）付、実条の江戸下向』（「埼玉大学紀要」（教養学部）41―2、二〇〇六・三）を発表された高梨素子氏によれば、実条は慶長十九年から寛永十七年実条逝去の年まで、ほぼ毎年のように江戸に赴き、確認のとれる範囲で実に十八回を数えるという。ここに掲げた『三条西実条江戸道狂歌』はそうした江戸下向の折に詠まれたものと思われるが、年時は明らかでない。ただ『和歌誹諧狂歌発句抜萃』には寛永の年号が見えていないので、元和の時期の頃であろうかと推測される。

一　『和歌誹諧狂歌発句抜萃』は縦二十七・四センチ、横二十・八センチ。書名に「誹諧」の文字はあるが、いわゆる誹諧之連歌に関する作品は見当たらない。

一　翻刻にあたり、適宜、読点を施した。

一　三条西実条、江戸道狂歌

がうどの里の、ことのほかにやけ侍りし、つゝきのかたひらの宿は、橋をへたてたるを越きて、思ひつゝけ侍りし

里の名のがうどやくれは橋こえて　きものやうすきかたひらの宿

又、かたひらのしゆくにて、

いさや人あつまめいしよをかたひらの　里のこうやにそめさせてきん

江戸の御普請をみて

御ふしんのあたりをとへはむさしのに　人の数さへはてなかりけり

まりこ川にて

いつ方へまつけわたさんまりこ川　水はよとますわきつめにして

ひわ嶋の川わたりなきにつきて

めうをんのまほりめあらはひわ嶋の　川せの水はひかんとそ思ふ

なかはかまにつきて

のりこはのなかはかまさへ日数ふる　たひくたひれになへてみくるし

さんせうにつき侍りて

めをみたしからかれかしとかみぬれと　あちあさくらの名をよこしけり

はぎゝさむかはさへみさへそのはさへ　れうりのたひにかれぬさんせう
清水をさそ念すらしあさくらの　だうとむせても胸の内には
　さうめんしる、からきにつきて
一口はぞろりとやれと又とたに　わさひからしのしるはすはれす
　さい福寺の住師より、けしの花、色ゝをくらるゝに、つき侍りて、
あらたうとくとくをけしの数〳〵に　はなにもみにしさいわいの寺
　おなし寺にて、とけいのかす廿四うちたるをきゝ侍りて
よるとひる二日あひたのかすうつは　とけいあしきるわろきしかけか
　大津馬につきて
宮こ入の道にはやくも大つ馬の　せなかのうへもにきはひにけり

二　三条西実条、江戸道之歌

　逢坂を越侍るとて
道ひろき世に逢坂のみつからは　うき旅としもおもはてそ行
　さやの中山にて　　同

忘るなよ又越かへる夕へには　まくらかるへきさやの中山

　ふしをみ侍りて　同

雪をたゝ雲の色にもにほはせて　みしるそふしそ春にかすまぬ

　みほの浦を　同

青海にみとりの色をあらそふも　しつかなる日のみほの松原

　おきつ川にて　同

みつ塩のひかたをわけておきつ川　むら〳〵水のなかれいつらん

　田子の浦にて　同

咲藤はなくても田子の浦風を　春の色□□《（なる）》浪の花かも

　浮嶋にて　同

よしあしの色めはわかて風にのみ　つはなを浪の浮嶋か原

　箱根をのほり侍るとて　同

はこね山たかくのほれる駒にたに　むちをおのこのそふるわりなき

　むさしのをみやり侍りて　同

そめ色の山より外に山もなく　月日もゆくかむさしのゝ原

　すみた川にて　同

おもふ人ありやなしやと宮こ鳥　とはれ過しはいく世なるらん

みしまの神前にて　　同
君と臣なをとりの子のまろき世に　みしまの神もまほれとそ思ふ
清見にて　同
清見かたすゝしき月を関にして　人なみならす立そわつらふ
うつの山にて　同
蔦かへてしけりかさねてふる人の　かよふあとみぬ宇津の山こえ
八橋の跡をみ侍りて　同
橋はしら朽のこるかと八はしを　心にかけてとひわたるらん
なるみにて　同
上野ゆきしなかめはとをしかすみつゝ　夏になるみの浦風そ吹
すゝか山にて　同
袖をとふかせふりすてゝすゝか山　いそく人たにやすらひやせぬ

細川幽斎の狂歌　幽斎公御歌

［凡例］

一　底本は架蔵写本。半紙本、表紙とも十四丁。表紙直書き「幽斎公御歌」、左下に「忠縁」。

二　異本と認められるノートルダム清心女子大学図書館蔵の「幽斎翁和歌」（国文学研究資料館マイクロフィルム「幽斎翁和歌雑談」）を参照し、本書の読解に有益と思われる異同を△の符号を付して注記した。

三　翻刻にあたり、段落ごとに通し番号を付し、句読点を施した。旧漢字は通行の漢字に改めた。濁点は本のまま。

四　（　）内に翻刻者による注記を施した。＊を付したものは内容に関する注記である。

幽斎公御歌（内題）

（1）秀吉公、元旦の御祝ひに、かふの豆を御肴にて、御盃事有。折節、幽斎公、御前に伺公《(候)》し給ひしに、御盃を給り、御肴にその豆を給りて、目出度狂歌を一首と、御意有けれは、取あへず、

君が代は千代にや千世をさ《△に》ゝれ石の　岩ほとなりて苔のむすめ《△て》

（2）逍遥院殿、正月十日余りに、法会の事有。前の日より翌朝迄、誦経、僧徒供養の折柄、庭に鶯の初音あり。幽斎公仰けるは、是は誠に初音なりと有ければ、逍遥院殿、いや、きのふも聞侍りしと有ける時、

きのふよりけさかけてなく鶯の　法ほけ経のこゑそとふとき

（3）或とき、秀吉公仰ありけるは、歌の上の句を申へし、紹巴は下の句を次へしとて、

おく山に紅葉ふみわけなく蛍

とありけれは、紹巴申けるは、蛍わ《△は》なく物にてなく候、その上、歌は本歌取と申事の候、本歌なくては寄所なしと申上候得《△へ》は、太閤怒りの顔はせにて、お《△わ》れか鳴せるに鳴ぬといふ事や有へき、本歌も有しと、仰有けれは、紹巴か曰、蛍の鳴たる本歌と申は、神代より不承と申せしかは、幽斎は覚す、や、慥《(たしか)》に本歌有と、御赤面にて仰けれは、幽斎公、取あへす、

武蔵野に篠《(しの)》をたばねて降雨に　蛍ならでは鳴虫もなし

と申歌の候と、仰上られしかは、太閤、甚御悦ひ有て、夫、紹巴、本歌有、下の句を申よと責め給ふ。紹巴は此上の句には、とふも《どうも》、下の句、次《つぎ》申事なりかたしと申せしゆへ、いと不興に見ゑし程に、幽斎公、取あへす、某《それがし》、下の句を次べしと、

　しかともみゑぬ光りなりけり

（4）三月十八日、船より忍ひて明石へ上り給へ、人麿の社頭へ詣給ひける折ふし、人々集り居、歌をよみ手向居たり。此座へ参り来る人は歌をよみ手向る習ひにそ侍る、いさ、よませらるへしとて、各よみたるを書付置し《△たる》を出し、是に記させ《△れ》候へといふ時、幽斎公、御辞退有て、我等歌の事はゑしらぬ者のよし、仰有けれは、いよ〳〵各なふらはやと思ひ、しきりにすゝめけれは、さらはのかれぬ所、止事なし、去なから悪筆なれは、それへ書付てたひ候得《△へ》と仰けれは、一座の人々の中より硯引よせ、我ら記し候半《はん》といふ時、

　ほの〳〵と明石の浦の朝きりと

仰られしかは、各わらいを催し、田舎ものとておかしき事を申とて、嘲るものも有しか、筆者よりその先はと申せしかは、朝霧と、との字にかき給へと仰られ、

　よみしおきなも此苫のした

と仰られ、直に急き御船へ御帰り有しかは、各跡より付てみるに、幽斎公の御船のよし聞て、何れも赤面に及しとなん。

（5）或時、秀吉公、鶴の庖丁を御覧有度との折柄、鶴御手に不入《（いらず）》、鷺と水鶏《（くひな）》にて、真似かたを致《（△し）》、見せよとの仰にて、庖丁相済、諸大名はいつれも（△鶴の）御料理の学ひにて、御頂戴有ける時、秀吉公より一首と御意有けれは、

しら鷺か何そと人のとひしとき　鶴と答へて水鶏ましものを

（6）或時、秀吉公、三つの難題を出し給ふ。
蛍の灰　象牙の香物　爐中の走り船
夜もすからともす蛍の火もきゑて　今朝は草葉にはひかゝりけり
若武者の先掛をして討死し　けにむそふげの香のものかな
（＊「無慙《むざう》げ」に「象牙」、「香」に「剛《かう》」を掛ける）
すゝきたくその沖中にほのみへて　いろりのうちの走り船かな

（7）或時、幽斎公、御前様と御二方、御膳を召上られけるに、御汁のみ、苣の葉にて有けれは、是は何と御尋のとき、村中何某、ちさ《△しや》にて候と申上候時、

何事をしるのみなれはこの草を《△も》　ちさと名付て人はいふらん

と御詠有て、此返歌仕候得《△へ》と仰有。村中、大に閉口仕、恐（△れ）入たる風情成けれは、御前様、御引取、名代に御返歌申上へしとて、

万代をしるのみなれは此草を　ちさと名付て人はいふなり

（8）芝の（△御屋敷）御類焼の事有折柄、幽斎公は御城にて居眠り居給へ《△ひ》けるに、家康公あわたゝ敷、幽斎〱、其方屋敷とみへて出火あり、はや〱目をさまし候へとありけれは、夫はと御立遊し、御覧ありけるに、一はいに焼居ける。ケ様の時も歌出るやと御尋有けれは、

夢さめておきるその間に秋の来て　芝の庵りはもみちしにけり

（9）或時、御隣家より出火、既に御囲《△構》へ火かゝらんとす。風はつよし、殊に風下なれは御屋敷中も大にさわきし折しも、幽斎公、御熟睡にておわしましけれは、漸《△やう〱》、御目を覚させ、御手水鉢にて御手水のうちに、はや御塀に火移り申候と、申上けれは、

ほの〱と垣の本までやくるとも　歌さへよまばひとまるとしれ

と遊しけれは、忽、風留り、火鎮《（しづま）》りけるとなん。それより伝へて火除《（ひよけ）》の詠とて、此御歌も常にはり置けば、火災を除とぞ。

（10）鞠子《（まりこ）》の宿御通りの時、御草鞋《△わらんず》のひも切けれは、有鄽《△或みせ》へ立寄。折しも、御同伴の御方も御草鞋をかわんとて御立寄、何程ぞと御尋ありけれは、亭主曲《（くせ）》ものにて、直段したゝかに申せしかは、幽斎公、御同伴の御方へ仰られけるは、

鞠子川沓の音高くきこゆなり　あすかひ給へさきにありく

（＊飛鳥井家は鞠の師範家。「ありあり」は鞠を蹴るときの掛け声）

（11）有時、鳥屋のまへを御通りありけるに、鶉《うづら》のよくふける声しけれは、あの鶉、何ほどぞ、承れと仰有けるに、亭主欲心ものにて、百五十両なりと申せしかば、御駕の内より、御はなかみに御書遊はし、鳥屋に此歌を張付置へしと仰付られける、

立寄りてきけは鶉の音も高し　さても欲にはふけるものかな

（＊「ふける」は、盛んに鳴くこと）

御跡より亭主見て、是は幽斎公にて有けるとて吹聴しけるか、此御歌を鳥籠に添て、鶉を外の御大名へ弐百両余に払ひけるとなん。

（12）或時、幽斎公と紹巴と御前に伺公《候》の所に、秀吉公より、

立もたゝれす居るもいられす

といふ句御出し有て、此句に能付句ありや、と仰られける時、紹巴、

足のうら尻のとかりに物出来て

ケ様に仕候と申上けれは、（△御覧有て）幽斎公へ如何と仰有。その時、紹巴か句は理屈にて風雅なく候と仰られしに、然らは幽斎仕候へと御意有けれは、

　羽ぬけ鳥弦なき弓に驚ろきて　（△関白）

と遊される《△即詠あり》時、又一句出すへしとて

　丸ふ四角に長ふみちかふ

丸盆にたふふ《（豆腐）》を入れてゆくちんは　（△紹巴）

ケ様仕候と紹巴申上しに、又々、幽斎いかゝと仰ありける。是もまた前のことく仰上られける時、さらは仕候へと仰有けれは、

　筒井つゝ月くりあける箱釣瓶

（13）或時、烏丸家に、三斎公御同伴にて御出有ける時に、菊亭様も御入有ける（△か）、

　細川二つちよつと出にけり

と仰有けれは、幽斎公、取あへす、

　御所車通りし跡に時雨して

と御付遊されける。その御帰かけに、烏丸様より、召仕のものへひそかに、幽斎か帰り候時分、敷台へ突落し候得《△らへ》と仰られける。頓而《（やがて）》御帰りの時、御玄関へ何心なく御出かゝられしに、隠れ居て、つきこかしける。烏丸様そこにて歌一首、と仰られける時に、

　とんとつくころりところふ幽斎か　いつの間よりか歌をよむへき

(14) ある時、秀吉公仰けるは、幽斎参たる時、色々難題を拵《こしら》へてこまらせ候半《はん》とて、拵置たまひける。其後の御夜話に、

寄橋摺小木

宇治川のはしの柱のしけければ　すりこき通るまきの柴ふね

寄冬瓜恋

墻こゑて我をとふ瓜《△くわ》の嬉しさに　こよひちきりてしる人にせん

(15) 寒気のせつ、石田治部少輔に《△より》、岩花《かき》と、つへたと、海鼠腸を献しけるに、(△折しも幽斎翁、御前に□□□□)、是に歌一首と有ければ、

かきくらし降雨《△ナシ》白雪のつへたきを　このわためしてあたゝめそする

(＊「つべた」はつめた貝。食用)

(16)

爐中の汐干

かきあせ《△け》る灰は汐干にさも似たり　いろりは海よおきかみゆるは

(17)

武蔵の野《△野の》船

此頃は船にのりたやむさしのに　すゝきなみよし追て風よし

（18）其後、秀吉公、色々御工み置せられ、何をかな幽斎をこまらせんと思召けるに、丸木橋を座頭の子を抱ひて通りける絵を御み出し有て、是こそ能き難題ならむと思召、

　あやうきかうへのあやうきをみる

といふ句を御作り置れ、この上の句仕候得と、仰有ければ、

　一つ橋渡る座頭の子を抱きて

と遊はしければ、秀吉公、誠に御肝に銘し玉ひ、幽斎は和歌の神也、重而か様の難題を申さしとて、其後は何事も歌の事、仰なかりしとそ。

（19）或時、御左官小森何某と申もの、御好《△好ミ》の御窓をぬり（△し）、手際至つてよろしく、何そ好《△好ミ》候得《△へ》、褒美を取らせんと有ける。小森申上候は、願は御歌を一首拝領仕度由、申上ければ、何そ歌を好み申せと有ゆへ、恋歌拝領と申せは、

　　逢不逢恋　　　　　ス《△ヌ》サハラノアソンコネ《△テ》ツク

　君まつちこねはやひとりぬるはかり　あわぬすさみに名は立にけり

　（＊「すさ」は、壁土に混ぜてひび割れを防ぐ藁や麻などの砕片）

と御筆にて遊はし、拝領あり、今に小森藤四郎家に持伝へ居申候。其頃、御庭方の日雇の者共引返し候。小頭《こがしら》、那須何某と申者も御意に入、これも御歌拝領願候ゆへ、

　　仝《同》恋　　　　　ヒヤウブノ頭カネスケ

我恋はつゝれにのりのこわふ《△は》して　引合せてもあわぬつまかな

(20) 朝倉義景か乱のの《(ママ)》砌、彼郎徒共、朝出夜詰の勤番に、骨をりを聞玉ひて、

山椒の朝倉よりも夜詰して　から井めをみる小せう衆かな

（＊朝倉山椒の名を掛け、小姓に胡椒を掛けた）

(21) 越前府中、柴田修理亮勝家居城、落去のせつ、火の手揚《△上》ける折から、秀よし公、幽斎一首有やと仰けれは、

きのふまて城の修理するかつ家か　けふはしはたの灰となりけり

(22) 幽斎様、三斎様、阿部川を御渡遊はしける時、幽斎様、ふと御取はづし有けれは、三斎公、取あへす、

流るゝ水のへくさかりけり

と仰られけれは、幽斎公、

川上にぬれたる石のひるやらん

(23) 或時、ひの字を十ヲ御よみ候得と好みけれは、

日のもとの肥後の火川の火うち石　ひゝにひとふたひろふ人々

（24）幽斎公、十木の御詠、

かならすとちきりしきみか　きまさぬはしひてまつよの　すきゆくはうし

樒　栃　桐　榁　柿　椎　松　杉　柚　桑

以下は、ノートルダム清心女子大学本の末尾に記されたもの。

（25）三斎侯、郭公の詠、

郭公ほと、きすきすきすきすは　まつまつ我に初音きかせ代

（＊郭公、程とき過ぎず、き過ぎずは、まづ待つ我に、初音きかせよ、の意か）。

あとがき

一昨年、『室町物語研究』を出版してから、今回の『室町物語と古俳諧』の刊行に至るまでの期間は余りにも短く、原稿の整理などで大いに苦労するだろうことが予想されたが、目前に迫った定年退職を前に、その一区切りまでにまとめて置かないと、その後はいよいよ意欲が弱まってしまうだろうとの、日ごろ物事を先送りにしがちな自らの怠惰を反省して出版を決意した。勤務先の愛知大学の出版助成が得られることになり、前著と同じく三弥井書店にお引き受け頂くことになって、実際の作業が進行し出すと、予想に違わず校正の段階で悪戦苦闘、作業は遅延続き、今回も吉田智恵さんにたいへんご迷惑をおかけした。お詫びと感謝を申し上げたい。

本書は、一時期、その注釈に没頭した『鴉鷺合戦物語』に関する論を最初に、市古貞次先生が発見、紹介された『筆結の物語』、また新日本古典文学大系『室町物語集』において『鳥鷺合戦物語』とともに校注を施した『猿の草子』、大学の演習で学生たちと読み合った『赤松五郎物語』『初瀬物語』の論に、室町物語研究以前に取り組んだ連歌、古俳諧に関する論文を加えて一書に纏めたものである。連歌、古俳諧の論はかなり以前のもので、実に幼く気恥ずかしさを禁じえないが、室町の「知」の一方向を確かめるためにも意味があろうと考えて収載した。

言葉の注解に重きを置く私の論は、用例が頻出して、読者に対してあまり親切でないことを痛感するが、とにかく作品を細密に読みたいという思いが強くあって、そのために言葉の意味や使用例を確認することに傾注してきた。その作業がいつしか私の研究スタイルとなったもので、もう少し気の効いた、高みに至る論を書きたいと願ったものの、飛翔は失敗するばかりで、結局は身丈に合った、地べたを這い回っている感じの方法が一番楽しく、これはこれで良しと割り切ろうと思っている。

教員生活を終えるに当たって、これまで自分の気ままな研究が許された環境を有難く思うとともに、ここに収めた論考がいささかでも学術的に裨益するところがあれば、この上ない喜びと思っている。

私は、市古貞次先生を始め、実に多くの方から公私に亘ってご指導を忝くすることが出来た。それにも拘らず、なお不束でしかない自分をお詫びするとともに心から感謝申し上げたい。

出版助成を賜った愛知大学、編集部の吉田智恵さん、翻刻、図版掲載をお許し下さった関係機関に併せて感謝申し上げる。

二〇一四年一月

沢井耐三

初出一覧

＊本書再掲にあたり、ほとんどの稿において加除、訂正を施した。

第一章

・『鴉鷺合戦物語』の世界——諷刺と諧謔の文学——

＊「陽気と諧謔の群像——『鴉鷺合戦物語』から」（「国文学解釈と教材の研究」三十九—一、一九九四・一）、「鴉鷺合戦物語」（『鳥獣虫魚の文学史、鳥の巻』三弥井書店、二〇一一）

・『鴉鷺合戦物語』——悪鳥編——

＊「「鴉鷺合戦物語」表現考——悪鳥編——」（「国語と国文学」五十九—七、一九八二・七）

・『鴉鷺合戦物語』——神仏編——

＊「「鴉鷺合戦物語」表現考——神仏編——」（「国語と国文学」六十—十、一九八三・一〇）

・『鴉鷺合戦物語』——軍陣編——

＊「「鴉鷺合戦物語」表現考——軍陣編——」（「国語と国文学」六五—五特集、一九八八・五）

・遊子伯陽説話の系譜と流布

＊「「鴉鷺合戦物語」表現考——遊子伯陽説話の系譜と流布」（「愛知大学国文学」二十四・二十五合併、一九八五・三）

・『鴉鷺合戦物語』のことば

＊新稿

第二章

・『筆結の物語』――室町武人の知識とユーモア――
＊「狐と狸、中世的相貌の一面――『玉水物語』『筆結の物語』考」（『説話論集』八、清文堂出版、一九九八）の一部。

・『猿の草子』――日吉信仰と武家故実――
＊新稿

・『赤松五郎物語』――業平・二条后幻想と尼寺――
＊新稿

・『初瀬物語』――結婚詐欺とドメスティック・バイオレンス――
＊新稿

・「猿蟹合戦」の異伝と流布――「猿ヶ嶋敵討」考――
＊「『猿蟹合戦』の異伝と流布――「猿ヶ嶋敵討」考――」（「近世文藝」九三、二〇一一・一）

第三章

・関東、法制史家の連歌・安保氏泰
＊「関東の一連歌作者――安保氏泰――」（「日本古典文学会々報」九七、一九八三・六）

・名門武家の出家と連歌・小笠原宗元
＊新稿

・友情の追悼連歌・牧野古白
＊『牧野古白追悼連歌』考――解題・翻刻・注解――」（「愛知大学綜合郷土研究所紀要」三二、一九八七・三）

・朝倉義景を謀殺した男の連歌・朝倉信鏡
＊「朝倉義景を謀殺した男の連歌」（「愛知大学綜合郷土研究所紀要」四七、二〇〇二・三）

第四章

・連歌から俳諧へ——笑いの系譜——
＊「連歌と俳諧」（「国文学解釈と教材の研究」五〇—十、二〇〇五・一〇）

・文明十八年『和漢狂句』全句注解の試み
＊「文明十八年「和漢狂句」考証」（「愛知大学文学論叢」七五、一九八四・三）。解題部分は「文明十八年「和漢狂句」について」（「愛知大学文学論叢」七七、一九八四・十二）。

・『竹馬狂吟集』序文考
＊「『竹馬狂吟集』覚書——序文および二・三の句について——」（「国語と国文学」七一—五特集、一九九四・五）

・『犬筑波集』の句をめぐって
＊「犬筑波集雑考」（「連歌俳諧研究」五〇、一九七六・二）

・お伽草子と和歌・連歌・俳諧
＊「和歌・連歌とお伽草子」（『お伽草子百花繚乱』笠間書院、二〇〇八）

翻刻

・筆結の物語
＊新稿

・紹巴評　楚仙独吟俳諧百韻
＊新稿

・三条西実条の狂歌
＊新稿

・幽斎公御歌
＊新稿

主要語彙索引

＊論述、注釈の範囲に限った

あ行

か行

さ行

た行

な行

は行

ま行

や行

ら行

わ行

著者略歴

沢井　耐三（さわい　たいぞう）

現職　愛知大学文学部教授
　　　博士（文学）

（主要著書）
『室町物語集』上・下（岩波書店、1989、1992、共著）
『守武千句考証』（汲古書院、1998）
『室町物語研究』（三弥井書店、2012）　ほか

室町物語と古俳諧――室町の「知」の行方――

2014年3月10日　初版発行

定価はカバーに表示してあります。

発行者　吉田栄治
発行所　株式会社 **三弥井書店**
〒108－0073東京都港区三田3－2－39
電話03－3452－8069
振替00190－8－21125

ISBN978-4-8382-3256-7 C0093　印刷　藤原印刷株式会社